綠色

第二卷

歐陽昱

我的東西如果發表了，那將不僅僅是被罵為野人，可能還會被當作野人開除出整個人類呢。習慣了看為他們寫作的大眾怎麼可能會喜歡我這種以描寫自我為中心的東西呢？而且，我所寫的露骨內容雖然他們不見得沒有同感，但誰都不敢承認，他們是決不會喜歡的。我陷入沉思，究竟為誰寫作？......

綠，摘自《大稿》原稿548頁

Solitude is a mission, not a *donneé;* to rise to its level and assume it means renouncing the vulgarity that insures success, religious or otherwise.

E. M. Cioran, from *The Temptation to Exist* (p. 173)

　　我記完英文日記，把日記本鎖進箱子裏，便去上廁所，心裏充滿一種孤寂感。我知道這種感覺是無法擺脫的，從今以後的歲月，它將伴著我度過餘生，唯一能夠互通心曲的就是筆下這一疊紙了。跟她之間沒有靈魂的溝通。你告訴她一些心裏話或目前所碰到的麻煩，她非但不同情，反說你不該那麼做。本來想取得她諒解的心情便惡化了。「說實話，」我對歪在一邊的她的腦袋說。「到你這兒來一不圖吃，二不圖那種淫樂，只想解解悶，把心裏的積鬱倒一倒，可是，誰知道你竟──。」朋友至今未見來信，還不知道寒假回去怎麼過。假如他們來了，互相之間無話可說，那種難堪的窘態是可想而知的。這樣的會面只要一次就行，以後就只剩下你一人陪著孤燈熬過長長的冬夜。上街，偶爾會碰到熟識的面孔，但頂多是一個陪笑，幾句寒暄；在家中，只有靠看書打發日子。

　　我推開門，猛然發現空蕩蕩的房裏來了兩個人。定晴一看，不是別人，正是勝鋼。看見他，陰郁的思想一掃而光。我和他寒暄了兩句，給他讓坐，看看凳子太髒，拿了塊抹布，揩乾淨，但他已在裏普的床上坐下。他樣子還像從前，稍微瘦了點。冷峻的面孔，一副寬邊黑眼鏡，眼睛在鏡片後閃著嚴肅的光，有棱有角的嘴抿得緊緊的；短頭髮、長臉；鐵灰中山裝，回力鞋。看來看去，總覺少件什麼東西，後來才想起從前每當冬季來臨，他就要戴一頂米黃色的工人帽（或鴨舌帽），一直到春暖花開。他坐在床沿，臉向著裏普，詢問他的一些情況，如複習準備得怎樣，什麼時候考試，難不難等等，偶爾也回過頭和我交談兩句，自始至終他臉上沒出現過笑容，我差點要以為他有什麼心事或者是為了

我的招待不周而生氣，要不是及時地記起從前他也常常這樣板著面孔，即便在心情好的時候。他的談話就跟他人一樣，有些幹巴巴，公文式的：「上午到家，怎麼樣，有把握考上嗎？你們兩人總有一個要考上。也可能同時考上。」又快又決斷，沒有絲毫遲疑，沒有絲毫猶豫。還時不時伸出手，用竹條一樣的指頭達達地敲著桌面，加強氣勢。我問他喝不喝水，他擺擺手。過一會，裏普把那個包有塑料絲套的罐頭瓶杯拖過來，旋開蓋子，又拿來另一個鐵盒子，沙沙地把一些黃色的晶體倒進杯中，沖上開水，放在勝鋼面前。勝鋼還是他的老習慣，總忘不了說聲「謝謝」。他一面喝，一面問這是什麼。裏普告訴他是蛋奶精。我覺得有幾分慚愧，因為勝鋼坐在床前，他的一只腳正踩在敞抽斗的邊緣，腳邊很顯眼地擺著小半瓶奶粉、大半瓶白糖，本來我應該用這些東西招待他的。

　　談了一會，他起身告辭。我便同他去野盡那兒。他對野盡的態度比較隨便，多少含有一些居高臨下的成份。「這一回考試怎麼樣？要好好搞哇，如果再沒有不及格的，就可以拿到學士學位。」除了L一人坐著，我們三人都站著。野盡興奮地告訴他下學期詩社將採取的反擊行動。「我跟你說，這樣的事最好不要幹。你想，你跟領導對著幹有什麼好處？只有你輸的。」接著話題一轉，談到他們那兒的生活。「嗨，你要是去呀，」他對野盡說。「一定會成為一個舞迷，咱們那兒逢年過節就跳交際舞，不知怎麼搞的，學習空氣沒這兒濃，咱們訓練班女同學少，同宿舍幾個男同學每天就扳著指頭算各班女生的數字，德語班一個，法語班三個，等等，學習都不安寧。大部分人都在玩。」我的腦際

武大校園，朝家走去。道旁住家門口搭的小棚子散發出油炸臭乾子的香味；賣包面的棚子裏，坐著一個老頭，年輕漂亮的女店主在陰影中伴著火爐和一個男人快活地談說著什麼。假若我找一個這樣的人做老婆呢？他知道了會怎麼樣？一定側目而視，嗤之以鼻吧。不，不會的，至少不會當面這樣。背後不知有多少暗笑聲呢。這人一點用也沒有，白讀了幾年大學，找個開小飯館的老婆。他的朋友有的出國，有的考上研究生，有的當上了大學老師，可他，當個中學老師還不能勝任，成天寫什麼小說，這人怕是有點瘋吧。那時，這樣想的人一定不在少數。自己的心裏會怎麼看呢？大約痛苦得不得了，又後悔得不得了。是呀，為什麼要寫小說呢？自己真有這方面的才能？他的眼力多行，充滿了自信。「她呀，話雖沒明說，可那樣講的方式就是在向我暗示。這一點錯不了！」他說。「她這個人我一眼就看出跟老C不同，後者喜歡講大道理……。」可惜他不愛文學，聽說我們寫詩貼出去，他問：「你們貼出去是不是想讓人看看，提提意見呀？」要是他喜歡文學，那觀察力真是得天獨厚。為什麼我無論怎樣培養自己的觀察力總是培養不起來呢？也許是過於introspective了吧。不論何時何地，眼睛總向內心看得多。這樣的人適於搞創作嗎？尤其是，適於寫作那種充滿人情味或栩栩如生的人物群像的作品嗎？這個疑問或許問得很荒謬，就像從前作曲時間自己「不會一項樂器能不能作曲？」一樣，要是那時有人引導，加上自己的努力，現在──不要對自己說「要是」、「如果」這樣的字眼了。人的一生不知有多少「要是」、「如果」。如果後悔，那是無窮無盡的。認準了目標，一條道走到黑。這是兩年前我信守的格

言，而現在它的魅力不僅消失，而且在我眼中顯得很awkward。

這是不可能的，比如說，鑽進死胡同怎麼辦？

實在不如像他，簡簡單單，不胡思亂想，一心一意地朝前奔，不達目的決不罷休。那時若真照那樣辦了，如今說不定就跟他在一起學習。但，這已不可能了。剛剛在野盡那兒，他說聯大訓練班現在招生人數已減至二十，而且只限招在校生。一切都不可能了。你已萬劫不復地自動放棄了兩次golden opportunity，再也別想得到它們。擺在面前的是你為自己選定的一條荊棘叢生、危險四伏的崎嶇小道，這條道很可能是壁陡地通向下方。既然選定了路那就應該無所畏懼地走下去。你對自己說。但你內心的恐怖感與時俱增。

這時，我來到武大和學院的交接處。右手是黑黝黝的一片松林，左手依次是一棟樓房、一排平房，圍著裏面的露天電影場，柏油路在這兒向下傾斜，被雨水淋濕的地面，映著一盞孤燈，閃著淡淡的幽光。風穿過松林，拂動松針，發出低低的呼嘯。好久沒聽到這種松濤聲了。我說。路上一個人也沒有，我打量著像死魚眼樣的燈光，在風中晃動的野草，我的移動的黑影，單調的足音，一種陰森森的感覺油然而生。隨時都有可能跳出幾個強人，攔住我索取錢財。「拿去吧，喏，這是表，這是兜裏唯剩下的幾元錢，都拿去吧，還有棉襖，不過，毛衣不能脫，因為我冷啊，」我會對他們這樣說。每走到使人恐怖的地方，每想到碰上攔路打劫的人，我總是這樣想。反抗是毫無用處的。假若他們要殺了我呢？那——那就看情況，瞅冷子猛揍當事人一拳，奪過刀殺一條血路。

　　我平安地回到宿舍，坐到桌邊，翻開課文，又開始複習，但看了幾個字，就看不下去，心裏老想著聯大、研究生、失敗、寫作、分配、打退堂鼓等。以致把一個hit-and-run念了十來遍還不解其意。

　　我不知道該怎麼辦，但有一點是清楚的，如果要寫作，無論如何是寫不得黑暗的東西了。

＊＊＊

　　今天天氣格外冷，早晨看書時兩手都不敢伸出來，袖管裏冷颼颼的，加了一件毛衣也不覺好多少。（不得了！我大腦中的詞匯又開始出現奇缺現象。這毫無疑問是因為把過多的學習時間花在複習考試上），夜晚去沒有燈的盥洗室洗冷水澡，比進冰窖還冷。穿過鐵紗窗的陰風挾著刺骨的寒意，像無數鋼針紮著露在衣外的皮膚，我渾身發抖，摸索著往牙刷上擠牙膏。我張開口把牙刷伸進口裏，一時並沒意識到牙刷碰到的是自己的牙齒。脫衣裳前的一個思想出現在腦中，快三個月了。當時決定放棄研究生的考試，為的是把全副精力投入到詩歌創作中去。那時的希望是，爭取寫出能為雜誌接受的詩歌。詩稿一封封退回來了，箱子裏已經積了一大堆。中途，改變主意寫小說，借來契珂夫小說選，每天潛心研究，同時寫一篇有標題有故事情節的文章。這方面沒有起色。一沒有時間，二沒有精力，三因各種雜務纏身。快三個月了，什麼結果也沒有，只是塗抹了幾十張稿紙。幾大堆寫得密密麻麻的紙快要使箱子蓋不上了。當初如果不改變主意，花三個月

的功夫也許能夠考上研究生，那麼，當上研究生同樣可以寫作嘛。難道文學作品的任務僅僅就是表現工農兵？現代社會是這樣高度發展，成份是這樣複雜，分工是這樣細致，決非工農兵所能代替的。應該是，不管什麼樣的生活，不管它的主人是屬於何種階層的人，都應該有與之相適應的（也就是說，描寫它們的）文學。什麼樣的生活不能寫進文學呢？對於題材熱這種怪現象我是嗤之以鼻的。凡是熱的東西其中便包含有不正常的因素，就得懷疑是否患了流感。世人關心的是如何出人頭地，如何掙大筆大筆的錢，如何過得更舒適，（即更不需動腦筋，更不需花力氣幹活），而不關心如何生活得更有意義，更富有創造性，更富有新鮮的趣味，更心靈充實。也許，我的選擇還是對的。我不是曾對自己說，要是你考上了研究生，你就會像那些成天陰郁著臉，緊鎖眉頭的人一樣，一聲不響地在書堆旁埋頭十幾個小時；你的語言，你的動作，都像四堵森嚴的牆壁一樣冷漠。即便你拿到了碩士學位，你無非是比別人的級別高一點，錢拿得多一點，有較高深的知識，因此能盛氣凌人。可你的又是一些什麼知識呢？一些老而又老，朽而又朽，發散著霉味的知識，靠著你至少七百多個早晨的死記硬背，靠著你七百多個黃昏的硬背死記，可憐地塞進大腦，像把破布塞進爛簍子裏似的。那時，新鮮的露珠、芬芳的花朵、清亮的鳥啼、燦爛的朝霞，在你的眼中，就像根本不存在一樣；那時，淡乳色的暮靄、西天的火雲、沉靜的湖波、柔和的氛圍，在你的眼中，也像不存在似的。你說你會幸福嗎？你說，你會快活嗎？你不會的，這你知道。我回憶起譯詩時字斟句酌的苦惱，寫出好句子後的興奮，回憶起用筆捕捉靈感火花的情景，

心兒就止不住跳蕩了。你一生最幸福的時光就在這兒呀，就在大腦，心靈和身體三者緊密結合進行創造性勞動的時候呀。人生在世，唯一唯一幸福的就是創造。下午，收到《譯林》退稿，並沒有往日那種忐忑不安、若有所懼的心情。相反，心情舒暢坦然，退就讓它退吧，這決不會阻擋我繼續寫下去的決心。你並不為錢，也不為名，你唯一需要的是通過創作求得心靈的和諧，求得知識的深化，求得美感的不衰，因為只有在藝術中人才感到美的永恒。人們會覺得你很可笑，這個傢伙，他一天到晚忙忙碌碌為的啥呀？每天只睡五個半小時，可是並沒有見他搞出什麼驚天動地的事業呀！

的確，除了幾大堆寫滿了的稿紙和幾封退稿信，你別無他物炫耀自己，但你感到滿足，這不同於碌碌無為者的安於現狀，不同於一夜成名者的志得意滿，也不同於輕狂者的自鳴得意。你的滿足來自於你對藝術的熱愛，來自於你對工作的熱情，來自於你堅定不移地走自己路的信仰。唯一不滿的是，你有時過於馬虎，隨便到了潦潦草草的地步，這當然與你所受的教育和經歷有密切聯繫。文化大革命中你學了什麼？摘棉花、割麥、插秧、挑大糞、拾磚頭、看武鬥、手淫；下放你學了什麼？偷雞摸狗、打牌賭博；汽校你又學了什麼？一封封的情信。你早已習慣於成月成月地不摸筆桿不看書；你早已習慣於在無聊的喧囂和愚昧的談笑中不動腦筋地浪費時間。自然，是可以諒解的，我看得出，現在你改了好多。你寫字時慢了一些，盡量少塗黑塊、打叉叉、劃橫線，看書時也比較仔細，不囫圇吞棗。這對一個二十七歲的某些惡習根深蒂固的人不是件易事。但你在努力，這就好。

　　你苦惱，因為你的詞彙總是太貧乏，你的語言結構沒有一點改變。你並不是沒有下功夫背字典造句的；在抽屜的角落裏還可以找到一疊紙，爬滿從各個書本上抄下來的新字新詞。但你失望了，完全失望了。你的大腦彷彿是一間沒有看守的監獄，而這些字句則是一群很高明的逃犯，你剛把它們抓進監獄關起來，它們趁你不注意瞅冷子就溜。你費了九牛二虎之力，那座監獄還是空空的，泰戈爾的詩給了一點希望。他的詩語句清新流暢，不尚雕琢。用詞淺顯，但意味雋永，活潑生動。既然任何掌握比目前更多的詞彙的努力是白費的，你為何不在你所掌握的詞彙範圍內，最大限度地利用每一個詞的力量，最合理地安排字詞句的結構呢？老舍（我的目光落在對面桌上一本包著新封皮的書上。那是他借來的。最近一段時間，他看書比以往多了。常見他手上不是攥著幾本《青年一代》，就是《飛天》。有時候，他看的書很怪，引人發笑。比如今天下午他表情嚴肅地拿著一大本書，問他是什麼時，他把書面掉過來，我只見「論官僚主義的……」幾個字樣，不禁啞然失笑。他怎麼看這種幹巴巴的書？「這兩天飯沒吃好吧，」野盡開玩笑說。我把這本書拿來打開看，原來是《外國文學簡明教程》。因為我準備寫有關象徵主義的論文，所以凡有關此題的文章我都要看一看，便翻到《現代主義文學的發展過程和流派》一章，讀到有關Baudelaire（波德萊爾）的論述，說：「他認為詩歌的目的就是發掘惡中之美。這與Yeats的『even in the city one can live a spiritual pastoral life.』有異曲同工之理。」對此，我也有所體會。我覺得人大一天，身上的毒素就多增一些，純潔就喪失一些，美就少一些，如果任其這樣下去，那就無異於自甘

墮落，只有不斷地自我完善，在惡中發掘美，才有可能得到新生。（這可以說是整個現代文學的主旨。）看來，我得就此住筆，一來時間已過午夜，12點15了，更要緊的是，這本書吸引了我。

* * *

　　中午翻了翻《美國詩選》，讀了幾首Arlington Robinson的詩，感受並不深刻，他的詩本來就像罩著一層淡淡的黑紗，加上譯者水平並不高明，使原來的黑紗又深了一層，更覺得晦澀難懂。正想把書合上，打個盹，眼光碰巧落到Vincent Millay這一頁，作者介紹裏說她在學校時就被譽為女詩人，及至成年，詩成不脛而走，廣為傳誦。我便翻看了幾首，覺得詩味頗濃。我又到Anthology上尋找她的原作，一下子（今天大腦很滯澀，眼皮直往下墜。）被她的第一首短詩吸引住了，詩曰：

My candal burns at both ends,
It will not last the night;
But, ah, my foes, and oh, my friends,
It gives a lovely light!

　　這首詩只一遍就深深地印在我腦子裏，到湖邊跑步的路上我毫不費事地把它重複了一遍，對自己的好記憶很是驚奇，因為很長一段時間以來，我記什麼忘什麼，從來沒有什麼東西能在記

寫了，那我把東西拿了就走；如果她多少有點熱情，也許，我會在那兒過夜。我走過通向學院商業區的唯一一條大路，什麼也沒想，又好像在想什麼。中午，坐在桌邊寫詩，絞盡腦汁費了好長時間才擠出一兩行字，還是像「我的詩死了」這樣既悲觀又不文雅的詞句。室外淡黃的陽光掙扎著穿過雲絮，把樹木僵立的身影投射到地上。北風呼呼地刮著。北風掃過無數禿枝，彷彿鼓風機對著有齒的爐口，北風捲過我身邊，掀起了我的頭髮，冷得我打一個激靈，斗室裏蓄積的昏睡的感覺一掃而光。應該感謝北風，寫一首北風頌吧。雪萊有西風頌。在英國，西風是相當於中國的東風的，它溫暖潮濕，帶來新生的信息，是詩人們吟詠的對象。但北風這個尖利暴虐的魔鬼，它有什麼地方值得人稱頌的呢？地上丟著桔子皮。有一個像黃色的海星，張開四肢，趴在地上。一個女人裹著雪白的大網眼圍巾，走下臺階。她的捲髮襯得很黑。汽車房門口圍著幾個婦女，嘰嘰嘰喳喳地談著什麼。她們的衣服褲子上有難看的皺紋，凌亂的燙髮像搓的麻繩樣，失去了光彩，披掛在頭上。走過去後想回想她們的模樣，怎麼也想不起來。好像她們都是一個模子裏面軋出來的。這和以前某個時候在城裏散步時所得到的印象大致相同。現代社會的婦女從背後看區別不大，一律燙髮、高跟，冬天粉紅的上衣居多，夏天西服裙或灰黑的滌綸褲。即使從正面看也是差不多的，和男子一樣。人如果都是一樣了，生活還有什麼意義呢？不管幹什麼工作，人回到家裏都差不多，吃飯、睡覺、做家務事。作為娛樂，無非是通過電視看幾百萬人都看的同一節目，聽成億人都聽的同一曲子。偶爾有親戚朋友來訪，談話也不過是關於這個月獎金多少，什麼蔬菜漲

價了，等等，有多少人把國家大事、四化建設真正放在心裏？有多少人去追求精神的淨化？人們不過為了生活而生活罷了。這實在是人類的悲劇。

晚飯前沿湖跑步，風很大。烏雲散去，湖波蕩漾，碧藍一片。時時可見的浪花翻起。運動員揮著雙槳，又窄又長的賽艇在波中穿行。兩個穿得很臃腫，戴著大口罩的姑娘迎面走來。一個圍紅圍巾，一個圍紅白黑三色羊毛圍巾，色彩都很艷麗，經過她們身邊時，靠裏那個胖胖的姑娘瞥我一眼，接著又瞥一眼。我跑著，想著那一瞥，大約她看中了自己臉上的蒼白？或是毛衣的式樣？或是跑動的健美姿勢？我低頭看見自己起皺的黃褲子，這黃色難看極了，那一天她看了就直皺眉的。布鞋一邊裂了一個大口子，布滿塵土，套著一件毛背心的兩件毛衣，也並不給人任何美感。我跑不多遠，就往轉跑。兩個姑娘中，這回是那個包紅頭巾的回頭，直朝我這邊打量，還轉過頭去，好像同那個瞥過我的姑娘講著什麼。也許，我像她的男朋友？或是像她家裏某個親戚？我又跑過她們身邊，但不敢回頭，眼前紅的白的一閃，就消失了，只聽見斷斷續續的幾個字音，分辨得出她們是漢口人。一口氣跑過院牆大門，這才停下來，舒展舒展上身，回頭看了一看，想再看到她們。來來往往跑步的人不少，就是看不見她們。也許在前面那條岔道上拐彎了吧，我想。我想到太陽，（當然，這是在遇見姑娘前），和社會主義，為什麼後者總是怕人罵？要知道，真正強大的東西是罵不垮的。而太陽，不知有多少人詛咒，夏天罵它太熱，冬天罵它不熱，但它毫不在乎，總是一絲不苟，勤勤懇懇地運行著，給大地分送著熱量和活力，我願做一個這樣

的太陽。

＊＊＊

看了霍桑的「Young Goodman Brown」後，我不住叫好。這篇小說像一把利刀，剖開人的胸膛，將內心最隱秘處的東西淋漓盡致地揭露出來了！Brown經過那夜似夢非夢的可怕場景後，對一切都不相信，甚至連他的妻子Faith，他也生存懷疑，從此便鬱鬱寡歡，一蹶不振，終日沉浸在最黑暗的罪惡的思想裏，從Brown身上我看到了自己。（寫到十二點，我捏捏冰冷的手指頭，對自己說，然後看一篇小說，中文的，再看梭羅的《瓦爾登湖》，兩點就寢，我用手捧著雙頰取暖，感到消瘦的臉和突出的顴骨。一種自我憐憫的感覺飛快地閃過。不，瘦就讓他瘦吧。要那麼肥胖幹什麼？哪怕瘦死了無所謂，只要獲得智慧。吃吃喝喝有什麼意思呢？都不感興趣。左後腦一掣一掣地痛，像在猛扯橡皮筋似的。）不知打何時起我的臉上失去了笑容，額上的皺紋一條條地多起來，常常成星期的緘口不言，不愛看朝霞，只愛在黃昏中散步，看見鮮花便想，要不了幾天就會雕謝，變成腳下的爛泥；看見漂亮的女人就想，脫了衣服都一樣，乳房、屁股、生殖器、性交，全是虛飾。我那時覺得整個人類像一個中心爛透了的紅蘋果。我思考人生的意義，得不到回答，我考慮存在的意義，仍舊得不到回答。心中充滿了冰塊，黑汁，覺得身邊的一切全是黑暗的、虛假的、罪惡的。現在回想起這些，我覺得吃驚。那時看問題畢竟是太片面了。我想到我自己。從小到大，一年中有11

個月的時間是一個人獨立生活，沒有誰給以生活上的指導，該結交什麼樣的朋友，該看何種書籍，該樹立怎樣的理想，我什麼都幹過。跟糧店打架偷東西有名的Wq到工廠撿廢銅爛鐵賣錢，繼而偷出汽車的鉛制活塞，到江邊用大石砸碎，分批賣掉；還跟Hung一起（當然他為主）偷了一領銅汽缸墊，和一些大紅柿子，（這方面他可真是把好手！媽常說，看他那雙賊眼，轉來轉去的！他現在在一個大學執教。）Lon教會我怎樣手淫，告訴我諸如二十多個學生下課後在樹林後面一齊手淫讓精液射出的下流故事；於是，我便開始手淫，有時一天三、四次，達到幾乎昏厥的地步，甚至後來還吞下自己的精液，而且就在窗前，目不轉睛地盯著外面那個姑娘（她也直勾勾地盯著我，後來還打著傘特地期待地站在我的窗下等著。我沒有那麼大的膽子，儘管我想，但始終沒有喚她。），手玩著自己的生殖器；我還把手淫教給了兩個弟弟，教會了簡簡（他妻子見了我總懷有某種戒備，到目前為止我們見過已有四遍，她不說沒和我正式交談一句，連直接地交換目光都沒有過，J一定把這件事告訴她了。那我在她心目中的形象可想而知。）這種惡習持續了數十年，直到她和我的關係逐漸加深，才慢慢克服。我還糊塗地被惡意的人唆使著喊出打倒自己母親的話；我曾經開玩笑偷拿了同座的一把鑰匙，因為怕羞，便沒有還他，算是偷了；我曾在與同伴們打三打一時將自己的大公雞煙全部輸出去，而贏來他們的好煙，這本也是開玩笑，但又怕羞，沒講，算是欺騙人了；我還用很髒的字眼侮辱過她；上星期天我就對她說過他媽的！我還在大腦中幻想過同許多別的美麗女人的幽會和性交；我也起過殺人的念頭，比如說女朋友若

愛上了別人或最好的男朋友使我戴了綠帽子時；這就是我所有的罪惡。這就是到目前為止我所想得起來的全部罪惡，所以，我這個人的性格完全夠得上是：殘酷、無情、下流、骯髒、卑鄙、粗魯、野蠻、甚至虛偽。但，無任何時無論何地，我總在把一種虛無縹緲的東西追求。在性交的狂熱中，我感到空虛、無聊，我渴望著新鮮的大自然和美好的書本；在世人的紛爭中，我保持著內心的平靜，不追求名利。我希望工作學習生活，我討厭奢侈享受放蕩。我愛真愛美愛善。我更愛友誼愛情和平等，假若哪一天她不愛我了，我是會發瘋的。我需要人愛，也需要愛人。

　　但現在，我開始歡笑了，我走路時，腳步輕快得多；嘴裏哼著小調；周圍的人在眼中看起來也不那麼面目可憎；姑娘們的美在我看來像是藝術品，很難激起邪惡的淫思。我喜歡和人們接觸，聽他們談話，參與他們的談話，觀察他們，了解他們。這一切是為什麼呢？是為了曹叔叔「還是應該描寫真善美，生活中這樣的例子並不少，不要因為醜惡而將所有的美都抹殺了」一句話嗎？也許是。或許是因為自己已經充分了解了自我，推己及人，也了解了別人，因此寬恕了他們的隱藏的罪惡、而讚美著他們高尚的靈魂嗎？《惡之花》的作者波德萊爾說得多麼好哇when he said（原話記不得）要在醜惡中尋求美。的確如此。現實生活本來就夠醜夠骯髒了，一如半年前在晚霞的湖堤上我對他說的那樣，為什麼不力圖追求一種崇高的東西，使自己transcend呢？對了，他那時批評我專寫唯美主義的東西，我很不舒服。但那句批評話卻奇妙地在我身上發生了作用，過後幾天內，我竟寫了好幾篇現實的詩，有些在現在看來簡直灰暗得可以。現在，我才真正

體會到羅丹那句「熱愛生活吧」這話的真正含意。只有憎恨過生活的人才真正熱愛生活；只有嘗受過內心黑暗的人，才知道靈魂之光的純潔。

　　一口氣寫了這麼多，真出人意料。如果有誰偷看了我的日記，從此便會把我看得一錢不值。那麼，讓他去吧，只要他不是個不了解自己的人就行。

　　依我看，了解自己比了解別人還要重要，惟其如此，才能真正理解別人的行動和動機。發生了一件事，人們往往只看後果，從不追根窮源。但，真正地追根窮源，像我那個碗被偷去時那樣，真不得了。有些惡習不是辦壞事的一人有，而是普遍存在普遍被接受的，是根深蒂固，「源遠流長」的。

　　真不想停筆。估計已到了十二點，預訂的寫作內容到現在一個字也沒動。還是寫幾個字吧。膝頭好冷，手太忙，沒時間往上蓋毯子了。要是她在這裏——不一定，她才不會替你蓋毯子呢，她會認為你把她看得太下賤。何必呢？自己動手豐衣足食。人的尊嚴的豎立，是與self-reliance的程度分不開的。下午，我挎著書包，一邊讀著*Teacher's Book I*，一邊沿湖慢慢走著。天氣很好，碧波蕩漾，西斜的太陽柔和地穿過無葉的樹枝，撒下微含暖意的光芒。路上沒碰到姑娘，這使人有些氣餒，背後老遠走來一個穿紅衣的姑娘，過去時才發現是個婦人。山腳下的荊叢裏窸窸窣窣響，伴隨著啾啾的鳴叫，我走攏去，響聲更大，向四外傳開，但只看見荊絲亂動，卻看不見鳥，忽然，一只鳥像灰老鼠樣鑽出來，抖一抖翅，露出翅下的白斑，清亮地鳴叫一聲。太美了，我想起和她在那座山上度過的時光。過了劃船隊前邊的山口，看見

一棵苦楝樹，光溜溜沒一片葉子，卻結滿鮮黃溜圓的苦楝子，像戴在細長手指上的珍珠，煞是好看，遠處的珞珈山，籠罩在一層淡藍色的霧靄中，它的巨大的背景清晰地映襯出光禿禿的樹幹。斜射的太陽照在一株高大的梧桐上，使它的葉子像透明的一樣。前面走來一群姑娘。我低下頭看書，看了兩行字，就擡起頭，假裝看湖水，掃了她們一眼。那個個子不高的女人有一張蒼白的臉和黑黑的大眼睛，長得很美，她的眼光也向這邊掃過來，但我連忙低頭，眼睛盯在書上，心裏不覺有些跳了，直勁埋怨自己的無能，不敢抬頭，及至她已過去，走出好遠，才敢回頭又望一下，回來時，看見一個姑娘的背影，她站在馬路當中，好像在我看到她之前，她已回身看了我一下，現在有些self-consciously，一面調笑著身邊那個婦人的小孩，一面彷彿若有所待。她身個長得頗為勻稱，全身上下都是高級毛料做的衣服，下身是將軍呢，上身的顏色稍微淺一點，捲髮並不厲害，齊齊地像嬰兒拳曲的小手，在肩頭卷起來，果然，我一到身邊，她便扭頭看我一眼，黑紅黑紅的大臉盤，圓圓的眼睛，一口白牙，滿面春風，雖然並不怎麼動人，但她那種美是地地道道的鄉村美，這身衣服和她那模樣真是奇妙地結合起來了。

＊　＊　＊

　　一切收拾停當，忽想起早晨考試中遇到的兩個生字。一個是loopholes，一個是incriminating evidence。查字典發現分別是「漏洞」和「罪證」，由此看來，後者可能答對了，而前者即使弄懂

了意思也答不上來，因為不知道所指的是什麼，上課沒記筆記，考試就吃虧了，這就是經驗。可是，幹嗎我在這裏談什麼考試呢？難道終日像打穀一樣又累又乏味的複習還沒使你厭倦？還是想點什麼令人愉快的事兒吧。

對了，鮑爾下午邀請我們幾個同學，包括Miss Ambitious Ice去他家共進晚餐。晚餐很豐盛（瞧，時間太緊，我不得不趕最緊要的說，都1點20了，因此也許說得太匆忙、太混亂，希諒。），有漂著一層黃油的清燉雞、魚元子、肉元子、炒藕絲、酸白菜桿肉絲、（我最喜歡吃的）炸藕夾（野盡的佳品）、蓑衣元子（珍珠元子）、滷牛肉、鹽蛋、雞湯裏的煮蛋，等，大家一面喝酒，一面揀菜吃，邊說著話。酒有紅白兩種，勝鋼第一次顯示了他的喝酒才能。連著4杯，臉不變色，他說他沒量過究竟能喝多少。飯前，在門前門後照了幾張相，或合影，或單拍。中間，大家相幫著把擱樓上的木板搬出去透風。他家有三間正房，後面是飯廳和廁所。屋前屋後各一個涼臺，原來門朝北，因為怕冷，改為朝南。壁上掛著一幅山水畫，題著「廬山」二字，一條羊腸似的石級小道，若隱若現地飄在崇山峻嶺間，遠遠地可見峰頂的拱頂石洞。這是什麼地方？大家猜測了一陣，便談起去廬山的印象來。勝鋼和裏普沒去，便一言不發地坐在一邊。皮塔說他現在對什麼地方都不感興趣，覺得一個人玩沒意思，最好是兩人一起出去玩，我想提議什麼時候同他遊覽某地，但我的poor fund held my tongue。席間，皮塔興致勃勃地談著他們那不受約束的舞會，新年之夜，德語系的學生因為跳舞超過時間，被關在大樓，他們便跳了一個通宵。他對什麼都好奇，班上新年舞會怎樣啦，

誰反對跳舞誰贊成呀，等等，但有時卻又顯得格外冷漠，一動不動地凝視著腳前不遠的某個地方，跟他講話他都沒聽見，連頭都不點一下。大立櫃上有一個鏡框子，嵌著西湖導遊圖；窗臺上一枝水仙，一個罐頭瓶盛著水和鵝卵石，養著一棵白菜。大沙發上蒙著遮灰的便宜的布，單人沙發邊一株茂盛的辣椒樹，滿綴著又小又紅的圓辣椒。父親背有些駝，眼睛很雙；母親在廚房裏忙得不亦樂乎，為客人弄菜。哥哥長得很俊，一頭濃密的黑髮，溫馴善良的大眼，尖尖的下頜，臉上帶著淡淡的微笑。

　　寫到這裏，我也該停了吧？哦，不，羅博告訴我一件事，當然經過小小的周折（他很有意思，在汽車上大談幸福的得失和歡樂和痛苦的意義。坐在他對面的兩個姑娘悄悄地耳語，重複他的話，都給我聽見了。）他父親原在甘肅某縣磚瓦廠當廠長，1957年反右被遣送回河北老家勞動，父親是個極正直的人（我忽想起為什麼他過去說父親不讓他介於任何政治方面的討論的事。），三年自然災害，家裏挖野菜吃了兩年，當時甘肅餓死不少人，彭老總去停辦了鋼鐵工業，當地老百姓拍手稱快。去年，父親和母親（他母親原也有工作，但因自然災害父親一人養不活全家，便離職回家生產，操持家務）調回原單位，但也不能官復原職，現在在當保管，一個四弟弟沒讀書，在做臨時工。一提到甘肅，我的眼前就出現連綿起伏的黃土高原，光禿禿的，沒有一株綠樹，沒有一根綠草，大風一起，黃沙漫天，人們要走幾十裏路挑水吃，屋裏桌上整天蒙著一層厚厚的灰塵。「是呀，」他說。「那的確是個苦地方。」

　　晚上她說：「我冷淡了，沒有熱情，這一切都與你有關。」

「我知道，」我說。「是因為我平時脾氣太壞，沒有好言好語，你心中有火又不能發泄，便郁積在一起，久而久之，熱情和愛自然消失，而憎恨也自然而然地產生。是嗎？

「是——的，」她說。「我說的這些都是真心話，我覺得像過去的那種愛已經差不多不存在了。」

「你呀，真傻！」我說。「過去的愛和熱情當然不存在了，它們隨著喧囂的青春一去不復返，但在我們彼此的心中還有它們的沉澱，這是比過去的更深沉、更含蓄、更冷靜的愛，你以為沒有那種愛我們就不再有愛情了？我不這樣認為。我認為雖然平時我並不經常想念你，因為我有學習和工作，但，一到一定的時候我就會想你，有時想得如此厲害，真恨不得馬上丟開書本，搭車去你那兒，但你知道，我再不是十七、八歲的毛頭小夥子，憑衝動和本能辦事，想怎麼就怎麼，我是靠著書本和鍛鍊才把那些情思斬斷的。這能說明我沒有情嗎？有時候是這樣，情人總似有若無地存在在對方的腦海裏或心中，好像在想好像沒想又好像已經完全忘了，甚至有時生起氣來覺得這種若即若離的關係真是討厭真是虛偽，還不如斷了的好，就像上次我倆大鬧一樣，可是結果呢？當我一旦意識到你將要從我手中失落，我就——算了，我不想談了。」

「講、講、講，」她催著我，用小小的溫柔動作。

我抵不住她。「我就想自殺。失去了真正的愛情和真正的友誼，人的存在還有什麼意義呢？我就這麼想的。」

「那你可以看書呀！」她說。

「去你的吧！」她看我生氣便懇求我。「你要是這樣看，我

和你再沒二話談！我走了。」我起身就走。

「不，不，我不是那個意思，我是開個玩笑，」她說。

「是嗎？我當時就是這麼想的，別看我有時放蕩一點，有時追求狂暴的性愛，但我的內心時時刻刻渴望最純潔的東西，我在心底裏還是愛著純真的愛情和友誼，有時我為我倆的友誼和愛持續得這麼長久而感到無比驕傲，真的，真的，這一切都是這樣想的。」

她將我摟緊，說：「今夜不走了，就留在我身邊吧，就留在我身邊吧。」

我還是走了，against her temptation。

* * *

人生是毫無意義的。愛情也是毫無意義的。從相愛到性交到結婚，這一切不過是同野獸一樣的生理過程，不過披上了人類虛偽的理性的外衣罷了。

為了一件極小的事，她要我洗澡後將毛巾在水中搓洗兩遍，我粗聲表示了異議，但見她臉色陡變就按她說的做了，並笑著向板著臉側過身子的她求和，她不肯，這激怒了我，便坐到一邊看書，也不理她，就為這件小事，鬧了將近三個小時，我說她「討厭！」她全身倒在床上，穿著鞋子的腳像哭鬧的小孩，不管是褲子還是帳子，一氣亂蹬，雙手拚命抓扯自己的頭髮，撕臥單和墊絮。我並不管她，知道一會兒就會好的，管了她反而更來勁，坐在桌邊看書，聽到床上的撕扯聲越來越響，還夾雜著啜泣的嚶

嘍。我聽見她說：「怎麼辦呢？」前面的話意我已聽出：「已經
到了這種地步，我怎麼辦呢？」後來，她又說：「既然我的脾氣
那麼壞，看來只有隨順我是上策，因為木已成舟，生米做成熟飯
了。」

　撇開愛情不談，存在於我倆之間的主要矛盾是性格，她已敏
感到這種地步，話語中稍有一點不耐煩，她便要生大氣，這種氣
往往持續很久。我呢，如果她不原諒，也要生氣，直到她主動找
你為止。（瞌睡又爬上來，像青苔一樣蒙住了腳。）一到這兒來
我就死了，死了，我猛然想起她坐在我膝頭上，給我剪胡子的情
景。我撐起下巴頦，讓她剪前面，忽然，只見白光一閃，她把剪
刀扎進了我的喉嚨，我看見自己想動，但她左手死死推著我的下
巴，又找了一刀，我慢慢滑下地，腿腳痙攣、抽搐，一會兒便死
了，她麻木地把所有的血痕揩去，然後把我……。

　他（她的同事）大談了一陣航標船上的實習生活。從早到晚
航行於17公里的航標管區內，扶正船標、修理航標、設立航標，
等，有時要坐船在七級大風裏作業，要用人力拉起航標拋下的
錨。生活是每人輪流做飯，並且除午餐外，餐餐有酒，也是人人
輪流買。夜晚看電視，根本不看書，怕脫離群眾。站長（即船
長，一船是一段）技術之好十分驚人，能準確地說出某地的水差
或船標情況，他們經常用炸藥炸魚，一人長的魚。也開著船去搶
漁民打下的野鴨。我們談到介紹朋友。「像你，最好不要工廠的
或小年輕的。」我說完，正要接著說因為只有知識分子才談得
來，他接口說了：「我就是這樣的看法。要吃飽睡好住得可以就
行。不，我要找一個做事平均分的姑娘，要是她是個工人，那我

做得更是比她多，那我不至於。」

　　他說原先在大學沒玩朋友就是怕分居兩地。他不考研究生，說考不上，他對那些考上的人持異議：「他們失去了十年的享受，青春一去不復返了。」

　　不寫了！頭昏昏沉沉，只想睡覺，一到這裏，我就死了死了死了，明天吧，我一定要活！要活！

《訪某刊編輯記》

　　我下了二十四路車，便經直越過大馬路，朝某社所在地的一座三層樓走去。天空陰雲密布，路上行人稀少。刮著冷風。一位打扮得很時髦的姑娘袖著手，縮著脖子，從街對面走過。我看了她一眼。一星期前來這兒時，天空也是陰森森的，也有一個類似的燙著頭髮，穿高跟鞋的時髦女郎從身邊走過，也吸引過我的目光。那時，自己心中是懷著怎樣期待的心情呀！就要見到一位大雜誌社的編輯了！——當然，會見的結果和我預想的種種情景相去太遠，不能不使人失望。但今天，這第二次會面，是他答應要進行「面談」的時候，畢竟跟上次的匆匆相見不能相比。上次留在那兒的一束詩札想來他已看過，不知他看法怎樣。他欣賞那些無題的愛情詩嗎？「美麗的眼睛，我見過許多／她們也見過我／每一瞥都像小小的火柴／點燃我心中的火。」這樣樸素的句子，既不朦朧，又瑯瑯上口，他該會欣賞吧。「地軸業已折斷／群星各自旋轉／猶如宇宙的星群／雖密毫不相干。」他有經驗，又有高深的學識，肯定會一眼看破其中的意思，覺得我並不是個沒有

政治頭腦的人。其中一些寫景的詩，摻雜進少量寫作時的現實環境，他該不會覺得不新鮮吧？我想來想去，即將來到的「面談」對我具有一種神祕的激動人心的意義。忽然我想到他也許只字不提我的詩，而問我愛好一些什麼，像一個學識淵博的長者考問小學生一樣。他會問我讀過哪些書？喜歡的那些書的意義是什麼？想到這兒，我的心劇烈地跳起來。回答什麼呢？說我看過司湯達的《紅與黑》？那，那麼，它的意義是什麼呢？是作為──是描寫──我看過哈代的《無名的裘德》和《德伯家的苔絲》，它們的意義是──「我，哎呀，這些問題還沒仔細考慮過呢。」如果他問這些，就這樣對他說算了，也許，反倒能顯得更謙虛一點。

懷著這種顧慮，惴惴地，我爬上那座扇形的大樓，通過幽暗的走廊，看見大部分的門都鎖著鎖，沒有一個人走動。我停在標有《△△》編輯部的門口，猶豫了一下。我的眼前出現了上次的情景。那時，我很害怕門一推開時，屋中所有的人都把眼光轉過來集中到我身上的情景，站在門前遲疑了很久，才推門進去。編輯很熱情地迎上來。但說明來意後，他顯得很失望。眼睛望著地下，不大感興趣地聽著我作結結巴巴的自我介紹，對我說的請教的話，冷冰冰的回了個「哪裏喲」的客套話，那話音聽起來卻分明是：「囉嗦這些幹什麼？早就曉得你想通過我發表兩篇作品！」決不是這樣的，我來時在車上就這樣想，決不是這樣的。如果他再表露出這樣的態度，我就不再找他了，借以證明我的與他相見只是求師訪友，絕非走後門。

我伸出手，指尖剛觸到門又縮了回來。這一次叫他什麼好呢？叫：「X編輯？」「那怎麼行呢！」鄒媽半個月前說的話奇

跡般地發生效力了。或者叫做「X老師」？才只第二次見面，第一次他對自己的想請他當老師的想法似乎很反感，這第二次就直呼其老師未免不好，那就叫「X叔叔」。似乎不大合適。他和我的父母毫無關係，再怎麼說，我和他不過是個熟人關係，這樣叫有失身分。那好吧，叫他「X編輯同志，」對，這叫法正好。四根手指頭壓在門上，稍稍用力一按，門張開一道縫，露出室內一群圍坐的人，一邊談話，一邊抽煙，滿屋煙霧騰騰。手連忙拿開。我走到一邊。進去呢還是不進去？看樣子，他們在開會，這樣進去，非得在眾目睽睽之下問「X編輯同志在嗎」的話，那太難堪了。正當我有些束手無策的時候，廁所幫了我的忙。我打了一個響屁，記起從早上到現在還沒解大溲，便踩著一塊塊磚頭，經過淹了水的廁所，打開小門，蹲下來。到處扔著煙蒂，經水一泡，像腫脹化膿的斷指頭；一灘灘濃痰這裏那裏閃著綠光；小便池上歪歪扭扭寫著幾行字「請不要把煙頭、手紙丟入池內，以免便池堵塞。」大便池所在的小房內，角落裏一個蔑竹簍，裝著半簍揩過屁股的大便紙，有的散開來，露出大便幹了的痕跡。我注意著出出進進的人。說不定他正好在這時進來解溲。但我又不希望在這兒碰上他。你怎麼好在廁所中跟他打招呼，稱他「X編輯同志」呢？被水浸泡得發黑的磚上，出現一雙破了口，沾著泥灰的鞋子，走攏來，鞋子的主人穿著洗得發白的藍學生裝，背後染著斑斑點點的白石灰。大約是民工。後來進來的幾個人都是這種打扮。

　　等下就硬著頭皮推門進去。反正又不是找他們，是找老X的。可是說「老X」不行。當編輯的恐怕很講究這個稱呼的。

　　我解完溲，走到走廊裏，還是不見一個人，我想，等隨便哪個出來，就和他說一聲，麻煩他叫X編輯出來。正這樣想著，一個人迎著我走出來，和我擦肩而過，走進廁所。我一眼認出他就是X編輯，黑眼鏡、鐵黑上衣、灰黑褲子，黧黑臉，他好像並沒認出我，頭也不回地走了進去。他沒認出我，我想。跟他一起進去吧？不，那太窄了，在廁所裏面談，不行的。等他出來，我計畫著，我便迎上去說：「您就是X編輯嗎？」「您是誰？」他一驚。「您忘了，我就是上次——就是學院的那個——」「這簡直像演電影，萬萬不行的。」「您就是X編輯同志吧？」這樣說也許好些。「你知道了還問這幹什麼？」他這樣一問就沒法回答了。或者——他走了出來，手把衣角整理、扯扯平。我走上前去，在走廊的二分之一處攔住他：「請問，有個叫XXX的編輯嗎？」那語氣就像我第一次碰見他時所說的差不多，心裏劇跳了幾下。

　　「我就是，我就是，」他頗不耐煩地推開門，一臉慍色，頭也不回地走進去，把門在身後關上。

　　我驚呆了。怔怔地站在門外，好半天，不知所措。等我清醒過來，我感到像受了莫大的侮辱。媽的，你不過一個編輯，沒有什麼了不起。你要是以為我到這兒來是為了走後門，那就大錯特錯了！我沒有什麼求你的！想到這裏，我擡腳就走，恨恨地望了一眼那關起的門和他在門裏的影子。鄒媽說得不錯：「我不喜歡這個人，他呀，哼，有點那麼了不起的樣子。」走到樓梯口我復又站下。我這是幹什麼呀？我問自己道。我今天是來拿詩的呀！可這一走，就拿不成了，寫信給他，在信中寫清楚就行。要是他

不回信呢？既然他近在眼前，何不硬著頭皮把詩要回再走呢？我重又走回，走到走廊盡頭為磚壘死的一扇窗前。等了一會，終於看到一個人走到門口，我便請他去找X編輯，他進去了好半天，X才出來，這是我所預料到的。他說過「我就是」的話後，明明知道我是找他，卻偏偏不出來，這說明什麼呢？

　　又過了好一會，他走出來，做了個手勢讓我進屋。我說屋裏人太多，還是外面談的好。於是，我們進行了一場談話。他是個很容易激動的人。一會兒和顏悅色，一會兒指手畫腳，揮舞著我那本詩稿，說它是「雲裏霧裏」，唾沫星子噴到我臉上，使我感到有晨露般的涼意。他講來講去，就是一條，（是我截斷他，跟他總結的），要符合時代的要求，跟緊黨中央政策方針，寫傷痕文字的時代已經過去。朦朧詩從前受歡迎，被捧上天，現在受冷落，被打入十八層地獄，他不同意；中國的文藝一向與政治密切相關，從古至今，偉大的文學家都參與了政治；不扎根於中國的土地是不行的；沫若、魯迅都是在與民族相結合後才有生命的；惟有受磨難的作家，才寫得出好作品，等等等等，沒有多大新意。前後矛盾，現在的電影糟透了，小說還可以，因為反映生活真實。他在那兒噴著唾沫，大說特說，我真覺得好笑、可憐。原來，編輯都是這樣的。我還記得他說，每一個作家的眼睛都必須看在政治上面的。我想，他的整個身子恐怕都放在政治的天平上，隨政策的變化而變化，可憐的人！

　　結論是，我在車站旁找個小角落寫了幾行字：1、不投寄任何詩稿了；2、只寫內心的感受，決不順應時世，自己寫詩集；3、必須寫能夠反映本質的具有思想深度的作品，但不給任何人

看。作為自己對藝術真理的追求。

見鬼去吧，一切編輯！文學史上，他們早已如過眼雲煙，不剩纖塵，而青史留名的是文學家，偉大的文學家。

*　*　*

要寫的東西真是太多太多，從昨天踏進門檻起到現在（8點30分）坐在臺燈下邊，其間經歷的事真不比置身火車之上行程一天所見的景物少。萬語千言，不知該何下筆，還是讓我一樁樁一件件according to chronology寫來：

一、歸家：我的記憶力是如此之壞——哦，對啦，我一手提一個裝著衣物和書本的灰提包，一手提著十斤年糕，跟著爸爸，弟弟在我的後面，穿過人群熙來攘往的車站大門，走過灰塵漫天的大街，周圍的景物並沒有在我腦中留下什麼深刻印象，街道兩旁一個擠一個地排著攤子，賣白菜的、賣雞蛋的、賣魚的、賣狗肉的，等等；燙著髮的鄉下姑娘和敞著懷進城賣菜的人混在一起，車子一過，揚起陣陣塵霧。走到收破爛的鋪子前，我想起去夏構思的那篇小說，主人公就是在這裏碰上他的朋友提著一捆書去賣。其實，哪有這種事呢。提包和年糕很沈，我不得不時時停下，歇口氣。進了糧店大門，發現迎面矗立一棟二層樓房，黃色瓷磚鑲面。外表做得華麗，但式樣其實粗俗。像一個打扮得過於花哨的農村姑娘。媽媽開門，我把東西提進屋。沒有看到媽媽，她在廚房裏忙著。鼻子嗅到濃烈的煤氣味。我到廚房洗手，媽媽

在鍋臺邊忙著，池子旁邊擱著幾條魚。我喊了一聲媽，媽也並不在意。她更老了，臉像樹皮一樣，灰白灰白。皺紋像漿過的布。我說沒吃飯，媽說：「就來，我又沒有空著。今年我蠻不行。」她說話有些沒好氣，我要上廁所，她連忙攔住：「不行，下去解。」我知道她的脾氣，你要不聽她的，她就會大叫大喊。不過我說：「一回就訂起清規戒律來！」不多會，媽掇出來兩碗面，問要不要菜。我說隨便。「今年我腌了蠻多菜，」媽說。「有臭豆腐、腌蘿蔔、泡辣椒，都是我一人搞的。」話音裏透著驕傲。接著問起盈盈。「沒有回？頭回過元旦她回來陪我過，晚上談了好久的話。第二天回去淨摻瞌睡，她姆媽問清原因，說：『她跟她婆婆的關係倒比跟我的還好呢！』」臭豆腐有火柴盒大小，浸在清亮亮的小麻油裏。這使我食欲大增。不大會便將一大鐵碗面全喝得乾乾淨淨。

聽媽說，凌霜前兩天來過一次，問我回來沒有，我一直懸了多少天的心這才落了地。老朋友到底沒忘我，當即決定晚飯後去看他。

貳、見舉燭：吃面前，在樓下碰見舉燭，兩人在廁所裏談了會子話。他說我黑了，我看見他突出的兩塊顴骨，說他瘦了。然後寒暄了幾句。上得樓來，他坐在椅上，我倚著桌子，扯起別後兩人各自的境況。然後話題一轉，提到凌霜和納雄。凌霜已經有了一個年紀很小的姑娘作為女朋友，他意味深長地笑著。至於說到他（凌霜）能否成功，他是不在乎的。對於他，成功失敗都一樣。他並不在乎。因為一個女子的失落跟一塊表的失落是差不

多的。納雄的女朋友是凌霜的女朋友的姐姐。他和她的性格相距甚遠。後者開化得近於輕佻，不拘得近於放蕩。接著他讀起過路的事，即見丈母娘，正式確定婚姻關係。女方比較開通，所以這回去不用帶很多禮物，幾瓶酒幾條煙，一兩件衣服就行。若按規矩，起碼要花200元才行。首先，女方從父母到弟弟妹妹，家庭中的每一個成員都得提供一套衣服，其次，當面交給女方100元錢。再次，各種各樣的化妝用品如雪花膏，儘量地多買，以鋪滿大桌面為限；再次，得用一封封包好的餅子裝滿籮筐。這是第一次，以後逢年過節，皆要送禮，一直到結婚為止，反正丈母娘的理論是，不撈足辦齊兒子婚禮的錢不罷手。舉燭穿一身藏青的純滌綸制服。上衣樣式較怪。「是趙紫陽總理出國穿的式樣。同事從電視上看來的。他說跟我裁個好樣子，我就讓他給做了。」他說話的時候眼睛不望人，臉上一本正經的神情。等他說完話我接著說時，我感到他盯在我臉上的目光。

　　三、上街：吃過面我便有些迫不及待地上街了。跑了一整趟街，總的印象是臟。大禮堂外高掛的先進人物事跡牌蒙著厚厚的灰。上面登的全是關於各公社發家致富的農民的事跡。對面在修建一座8層樓的百貨公司。「爭取在X月X日拿下主體工程」的鐵牌標語，已經掉了兩塊。流水溝周圍一地甘蔗渣，雜著踩碎的花生殼。我往東面走去。迎面來的行人臉上都帶著痛苦的表情，大約是被太陽照射的緣故吧。轉頭時，我也皺眉眯眼起來，西邊的太陽光太耀眼了。現實真是骯髒，我不禁感嘆道。人們這樣忙忙碌碌是為的什麼呀？是要往哪裏奔呢？倒不如顧顧眼前。把周圍

的環境打掃乾淨。（我記起來在大禮堂門口看了兩張死刑布告，都是殺人犯。一個因屢次偷盜雖斷指仍不改初衷而為其女朋友所厭棄，殺了女朋友；另一個因偷盜被發現而殺死了發現者，一個姑娘。旁觀者有一人感嘆說：「媽的，女的都太沒用了。」一個姑娘紮著燙過發的辮子，辮尾很有精神地顫動，她明亮的眸子在我回頭的時候盯了我一眼，我覺得她很可愛。便放慢腳步，讓她走到前面去，慢慢跟在其後，欣賞她走路的風姿。）

　　肆、會凌霜：晚上去凌霜的家。他一聽我來，便從床上跳起，揉著睡眼走出來。沒變，油黑的（染過的）捲髮，白皙的皮膚。不記得他說過什麼話，只記得我成了講話的中心，大談外國老師的情況，後來他和他的弟弟為一個名詞爭論起來，面紅耳赤，不可開交，還是我把他扯走才算了事。不然，恐怕要爭一晚上。先去凌霜處，讓他們看了《一瞥》和其他數詩，並談了不久前學校發生的那場風波。

　　凌霜並不大感興趣。B說我一生是不安於現狀的。當了工人想考大學，進了大學又要搞詩。9點多鐘出來，凌霜摟住我的肩頭，低聲說：「走，到你家去。」我感到很暖。說：「就在我那兒睡。」並沒有像預期的那樣，他欣然允諾了。

　　在我這兒，看了幾首我寫的詩和小說，晚上，談了一樁有關納雄的事情。大意如下：

　　R的女朋友的姐姐Xiao Lan是個水性楊花，見異思遷的女子，從前曾與一中年男子懷過孕，不久前同一貨車司機混熟，同去上

海共度國慶。司機有家有小，他的妻子專門等候在碼頭，待他倆出現，便和X打了起來，罵她：「賤貨、婊子、不要臉的。」鬧得滿城風雨，盡人皆知，X的父親和Q的父親是老同事，便想把X介紹給Q。R聽說這事後，專門找Q，把此事說明，目的是怕Q上當。Q聽後叫R不要對任何人再提這件事，好像是表示他願意忍受。誰知他卻背地裏把R所講的話全部講給X的母親聽了。於是，X的母親找到R和他大吵，罵他敗壞他女兒的名聲，有意拆散他們之間的關係。Q還在R的女朋友面前打R的破鑼，把R年輕時在工廠同別人玩朋友的事一件件抖露出來，並且添油加醋地加了一些莫須有的事實。事情鬧得很僵。R如今斷定，Q和X決不能成事。即使成了事，不是鬧離婚便是出人命案子。因為X和Q談朋友，從她母親方面來講，是女兒名聲太壞，怕人家不要，趕快找個婆家；從她自己來說，是想找個借口，從X縣調回本城來。而他們倆之間既無基礎，又無愛情。元旦Q去過路，花了一百元錢的東西，一塊手錶，女的一套純滌綸，還有糖果糕點，但女的卻怕醜，把他帶到江那邊的九江去玩，一起走時都不並排走路。他一離開她，她便如釋重負地說：「好了，送瘟神了！」她私下說他一無長相，二無才學。她的母親也不喜歡他，說他沒用。他在她家時，客人來了他躲在裏屋，不敢出來見面。她妹妹的女同學來時，他倒熱情大方地大把抓瓜子花生給人家吃，氣得她媽直罵他傻。「現在，她也不管了。」

　　R冷漠地說：「反正我已盡到了責任。」＜這是發生在昨天2.8的事。＞

　　伍、午酒：我，凌，舉，凌的弟弟、妹妹、妹夫在凌家聚餐。談到很多有趣的事。（由於時間關係，不能描繪場景，只能寫具體事實了。）菜有紅燒魚、肉丸子、爆筋片、白菜、藕絲、花生米等。酒是特制漢汾酒。

　　「前天跟上層人物在一起搞了一餐，」舉說。「他們的禮節還要俗不可耐。X局長不要人請就去坐了上首。X局長心裏一算，他在局裏是排第四，心照不宣地去坐了第四個位子。其他的人都各按身分就座。阿諛者立刻開始表演了。一個人對X局長說，『你看樣子頂多40出頭，頂多40出頭。』X局長這個人蠻直，他不像別人那樣謙讓一番說：『哪裏哪裏，老了，不行了喲！』他就直統統地說：『曉得麼時候死，哪個說得清楚。』這時候有個人說起某人現在當了新省委書記，X局長從鼻子裏哼了一聲，表示瞧不起，那人立即換了一副面孔和腔調，說新省委書記並不怎麼樣，能力很差。原先曾經在一個幹校共同勞動過。除了談官就是談扒灰。那下流得很。互相開淫穢玩笑，什麼某某是老扒灰的，連眉毛上都沾著灰。」

　　「這些傢伙，」凌說。「對別人要求得倒很嚴，我們廠黨委書記，有一回看見一個青工挽著他女朋友的手，便記在心裏，等下次開大會，他不點名地進行批評：『有些人，談朋友也不正正經經地談，吃饃饃要一人咬一口轉，上街要手牽著手，像什麼話！』」

　　「這種人我們廠裏也有。那個書記一天到晚就注意別人這種事，記在小本上到開會時宣講出來。後來他自己的姑娘參軍，回來懷著個大肚子，他再也不敢說別人了。還有一個書記，過癮得

很，他要人家把發生關係的詳細經過全部寫下來，不要寫什麼認識，反正是越寫得詳盡越好。就是要滿足他的淫欲嘛！」

「人家作了個統計，農村幹部中80%的有經濟問題，70%的有性的問題。有的公社幹部兩樣都來，到哪裏就吃在那家睡在那家。你不知道這個故事？丈夫在田裏做活，看見大隊長書記在山坡上跟自己的女人滾在一起，無動於衷地說：『只要能弄到幾個錢就行，反正她的那個東西是異玉（搞爛）了的。』」

「據你們看來，共產黨的幹部中有多少是這麼壞的？」春陽問。

「百分之五十，」凌說。「不過，凡是想入黨的姑娘都要面臨可怕的前景。我廠一個女工，66屆高中畢業生，頗有水平，一直沒談戀愛，不知發了什麼瘋，想入黨，書記便時常找她談心。你知道這談心的意思。廠裏有幾個年輕小夥子不服，非要弄個水落石出。夏天一個晚上硬守在書記門外，待窗口燈一黑便一齊破門而入。姑娘的下場好慘，黨也入不成了，名聲也敗壞了。書記有麼事關係呀！他不過調到另一個單位，還是當他的書記去了。」

「我們廠有一個人自殺的事你曉不曉得？書記私下跟別人說，個狗日的，他很有點板眼啊！搞了一個那麼漂亮的！就把那人找來，大訓一頓，罵他道德品質敗壞，作風惡劣，結果致使那人自殺身亡。」

陸、晚酒：我，凌，在舉處飲酒，為舉餞行。大漢汾酒。魚丸子湯；荸薺木耳黃花肉；（其他的菜都忘了，哦，還有花生

米），談起各自的父親，由凌家擺出先父像片引起。

「爸爸（後爸爸）當然不喜歡，」凌說。「但他能夠容忍。不過有一回，我生父的老同事來時，他們逢年過節還來看看我母親，我母親說了一句話，使他大為惱火。她說：『你一個大活人還不如死了的！』她的話冒得麼別的壞意思，不過說他沒有用，不會在外面活動。先父當然比他強。工作上有能力，工作不到兩年，就提拔為地委宣傳部的副部長。54歲入的黨，也是僥幸，晚上巡查，發現水猛漲起來，一看不好，便拔出手槍朝天開了一槍，及時地喚醒了民工，保住了大堤，因此火線入黨。其實，他瞞住了自己曾參加三青團的歷史。不過，那也不是自願的，他也沒寫過申請，頭頭看他學習好便問他參不參加，他口頭表示可以。」

「嗨，我父親太老實，一解放就填了官吏的成份，把一切都交代了，」春陽說。

「我父親也是，」舉說。

「我父親比我母親大八歲，所以我母親對他的過去並不了解多少，」凌繼續說。

「咦，」我打斷他道。「你和現在的她也相距有相同的年歲呀，恐怕，你母親年輕時也玩過一些朋友吧。」

「是呀，聽大伯說，那時候跟父親相了親後，挑著一擔穀出走親家，那時興挑穀子，總是一見面就吹了。末了見了我母親，就愛上了，母親是他當校長那個學校的學生。大舅堅決不同意，一直有好多年沒有來往，這不是幾年前才開始走動。母親家是大戶人家，解放時細叔爹曾因有血債被鎮壓。」

　　「我父親還不是因為文革，被嚇成現在這個樣子，」舉說。「他原是黃埔軍校最後一期學生，先跟杜聿明開車，後來進了軍校。一畢業就全國解放，本想逃到臺灣，母親不肯，結果沒有成功。」

　　「哈，那要是跑過去了，現在可要走運囉，現在正是少壯派當政，」凌說。

＊　＊　＊

　　對一切失去了興趣，這真是可怕，可怕，可怕。看《誘捕之後》，我竟像一個老人，像——對了，像糧店從前的那個周師傅，像一個老頭子那樣昏昏沉沉睡去。影片沒有一點激動人心的力量，也許是我的心像燒過了的煤，無法被點燃了。旁邊有兩個座位空著，一直從開演空到散場。我隨著黑色的人流湧到街上。已經8點多鐘了。街上店鋪早已打烊，行人也已稀少，只有歡樂的鞭炮在清冷的夜空中成串地炸響。我的腳踏在凹凸不平，遍地瓦礫的地上，朝家走去。五樓會議室的窗戶一閃一閃，正在播放電視。已經有很久很久沒有看過電視了，甚至不記得最後看的一次電視節目是什麼。現在是什麼節目呢？一定有噱頭的相聲，有長得叫人難受的連續劇，有無聊的球賽，還有那些老掉牙的京劇，這些都不能引起我的興趣，即便有一些像佐料一樣的censored外國電影，也面目可憎，是政府用來與其說教育人民不如說糊弄愚昧人民的藝術手段，他們自己躲在專門為他們建造的小電影院裏偷看外國色情兇殺片。即便公開放這些片，我也不屑

於看，無非是刺激刺激神經和疲乏衰弱的感官，令人厭惡。我走上樓梯臺階，Landing上亮著一盞路燈，燈光昏暗，失去了去夏的那種光彩，將上一層臺階的影子半投在下一層臺階上，我的腳便踩著有燈光的長方塊，一級一級走上來，走得異常緩慢，彷彿失卻了最後一點氣力。我停下，喘息了一陣，與其說喘息，不如說是定一定神，我覺得好像那盞燈在很遙遠的什麼地方，可望而不可及，即便拼盡全力掙扎著攀登也不可能到達，樓梯剎時變得陡峭而狹窄，昏暗的光線遠遠照過來，更增加了樓梯的深度。我慢慢挪動腳步。走到緊閉的門口，猛然，一種孤寂感抓住了我。我向樓下看，燈光所及之處，一級級毫無生氣的臺階，連足跡都沒有留下，光線照不到的地方，是廚房的半個巨大的黑影，幾個人影向廁所走去，沒有燈，我的面前是空無所有的landing，西邊的大門緊閉，我就像個乞討兒，被人呵斥一頓，趕出門外，門「呼」地一聲關上，不再打開。

　　我走進房內，走進父母的臥室。不敢回自己的房。它沉浸在黑暗中。母親打開五斗櫥，端出一盒高級水果糖，她阻止我，不讓我打開，說是送人的。彎下腰，在櫥裏不知摸索什麼，紙窸窸窣窣地響。爸爸將兩張靠椅一拼，放上床上的衣物，替媽媽和他自己鋪好被子，脫衣準備上床睡覺。我走到自己的房門口，在黑暗中摸索開關「叭」，開關鍵一響，黑影消失，燈發出黃昏時的光。我走到桌邊，輕咳了一下，吞了一口唾液，感到喉頭疼痛。想起該吃六神丸了。便進廚房找杯子，沒找著。到客廳找，又沒找著。最後在五斗櫥上拿了一只瓷杯，從那只胖大而沉重的瓶裏倒了小半杯水，吞下十粒像縮小了百分之一的羊糞蛋似的六神

丸，重新回到房裏。我的眼光避開床上那本普希金的詩集，感到對它有一種厭惡。在路上曾想好回到房裏寫兩首詩的念頭也打消了。寫詩！這是多麼愚蠢的事呵！你去對任何一個人說你是寫詩的，人家會帶著驚訝的神色，把你從頭到腳地打量，好像你是個瘋子。父母親極力反對，認為自己是不務正業。爸爸斷言將來定不會有出息。是啊，何苦呢？本來是可以過得很舒服，很快活，下了班，夫妻倆相幫著弄好飯，美美地吃一餐後，在暮色裏散一會子步，等一天的疲勞恢復，回到房裏，趁著長夜，互相摟著睡一個甜甜的覺。有電影便去看電影，有電視便看電視，就這樣，無憂無慮、無牽無掛地度過一生。可是，春陽啊，你幹麼偏不能滿足呢？你幹麼要折磨自己寫詩寫小說，讀書到深夜呢？你以為靠你一個人微薄的力量竟能挽救整個民族的心靈嗎？算了吧，做這些癡心妄想的夢幹什麼喲！弟弟在和他的幾個同學在房裏爭論有關改革和社會主義的事。他們爭論得挺起勁，聲音時時闖進紗窗內。他們尚在青春年少時期，像這樣爭論的時候還有很多，而我，早已厭倦了這種毫無結果的爭論，它說到底是人類虛榮心和好勝心的集中表現。你看見過哪一次爭論中有誰說服過誰的？誰家電視機播送出悲切哀婉的二胡。我無事可做，實在是無事可做，坐在桌前燈下，寫著這些無聊的東西，皮帶鬆了，褲帶全解開了，這樣子，我覺得特別舒服，門是關上的，不怕被人突然闖進來看見，怎麼？難道一個人在自己房裏不能為所欲為嗎？如果願意，我當然可以在夏天炎熱時把全身上下脫得乾乾淨淨。在無人看見的情況下，赤條條地躺在涼席上。我當然可以為了需要手淫一番，像昨夜三點鐘時那樣。有時，欲望是那樣強烈，像火一

樣烤灸著煎熬著我，不能不這樣辦。沒有什麼不道德的，因為並沒有危害別人，實際上是，精子一射出，所有的邪惡念頭也隨之消失。唯一麻煩的是，褲子弄濕了，不過，在暖和的被窩裏捂上一夜，就會乾的。

　　我想起今天去接她，一直等了個把多小時，來了六七輛車，沒有看見她的影子。熟人告訴我，有一輛漢口的車停在對面的車站裏，我忙趕去，卻發現車已下空。我又怕她一個人提著大包小裹往家走，便順路尋回去，還是沒見她。媽媽準備今天接她吃年飯。晚飯前再次去她家，她仍沒回。（我沉重地垂下頭，無力再寫下去，我看見編輯那張不可一世的狂妄的臉，同時看到那面具掩蓋下的另一張臉，堆滿了小人的奸笑。「他比我還可憐，」我想。「他只是架毫無主見的錄音機，隨時都準備放上中央文件的錄音。」這個問題不解決，我是無法搞文學的。即，究竟是歌頌，還是反抗。我已極端厭惡了虛偽的歌頌。唯一想寫點真實的東西。但，誰也不發表真的東西。那麼，寫又有什麼用呢？寫又有什麼用呢？寫又有什麼用呢？本來我可以輕而易舉地成為研究生或聯大譯員，可是，我已選定了這條道卻又不敢走了。還是個功利觀點的束縛。我真恨透了人類的自私、虛偽和貪婪，恨透了人們的殘暴、冷酷和無情。無論如何，我要猛烈鞭撻這種現象。忽然，我想起看電影前一個人獨自散步在長堤上的一個情景。我看見一個穿灰色披風的姑娘，默然佇立路邊，不知在等誰。於是，在幻想中我走向她，問她是不是等我，問她願不願意同我一起去看電影。我走進電影院，讓她等在門口，我便告訴媽媽和弟弟，叫他們回去，說我有兩個同學要看電影。把他們支使走了

後，我挽著這個陌生姑娘的手就座，那天晚上，我和她同床共
枕，不知道媽媽回來後操勞年飯，因為不慎，把煤氣罐點著，爆
炸身亡。人家告訴我，我正爛醉如泥，沒有絲毫表示，激起公
憤，被投進牢獄。）

　　在車站等車時碰到一個老同學，現在在車站當調度。穿一身
藏青制服。下面是我們之間的對話：

　　「結婚了嗎？」

　　「結了哦！去年結的，不結怎麼辦呢？反正到了這個年齡，
了一樁事罷了。冒搞得那鋪張。出去玩了一下，廣州、杭州、蘇
州、上海。原先都逛過，這一次帶她玩。外面也冒得麼事好買。
便宜的東西不好，太好的又不便宜，中等的要券。回來辦了幾桌
酒，請了幾個人，（我真有難言的痛苦，目前學的東西和理想所
追求的相差太遠。英語這東西一天也不能放鬆，哪怕一天不念不
寫，水平就會下降，可我，恨不得拿出整天的時間進行漢語寫
作。現在，英語水平已下降不少。我真不知該怎麼辦好！）全部
請哪裏請得起？不全部請又怕請了這個冒請那個把人得罪了。個
把媽日養的，不曉得是哪個訂的這些規矩，真他娘害死人！你們
馬上要分配了吧，怎麼樣，分到哪裏有沒有數？」

　　「沒有哦！」

　　「反正總要分個好地方吧。分個好地方心情也舒暢些，工作
也愉快些。報紙上總是說某某自願到邊疆，其實我看那是鬼話。
哪個真心願意吃苦喲！不管到哪個單位去看看，要有百分之五十
的人有共產主義思想我真把腦袋輸給他。哪個不想吃好穿好點，
多拿點錢呢！不過話說回來，老傢伙確實好，肯幹得很吶。就是

年輕人懶。哎，你們學習苦不苦？」

「怎麼不苦呢！」

「我早就曉得是這麼回事。其實，原先作興推薦時，師傅我的車間主任三番五次慫恿我去報名，我硬是不去，他末了生氣說：『你這個大苕，別個想去都還去不成長，你還不去！』我心想，讀大學有麼事好呢，我們廠裏的大學生成堆，還不是跟我一樣在車間裏幹活。搞車間主任的那個人是61年的大學生，現在也只這個樣。想到在大學裏苦那幾年，出來還是同樣受苦，老子就覺得劃不來。而且，有一回我去水運進修了8個月，個狗日的，我算是服了！成天是坐標，X、Y搞得人麻頭，要不是這一次，我本來還糊裏糊塗同意了去上學。嘗過這次滋味後我算是再不去了。我原先是三班的嗨，都是調皮搗蛋鬼，軍區地委的幹部子弟，後來三班散了，到四班，又是縣委幹部的子弟，初二我去上學，班上只剩十來個人，當兵的當兵去了，當工人的當工人去了，一些女的到陽新某兵工廠做電話機。我一看，心想，這個狗日的，他們都走了，還有個麼玩頭呢，我也走哦，背起書包就出了學校大門。不是人少冒得學頭，而是冒得玩頭，過去的那些小夥伴走得乾乾淨淨，你說還有麼事好玩的。」

《出路》

對於他來說，似乎並不存在出路的問題，他是大學四年的學生，作為師資專攻英語。到目前為止，他的生活道路基本上可說是平坦而順利的。小學、中學、下放、技校、工廠、最後是大

學。按某些人的觀點，他是個幸運兒。他走在刮著冷風、空無一人的長堤上，一邊這樣想著。這是大年初一的夜晚。人們不是圍坐在電視機前，就是在電影院看電影或者陪著朋友親戚一面嗑瓜子，吃花生，一面聊天。孩子們興致勃勃，在各處大樓平臺上放鞭炮，或者放五彩繽紛的焰火。他的身影時時被對面樓上嗤嗤開放的焰火照亮。它像許許多多發光的昆蟲，撲打翅兒成串地飛向夜空，瞬間便消失，焰火滅後，夜更黑了，他想。人們為什麼要為了一個節日如此耗費他們的精力和錢財呢？放焰火不就等於放錢嗎？節日一過，留下的將是更難堪的日子。但不管怎樣，自己應該考慮考慮了。他在黑暗中深一腳淺一腳向前走去時，注意到不遠的堤坡下有一個微弱的發光體。定睛看了一看，才看出是一座形如船蓬的塑料薄膜搭成的帳篷，裏面點著一盞極昏暗的燈，燈下晃動著人影。他的心一陣緊縮。他彷彿看見母親緊摟著孩子，衣衫襤褸地蜷縮在角落，渾身冷得發抖，父親雙手抱著頭，一聲不響，臉上充滿了痛苦。他看見自己撩開帳門，有點怯生生地（雖然他心裏一再鼓勵自己大膽點）對裏面說：「大爺大娘，我給你們拜年來了！」但他立即回到現實中來，覺得自己這樣的確迂腐。這種事情只有書上才有。需要考慮的是，怎樣面對現實。畢業後十有八九是留校當老師，雖然被分到其他地方去的可能性不是不存在。如果下一學期全力以赴投入學習，相信是可以爭取留校的。好吧，就暫時排除其他可能性吧。留校後，等待兩年，到三十歲的時候，考上研究生，一拿到碩士學位便考博士研究生。估計又要四年，那麼，最遲35歲可拿到博士學位。如果65歲死的話，一生尚有三十年好活。這三十年中能夠做些什麼呢？

而是究竟學什麼東西的問題。大路在星光下顯出灰黃色。這一帶堤內的村莊很靜，聽不到人聲狗吠，也聽不到城裏慣常聽到的鞭炮。夏天的黃昏他一個人常來這兒散步，看落日的餘輝燒紅靜靜的流水。如今，河外的樹林沉睡在幽暗中，而河水閃著青光，沒有一絲響聲。岸邊的綠草怕早已枯黃，在那裏他曾一個人躺在夏夜星空下，時而有一兩個蚊子嗡嗡鳴叫著飛近身旁。他聽見路人腳步清晰的聲音從堤上傳來。看見天幕上移動過路人的影子。那時他想，過路的人一定也很清楚地看見他躺在這兒吧，還很有點難為情呢。他正這樣胡思亂想，猛然被前面草地上的一團黑影嚇了一跳。遠遠看去，像一頭臥在地上的驢，嘴裏彷彿悠閒地嚼著草。但這是深冬，趕驢運貨的人早離開這兒，哪來的驢子呢？堤上的草枯了，村裏人也不會將牛牽到這裏放草，何況今天是大年初一。他走過那團黑影，眼睛一直沒離它的左右，但無論如何看不出來是個什麼東西。這幾天書看得太多，視力下降得厲害，他想。又往前走了幾步，他回頭再看一眼，藉著那團黑影背後的波光，他看見頭顱的下巴，以及微駝的背，原來是一個孤獨的沉思者。這人引起了他的興趣。他在心中提出一連串的問題。初一的晚上一個人在這兒沉思，莫非和家裏大人鬧了？也許是一個失戀的人，感到寂寞無法排遣？那他到這兒來幹嗎呢？豈不是更增添了孤寂感嗎？何況，河水就在幾步遠的腳下，要知道，沒人安慰，——是很危險的呀。想到這裏，他不覺打了個寒噤，不敢再往前走了，便掉頭往回走，立時，兩耳灌滿呼呼的風聲。腦子裏的思想彷彿傾刻間被清掃得一乾二淨。

　　他走了不幾步，便看見一個黑影走下堤坡，那影子趔趔趄

趄，步履不穩，彷彿喝醉了酒，又彷彿傷心到極點，朝河邊走去。他停下步，緊張地注視著那人的舉動，那人影在河邊停下，影子變得很淡，好像要同河水溶在一起。他的心怦怦亂跳，一種不祥的預感seized him。他隱隱約約看見那人揮動著手臂，好像一個漁人，將網舉過頭頂，準備甩出去的樣子。難道是春節缺錢用，想趁夜撈幾個魚蝦明天賣錢？不大可能，沒聽到水的響動。如果他一跳水，我就搶上去救。決不能看著他這樣輕生。他焦急不安地等待了半天，也沒聽到水的潑濺，想了一想，覺得也許是自己大驚小怪，便繼續走自己的路，又看見先前那團黑影，這一回他看清是一對相互摟抱得緊緊的情侶，風中，他恍惚聽見一個女子嬌柔的呻吟。他快步走過，再沒回頭看他們一眼。

　　本來，他想在回來的路上考慮另一個問題：專業和愛好的問題。但風聲是這樣響地撲打他的兩耳，以致他早忘了心中想好的回答。風是從城市上空吹來，向沙灘和大江的那邊吹過去的。看來，是東風無疑。人說東風帶來春天的信息，可我，他想，從這呼呼的風聲中怎麼什麼也聽不到呢？驀然，一首文革時期的歌浮現在腦際：「東風吹，戰鼓擂，現在世界上究竟誰怕誰，不是人民怕美帝，而是美帝怕人民，得道多助，失道寡助，歷史潮流不可抗拒，不可抗拒。全世界人民……。」雖然他極力想將這首歌在一出現時就忘掉，但好像鬼魂附體，它竟持續地在腦子中鳴響一直到唱完。可惡的記憶，他詛咒著，這種東西怎麼就記得這麼清楚。咳，要是背誦唐詩有這樣的記憶該多好哇！

　　回到房裏，他關上門，把被子抱到枕頭這邊，脫鞋上床，頭枕著褲子點著一只煙，他要好好思考第二個問題。兩根煙抽完

今誰有權誰幸福，像我們這種人，還是老老實實學得一技之長，不問政治，何必以卵擊石呢？」好友說得更好：「通過許多年血的教訓，我終於認識到，只有共產黨可以救中國。我現在百事不管，也不搞數學，也不搞文學，也不搞哲學，還是一心一意地搞我的社會學，namely（他學過英文，時常用兩個）入黨做官。你以為在我們這個社會裏個人能起好大作用，屁！只能各人顧各人了。你比如說，弟弟出國留學，他回來了難道就真的起好大作用？社會結構、工業管理結構一天不變，他們就一天起不了作用，好像是進不了長江的萬噸輪。但是，從他自己個人方面來說，變化就不小。起碼他工作的單位是中央級的，住房、吃喝、工資等等生活必需品一應俱全，而且全是高級的。不用說，這一輩子是註定享福的了。」朋友的話確實沒錯呀，他想。但，他總是不甘心。怎麼，就這樣安安逸逸過一輩子？那麼精神呢？要什麼精神，只要有吃有喝有睡就行！像豬一樣？怎麼能這樣說呢？成億的人不就是這樣過過來的嗎？難道你比別人特殊些？還是腳踏實地好些，不要快三十的人了還這麼雲裏霧裏不著邊際，好嗎？可是，除了本職工作，自己對一切都不感興趣了，除了文學。是呀，你可以看文學作品嘛。人家寫你看不就得了，何必費那個腦筋呢？我現在就蠻不想動腦筋。也沒有必要動那個腦筋嗨！何苦呢？不，那不行，不動腦筋，一個人的生命就完結了。真的，完結了，他摟著她，對她說。好友曾對他說過類似的話，他當時十分吃驚。好友過去曾是那樣一個熱血青年，他廣泛地涉獵過各種哲學、文學、社會科學著作，談起理論來一大套一大套的，而且不乏一鳴驚人、新奇怪異的觀點。從前總這樣暗暗地認

為他可能成為當代的一個哲學家。可是，他竟然說出這樣的話：「現在簡直不想動腦筋，只想越快活越好。」天！難道思想僅僅是青春的點綴，而年齡的增長便意味著思想的退化？決不能承認這一點。

那麼，怎麼辦呢？出路在哪兒呢？「說心裏話，」好友說。「我就是功利觀點太強了點。像你，功利觀念不強，又有獻身精神，是會成功的。」我獻身精神？初聽這句話他感到受恭維一樣得意，但細細一想，又受奚落一般難受。自己何曾為任何事情犧牲過？甚至是憑著一時狂熱發誓要為之獻身的文學事業，自己也一直左右搖擺，至今仍未站穩腳跟。仍舊是被博士呀、危險呀，等等功名利祿的東西纏繞得死死，擺脫不開。

可是，現實，現實呀！他連著抽完三枝煙，在床上不思不想地躺了好久，仍舊毫無所得，爬起來坐到桌邊，提筆寫到現在，他覺得，任何理想在現實的牆上將被撞得粉碎，可怕的是，出路找不到。有，他不想走；不好走的，他偏要，卻又不敢。他還得繼續思考下去……。

＊＊＊

回來後他忽然感到渾身不舒服。坐也不是，站也不是，看書也不是，談話不想談，糖盒就在旁邊，也不想伸手去取糖，電視就在對面大樓會議室放，他也懶得擡腳。他手統在荷包裏，癡呆呆地站了一會兒，又在靠牆的一張椅子裏坐下，隨手翻開一份報紙。他讀到一則新式大衣上市的消息，用了幾個他聞所未聞的字

眼，他想拔筆記下來，但他懶得動手。有什麼意思呢。現在記一
滿本，誰知將來搞不搞文學呢？不搞等於就是白費力氣。他又讀
了幾則有關企業承包的消息，還讀了流沙河寫的一封談詩的信。
這個詩人對新詩的看法比較公允，他想了一想，可不可以寫封信
向他討教呢？但立即打消了主意，算了吧！一來人家並瞧不起
你，二來，這種事情最終靠自己闖，靠討教是學不好的。最後讀
了豐子愷的《阿慶》。這下，他算是為豐老先生的文筆所折服。
不但平易近人，而且流暢自然，像喝清茶一樣舒服，並且有著濃
郁的余味。但文章一放下，他又回到現實中來。他怕進自己的
屋。那兒只有黑暗，只有孤寂，只有一滿房與自己毫不相干的雜
物。雖然燈打開了，黑暗並沒走，它還逗留在桌底床腳和門後。
孤寂也沒去遠，它盤旋在人間。他唯一的武器便是一枝筆和幾張
紙。他感到奇怪，怎麼人家的小說和詩歌都能寫出那麼多光明和
燦爛，那麼多美麗的明天，而自己的卻僅僅是一些發泄胸中悶氣
的產物呢？也許，是自我意識太強了吧。如果是這樣，那何必不
想點別人，想點其他的事來填補心中的空虛呢？

　　今天做了些什麼？這是第一個該問的問題。中午請（也談
不上請，他來了，碰上，就便吃了一餐）賓戈吃了一餐。咱家的
菜從來不興堆得滿滿，碗也決不大，碗口略比開水瓶直徑大，比
冰鐵桶底小些。有鹵牛肉，（她問他：「你這沒有放醬油醋麻油
吧。」言外之意：「怎麼搞的，你家弄這種菜就不放作料？」他
端起碗，稍稍傾側碗口，透過肉塊的間隙，烏黑的醬油冒了上
來。她才沒做聲。他知道，男女兩方結合，彼此對對方的家常菜
的做法總持有偏見，無非是以自家的做法為好的標準。他媽告訴

賓戈薰魚的做法，同時講到醃魚的方法，說魚剖開後不要洗，這樣醃出來的魚，才全身發紅，好吃。她：「哎呀」了一聲，說：「我醃的魚從來都洗得乾乾淨淨。」接著自我解嘲地說：「不過，好像也很紅。」他知道，她是在愛面子，明知自己不行，又不願當著別人面承認。他有時極討厭女人的這種愛面子和虛榮。）鹽水花生米、薰魚塊、木耳炒肉片、紅白元子薺薺、紅燒鯿魚、豆棍紅燒肉、涼拌紅菜苔、嫩白菜、蘑菇湯（他想起年三十在她家吃的年飯，花樣頗多，全是大碗，全都盛滿，有鹵牛肉、木耳炒肉片、紅燒全魚、紅元子、白元子，一種不知名的狀如棕子樣的三角形內包豆腐丁和青菜的菜、木耳肉片（他絞盡腦汁，回憶二天前吃過的菜）、蛋餃、泡蛋炒肉、藕元子。還有一種菜，他無論如何也想不起是什麼樣子了，更無從記得它的名字，只記得盛在一個海大的碗裏，他用湯匙舀了一湯匙，囫圇喝下去，感到寡淡無味，這才知道喝的是一口油。第二天早上，她媽請他去吃餃子。餃子是用雞湯下的，盛在頂大的一只碗裏，上面厚厚地堆著白嫩的雞肉。許多年來他沒吃過雞肉了。但雞肉雖鮮，他卻並不怎麼覺得，吃到後來，反而還多下幾大塊，都給了她姐姐。他想起一個日本作家寫的一碗山芋粥的故事。幸好，這不是自己夢寐以求的東西。她的哥哥在年飯上用茅臺酒和一種忘記了名稱的紅葡萄酒招待他。他也並不覺得酒有特別的味道，但口裏還是說「好喝，好喝」。他知道，出外做客，應酬話是非說不可的。他很不習慣在外做客，即便是她家也是這樣。吃過飯，他也不去後屋同她家大人團聚閒聊，一人坐在前屋冰涼的竹靠椅裏翻看普希金抒情詩集。她說他：「你也太不合群！」把他拉到

後面去看電視，他木然地坐在那裏，也不做聲，好久，臉上也沒有個笑容。她瞪他一眼，用手偷偷扯扯他的袖子，意思叫他坐攏點，悄悄說了一句：「太不合群！」的的確確，不管在什麼場合，他都有點感到格格不入，也許，還是睜一只閉一只眼，糊裏糊塗好些吧。他在那裏看電視，直挺著身子，時而也放鬆放鬆，將肘休息在身後的一張空繃子床上。他感到眼睛極不舒服，好像不是固定在電視螢幕上，而是被螢幕固定在眼眶裏不能轉動了。

爸媽從坡上下來時，說了一句「請進！」的話，聽起來覺得很耳生。也許規矩是這樣吧。爸媽各說了一句，然後來到沒有街燈照明的路上，她的父母沒下來，在門口囑咐她送一程。他管自走在前面，不想睬她，更不想停腳跟她交換兩句話，約定明天什麼時候相見。當然心裏不是沒想她會主動上來說話的。她沒來，倒是送了兩腳便轉回去了。他想，走就走了，反正明天她不來，我肯定是不會去的。「她媽媽真是個老實人，」媽小聲說。「哦，原來她爸爸在財政科工作過！」爸爸說。於是一路無話回到家裏。他一面看報紙，一面想，看他們還會作什麼評價。媽在廚房沒有動靜，爸半天沒響，在看他的*Advanced English*，忽然迸出一句：「其實，是縣裏的一個副局長，跟地區一個科長差不多，這麼多年了。」然後又復沉默，讀他的書去了。

他想bring back在她家發生的一切。如果把一切瑣碎的事都記下，恐怕得寫幾十頁，還是簡單概括點。但，這也討厭、枯燥，還是記給自己印象最深的吧。先是全家（她的父母、她的哥嫂和叔侄）全在門外恭候迎接；接著到後屋敘禮（敘禮了嗎？他doubts！），分賓主坐下（好像沒有分賓主）。茶端上來，是茶

壺裏倒的，不是現泡的，（這不能說明什麼，是各家的習慣，他立刻克服了這個prejudice，他想起自家來客從來都是撮一小撮茶葉到杯裏泡上，不泌茶壺的茶的。）又端上一盤葵瓜籽，一盤水果糖，糖是兩種，一種是醬色的話梅糖，一種他不認得，然後開始談話。（他差點寫成了談判！）嚴格說這不是正房。在從前的天井的地方，砌了一道牆，搭起屋頂。一邊被空繃子床占去一角，另一邊的一角放著方桌，桌上一架電視機，屋裏有幾張凳。爸爸面門而坐；媽媽坐在方桌一邊，靠牆，面對著她的父親，他背靠空床。她的哥哥坐在媽媽右手，嫂嫂在父親左手哥哥對面坐，懷裏抱著小兒子，她的媽媽坐在門邊。她和她姐姐則一人一邊，把大門封死，朝屋裏看看。開頭有些冷場，這是很自然的。也是極正常的。他等著，果然，不知誰巧妙地提到一個雙方都熟悉的人，於是談話開始了。進行到最激烈的時候，媽媽和她爸爸雙方都有些互相搶話。接著慢慢沒話講了。不久，媽媽到裏屋和她媽媽、嫂子、姐姐待在一起，扯女人的家常去了。這房裏只剩下爸爸、他、她的哥哥和爸爸。爸爸自媽媽走後，一直很少開口，只聽著她的哥哥講。而她爸爸也只開口講兩回，也閉口不言了，幸好有她哥時常提起話頭，天南地北地吹，最後又打開電視機，才算沒冷場。他們談的大部分是關於工業上的問題。哪兒實行了承包制；哪個省會做生意；哪兒的工資高，等等。這期間，他注意地看看他們三人。她哥哥右腿架左腿上，抽煙、嗑瓜子，興致勃勃地講著；她爸爸右腿架在左腿上，人瘦，架過來的腳幾乎可以垂及地面，和左腳齊平。爸爸圍著圍巾，她哥哥講話時便把臉向著她父親，她父親開言時便把臉掉過來，臉上有種古怪的

心不在焉的神情。他則左腿架在右腿上。不抽煙，只嗑瓜子，他淨嗑瓜子，吐了滿地瓜子皮，一聲不響，盯著掌心裏漸漸少去的葵瓜子兒。（忽然他想起下午看見爸換了一身嶄新的呢裝，結果臨走時又脫去，換上普通的藍中山裝，圍條醬色圍巾。媽還批評他說不該這樣換的，又不是那麼熱，換這幹麼？他在聽他們談話時，一直在後悔一件事，該進屋時作個介紹。比如說一上臺階便說：「我來給你們介紹一番，這位是小X的父親，這位是……。太不該！他罵自己，竟徑直提著兩包禮物走進屋裏，讓他們自己去握手了。她哥哥開始時那種冷冷的眼光和一臉不高興的神情分明帶有譴責的意思。「哼！在外面讀大學竟連這個禮節都不懂！白讀了。曉得他媽媽爸爸知道我是哪個呢？連個介紹都不作！」所以，後來她哥哥急急講話的樣子，在他看來多少有點像對沒作自我介紹的一種補救。哥哥的小姑娘嚷著要煙盒，她的父親給了她，她便把糖往裏抓。過後又嚷著要錢。「爸爸，給我錢。」她的爸爸（她的哥哥）給了她錢，她安靜了一會兒又喊著：「爸爸給我錢，不給錢就不讓吃瓜籽。」用小手罩著瓜籽，還張開兩肘。打開小包包說：「你看，爸爸給了我一塊錢，你也要給我一塊錢才行。」她的爺爺從懷裏摸出一張票子塞進去。他看見是張綠票子。大約是五分錢，她又靜了會，然後說：「錢是我，錢是我。」她本來想說「錢是我的」，結果「的」沒說成。他有些不舒服。

最使他感興趣的只有他們談的兩件事，一是她父親單位的一個老會計，他有真才實學，是49年畢業的大學生，工作任勞任怨，幾十年如一日，從不計報酬，也根本不追求名利，這次要評

他會計師，他根本就不願意，材料寫了半張就扯了。另一件事是某廠一姓皮的工人，提出承包他那個廠，由他擔任廠長，換掉原班人馬，選出最能幹的人，把懶惰者清出來，讓他們做雜活，保證全廠不虧本（原來年虧二十四萬元），並增產一萬。計畫如不完成，就扣去所有工資。但據說昨天他那個造紙廠用作紙料的草堆被人放鞭炮燒了好多座。據他看，這與某些心懷不滿的人的破壞一定有關。爸爸總是忍不住要發兩句牢騷，今天算是忍了好久，還是迸出一句「官辦！」（當然，這是指後來的事）。他啊，同那些當權者不同，他已經注意到，凡是當權者以及既得利益者，很少有抱怨的。只有他，牢騷太多。

不過，要寫的已寫完。他有點討厭這樣無休止地寫下去。因為他不知道，寫作這條路選對了沒有，他要等待，他要抽著煙思考。

《意義》

昨夜我和他談了許久，爭論關於人生意義的問題，現在，當我一人留在小房裏，獨對一盞臺燈時，我彷彿失去了記憶和思維能力，在室內來回踱了許久，將煙吸去了半根，仍舊擬不出一個提綱。要在從前，我早就五內煩躁，不由自主地要大罵一番隔壁左右電視的噪音、收音機的各地人民廣播電臺聯播節目。但，我已習慣了這一切，我知道，在現代生活中，只能像寫「Innisfree Isles」的Yeats那樣，求得內心的平靜。

記憶力時好時壞。好的時候短，而壞的時候長，並且是經

常性的。但我不甘承認這一點，我的鬥爭方法是逼迫自己，以極大的毅力端坐在桌邊，雙手從兩邊壓迫著頭顱，同時加強內壓力，像擠皮球一樣擠記憶，這樣的結果，常常是頭昏眼花，一無所獲，大腦中不是漆黑一團，就是空白一片，而腦門兩旁留下紅紅的巴掌印，隱隱作痛。這種方法失效，我便採用無為而治（對了，我想了起來，我怎樣同他爭論這個問題。莊子是提倡清靜無為的思想的）的方法。其實，那場爭論就發生在昨天晚上，本來我的記憶力並沒有壞到不能從頭款款敘來，但那種傳統方法已使人厭倦，更樂於信手寫來，不問順序的寫法。不過，為了鍛鍊，我還是得遵從創作規律，從頭敘起，既然記憶的閘門已經打開。

　　我在他的家裏。我躺在床上，頭枕著被子。他坐在茶几旁的沙發裏，另一邊坐著他從鄉裏來的侄兒，一個瘦削的沉默寡言的小夥子。

　　「你說，文學的意義在哪裏？」我說。

　　「沒什麼大意義，寫了就是給人看的，因此，發表了才有意義，被社會承認了才有意義，」他說。

　　「司湯達說文學是mirror，它不僅反映蔚藍的天空，也反映泥濘的道路。陀斯妥耶夫斯基則認為文學反映的不應是活生生的現實，而應是從現實中抽象出來的真理，是基於這個真理之上的真實；我們的觀念則認為文學是團結人民教育人民打擊敵人的武器。我看，武器論可以休矣；日本一個作家認為文學是苦悶的象徵。說實話，如果人不是心裏有話要說，而且非說不可，卻又無人可說，因為即便對最知心的朋友，也有難言的苦衷，誰願意花費精力和時間去寫書呢？而人們要說的要表達的情感，大都是內

心深處的東西，有的是長期思索的結果，有的是長年積累的鬱悶，有的是隱秘的感情的創傷，有的是對邪惡的深仇大恨，這些感情，平常難以用言語表達，即使可以表達，也受到各種條件的限制，唯有紙筆給人們提供了發洩苦悶的天地。因此要表達好這些情感，就必須真實，盡可能百分之百地接近於真實。」

「鏡子？我說文學的功能倒不如說是一架哈哈鏡，旨在給人們提供樂趣，茶餘飯後的談資，或無聊日子的消遣。要不然，人們如何寧願花錢上大世界看哈哈鏡而不隨便找個商店櫥窗或試衣鏡打量呢？」

「那按你的觀點，你這穿衣鏡的鏡子也可以取下，換上哈哈鏡了。你幹嗎穿戴衣帽之前或工作下班之後總要對著鏡子端詳自己一番呢？還不是想看看自己的真實面目，看看哪兒髒了，哪兒需要修飾修飾，怎麼打扮更美一些，難道不是這樣嗎？」

「不管怎麼說，任何東西一搬上紙就要變形，這是毫無疑問的。想做到百分之百的真實是不可能的。」

「現在不管它是否可能，而是看它的功用何在，是起教育作用，還是完全把教育作用摒棄，絕對反映真實？國外現代作品從不由作者出來說話，他所描寫的事件一般真實到可使你有耳聞目見、身臨其境之感，意義要你去從中體會。但各人因生活經歷、所受教育的不同，得出的結論也迴異。譬如說歐也妮・葛朗臺是公認的吝嗇鬼、投機商，是巴爾扎克所批判的對象，但我的一個同學讀完這本書後不僅不討厭他，反而讚嘆道：『不錯，他這種發家致富精神值得學習。』從這本書裏，他倒吸取了不少前進的動力。所以，我看武器論實在是沒多大意義。人若形成了各

自的世界觀，無論你怎樣把你所認為的真理昭示給他，他也是不
會接受的。他只接受符合他世界觀的那種人生哲學，其他的一概
排斥。你去對一個一貧如洗的人宣講金錢是萬惡之源，他能接受
你的觀點嗎？同理，你對一個朝氣蓬勃、上進心強但屢次失敗的
人說，浮名浮利、休苦勞神，功名全是糞土之類的話，他會相信
嗎？只有真正享受到榮名的人才對榮名厭倦。反正一條，文學作
為某種道義的傳聲筒或一個偶像的塑造者的時代基本過去，它是
屬於十九世紀的，二十世紀的文學更接受真實，心理的真實。」

　　「什麼是真實，什麼又是非真實呢？寫心理的小說我看有的
就不一定很真實。」

　　「當然，人的心理不同於現實，是非常難於把握的。因此就
有種種現代流派的產生。」

　　「現代流派也好，意識流也好，你都要說明個什麼東西，都
要圍繞個什麼中心才行呀。」

　　「我看不一定要那樣。你能說說你的生活圍繞什麼東西，它
的意義又是什麼嗎？你能說清楚嗎？何況人的心靈這個東西，更
說不清楚。有時候心靜得如一潭清水，有時亂得像漫天的灰塵，
描寫時就必須刻畫烘托出這種種狀態。這就要求用比較現代的手
法如意識流等。甚至可以完全進行反理性的創作。」

　　「如果這樣，那你何必不隨便將字母表上的字亂湊一氣，寫
到書上呢？寫100個a，亂寫幾個點橫撇捺，然後加上一些互不聯
貫的字，這有何意義呢？」

　　「意義？什麼有意義呢？究竟什麼有意義，你說好不好？」

　　「話說回來，我看問這沒意義。什麼都沒有意義。其實，

我老早想過，既無所謂好，也無所謂壞，既無所謂重要的，也無所謂非重要的，無所謂大，也無所謂小，無所謂正確也無所謂錯誤，一切都是相對的。任何理論，從它誕生的第一天起，就有其存在的權利。要承認合理性！決不能以一種理論的得道，而全然否定其他的理論。如果沒有形形色色的資產階級的哲學思想，也就不可能產生馬列主義思想；如果沒有資本主義社會的存在，又何以有社會主義的存在呢？真理是在同謬誤的鬥爭中成長起來的。如果完全否定唯心主義，唯物主義決不可能前進。否定了資本主義，社會主義就會倒退到中世紀的黑暗時代。理論和理論之間相互制約，相互依賴。所謂好或壞，正確與錯誤，依我看，全以當權者為轉移。思想占統治地位的就是正確的，即使它代表的統治階級被推翻後有可能被另一種思想取而代之而成為荒謬的。」

「你聽說這個故事沒有？一個民族以蛇為他們祭祀的神，因為在一次大災難中蛇救活了全民族僅存的一男一女。但是在別的地方，蛇被公認為最兇毒殘忍的動物。這說明了什麼呢？這說明世界上本無善惡之分，善的東西可能是惡的，惡的東西也可能是善的，只看對人的生命是有益還是有害。便利人生存的，便是善的；反之，便是惡的。如蛇的例子。白人的美也許正好是黑人的醜，而黑人所崇拜的美呢，卻是白人最厭惡的醜。進一步地說，理論也無所謂好壞，凡利於富國安民的，被現政府采納了，就是好的，其他的輕則可以不理，重則可以認為是壞的。」

「所以，什麼意義不意義！生存的意義就在於怎樣生存！How to live！怎樣活得更好。無論你研究什麼理論什麼思想，總

有一條，你不能違抗占統治地位的思想理論，否則，就無法生存。因此，你所讀到的關於反英雄反小說之類的文學理論，實際上毫無價值、毫無意義，因為它不被承認。在我們這個社會，你不歌頌，不塑造英雄人物，不宣傳政策方針，你的文學註定不被接受。小說詩歌不能發表，那它們的寫作也就毫無意義。」

「幾點鐘了？」我問他。

「表不在這兒，在隔壁。管他幾點鐘呢！」

我們上床，睡在各自的被裏，將煙灰彈落在一張鋪開的紙上，倚著床欄桿。雙方沉默了幾分鐘。

「哎，你有沒有這種感覺，」我問道。「長時間地坐著或站著，若有所思，卻什麼也沒有想，記憶好像是一片空白，情感則像是熄滅了的火爐，對一切熟視無睹，無動於衷。」

「這嗎，」他笑笑。「經常有。」

「年輕時談情說愛，感情烈火一般，一句話不和便會打起來，一個溫柔的眼神又會感動得下淚。那時候談這理想、那志向，不知天高地厚地大談柏拉圖、亞里斯多德、孔子、盧梭，可現在，除了感官外，思想彷彿死了。」

「是啊，回想起來，那時學的各種思想其實什麼也沒留下，像件穿舊了的衣裳，遺忘在某個結滿蜘蛛網的塵封的角落。我們空耗費了青春的時光學習思想，只為的是在老年時把它們給忘掉。你看，我們現在與其說是人，不如說就是身下的床板，或對面的大立櫃，或者拴緊了的門，我們的存在是和它們的一樣毫無意義的。」

「就是，茶館裏那些老頭兒，他們喝茶時想了什麼呢？我看

什麼也沒想。」

「我越想就越覺得無論什麼學識無論什麼理論，最終的目的都是為了人的生存。哪怕是為藝術而藝術論，這種理論起碼可以使那些看破紅塵而對現實生活失去希望的人堅定生活的信念。現在為什麼很多人並不看重知識呀，就是因為不需要知識，他們照樣能夠生存，而且活得挺好。而求知欲強的人，究其根本，也並不是為了學成大學者這樣一個終極的冠冕堂皇的目的，而是為了使自己過上更好的生活，物質生活，或，精神生活。」

他閉上眼睛，差不多要睡去。我便任由思緒飄忽。想起那一天我們三人同遊龍王山，坐在一片墳地之上，越過墳頭上的枯草和一座長滿常青喬木的小山溝，俯瞰著不遠的田野、河渠、小橋、路人和高大的建築物。我們默默無言，各自想著心思。小鳥在我們身旁跳來跳去，唧唧鳴叫，但是誰也沒有覺察。我忽然打破沉默，問：「你們在想什麼？」他倆彷彿大夢初醒，相對無言地一笑，嘴唇翕動一下，想說什麼，又沒說出，還是我代他們說出了：「什麼也沒想，又好像什麼都想了，是嗎？」他們又一笑，表示贊同，但仍然默默無言。過一會，他說：「心靈格外平靜，萬念俱灰。我們已經到了一個成熟的年齡。」「記得去年到這兒來時好像還有很多話說。又是喝酒，又是吟詩。哦，想起來了，那時，你們兩人都沒有談朋友。」

我想起她和我相摟著躺在床上的情景。那時，我的一切欲念都消失了，大腦格外清醒，但是真空一樣的清醒。世界的一切，周圍的景物，全都消聲匿跡了，每當我和她在一起，就有這種感覺。

　　「我們已進入了這個時期，」他說。「在這個時期，我們已
飽嘗人間憂患，享盡了塵世的歡樂，涉獵了各種哲學文學社會科
學，獲得了許多人生、社會、工作的知識，有過對美好未來的憧
景，也有過失望、悔恨，我們曾一次又一次叩響命運的大門，又
一次又一次地遭遇到失敗。多少次我們詢問蒼天和大地，人生的
意義在哪裏？結果是越問越糊塗，有的人甚至因為得不到答案而
輕生。而今，我們已倦於人生，所有的幻想都破滅了。剩下來的
路不走也得走，自然的規律是無法抗拒的，不必問什麼意義，活
一天便少一天，活一天便是為了感官的享受。人生本是受苦，恐
怕是，在苦中求樂這就是意義。」

　　我也寫倦了，我也想倦了。

＊　＊　＊

　　我重重地嘆了一口氣，提筆寫上以上幾個字，深巷裏響起
皮鞋聲，這聲音很熟悉，彷彿他朋友正在走過。透過窗玻璃，他
不會沒看到窗內暗淡的燈光，不會不想象到那個多愁善感的人正
坐在燈下愁思連綿、寂寞難遣。但是他走過去了，沒有熱情的呼
喚。夜空裏回蕩著電視的樂聲。爸爸早已入眠，弟弟訪朋友去
了，媽媽此時在看電視，屋裏靜而又靜。他說不出此時的心境，
是憂郁還是悲傷，抑或是歡樂或失望。他端坐著，一如置於牆角
的掃帚，桌上的茶壺，疊起的書本，裝著葵花籽的塑料袋，是
一個無生命體，除了拿筆的手表示著還有一絲生氣。他想描寫
點什麼。什麼呢？就寫眼前景物吧。靠牆長長一排書，種類繁

雜，依次是：（英美古典文學註釋叢書《格列佛遊記》、（英美現代文學註釋叢書）《最後診斷》、《管理經濟》、*Current Value Accounting*、*Life in Modern Britain*、《工業會計》、《工業企業產品成本計算》、《投入——產出分析基礎理論》、*Die Revolution Von 1911*、《*English*》（Book 1, 2, 3, 4），蒙著畫報紙的大字典、《成本管理文集》、《管理成本會計》、《工業企業財務管理》、《成本會計學》、《莎士比亞全集》、《英國文學選讀》（第一冊、第二冊）、《會計辭典》、《英漢國際政治經濟詞匯》、《社會經濟統計學原理》；英雄牌藍黑墨水、茶壺、一大疊雜誌，頂上面是滋美的糖果盒，下面一本*Economic Decision Analysis*、《會計辭典》；雜誌邊一袋敞著口的葵花籽，桌子還有一包酥糖，包裝商標壓在下面、一盞日光燈臺燈、一本《外國文藝》、下面是他準備譯的*Norton Anthology of Modern Poetry*，除此而外還有一卷詩稿。這些東西平時他很少注意，即便現在他注意了，也沒有從中發現絲毫意義。有什麼意義呢？瞧，他對自己說，你又談起什麼意義來！如果說他發現了這些書籍的擁有者是個懂英文的會計，那還不如不說好。還是撇開現實，回憶點什麼吧。

今天發生了些什麼事呢？上午，起得很遲。十點，對，大約十點左右才起來。8點鐘就醒了。昨夜做了幾個夢，都是一個美似一個，他不願起來，就是為了這。他記得夢中看到的那片景色妙不可言，天堂與之相比也不過是小巫見大巫。可惜，他無論怎樣使勁想，也想不起那夢境來了，只記得眼前是一片爛銀子的光芒，交叉著許多深黑渾圓的線條，彷彿飛著金鶴，又彷彿飄著雪花，整幅畫面像空無所有，卻又每時每刻變幻著最動人的景

色。它給他的印象是虛空中的現實，現實中的虛空，彷彿是裝滿了空氣、色彩、聲音的玻璃瓶，一打開，什麼也沒有，不過是空的罷了。由於他記不起夢的實況，他放棄了這個企圖，重溫著這第二個夢。這是一個相當romantic的夢。他認識了一位女郎，是同校的學生，她有婀娜多姿的身段，一頭飄飛的捲髮，她的唇上常常出現魅人的笑，而她的眼睛盯在誰身上就會叫誰神魂顛倒、不能自持。他和她在暮色中的湖邊相見時，產生了一種非常奇怪的感覺。彷彿失卻了什麼，又彷彿得到了什麼，為失去的東西而懊悔，同時為得到的東西而寬慰。他想起人們在背後對那個同學的議論，說曾看見她（當然，是通過門縫）在情人面前脫得一絲不掛，相摟著鑽進被子，但當他和她在一起時，不僅沒有絲毫厭惡，反而有一種興奮，像醉了酒的人，臉孔微微發紅，心跳加速了，思想變得單純，內心深處流動著一種隱秘的汁液，也許人可以把它叫做愛情，但他不承認，他只覺得和這樣的女人在一起有一種難言的快樂。他不記得自己是否和她有過任何肉體方面的接觸，在他回憶的時候，惟有初遇時的奇異的快感仍然像一些小小的火苗在他心中竄來竄去。他非常奇怪，他和這姑娘從未交談過一句，甚至在路上相遇時也沒有正眼看過一次，更不用說暗中對她垂涎、想她的心思，那是完全沒有的事。是什麼神祕的力量把她送入他的夢境？他百思不得一解。也許，這不可知的力量在同一個夜晚也把他送入了那個遠在天涯海角的人兒吧？他身上起著顫慄，他既快樂又憂郁地想到開學後他和她可能的見面。那時，她的一個眼神就會解釋一切，裸體、被子，這一切是多麼可怕同時又是多麼誘惑人呀。

他想起中午很無聊地改著幾首從前寫的詩，這些詩寫得極糟，他又不願扔掉。不久，Q來了，提只竹籃，他是來請他去吃飯的。在他來之前，他到W家去，請W吃飯，W不在，他的弟弟接待了他。坐了一會，他要走，正碰上W弟弟的兩個朋友，又坐了一會，這兩人都是大學生。一個個子高高，順頭髮、細眼睛，穿著打扮入時；另一個蓄著小鬍子。他事先告訴他，小鬍子是搞政治的，愛寫詩，喜歡寫低調的；而細眼睛是某名牌大學中文系的。

他有幾分緊張，不覺心跳起來，便走到平臺上，平息一下紊亂的思緒。他內心怕和他們談詩，因為在生人面前，自己常常嘴笨舌拙，開口，喉嚨總像塞著什麼，話說不好，使得臉紅不說，還帶上一種難堪的窘態。

談話一開始，他稍稍心安些，因為這兩個新來者談話的主要對象是他，他坐在床上聽著。

「寫《女大學生宿舍》的那個女的是你們學校的嗎？」他問，顯然是想扯一個能引起大家感興趣的話題。

「是的呀，」細眼睛說。「麼事狗小說！寫得一般得很。聽說要改成狗劇本，拍電影，見鬼！哪個看吵。我們是不看的。有一天開座談會，要她談創作經驗，冷了場，沒一個人發言，她弄得尷尬呀。沒有登她的照片，她長得像他媽個豬！還上得了雜誌。有個雜誌登了她的畫像，為麼事不照像而要畫像呢？這就有問題。胖得象鬼，怎麼登得出來呢。畫是美化她。我們班上冒得一個長得漂亮的姑娘。出國的那個長得還可以，他媽的，她憑什麼出國?!各門成績一般得很，不過年年評三好生罷了，那又算得

什麼呢？三好這個東西送哪個還不都一樣？而且還是走後門挖路子才出的國。」

「哎喲，」大鬍子說。「現在不靠這個還行。」

「你不要不滿，」細眼睛說。

「我哪裏是不滿呢？」大鬍子操著濃重的荊門腔，不緊不慢地說。「我怎麼能對別人不滿呢？要是不滿，也只有對自己不滿的唦。」

他坐在那裏感到很不安，插不上話，也沒有什麼好說的。他不是那種見生人說熟話的人，反應又遲鈍，找不到什麼可以使雙方談下去的資料。這時的談話已從那個小女作家轉到女人身上，他更坐不下去，便起身告辭出來。

晚上在Q家的酒席上遇見一位老同學。他在工廠當工人，結了婚，有一小孩。愛人抱著孩子坐在身邊。他長得五短身材、寬肩膀、厚胸脯，皮膚粗黑，滿臉橫肉，少言寡語，一雙不大的眼睛射出冷峻嚴肅的光，臉上很少有笑容。他記錯了他的名字，把他叫做「管」，但他一下子就準確地記起他姓「範」，不過，卻無論如何記不得小時候和他有過什麼交往，只記得他曾和他就讀同一附屬小學並讀過全托（即學生在校吃住的制度）。經過交談，了解到他們

74屆的學生，兒子留身邊沒下放，在X廠工作。這個廠他有很多熟人，因此便向他提到幾個。後來酒宴將散之時，他對Q的父親談到一件事。這是他說的話：

「我小時比較有名，愛打架。這次在X城出了件大事。我的一個青工看電影出來，看見一個人騎自行車過去，把旁邊的路人

撞了一下。那個路人便說了他一句，這下惹火了騎車的人，下來就打他，跟騎車人一起的有一大群，就走過來把那個人圍在裏面亂揣亂打，我看不過去，就上去說了一句：『你們這樣不好。』他們就圍過來，你推一掌，我打一拳，把我揉來揉去，我看好漢不吃眼前虧，就一跳跳出來。在旁邊觀察這夥人，看他們住在哪裏。我從8點鐘一直跟蹤到十點多，發現他們住在城外工棚裏頭。我等在外面，一直到他們都脫衣上床睡了，就走進門，對準其中一個下巴打了一拳，把下巴打脫了，過來又照另一個頸上一拐子，打斷了一根鎖骨，再找一膝頭，壓斷了一根肋骨。這時房裏的人聞聲趕來，把我團團圍住，我拼死從窗戶，紙做的窗戶，跳出去，混在剛放學的夜校學生群裏。想了一下，決定還是不跑為好，就又轉回去，站在地中央，對他們把事情原委一說，要他們寫檢討書，並蓋上公章，我說要是不寫的話，我明天帶一幫人要踏平你這個工棚，他們也不曉得我是個麼事下數，就寫了。我把這事跟廠長說了，他說你做得不對也不錯，又叫我最好還是買點罐頭送那兩個打傷了的人。」

　　他想起中午吃飯時爸爸批評他，說：「你一輩子冒得出息，三心二意，一時愛這一時愛那。跟項羽一樣，學書不成，學劍，又不成，說他不學一人敵，要學萬人敵，不過，你哪裏有項羽那種才能呢？劉邦的才能當然更大些噢！劉邦原先不過是個流氓，他就是有政治才能才當上皇帝的。從前還不是輕視知識分子，把知識分子的帽子摘下來接尿，後來聽——的話，就能馬上得天下，不能馬上治天下，重用了知識分子。他召集各將領開會，準備宣布大將的名字，他們都以為自己有可能被任命，結果大家聽

到的是『乃韓信也！』司馬遷的史記寫得多好。簡簡短短一句話，多有力！所以應該多看古典文學作品，從中吸取養料吶。政治鬥爭無情得很。韓信平定內亂後就被殺，他說：『高鳥盡，良弓藏，狡兔死，走狗烹，今天下已定，我固當烹。唐太宗把自己的兄弟都殺了，（說到這裏，他感到弟弟擡起眼睛，直向他射來，眼神驚懼而惶悚）。政治鬥爭是無情的，那種情意纏綿的人還能搞政治！』」

＊　＊　＊

　　我解開皮帶，把褲子脫到一半時停住了。洗不洗呢？我問自己，這個問題已不止一次地提出過，但每次都被當作軟弱和缺乏耐力而被置之不理。今天，它像橡皮膏藥，死死地粘在腦膜上。爸爸媽媽的房中沒有聲息，想已熟睡；客廳、廚房、弟弟的臥室靜悄悄的，沉浸在黑暗裏；聽不到隔壁周圍傳出的電視或收音機的樂聲；聽不到歡聲笑語、喧響的鞭炮，初七的深夜，萬籟俱寂。我呆呆地站在床和泡菜壇子、米箱子、液化氣罐的中間，上身脫去外衣，穿著毛衣，下身褲子脫去一半，兩只手一邊一個，遊移不決地抓住褲頭。已經洗了許多日子了，算起來大約有半年多，可能還不止。反正去年天熱洗起，中間沒有斷過。冷得渾身打顫的時候也咬著牙關挺過來了。記得十二月份時刮著冷風，吹在身上就像針扎似的，站在水池邊全身上下便不由自主地抖索，涼水一著身，便像濺著燒紅的鐵，嗤嗤直冒熱氣。我緊緊咬著牙關，心想，死不了人，瞪起眼，像要和誰拚命似的，雙手捧一捧

水便往胸脯上澆。他們看了直伸舌頭，說光看這情景就夠受。洗不洗呢？我又問著自己，身子動了一動，好像想脫下褲子，結果兩手倒把褲子提起，一屁股在床邊坐了下來。每天夜晚總要忙到十一二點才完，這時只想趕快脫衣上床，偎在被子裏，倚著床欄，消消停停地看會子書，但理智提醒自己洗澡的時間到了。大部分時間還是樂意的。想到洗過澡後確實神清氣爽，瞌睡趕跑，又想到於身心都有益處，便甘心情願地忍受了。有時由於懶惰作怪，覺得每洗一次澡脫衣穿衣挺費事，加上洗澡的時間，差不多要得半個多小時，而且雙腳因為長期在冷水中浸泡，裂開大大小小許多血口，並一塊塊地往下掉皮，很難受。所有這些最終都被意志所克服。我的大腦中有一個思想統帥：堅持就是勝利。一定要鍛鍊自己的意志和體力。要證明自己決不會被任何困難所壓倒。記得一次有個同學對自己的作法頗感興趣，但另一個冷冷地說：「還沒過冬天呢！」當時不是在心裏鼓著氣說：「等著瞧吧！」這不，冬天被輕而易舉地打敗。現在，春天已降臨到人間，反而停止不洗。這又作何解釋呢？

　　我坐在床邊，好一會思想停滯了，感覺到自己變成房中的無生物體，好像桌子、椅子或箱子。兩年前的春節，常常看書看到很晚，不洗腳也不洗臉，就那樣簡簡單單地將衣裳鞋襪一脫，便往被子裏鑽。媽媽都知道，第二天她就會問：「昨天又冒洗臉洗腳吧？」那樣挺舒服，其實，只要雙手往下一按，褲子就會順順當當從腿上滑下，一秒種後自己就裹在舒適的被子裏了。普希金喜歡過懶散的鄉間生活，他會折磨自己洗冷水澡？他一定會笑這樣的人太苕。大詩人都有一種怠惰的傾向。只有頭腦缺少資質的

人才用各種方法「磨煉」自己。不洗澡和洗澡，這對於我的性格究竟有何影響？好像並沒有多少。我的毅力在這之前已得到發展和加強，每天一個小時的德語，從未間斷；每天一個小時的中文寫作，又何時中輟？持久的耐力和決心我從不缺乏，只要認準了道，我就會走下去。

我脫下褲子，將沾滿白膚粉的襪子扔到對面椅上，用手暖和暖和冰涼的腳，然後鑽進被子。終於投降了。如果他們知道了，他們會說，瞧吧，早就知道他不會堅持下去的；父親如果知道，便會為他的「你沒有恆心」理論找到證據。不過，人家怎麼說都不在乎，因為他們說的話完全是為了證明他們自己對，證明他們自己有眼力，並非真正了解了我。由此也悟出一個道理，觀察別人不能僅僅證明自己比別人更正確些而使用證據。對身體有沒有好處呢？他說洗冷水澡就不怕冷。實際上並不是那麼回事。變天時還是得換上暖和點的衣服，被冷風一吹，少不得要流清鼻涕，聞了煤氣，喉嚨照樣要呼嚕一陣。我掀開被頭，露出雙腿，手在上面摩挲，用指甲一劃，留下幾道跡，血色很充足。細細看時，發現大腿上幾乎沒有一根汗毛，靠近膝頭處的汗毛都只有半根長，而小腿上雖有幾根長毛，卻稀稀疏疏，屈指可數。剛洗的頭幾天，曾用毛巾狠擦全身，想靠摩擦生熱，但適得其反，當即擦斷許多根汗毛。也許每洗一次就掉一根，結果成了現在這個荒蕪景象了吧。

但心中總是若有所失，好像做了一件不該做的事。甚至在心底深處還暗藏著這樣的思想：今天不洗，但從明晚起一定要洗並一直洗下去，只到結婚為止。不管怎樣，不洗是沒有理由的，除

了懶惰，而洗，別的理由拋開不談，第一點是對信念的執著。

＊＊＊

問題：

甲：讀完蘇霍姆林斯基的《給兒子的信》覺得很不錯，但是過於理想化，在現實社會中無法實現。我覺得古往今來的大思想家大哲學家或大文學家所提出的理想從來都沒有實現過，譬如陶淵明的桃花源，盧梭的按照人的天性進行教育，梭羅的歸真返樸等等理想，現在不能實現，將來也不可能實現，但它們作為一種理想仍舊是崇高的美的。不過，我扯遠了，本來想講的是這樣一個問題：文學能不能起到教育學所起到的那種作用？根據蘇霍姆林斯基的理論，原話我記不得，教育的實質即在把人培養成具有崇高的理想，高尚的情操，熱愛勞動、熱愛人，充滿創造力的共產主義新人，文學真能以此為基礎，為了達到這樣的目的進行創作嗎？

乙：依我看，很少有一部文學作品是起到了這樣作用的。事情往往是這樣：越是美化生活的作品，充滿美妙虛幻的理想，越是使人們痛苦。這種理想與現實相隔得太遠。有多少人看了《紅樓夢》後認真思索了它的社會意義？他們對待其他的作品也同樣如此，只是拿來消遣或者刺激感官。有的人看了《歐也妮‧葛朗臺》後不僅不恨他，反而覺得他甚為可取；有的人看了《安娜‧卡列尼娜》後，不僅不同情她可悲的命運，反而罵她是個蕩婦；

有的人看了《德伯家的苔絲》的電影後，反而認為作者鞭撻的對象 Alec 是個很好的人。有幾個偉大作家的真正本意為人理解了的？哪怕作家站出來明明白白地表示他恨誰愛誰，也會有許多人發表不同的觀點。偉大作家的知音讀者只可能是少數。他寓於作品中的教育意義也只可能為一部分人接受。

甲：那麼，文學又有什麼意義呢？也許，鏡子學說在這裏要起作用，文學是現實的活生生的反映。

乙：如果說是現實的真實反映，人們為何不喜歡看報呢？某地發生一件情殺案，你的桌上既有它的詳細報道，又有根據此事寫成的一部意義深刻的長篇小說，你究竟愛看哪一個呢？毫無疑問，你會首先拿起小說而置消息於不顧。文學畢竟是藝術的產物，它既是生活，又不是生活。因為它來源於生活，從生活中吸取養料和素材，但假若所描寫的赤壁和人們所見到的赤壁幾乎毫無二致，那何必要看它呢？不如花塊把兩塊錢乘車親臨其境觀賞不是更賞心悅目嗎？但藝術之為藝術，就在於它的又真又不真。你說究竟你眼前的無邊無際的汪洋大海真實還是縮小在一幅大小若桌面的海洋風景畫真實？

甲：當然要描繪地球，不可能將整個地球照葫蘆畫瓢地全部繪制在圖紙上，如果那樣，得要一張比地球還大的紙才行，看來，藝術的作用在於它能將現實縮小，同時又不失真。

乙：縮小是肯定的，一本16開的書，可以包羅萬象地寫盡生活的各個方面，這的確是縮小，但僅僅是外在形式的縮小，內容的實質都沒有變，不然，要文學幹嗎？還不如用繪製地圖的方法對待世間一切。但任何事物，一經寫進書裏，就不可能不變形。我覺得文學反映的是現實，是一種變形了的現實，就像某位朋友說的是哈哈鏡似地反映的現實，不過，這種變形有其規律，是對美的美化，對醜的醜化，你能不能在現實生活中找到一個像偉大文學作品中描寫過的美人那樣美的人？能不能找到醜得像大作家筆下的醜人（如卡西莫多）那樣醜的人呢？即便你找得到，那或者恰恰相反，醜的人沒有卡西莫多的心美，而美的人則具有很卑劣的心境。又有這種可能，即對醜的美化，對美的醜化。這就要看各人的觀念如何了。你認為美的東西也許我正認為是醜的，vice versa，但我們要談的是真實。這真不真實呢？我看還是真實的，這一點在心理變態的人身上反映尤為顯著。為什麼以怪為美？為什麼男青年以扮成女青年為美？這就是心理變態。」

甲：美醜觀念不同也好，心理變態也好，但根本問題並沒有解決，即文學究竟是教育的工具還是反映真實的鏡子。

乙：我現在也難給以肯定的回答。至少我傾向於鏡子說。或者通俗點，按照作者個人的理解，歌頌他所認為的真善美，抨擊他所認為的假惡醜。

＊＊＊

　　看完《蝴蝶夢》回來，已經將近深夜十一點了。這個電影我是第二次看，而爸爸是第三次。「第一次看時大約是四幾年，那時片子還沒有譯過來。全靠一邊的字幕理解，也聽得懂一些，我總記得海邊小木屋裏的瘋子Ben說的那句話：『she is gone and never comes』，」爸爸說，他和媽從上午起就催我去買票。因為譯詩來了勁，一直譯到下午4點多才罷手，等到去電影院，6點的已經賣完。正在猶豫是不是碰碰運氣買張飛票的時候，猛然從售票口聚著的一堆人中認出一個熟悉的面孔。他的名字立時浮現在腦際。他叫熊遠林，是從前下放小隊的社員。他的腦袋上尖下尖中間鼓，右眼皮上有個小疤，跟人說話時滿臉堆笑，臉部討好地微微向上仰著，哪怕你比他人矮，也會覺得他像是從下往上瞧著你。一剎那間許許多多往事閃電似地掠過腦海。（我不寫不行！寫作是我的第二生命。但無論如何也要首先搞好本專業。一定要掌握精深的英語。）黃昏的暗影中他對我奸笑著，暗示我的日記已被人翻看，那人可能為此要對我施行報復。我的心猛烈地跳著。我結結巴巴地向他承認並懇求他向那人轉告以後保證不寫有關他的事情。太老實了！我此刻想。一次他和我單獨留在那間空蕩蕩的堂屋，屋裏點著用墨水瓶做的柴油燈。好像是準備好的洗澡水已打來倒在腳盆裏，冒著熱氣，我脫得只剩短褲襯衣，向他賣弄了一番早先自學的青年拳。目的是想唬唬他，但他好像並不以為然，這個傢伙！一定是那人對他說了我什麼壞話，也他媽狐假虎威地神氣起來，看不起人了。九爺和他住在那間小房子，我送去大碗的蒸肉，他們不在，媽媽趕最好最大的肉塊子揀出來讓

我送去，碗裏汪著清亮的油。可他們事後連提都沒提，好像沒這麼回事。或者好像這是理所當然的。

「進城工作了吧？在哪兒？怎麼樣？」我發出一連串的問題，我的臉一定是沉了下來，因為我感到臉皮繃得很不舒服，好像很費力地睜大眼睛看著他。

他嘿嘿地笑著，露著半個虎牙，有幾分慌亂地忙去掏煙，左手伸到了口袋邊，好像忘了，右手把吸了半截的煙往嘴角笨拙地一戳，也向口袋伸去，兩只手搶著掏出了煙盒，以致人還來不及看清是什麼牌子的煙，一枝煙便像高射炮似地在我鼻子底下豎了起來。我吸著了，覺得有些嗆喉嚨，瞧了他一眼，看見他噴出一股煙來，好像顯得輕鬆多了。我緊盯著他的眼睛，但它們轉動得很快，一會兒滾到右邊，一會兒滾到左邊，不肯直接地和我相遇。我心想（當時我硬是這樣想的）：你這傢伙，不會沒想起過去那些事來吧，你不敢看我是不是？這正好說明你的心裏有鬼。他的臉微微仰著，滿堆著笑。「脅肩諂笑」這個詞不知怎麼忽地冒了出來。他並不直接回答我的問題，而是扯些其他的事。從他口中我得知那兒已經包產到戶，從前的一個小隊現在自由組合成兩個小隊，一個隊的隊長是原先副大隊長遠濤，一個是大苔，（當時我想不起這人，現在腦中漸漸出現了他的形象，細瞇瞇的眼，寬臉膛，帶著憨厚的笑，一絡頭髮總是汗浸浸地搭在腦門上，他赤著腳，不是做這就是做那，而且大都是忙活自己的事，從來沒個空閒的。）過去的保管弟兒（用土話叫是Di Er，差不多是英文的deer）已被撤職，而隊長德兒哥（我注意到他在談到德兒哥時流露的輕蔑和談到弟兒所表現的中庸）也不再是隊長了。

我覺得裏面有什麼「蹊蹺」，但不便久問，於是同他告辭。這個告辭是冷冰冰的，連「再見」或「以後有空來玩」之類的客套都沒說，倒是將一串「我不如你們」這樣的諷刺話扔給了他。

回來的路上，我忽然動了詩情。我幻想我死了，我的靈魂飛離了冥府，再度神遊了宋家嘴，那個我曾稱為第二故鄉的地方（其實能不能算第二個故鄉還很難說，因為我和那兒的人的確沒建立深厚的感情。）村前的小橋和沙河的流水，後山頂搖搖欲墜的巨石，它曾激起過我的幻想，我把它同可憐的記憶中的王母娘娘聯繫起來（那時我的知識實在貧乏，連王母娘娘我都懷疑是否沒記錯。至今，我仍舊懷疑，因為再也沒有時間消磨在閱讀神話上了。）

票沒有買著，爸媽自然又要說的。「沒用！連張票都沒買著，」爸爸說。「早就該去的！」媽說，其實我知道他們也並不怎麼惋惜，只不過是借此發發牢騷，開開玩笑罷了。果然我問他們看不看8:20的晚場時爸爸就說算了，但我堅持問下去，到第四遍時爸爸動搖了，第五遍時他完全崩潰，同意去看，不過得先去那兒把大門鑰匙拿到手。

我決不因為任何原因放棄自己對文學的追求。我知道一生將是一個失敗者，但我願做一個精神上的失敗者而不做物質上的成功者。走政治那條路是萬萬不可能的了。萬萬不可能的了。雖然我知道不入黨便永遠也別想升遷。但這是萬萬不可能的了。我不願，簡單得很。我不願，雖然人活在世上不虛偽是不行的，但少虛偽是可以的，我就要少虛偽點，少做些壞事。

眼，凝望一片灰色的天空，雙手瘋狂地將一本書撕碎，大把大把地往空中拋去，撕碎的紙片隨著北風，像紛飛的雪花，倏地被刮到很遠的地方；還有一個人，他很清醒，日夜忙碌著，準備考研究生，他這時已29歲了；他信心百倍，深夜，他把書扔在一邊，伸了個懶腰，對著窗上自己的身影說，怕只怕你不努力。對於你，有什麼東西學不會的？有什麼事業不能成功？何況只是個區區研究生！果不其然，這年春天他考上X學院文學研究生，兩年後，他接著考上博士。這才是正道，他對自己說。他打開箱子，箱子裏塞滿了日記手稿，是他每天一小時中寫下的思想生活情況。現在，可以安安靜靜一邊教學，一邊從事寫作了。看來，寫作並不與研究工作發生衝突，反而相得益彰。關鍵就在名利心的消除。想得諾貝爾獎？哼，那除非具有冒險的獻身精神。現在是36歲，X大學博士，如果活到56歲，還有二十年的寫作生涯。好哇！寫吧，煥發出曾被爭名奪利鬥爭而埋葬的文學青春吧！還有一個人，臉上帶著迷惘的神情，他木然呆立，茫茫然注視著眼前一大堆書，沒有一個朋友，沒有一個熟人，親人都已故去，連最心愛的愛人也早已反目，至今裂痕尚未彌合，他在事業上一敗再敗，所有的詩稿被退回了，所有的小說被退回了，他自己的工作一塌糊塗，校方幾有勒令離職的意圖。他想哭，過早衰老的眼角出現深深的皺紋，但乾枯的眼睛裏流不出一滴淚來。他想笑，乾裂的唇痛苦地扭開，顯出脫落了一半的黑牙齒。我不忍再寫下去，因為我發現這最後一個人太像自己了。我的耳邊又一次迴響著母親的聲音：「你一輩子也不會有出息！寫那些狗屁的低級灰色的東西，你是有那個水平，有那個板眼，還管它個管。百羅

（男性生殖器）用都冒得！跟你說了幾多遍，叫你莫寫，把心思放到正業上來，專心學習英文，你就是不聽。你說你有個麼事經歷？巴掌大的幾個地方，下放的個小位置，再就是船廠，再就是學校，你認識幾個人？了解幾多事情？竟異想天開地想搞寫作！」「哎喲，」是父親的聲音。「算了！說他幹麼事！你讓他想怎麼幹就怎麼幹，到末了吃虧的是他自己。那兩個（指二弟）就不像他這麼傻。小的一個冒得能力不異想天開，在國外的沈穩得很，一發現自己在哪方面不行就馬上轉向。他（指我）不曉得是怎麼搞的，這麼大，還一點不懂事，成天地搞他的詩。你是搞出麼事名堂，發表了還有話可說。一篇又冒發表。」「本來你們三個考上大學，」母親說。「給我臉上增光不少，只指望你們仨好好讀書，畢業分個好工作，做娘的就更光彩了，現在看，狗屁！全家的名聲就要敗在你一個人身上！這個不爭氣的東西，真是把人也氣死了，把人也氣死了。」我看見自己披著父親年輕時穿的那件黑呢大衣，據他說是48年做的，故意滿不在乎，神氣十足地在房裏踱來踱去，一會兒停在像框子前，欣賞全家福中愛人的臉。她那時略顯清瘦黧黑，一雙大眼睛分外有神，正目光炯炯地盯著我看。她棱角分明的薄嘴唇微微張開，露出半嘴白牙。這都是我十分熟悉的。一會兒大搖大擺走過正在訓話的母親身邊，眼睛不看她，像跳舞樣邁動著雙腿，使她惱怒，其實心中在恨恨地罵自己：看你這狗東西，還不停止！還不停止！怎麼能這樣對待媽媽？雙腳卻完全控制不住地在自行其是。後來媽媽說：「算了，跟他說有什麼用，他哪裏聽你一句?!」我不做聲，心裏卻在說：媽，我一句也沒聽漏呢，你的兒子已經醒悟，心裏在反悔，

在準備下個學期的學習計畫呢。

昨天我還信誓旦旦，完全放棄每天一個小時練習寫作的計畫，今天，我又煞費苦心地在考慮如何把它納入我的議事日程。我決定，無論工作多忙，學習任何多緊張，我決不放棄這個練習。我將終其生把它寫下去。事情就是這麼簡單。至於說什麼時候最佳，我看放在中午吧。關於詩，我不想像過去那樣硬擠，什麼時候它來了，我便什麼時候寫。不定時間和篇幅。一切就這樣定了，我的心也安寧得多。英文的寫作又將開始，時間是在晚飯後，一個小時或兩個小時，都無所謂，視情況而定。

中餐和晚餐有兩次談話，都是在我和父親間進行的，媽偶爾也插話，現記錄如下：

「我發現，」我說。「很多國家和我們顯著不同的地方在於，它們的封建制度是被資本主義制度所推翻而取代的，而我們國家是被社會主義制度直接取代，其間沒有進行資產階級為掃除封建影響的種種運動，因此，我們的制度本身有很多封建性質。」

「這還用你說！」爸爸說。「隨便舉個例子，地區當權者有哪個沒把自己的子女安插在地直機關的？我看沒人作這個調查，我敢說個個人都這樣幹。這不是封建是什麼？工廠民主選舉廠長、書記，他媽的，他那裏早就選好的人，卻名正言順，冠冕堂皇地開選舉會，發選票，把工人當表決機器，我才沒幹呢，我把票丟了，這不是封建是什麼？」

「依我看，我們要掃除封建殘余，首要的任務不是反資，而是反封，應該開展運動才行。」

「什麼運動都不行！因為發動運動的頭頭本人就是幹他所反對的事的人。」

「或者進行社會主義制度下的資本主義化。制度不變更，采取各種方法促進生產力的發展，增長社會財富，也許這樣——不過，依你看，假定本世紀末四化可以按期實現，封建的影響能不能基本掃除呢？比如門閥觀念、求神拜佛、拉關係、走後門，等等。」

「不可能！是的，不可能！」

不知為什麼，我們話題一轉，我說：「爸爸，人家都說你的一生是作廢的一生，讀了那麼多書，可是沒人用你，至今還是默默無聞，一事不成。有多少人沒費什麼力便過著舒舒服服的生活。」

「沒有辦法」，父親回答。「性格生成了這個樣子，生來就不會搞吹吹拍拍、拉拉扯扯的事，那年看醫生，提點東西去我都不曉得怎樣開口好。一搞這種事情就心跳臉紅，活受罪。」

「那年我叫你爸爸送點東西，」媽說。「他一連聲地說：『卑鄙、卑鄙、卑鄙』，硬是不送。其實那點東西叫現在看來根本拿不出手，一瓶油，或一包點心，現在，冒得七、八上十塊，你乾脆莫出門！」

我的眼前閃過一條大中華煙、兩瓶黃鶴樓酒和一盒花花綠綠的奶糖。「這些東西恐怕花了二三十塊，」我聽見女友說。

「我看哪，」我對父親說。「社會財富的增長帶來了一個唯一的結果，那就是送禮的加碼。」

父親對我的論斷表示戲謔的沉默的贊同。母親說：「瞧，他

又創造了一個新詞兒！」

　　過了一會兒，我將《世界文學名著評選》拿來，翻開評論《少年維特之煩惱》那一章，指給父親看其中評論者抨擊宗教的話。他說宗教宣揚來世幸福，要人們「放棄現實生活的歡樂，克制欲望，去追求所謂天堂的永恒幸福。」「封建統治者所以要制訂編造這些玩藝兒，無非是想構築起一道道高牆厚壁，以防範『人性』潮流的泛濫，保全「他們的亭園、花塢、菜畦。」

　　「我說這些評論家是瞎子還是聾子？他們怎麼就看不出來我們的現實與他所描繪的有何等相似之處？我們不也在大喊追求什麼主義嗎？我們不也去歌頌什麼娥那種做牛做馬的人嗎？難道我們活著僅僅是為了那些我們根本看不見的人去犧牲嗎？難道我們不應該歡樂地度過此生而將痛苦換取來世之人的不可靠的歡樂嗎？雷鋒如果知道大部分的人在死做只是為了一小部分的人享受，他恐怕也早就不幹了。」

　　「凌霜總結了中國的歷史，說中國是20世紀的政治怪胎。」

　　晚餐我們觸及到一個很有趣的題目，我們發現，四大文明古國都成了落後新國了，而後起的民族卻遠遠走在前頭。

　　「這跟人一樣，老了、朽了，自然走得慢了，」父親說。

　　我感到有一股力量在推動我，催促我，我幾乎坐不住了。多想使出全身的勁將我們這古老的文明煥發出青春來。

＊＊＊

他很無聊，書也不能驅除這無聊幾分。於是，他想到了手

淫。他用冰冷的手將萎縮陰莖慢慢弄得勃起。於是，閉上眼睛，在黑暗的記憶中搜尋美麗的身影。模糊的影子從眼前飄過，像黑夜中浮過的雲。猛地，他的心動了一下，他看見一片光，閃閃爍爍，迷人地泛濫著。緊接著藍光消失，露出一個被藍緞旗袍緊緊裹住的身體，旗袍的兩邊叉口開得很高，一直到腰部，臀部很寬，在旗袍的緊裹下，又圓又肥，與之相比，腰部顯得異常窄細，腰的上方，豐滿地凸露出兩個聳起的乳房，象兩朵尚未綻放的蓮花。頭被一團輕霧籠罩，看不見眉目，腳上一雙鋥亮的全高跟鞋，一走動便格登格登地發出悅耳的聲音，那麼細的跟兒，像一朵花的莖桿，每每顫巍巍地，引得全身也隨之顫動，而每一次顫動，旗袍的叉口便要閃開，電似地顯現從腰際到腳踵的雪白的全部。他看見腰帶自行解開，松松地垂下來，袍子散開，像花瓣怒放。他用一只手揭開袍子一角，呆住了，一切都消失，眼前惟剩下交疊在一起的肥白的大腿，和小腹形成的三角線清晰地勾劃出來，蒙在一層尼龍薄紗中。這個形象一次次加深，又一次次減弱，只到他把自己弄得精疲力盡為止。即使在最瘋狂的時候，他也沒有失去理智，他對自己說：「這是perversion。不能做，絕不能做。」但他罪惡的手一刻也沒停。

　　這個人當天晚上自殺了，他用刀割除了全副生殖器。

＊＊＊

　　無論幹什麼事情都不能盡興，否則將變得索然寡味。可惡的他，又幹了骯髒的事。他非常地憎恨、厭惡自己。他知道唯一的

治療辦法是工作，趕快回到學校，日夜沒命地工作吧，這樣就會忘掉一切。窗外傳來貓兒叫春的聲音。昨天兩只貓兒一唱一和地叫春，好起勁呀，那聲音哀婉動人，有一股說不出的味道。

　　凌霜那天對納雄的愛情所下的結論是：他和她的結合終將演成悲劇，可能以殘殺為結果。我的心罩上一層黑影。我在想，能不能幫納雄從這場可能的悲劇中解脫出來。不行！絕對不行！他是不聽任何人的，凌霜說。

　　納雄今天來了，我向他打聽這件事。同往常一樣，他吞吞吐吐，欲言又止，或者閃爍其辭，不作正面回答，到後來，他換了一種方式向我提出問題：假如一個人就說是個男人吧，家在M城，他的生活條件很優裕，但名聲不好，想調到H城來，雖然H城生活不如他家裏，但至少可以躲避家裏的流言蜚語，他為什麼要這樣？假若他調到H城後又後悔，覺得還是不如回M城，寧願過名聲不好但條件好的生活，那又是為什麼？當即我就明白他所想說的意思（因為他目前所談的女朋友作風不好），不過，為了不令他生疑，我先亂扯了一通，然後說出五種可能。第一種是他因名聲不好找不到女朋友，所以到H城主要尋求配偶；第二是她（我巧妙地換了「她」）雖看上了男朋友，但男朋友並不愛他；第三是男友看上了她，她卻不愛男友；第四是男友看上了她，她也有意但比較勉強；第五是男友比較勉強，而她則較願意。果然，他要我分析第四種情況。我忍不住笑起來，他也笑起來。想不到他竟這樣對我保密！不過，到這時他也知道再瞞不住了，便和盤（其實仍是半盤）托出。他說對方的態度是無可無不可，關鍵在於他是否能將她調來黃城，一切以此點轉移。他堅定

不移地相信，好條件是談戀愛中的決定因素。我提醒他沒有感情的結合將會造成終身的痛苦。又請他權衡與這個姑娘結合的利弊。估計為將她調來至少得運動一年，而他是不願等這麼長的時間的，「夜長夢多」，這是他的口頭禪，他用這句話退掉了許多本來可以成為他妻子的姑娘；如同她斷絕關係，只消說一句話「調動工作我無能為力」就行。雙方都無遺憾，因為姑娘並不依戀你，她的條件是，誰能將她調回黃城，就做誰的妻子，既如此，沒有什麼可留戀的。所以，權衡利弊得失後，他有些動搖。我進而提到他去年八月中拋棄的那個少女，說拋棄也許過份，但他的確是沒有主動去找她而中斷了這一場浪漫戀愛的。我歷數他戀愛史上的例子，和第一個女友分手是因為她在遠方不能調回，結果事有湊巧，剛剛分手兩個多月，她就調回來了；第X個是去冬談的，他怕短期內不能成功，推了；其實那姑娘很喜歡他，家裏也同意，最後一個就是這個，他又有借口，一是她家人不同意，二是她太小，兩三年內不能成婚，怕中途有變，一是她在E城，難得見面，我問他：「你愛不愛她？她愛不愛你？只這一句話，你說！」他說彼此很相愛，但——「這就夠了，」我斬釘截鐵地說。「愛是主要的，我認為你應該去找她，放棄目前這個，她太遠了，況且又是那樣苛刻，還沒有感情，你幹嗎要舍近求遠呢？」他告訴我他上次（半年前）給她寫了一封長達九頁的信，據她同房的說她看信後哭了幾場，這不就有了，能為愛情痛哭的人，就是有真情實感的人。我興奮地叫道：「我說明天一起去，一定要把舊情挽回，要將你的心思都向她坦白，求得她的諒解，不管她家裏如何阻撓，堅決談下去，有情人終成眷屬。」他也興

奮了，便馬上答應回去請假，明天一大早就來。他一走，我便動手掃去瓜子殼，然後收拾行李，心中在想他會不會變卦呢？就在這時門響了，我打開門，看見是他，一副遊移不決的樣子。

　　他一進屋就發出一連串的問題：「假如她已談了朋友怎麼辦？假如她不理我怎麼辦？假如碰不到她怎麼辦？假如她在上班不能離開工作崗位怎麼辦？假如她的工友看見了回去告訴她父親怎麼辦？假如她父親知道了狠狠地打她並把她調到別的單位怎麼辦？要知道她父親對她管得才嚴，什麼時候下班，到哪兒去，都要問個清清楚楚。唉，要是前些時過春節的時候去找她就好了；要是夏天你不走那麼早就好了；要是你再晚兩天等到星期天我們一起去就好了，要是──」「別假如、要是好不好？」我打斷他。「要是你老是這樣要是下去，你是一件事也辦不成的，一個姑娘也找不到的。假如你什麼也不考慮你明天就會去了。」

　　「唉，」他重重嘆口氣。「你不知道她多麼可愛，我倆認識的第一天下午，她歡天喜地地跑回家向母親報告這特大喜訊，滿心以為她會同意，哪知母親把臉一板，說個『不』，事情從一開始就弄糟了。她家裏大人想把她嫁給她小時一塊長大的一個比我年輕得多的男青年，她說：『我一點也不喜歡他！』她就像個小孩似的。有一次，她對我說，以後你來，人家問你就說你是我表哥，那樣子多可愛；還有一回她和我在一起散步，穿的那種束腰的裙子，短袖子箍著橡皮筋，飾著花邊，跟十三四歲的小姑娘差不多少，是她媽做的；這半年來，我心裏怎麼不痛喇！不過是沒有表露罷了，我總在尋她，總沒尋著。」

　　他一會兒仰天長嘆，一會兒緊閉雙目，像段木頭倒在褲子

上面；一會兒霍地站起，像害牙痛似地捂住半邊臉；一會兒焦急地踱來踱去，突然一個轉身向窗子走去，猛地把窗戶推開。就這樣折騰了大約一個小時，才最後說：「好吧，明天去！」看我反應不強烈，他又洩了氣：「怎麼，你不想去了？」他問。「去不去在你，由你決定，我無條件奉陪。」這下又叫他思考了很久，大約又是半個小時，這才毅然決然地說：「好吧，一定去，一定去。」他加上一句，好像寬自己的心似的。走到外面，感到了雨。「要是明天下雨怎麼辦呢？」他口氣又活動了。「去。」「風雨無阻？」「你說呢？」「好，去一定去，一定去」。

＊＊＊

　　舉燭談到這次過路的情況。女朋友家雖在山區，但並不講究，只送了些平常煙茶糕點之類的禮，她的父親早就寫信叫人不要送禮，因為有規定，不許搞請客、送禮之類。「大隊幹部是緊跟政策的，」L說。她兄弟姐妹6個，上有父母，父親是當了30年的大隊書記，幹過一段公安，因不能糊口，回了鄉，高中文化程度。年飯擺了兩桌，她的兩個哥哥、一個弟弟都在外工作。大隊書記在鄉下權力很大，一般人見了都點頭哈腰，唯命是從。他常以「我把某某教育了一頓」的口吻說話。他有各種特權，因為有時開大隊會，或他處來客，在他家住，便有一年免費用電一千度的權利，從山上水井引下自來水管直通屋裏，門前魚塘，魚全部自撈，園中的菜也歸自得，名義上全屬公家。這大隊書記有個規矩，每年初一晚上要開個全家會，把自己的長輩、兄長和大隊書

記找來，一是認親（L已成了我家的人），二是訓話。嫂嫂被訓
得狗血淋頭，又是燙頭又是高跟鞋，像什麼話！再不能這樣。她
也被訓，而且用一個故事威脅她，某村一個姑娘燙的頭髮夜晚被
她爸爸全部剪了。

＊＊＊

　　心中非常煩亂，想到下學期的畢業論文到現在連題目都沒
有定出來。前天夜晚在黑暗中躺在床上，雄心勃勃地計畫著下學
期的學習，打算寫哈代的《無名的裘德》。當時想只要下功夫花
精力是不會很難的。那晚很晚才入睡。太興奮了，對新生活的
向往和憧憬在我的血液中沸騰。今天晚飯後去凌霜家，向他弟
弟請教有關論文方面的問題。「最好就一個題目論，」他說。
「比如論某小說的結構或語言藝術，或人物形象，這樣比較好
把握，如果論一整部長篇，那恐怕不是短時期內所能做到的。
在諸論題中，人物形象是最難論的，但也最有意思。嗯，你幹
嗎不論詩呢？一般來說，詩相對地好論些。凌霜的弟弟是X大學
80級中文系的學生，頭髮微微捲曲，兩頰泛著紅光。他談起文學
評論來，引經據典，旁徵博引，口若懸河，頭頭是道。我有些自
慚形穢，雖讀了三年半大學，但決沒有他那種談吐。記憶中的各
種理論也忘得差不多，只剩下影子。根據他的觀點，要寫論文就
得寫出新東西來，要有新觀點，獨到的見解。衣服，哼，人都
是以貌取人，（對不起，我又憋不住要用意識流的手法了），假
若現在我穿的不是這件黑呢大衣，這個摩登女郎怕連看都不會

看我。但我不可能在這短短的半年時間中發現什麼很新的東西。那你為什麼不早點動手？蠻好玩，人是這麼複雜，十幾分鐘後他就要見她，那個被他拋棄半年之久的女朋友，可還要去追逐一個素不相識的黃花少女！「我真被她迷住了！」動是動手了，先想譯一本長篇，是毛姆的，你知道毛姆吧？《克來多克夫人》。這時旁邊的他的妹夫開腔了，他是電大文科班的學生。「我給你提一個建議，譯小說要譯那種能啟發人的，合中國讀者口味的，有教育意義的，……。」我沒有聽他，什麼叫啟發人？啟發了你的，不一定啟發得了他，使你受正面教育的，可能使他受反面教育。合誰的口味？不懂英文，卻提建議，還是關於他一竅不通的翻譯的建議。世界上總有這些不僅是強不知以為知，而且是好為人師的人。不，這個學期無論如何不能低於他。無論怎麼說自己哪點不比他強？要是不寫詩，不把大量時間和精力花在創作上，不會把成績拉下來的。那你為什麼要花在那些歪事上呢？爸爸說：「你這不是豈有此理嗎？」她看樣子頂多十九歲，一口道地的鄂城腔，瞧那流利的或者是不如說油滑的開場白：「各位同志……。」快得簡直跟不上，連珠炮般，有架錄音機就好，全錄下來，不過，她幹這種賣「增廣」、「算命書」的生意也並不長，開始還順暢，到了中間便有些結結巴巴，最後勉強說完，鬧了個滿臉紅，大約旅客的沉默使她的聲音顯得太突出的緣故吧。一雙眼睛並不難看，只是牙巴骨有些外突，短髮，沒燙，黃底黑花燈芯絨衣，深黃毛線衣的大翻領翻在外頭，左領上有兩顆亮晶晶的塑料扣。這跟我的那個那件是一種式樣，顏色不同罷了。「叫你拿來你就拿來啲！」一個聲音對她喝斥道。我扭過頭看見

那邊椅子頭上一個打扮入時的小青年正用賊眼直勾勾地盯她，不懷好意，甚至左腿擡起來，想用膝頭去觸姑娘的臀部。這個狗東西！我心裏罵道。他眼中那種貪婪的光叫人看了直想嘔吐。可是正對面通過走道的鐵柵欄，一個陌生姑娘的眼睛卻在直勾勾地盯我。我渾身上下不舒服起來。論文怎麼辦呢？現在乾著急也沒任何作用。好一會兒將它忘掉了。她的確長得不錯，從後面看，黃中透綠的襯衣，很合體地襯出她優美的身段，烏黑的髮，兩股松松而濃密的辮子垂在肩上，她和他就站在土坡下，他雙手插在軍大衣口袋裏，面對著微低著頭的她，正談著什麼，都沒看見我。這時響起了12點的報時信號。這是我們約好分手的時間。「如果你看見我和她一起出來，你就先走。」好，我便離開那兒，向大路走去，但忍不住又轉到堤坡下一個地方，剛看得見他的側影，而她被堤坡旁的電線桿完全擋住了。他談得那樣入神，竟沒環顧一下四周。口裏發出大蒜味。媽媽專門為我炒了臘肉年糕，自己一塊都沒嘗。我是個沒良心的人。是的嗎？在家中不覺得，離家愈久體會愈深。「這一次要孤注一擲了，」終於，他說出了這句話。有時他竟荒唐到問：「假使別人因為我談了一個這麼年輕的女朋友而嫉妒那我怎麼辦呢？」「那你就不談了，以免他們嫉妒嘛！」我諷刺道，心裏真正氣他的沒有志氣和優柔寡斷，生性多疑的性格，我只問一句：你愛不愛她？愛她就談下去，不愛就算了。管人家對此有什麼看法呢？

* * *

回學校了，下半邊身子裹在剛上的被子裏，覺得格外舒服，從昨天早晨到目前（10.23分）為止，發生了多少事，即便用意識流的寫法也寫不清楚，只好采用chronological的寫法了。

26號晨6時左右，迷糊中聽得鑰匙轉動門鎖的聲音，「起來呀，春陽，六點半了，你叫我6點半喊你的，我跟你炸糍粑去。」睡意朦朧地看見母親的背影在晨光熹微中閃了一下，消失在門後。又在床上纏綿了一會兒，聽見此起彼伏的雞叫，嘹亮的在清晨的寂靜中。

7時左右，吃完炸糍粑，在池邊洗碗，爐邊忙著的媽說：「記住我的話，兒子。把心思都放在寫論文上面，聽到了冒？我非要你說：聽到了冒？再莫搞詩了，好不好，兒子？」停了一會兒，她談到某個在車站工作的熟人，這人文化革命和她同是一個造反派組織的。「怎麼，」我驚奇地問。「你也當過造反派？那他們現在怎麼沒整你？」「我是小蘿蔔頭呢，」媽說。「他們當頭頭，我們就跟著一起起鬨呢。」我看著媽媽那矮小的身影，滿臉的皺紋，一副逆來順受慣了的神情，心裏頓生憐憫，同時暗暗地在咬牙：「這種情況決不會繼續下去，你的兒子一定給你爭氣，他不是失敗者。他將勝利。他將永遠不甘於一個嘍囉者的地位。你看吧。」

7.30分，進車站；7.45分上車；3號位在最前面，跟引擎只有一面花鐵欄桿相隔，空間異常狹窄，坐時不得不屈起雙膝，與胸齊平。

8點開車，身邊座位裏是一個中年女客；她的熟人在我左側身後。從她倆斷續言談中估計後面那位在某大學任教或讀書。

回頭看了一眼，相貌不錯，年約三十一、二。看完《斯萬的愛情》，停了一會，看英國文學選讀（英文）。打開書包時，露出送盈盈的米泡，心裏便想後面那女人怎樣看自己。她肯定會暗笑我一個大學生竟還像小孩子樣帶米泡上學吃。讓她愛怎麼想就怎麼想吧。看來一個人光從外表上判斷另一個人，有時會得出多麼錯誤的結論呀。說不定她還會以為我那裝滿書的大提包恐怕裝的都是吃食。

　　10點半到漢。去校途中，起了一種mingled feelings，好像很不願意去或者即便去，也希望一路上不碰到一個熟人，宿舍裏也沒有一個人。最先想到他，想到上學期開學時見到他的那種冷冰冰的模樣，想到幾年前的第一次齟齬，更增強了這種感覺。甚至恨不得是在夜深人靜時到達，美美睡一覺，第二天什麼事也沒發生似的上課學習，好像並沒有放什麼假。眼前活動著各個同學的面孔，產生種種不愉快的感覺。假笑、不得不說的應酬話、虛與委蛇，心照不宣的談話、互不直視的眼神。但，一路上竟沒見任何熟人。Z在家，裏普考試去了；原來，研究生考試今天上午舉行。事實是，和大家一見面，一開口，所有那種預先的感覺早就煙消雲散。不覺慚愧，個人的傷感和猜疑很討厭，想。

　　羅博似乎瘦了一點。「春節全家輪流感冒。」他帶來家中鹹魚，蘸醋吃最好吃了，他說。懷柔的是一袋沙漠的黑棗，葡萄大小，烏黑烏黑，少許皺紋，味道像柿餅，核也像縮小的柿子核。安德瘦了，面容憔悴，看得出假期中的生活的痕跡。

　　中午，考試的人都回來了。每人都說考得不好，除了皮塔。上被子；清東西，洗澡，去漢口。

一共三人）之一從一樹後閃出，照他頭上給了一刀，當時砍開一個口子，但他窮追不捨，被第二個人當頭敲了一棒，鮮血迸流，他仍然緊追，前邊的小青年猛地轉身，照他臉上殺了一刀，破了相。當時搶救，一小時後漸漸甦醒。這個學生家境貧窮，靠姐夫賣血才得以來校。事出後，學校黨委派專人（學生）護理他，並撥出一定款子（醫藥費30元），各班學生也湊錢給他買藥品或水果等物，但他在第三天趁人不備，偷偷將寫給家中的信發出，從新修的六樓頂跳下，摔斷三根高壓電線，二根粗大的梧桐枝，因穿大衣，未摔傷外部，但內出血，半小時後身亡。他信中說要以此死引起人們對幾件事的重視：1. 社會上流扒盜的活動。2. 學校內的混亂（那時沒修院牆，學校經常丟東西，常常整個箱子被偷走，學生沒熱水洗澡，沒澡堂，飯菜差得要命）等。長航即撥錢修起了牆。這時他父母，姐夫都來了，要求：1. 付全部來往路費。2. 安排其妹來校工作，本來學校準備給他家除付路費外三百元撫恤金，因為他家的要求太苛刻，就不打算實行，後來還是按原計畫付了。這人跳樓有幾個原因：1. 他家包辦婚姻的女方已變卦，不喜歡他，這是主要原因。（女方美，而他一般）。2. 自己已破相。3. 家境貧寒，自那以後學校組織護校隊，不幾天，抓住殺他的那三個小青年，一個是本校醫生之子，一個是外校教師之子，一個是某機關頭頭之子，他們三人被關在地下室狠狠地打了一頓，其中一個被打休克了，後送交長航公安局，由於走後門，不久便開釋。學生們群情激憤，舉行罷課。由最調皮又最有威信的學生領導，唯他（小陳）領導的一班沒有參加，罷課占領了學校電臺，向《長江日報》發電，並向《中國青年報》發電（未

遂），受到及時制止。結果是學生生活大改善，司務長撤職了。院牆修了，鍋爐建了，澡堂修了。因為他帶領的那班沒參加罷課，得了80元獎金。這個學校，據他說，什麼都是獎金，打掃操場，一人二角，競賽也獎錢，但如果曠課，則扣錢。談到錢時，他興致勃勃，說他們班如何在畢業時共有800元的班費，專門把全院的頭頭都請來吃，全部吃完，因為書本、鋼筆等禮品各人都有。他還敘說怎樣春遊等等。對此，他特別感興趣。「錢，」他說：「我看，人人都在為錢。」

27日：上午，在漢口至武昌路上；中午，逛商店遇雨受阻，看《海狼》。電影完後去舅舅家，吃牛肉餃子後分手。

晚：見野盡、醉中真等人。中真問：「看我瘦了嗎？」「瘦了，」我說。他春節和女友同去廣州過年。「時髦，」這是他對廣州的評價。「玩，沒時間看書，」野盡對自己春節的總結：「30晚上extremely lonely。」桑麻說。「年飯一吃就睡了覺。」野盡桌上滿了：琳瑯滿目的水果糖、酸得人掉牙齒的話梅、袋裝餅乾屑、沸騰的燒茶、建國以來的集郵樣本（6.00）、各種中外詩集、放著交響樂的小三洋、詩稿、照相機、等等。

* * *

一個多月沒往這兒寫一個字了，遺憾嗎？談不上，如今對一切既不感到開始的興奮，也不感到未竟的遺憾，更不感到結束的得意。一場連續的失敗，談何得意？可是，你要寫些什麼呢？既然你對生活是如此地倦怠，你又要寫些什麼？這裏，你沉默

了，好像在課堂上被老師提出了一個問題，面對著教室裏突然出現的沉默，你聽著心的激烈跳動，臉不由騰地飛紅，張口結舌，這兒，你的心雖沒跳，但你的大腦卻像上午看的機器，按了幾下開關，空轉了幾圈，發出刺耳的咔咔，便嘎然停止。也許，你又會用那些老話來證明思想是空洞的，生活不過跟大氣一樣虛無飄渺，無論怎麼說，你還是不知道今天要說些什麼。現在已快十一點鐘了，剩下的一個多小時如果不抓緊，你心裏藏著的那麼多話（好笑的是，像我這樣平庸的人心裏竟會藏著好多話！）就恐怕說不完了。

想講的是昨天遊磨山的事兒，我在想究竟用什麼方法敘述好。用順敘呢，嫌長了，我們是早上八點多鐘出發，下午5點多鐘回來，差不多整整一天，寫下來也用一天，就太不劃算了。用倒敘，如果結局很有趣，能喚起讀者的好奇心，也罷；恰恰就是結果並不怎麼理想，如果用倒敘的話；至於插敘，那是一個小小的可要可不要但卻必要（注意我的不顧邏輯的寫法，寫作就是生活，生活如果充滿邏輯，那……）的手段。用意識流呢，打亂時空，任意寫作，的確是不錯，不過，麻煩也很多，寫作時保不準思想不開小差，想到很遠的地方去了，那我這二十八年可要寫一大屋子了。看來，沒有別的辦法（本來就沒別的辦法，因為我對以上種種手法根本不熟悉），只好把自己印象最深的記下來吧。

送走我的女朋友和她的女伴後，我精疲力竭地threw myself in my bed。我想睡，但我的腦子亂糟糟的，全是些雜亂無章、漫無頭緒的印象：蒼翠的松林、湖水、兒童的歡叫、啤酒瓶、交響樂的旋律、陡峭的山路、打滑的鞋底。逐漸這些印象變得明朗、清

韋小姐吧），然後是我們的老夥計野盡和醉中真（前者稱為童鴿，後者呢──莫萬）白娃小姐是我最喜歡的一個。她孩子一樣純真可愛，一臉稚氣，嘴唇的一撇、眼睛的一閃，都給人一種感覺她還是個剛剛離家的孩子。我的朋友和蘭幽女士sank into insignificance，因為她們太不愛言語，如果自豪地說，是「太不愛出風頭」。章韋小姐（暗地裏是莫萬的情人，昨天也遭到了冷遇，這是必然的），基本上是黃冰小姐patronizing的對象，討好地說笑著，或者沉默。莫萬把她介紹給人們時說：「這是我的同事。」由於她的忍耐，誰也沒有察覺到他倆之間的關係，這給他提供了方便。天真爛漫、富於幻想的兩個姑娘──黃冰和白娃。她們是中心、是焦點、是眾目觀賞的櫻花，當然，相比之下，白娃要差一點。一切都變得清楚了，是結束，也是開始，一群素不相識或半素不相識的人集合到一起，經過一番組合排列，以新的形式出現了，黃冰和莫萬；白娃和童鴿；至於我，我是totally isolated，我很少和我的朋友在一起談話，也很少和她走在一起。我不知道在場的她們看了會有什麼看法，她們一定會在心裏打個問號：「這難道就是他的女朋友？」黃冰真是個演員。我們在山腳下湖旁一片草場上歇息，兩三個一堆地坐著，唯獨黃冰一人手插在荷包裏在沙灘上走來走去，頭微微低著，若有所思的樣子。「可憐的人兒，」我想。「你的腦子裏什麼也沒想，你是在表演，十足地表演。」「好美呀！」我聽見莫萬在我身邊發出喃喃的驚嘆。這是一個信號，我立即警覺了。從那以後，一切都漸漸明朗化了。莫萬在回家途中，一直陪伴著黃冰，和她談詩。沒有一個姑娘聽過他談詩而不為之傾倒的，這位黃冰小姐也難幸免。

我記得野餐完後黃冰小姐特意揀起了莫萬不經意地丟在地上的一張廢張，上面有一首詩。「是一首情詩，」他告訴我。就在他和黃冰小姐打得火熱之際，章韋小姐卻像掉進了冰窟窿，渾身冰涼，可她倒挺有勁，臉上不動聲色，仍舊有說有笑，不過，在我聽來非常勉強。「完了，可憐的人兒，」我想，她就是結束。黃冰和童鴿的關係也完了，他倆之間絲毫沒有共同之處。黃冰那麼高傲，那麼冷漠，看人都不正眼看，而小童則喜氣洋洋，表演孩子氣的鬧劇，惹得大家哈哈大笑。天地之隔，白娃和童鴿似乎很談得來，一路上相伴著，不知說些什麼。我正躺在床上胡思亂想之際，莫萬來了。他神祕地對我眨眨眼，說：「你看出了問題來沒有？」我和他到一間辦公室裏，把門關上，就聽他談起來了。

　　「你知道黃冰對童鴿的看法嗎？童鴿在那兒跳搖擺舞，做滑稽劇時，章韋說他這樣子當個演員很好，黃冰卻撇撇嘴，嘴角浮出一個鄙夷的笑，說：『他呀，只配當個醜角。』還有一次，在會餐時，童說他對《詩刊》上的東西完全看不慣，根本寫得不好，她便激烈地反駁說那種寫得讓人看不懂的詩才不是好詩，哎，你對黃冰小姐的印象怎麼樣？高傲？冷酷？輕浮？愛出風頭？我覺得她人挺不錯，怎麼，你喜歡白娃？她是長得不錯，可是，我跟你說，我最不喜歡的就是白娃這種所謂天真爛漫的姑娘，像個傻子一樣，什麼都不懂，我喜歡的是老練、經驗豐富的姑娘，黃冰就是這種人，你瞧她的舉止和態度，不卑不亢、適度、有分寸，她把我的詩撿起來看後便疊起放進荷包，連說都沒跟我說聲。我呀？不會的，怎麼會和章韋垮呢？（今天晚上他已向我宣布，他和章韋完全斷了！）我哪是那種見異思遷的人呢？

不過，她臨走時問了我的地址，還說漏了一句話，她問：『寫莫萬收得到吧？』「收得到，」我說。她跟我談了很多有關童鴿的話，我都忘了，反正她不喜歡童，覺得她太幼稚。至於你，她一句也沒提到。真的，一句也沒提到。我不打算和她搞，真的。」

今天早上，童鴿把我叫去，一臉慍色。

「喂，你知道怎麼回事嗎？他和黃冰勾搭上，把章摔了。這傢伙太下流了。他怎麼能這樣侮辱人呀？黃冰是作為我的好朋友來玩的，他想打她的主意，那萬萬辦不到，你去和他說，要是他有這個心思，那咱們就斷交。黃冰她們是這麼年輕可愛的姑娘，怎麼能讓他又白白地糟蹋她們呢？我也知道我和黃冰關係繼續不下去，但作為一般朋友我想還是辦得到的，非黃很好，她和我性格很相像，也是孩子氣，你還記得她講的那個烏鴉揀沙粒把瓶子的水漲出的故事吧？她跳的《軍港之夜》的舞蹈也很優美，可以說優美極了。我堅決不同意莫萬這種搞法。」

我想到很多其他的事，我想到我們午餐時的自我介紹，黃冰說她喜歡黃色（我心裏暗暗一驚，喲，黃色，這可是淫蕩的象徵！起碼與放浪有關），她還說（我偷聽到）她喜歡太陽、天空；而白娃小姐說她喜歡黑白兩色，的確，她就像黑白一樣分明，（我聽說她想自殺），從和她的談話中（沒有持續長久，因為童從半路殺來，使我們不能繼續下去，他多少有些嫉妒我，可憐的人兒！）我了解到她今年19歲，喜歡文藝，愛畫畫，現在不畫了，學習忙，還讀詩、泰戈爾、雪萊、拜倫等，特別愛看女作家的東西。想學日語，是從實用的觀點來看的。後來童告訴我說她很喜歡孤獨，對了，她也告訴我她極其討厭同齡的學生，喜歡

和高年級的同學交往。

　　至於我和黃冰，我們沒有談多少話。吃午餐時她似乎傾向於和我談話，提到存在主義，但結巴了半天，沒說出什麼，還是我替她解了圍，我和她合唱了《紅河谷》，毫不帶感情地，她是一個追求時髦的姑娘，但差得很遠，尤其在思想上，半通不通，誇誇其談。當她聽說我的兩個筆名時，她說了一句話，使我印象很深：「這麼說你是雙重性格囉。」我吃了一驚，你怎麼知道的？我差點要問出口來。還有一次我開玩笑說照相機掉了，她和白娃轉過頭，驚訝地望著我，白娃說在我包包裏，她卻說：「在我眼睛裏。」她在湖邊獨步時，我起了一種感覺，她想和我說話，但來到我身邊站了一小會，我的心沒跳，但我很想回頭對她說：「坐下吧，你累嗎？」我終於沒說，而是把眼睛對著湖面瞧著。失去了這次機會，以後就再沒有機會一起說話了。雖然我從心眼裏不喜歡她，但我覺得有一種欲望迫使我想和她談談，想了解她。直到今天我還這樣想。她拔出水果刀，把草地中央放在紙上的半個餅子一下一下地剁著，剁得粉碎。我看見我朋友射過來的憤怒的眼光，我怕讓人看見，忙低下頭，心想等這場難堪的局面過去再說，她終於砍完了，那真是驚心動魄的，我想當時所有在場的人都起了本能的反感。但是如果說她在午餐上lost her popularity，那麼，在湖邊草地上她卻拾回了她的popularity by dancing。她跳的是現代西方舞，身段不錯，動作也很大方。不使人討厭。莫萬說看見她砍餅子，好像在看人剁屍首。在最初的印象中，我覺得黃冰這個人很難長久好下去，如果成為妻子，一定天天打架吵嘴，脾氣壞得驚人。一定的，她眼中有一股冷光，表

示著心的冷酷。與第一次在小飯棚裏見到的那個黃冰迥異。

（今天不能多寫，明天還要翻譯小說呢！）

＊　＊　＊

要是桌子有生命，它就會發現這兩天來，我除了工作，常常沉湎於苦思冥想中，長久地凝視著窗外的梧桐樹。為了少說廢話，也為了節約寶貴的時間，我在這兒儘量說有關的事情，講簡短的話。

昨天晚上和醉中真一起出去散步，就黃冰的事跟他談了一會。我的意見是最好不要開始那種關係，因為會引起種種連鎖反應，與童鴿的友情的決裂；使自己的名聲敗壞；對即將開始的論文寫作不利。當時他答應不願和她有任何來往。

今天中午，他過來，讓我看他寫的詩，這是一首長達十多頁紙的詩，內容無非卿卿我我，兒女情長之類的東西（我得承認，第一次對他的詩產生了反感和厭惡。）對象好像是黃冰，詩末署名獻給黃冰小姐，證實了我的猜測。我把詩稿捲起來，往他跟前一滾，不加任何評論，這也是第一次。我受不了人家看了我的詩後一言不發的態度，我想人家對我這樣的態度也一定無法忍受，但我是有目的的。我感到很氣悶，板著臉，一邊往口裏送食物，一邊木然地瞧著窗外，難受得很，但我忍不住了：「你這首詩並沒有什麼新鮮東西，」我說。「你想怎麼處理？」

「我也不知道，可能送給她吧，也可能不，反正我這都是真情，因為上自習時我連想都沒想，提筆就寫了下來。」

「你這是真情？你今天愛上這個，寫一首詩表白真情，騙取了（我喜歡直來直去）她的愛情後，再去愛別的人，又寫同樣真情的東西，這是真情嗎？僅僅因為提筆就寫，就能證明你寫的是真情？我也可以隨便對看到的某個姑娘寫這一通所謂的真情呢，真情只能有一次，真情不能化為具體的事物，如果說真情，那只能說是想玩弄她的真情，這是千真萬確，毫無疑問的。要知道，這樣見一個愛一個並不是愛情，而是欺騙，如果講真情，那你就該在和她見面的第一分鐘起，直言不諱地告訴她，你曾經談過朋友，現在還有朋友，取得她的諒解，如果不是這樣，你談什麼真情？你所謂的詩只不過是一種裝飾品，一種欺騙人的玩意兒。」

「愛情就是互相欺騙，」他說。「我看這個世上沒有哪對情人可以靠不互相欺騙而愛上的。（那時我火冒三丈，現在我倒覺得他話中的確有幾分道理。）不管怎麼說，我和她之間的關係，是自然而然地好上的，並不是我使用了什麼卑鄙的伎倆，或者像流氓一樣地勾引了她。況且，也沒有任何惡果，我前面那些姑娘和我交過朋友後都不恨我，怎麼樣。」

「同志，等到惡果真的結出來，就後悔莫及了。你這樣下去，後果是可想而知的，她將是又一個犧牲品，可以說，是你玩弄的犧牲品。何必呢？人家那麼純潔的姑娘，你就忍心隨便糟蹋？再說，這樣跟女人整天糾纏在一起又有什麼意思呢？要知道，女人並不是一切，生活中還有其他的東西，如果我是你，我寧願闖蕩江湖，結交四方的好漢，也不願和女人鬼混，到時候弄得身敗名裂，人家問起是怎麼回事，便說玩女人搞的，你看，這多無聊！如果是為了純真的愛情，那又另當別論，純粹出於無

聊、空虛、尋歡作樂而追女人，這就太——算了，我不想用這個詞。我們不談所謂的法律和社會道德觀念，那通常過於說教而不實際，常常束縛人，但總有個最起碼的道德觀念。比如說人性吧，童在這方面就做得相當好，我問他想不想和黃談，他說想是想，就是不大好，因為黃現在進校不到一年，而自己馬上就要分配，不知道哪兒，假若談起朋友來，一要影響黃的學習，二要耽誤她的前程，我就覺得他的心是相當善良的。他並不考慮自己，你們覺得社會主義國家中所提倡的大公無私很虛偽，彷彿自私才是天經地義的。但是你看看西方的文學作品，自私並不是作為美德被稱讚，而是作為惡德被抨擊的。你和她談朋友，只是滿足你個人的欲望，絲毫也不考慮她的前程，她的學習。」

後來談了很多，他表示堅決不和她來往，但留下一句話，如果對方主動來信或是來找他，那他就愛莫能助了。

午飯後，對方的信真的來了。寫了一首暗示性很強的詩。他把詩給童看了，童沒有像我預料的那樣大發雷霆，要和他斷絕關係，僅僅說道：「那有什麼辦法呢！反正這是人人都要走的路，我不值得為一個女人去爭吵打鬧。」

我心裏鬱悶得要命，整整一下午都愁容滿面。我對莫萬的做法可以說厭惡透了。但我無能為力。我本來想寫信給黃冰或者乾脆直接去找她談談，提醒她不要上當；或者去找白娃，要她從旁暗示她，但我的心過於敏感，不敢做這樣的事，因為我已經聽到內心深處有個聲音說，你是想借此機會取得她倆的好感，跟她們談朋友，可惜我不是那種卑鄙的人，同時，莫萬是我最好的朋友，背地裏搞朋友也是違背我做人原則的，再說，這事兒並不能

景象，並不思考，只是木然地注視。心彷彿很平靜，或者說很疲乏，微微漾著老皺的漣漪。她坐在堂屋桌子對面，通過後門可以看到院子的籬笆和綠蔭，聽到陽光中的蟬鳴。我手裏捏著稿子，是學農調查報告的稿子，眼睛不斷向她溜去。白嫩的龐兒，襯著室外的明麗，顯得半透明，大眼睛分外有神，柔美而俊秀，但它們並不朝這邊望，不，它們從來也沒向這邊望過，而是出神地滿有興趣地望著坐在一個角落的另一年輕人，他腦袋很大，眼睛、嘴也都很大。我很灰心。現在，我們坐在柳樹林裏，兩排長條凳，相對而坐。「給你的我看看，」她伸過手來取我的稿子，我心一跳，手顫了顫，紙「嘩啦」一響，很猛地塞進她手中，她不會怪我的吧？她會怎樣認為這稿子呢？她跟另外一個人小聲說些什麼？……布告欄前，我立著，手裏拿著一支剛買的冰棒，剛咬了一口，一眼瞥見她從路對面下學回來。心又嗵嗵跳起來，拿冰棒的手垂在身邊，竟忘了吃，眼睛卻死死盯住布告上的字，她在身旁停下，一定看見這支倒楣的往下滴水的冰棒了，一定看見我的側面，我的右側面總比左側面好。她好像穿著一件雪白的襯衣，濃密的頭髮襯托得更黑了。……寫不寫這封信呢？我躺在長航上海分局招待所二樓的床上，說些什麼？非黃同志：也許你決不會猜到寫信的會是他，一個你既認識又不認識的人，他現在到了上海，很想借此機會……幹嗎？這樣的閃爍其詞，這樣的羞羞答答，這樣的咬文嚼字，任何一個細心的姑娘都明白是什麼意思……她真好，我對女朋友說，她是你們姑娘中長得最美的一個。晚風輕掠著堤上的夏草，也輕掠著我們，天上的星光，地上的燈光，閃閃爍爍，一齊映入河裏。她呀，是個書呆子，她說，

有一回夏天，她就著油燈看書，太疲乏，看著看著睡著了，一揚手，碰翻了煤油燈，燒著了帳子，多危險，幸虧被我發覺……車站，她正坐在車窗邊，我不時向她投去探尋的眼光，她不做聲，但眼光冷漠，沒有疑問，沒有期待，只有一種knowingness。「我知道他為什麼這樣看我，」她一定想。「可我對他——我跟他有什麼關係？這個醜人。」……春節，熙熙攘攘的車站，人來人往，陌生的臉，陌生的冷浪花，驀然，一個心跳，一張臉，乳白色的絨毛帽，同樣熟悉的臉，但有了變化，溫柔換了冷漠，天真換了高傲，我躲到一邊，儘量不要讓她看見了我，也許，她早已看見了我，瞧她那眼神，故意不往這兒來看，身邊陪著一個高個兒。不用問，是她的丈夫，她已經結婚了！我們不也結婚了嗎？非黃想見盈盈，約你們去玩，賓戈說。啊，可愛的人！感情的古老的泉水。又開始湧流了。那談話一定又將充滿我倆的聲音，我相信不會嘴笨舌拙。她還愛文學嗎？還會不會像從前那樣好奇地在我家書堆中這兒翻翻，那兒翻翻？就在幾個小時前，她——實實在在的她，跟著賓戈一起進過這門，在這床上（我現躺著）坐了一下，桌上的書堆她肯定都看見了，她會作何感想？床上的那張鄭板橋的蘭花也看了，又作何感想？也許，會驚嘆，啊呀，這麼多書，一定是個飽學之士了吧！瞧，床枕邊有一本《懺悔錄》。也許，不屑一顧，這有什麼了不起，又有什麼用呢？遲早要墮入家庭生活的桎梏！

　　我雙腿屈起，伸的時間長了也累，休息並不一定要張開四肢，蜷縮著，像貓一樣，其實更舒服。就要和她見面了，我的心歡呼起來，充滿了渴望，充滿了一種莫名其妙的興奮。多想再睹

她的芳容，再看看她那口美麗的牙齒呀。

　　一小時後，我重新看了一遍賓戈的紙條，心涼了半截，我看見漏看的地方，寫著：非黃叫盈盈若有時間到她那兒去玩。非黃叫盈盈！為什麼沒有我？為什麼沒有我？呵，我突然明白，原來她來這兒僅僅是因為可能找到盈盈，根本就不是為我呀。我的心深深地刺痛了。非黃叫盈盈去玩！我預定的計畫破產了，我本想約一個時間，三人一起出去踏青，──可現在，是非黃叫盈盈去。難以忍受的自卑感、孤寂感、失望感，一齊向我猛沖過來，心兒破碎了。也好，失去一樁夢想等於增加一層幸福。我要寫信告訴盈盈，同時寫信給賓戈，約定一個時間，安排她倆見面。我是決不會插在中間了。決不會的。也許，先前的思想太卑劣，因此受到這樣意想不到的懲罰本是天意。

　　早晨，天空陰沈，雲和樹之間只有一線亮光。我還是決定去了。也許是因為上次對她冷淡使我內疚，也許是有半個月沒有受到愛撫，也許是苦幹了一個星期（翻譯*Mrs Craddock*），現在想好好松口氣，也許什麼都不是，我還是決定去了。沒雨。樹葉碧綠欲滴。空氣澄鮮。一會兒便過江到了江漢路菜市場，這兒人擠得水泄不通，買菜的、騎自行車的、挑擔子的、推板車的、抱小孩的。「腳、腳、哎……腳，望倒腳！」一輛三輪車從面前掠過，騎車的女人一面「啪啪」敲著剎車桿，一面大喊。沿途都是擺的地攤，嫩筍子、鯉魚、鱉、萵苣、滿堆的鯽魚，熱鬧極了。沒有詩，沒有小說，沒有藝術，只有交易、鈔票。但我並不討厭它（多大的變化！幾個月前我用最厭惡的眼光打量這些人），他們是應該的，沒有他們，哪來的藝術？一路上想著拉裏，毛姆，拉

裏的生活富於浪漫色彩，為我喜愛。

雨下得大了，到她那兒的田野上，風把成片的雨絲刮來，在髮上頭上、臉上、身上「刷刷」響著。頗有詩情畫意。幹嗎要來這兒？我問自己：你並不想她？你也並不想尋歡作樂。沒有那你也過得下去，而且，自從那件事發生後，你似乎相當討厭這個，甚至不想接近她的身體。可她還說不能缺少你。沒你就活不下去。

她不在，在她房中等了好久。小姚回了，屋裏的陳設重新布置了一番。小姚的床沒動，桌子放在窗下，她的床靠門邊，靠床攔著桌子。好久，她才回，小姚立刻便走了。

她很溫情，貼我坐下，摟著我，門露著大縫她們就在隔壁，她也不在乎。我冷冷的，雖然身上已經有一種邪惡的流汁在爬動。

「吻我，」她說。

「不想吻，」我看著她渴望的嘴。

「吻我。」

「你自己吻。」

「吻我。」

「不想吻，」我看著她。

她不做聲了，手仍舊摟著我，但沒有了先前的那股子力。

「我發覺你有些變化，」她說。

「是嗎？」我漠然地說，眼睛盯著窗外，若有所思。

「我好像覺得——好像覺得你對我——對我不如從前那樣——喜歡。」

「這個嘛──隨你怎麼說吧，」仍舊望著窗外，感到她在盯我。

「自從那次湯的事，和上次磨山，我有個感覺，好像我們之間的感情全沒有了，中間隔著一層。」

鍋裏熬著肉湯，她把肉骨頭取出來，要扔，我火了，不行！好吧，隨你的便！她也火了，就丟了。我要走，她不讓，最後還是讓我走了。

「你當然喝了一頓好排骨湯嘍！」

「沒有，沒有，」淚水湧了上來，大顆大顆晶亮的滾下臉頰。「我上車站喊你，車剛走，我在那兒站了好久，我恨自己，我恨自己。」她泣不成聲。「我不該生氣，惹你生氣走了，我吃不進湯，是下午才吃的，不覺得有什麼味道，真的吃不出什麼味道。」

我想起了我的任性和暴怒，不覺一陣難過，摟住她，說：「原諒我，是我的錯。」

「就從那次事和磨山，我覺得以後沒有愛情了。不過，也沒辦法，也只好像這樣雙方沒有愛情地生活下去了。」

她面色臘黃，消瘦，沒有血色，額上有淺皺紋，她長得醜了。

「我在想，」她說，擦乾淚。「你還是找個年輕的姑娘，就像小楊那樣的，我不會使你幸福的，不會的。」

這些天，我的心裏一直在考慮是否給白娃去封信，寄上那首讚美她的舞蹈的詩。

「不會的，」我說。

　　「可你不愛我了，」她終於說出了憋了好久的話，淚水又泉湧般地流出來。「我看得出，你對我冷淡，你說話中含著譏諷，不耐煩，好像我什麼也不懂。」

　　「誰說的？」

　　「你應該找個更好的人，你覺得和我談不來。」

　　「誰說的？」我把眼光從窗外收回，我什麼也沒看見，盯在她身上。「我現在是沉默寡言了，跟誰都不大說話，並不是光跟你不說話，難道要我沒話找話？」

　　「你先前就是沒話找話，可你現在，沒話也不找話了。」

　　「難道你要我虛情假意地在你面前討好，說這說那，山盟海誓，永遠相愛嗎？那怎麼可能呢？」我看見她惱恨的眼光和偎在肩上的頭，動了憐憫，便摟住她。「我並不認為你比別人差，你就是有些懶，可你要學起東西來，快得很。這我心裏有數，何必老掛在心上呢？你別看我嘴上從不誇你，總是一副嘲弄的口吻，可我心中不是那樣的──算了。一說出來就沒意思了。」

　　她站起身，走到桌邊，準備著飯。我一眼瞅見她發胖的腰身和臀部。

　　「是呀，」她說。「不知怎麼搞的。」

　　我摟住她，感到肉體的顫動，心中醞釀著一場風暴。

　　我坐在床邊，一手揉著她的一個奶子，輕輕揉著，突然，她動了一下，我知道她動情了。她彷彿全身散架一般癱軟下來，我抬頭，看見她眼圈紅了，緊接著落下淚來，她的嘴唇微微翕動，不知說著什麼。

　　「你怎麼了，」我問。

「……」

「怎麼了？」

我好容易才聽出她說她有罪，不該把孩子弄死了，她樣子悲戚，傷心極了，她說也許是個姑娘。因為男孩是白的，女孩是血塊，她哭了一會，才去買飯。

後來我們談起磨山之行，她說玩得一般；我對她太冷淡。她說喜歡白娃，不喜歡黃冰剁餅子那個動作。不過，黃長得挺好，一笑，有兩個圓圓的小酒窩，藍衣裳也挺合身，她高傲。只想人家眼睛跟著她轉，她是不看人的；舞跳得好，可是，小白跳時，她好像有些不自在，好像被小白壓過了；她說她一直在注意小黃，兩人不斷交換戒備的眼光，彷彿中間隔著層什麼，小白不同，很謙虛，總說自己不行；說小黃是全系舞跳得最好的；她說黃會說話，形容童的跳舞像只斷了翅膀的天鵝。我也記起她曾對我藏起照相機的玩笑說「在我眼裏」的話。一個高傲、喜歡表現、熱情大方的姑娘，而小白，美麗樸素，天真自然。「我很喜歡她，」她說。除此而外，並沒談出什麼。她當然猜不到那次事件的餘波，是怎樣搖撼著我們三人的心靈。

「怎麼是我們所有人的心靈呢？」醉中真對我的說法不解。「應該涉及的是童，沒有你，（我心一跳，差點被他看出破綻），還有張。都不同程度受到她的影響，媽的，這個美人精。」

「別說了，」我說。「我聽見你不知不覺地說『好美呀。』」

「你瞎說，」他不同意。「我根本沒說那話，哎呀，你這不

是在注意我嗎？」

「沒有，是你這句無意地流露了心思的話給我敲響了警鐘，從那會兒起我就知道你對她的態度了。」

「其實，我倒一直在注意你，看你發現了我的破綻沒有，我很怕你看出我和她的關係。」

我心裏格登一下。

* * *

一天遊玩南湖結束了，我們互相詢問感受。

「幻想破滅了，」我說。「對這一切我已感到厭倦，如果再有類似的浪漫發生，我絕對不想參與。寧可和一個有頭腦的年輕人交朋友，也不跟一個簡單的姑娘交朋友。什麼Plato式的戀愛，那是鬼話！今天一天該談的都談完了，夠理性，夠精神的了。現在我才真正體會到和姑娘交朋友是怎麼一回事。假若我打算真和她好下去，注意我是假如，第一回見面是她談，第二次見面就像今天一樣，還是由她談，談她的性格、好惡、交遊、家庭，她那方面倒乾淨了，第三次就該我的turn了，也許到第五回我們就把兩人各方面的情況差不多摸透，也許要多幾次，再接下去呢？無非是擁抱，接吻，幹那種事，有什麼意思呢！僅以小白和小黃作例，我基本上看穿了所有類似的姑娘，不要再相信什麼共同語言、心靈溝通之類的鬼話，唯一的方法是近而遠之，就像我的《一瞥》表達的那樣，永遠滿足於對美人留戀的一瞥，然後像花一樣把她忘掉。不要指望得到，到了手又怎樣呢？美好的東西一

且真正到手，它的美好就消失了，只有記憶中的美好是真正的美好。想到上次小白和這一次的有多大區別，我簡直不敢相信自己頭腦中的那個印象。」

「我的一個同學就曾經表示過類似的觀點，」他說

「我那個同學常常玩女人，其實，這也不為大罪過，只不過是欲念太強，難於控制。我現在才明白在女人面前說的一切漂亮話無非起到刺激情欲的作用，或者向情欲的高潮鋪墊。跟姑娘交朋友，說到底，就是滿足欲望。說實話，我討厭這樣，只想找一個美麗的姑娘，互通心曲，過柏拉圖式的戀愛，現在，這個幻想澈底破滅了。人就是這樣，又想了解別人，又怕別人了解了自己，就像『Mending Wall』裏面說的樣，希望牆垮，但同時又希望補好。」

「誰又敢把真實的自己全部剖開來讓人看呢？」

「是啊，所謂的讓人了解，不過是讓人了解自己好的一面，這尤其發生在新交之間，而將壞的一面緊緊藏起。小白她像一瓢清水，一眼望到底，一天的功夫，我對她各方面都有了了解。」

我腦海中掠過許多場景。湖水在遠處閃光，道路兩旁農人在鋤地，我們經過一個大糞缸，她捂住嘴，說：「好臭呀，好臭呀」。道旁停著輛紅旗牌小轎車，她一邊看它一眼，一邊說：「我爸爸那次坐小車來看我，連車都不下就跟我說話，我很生氣。」學校教工宿舍處，她說：「我最討厭和家屬住在一起，她們不是小孩就是做飯，整天忙忙碌碌。」一個抱孩子的矮婦人向她投去憤怒的一瞥。「我最不喜歡到農村勞動，」她說，坐在湖邊草地上，柔軔的風一陣陣吹過。「一勞動就把什麼學習的東西

全忘光了。星期六她們要跳舞,我也不去,一跳過舞人就感到很空虛。我們班上有些人很可笑。有個人老訴苦說他掉這掉那,班上同學同情他便湊錢什麼的送他,結果發現他是弄虛作假,他寫了檢討,裏面還說他平常和誰也不打招呼,一定要等到人家先和他打招呼他才點頭。另一個人也很可笑,有一天他把我叫出去訓了一頓,說我不懂事。天呀,我一生還沒有被人像那樣對待過,真是豈有此理,另一個男生坐在我旁邊,總是問我是不是在生他的氣。還有一個女生也很可笑,她整天嘰嘰喳喳,喉嚨又大,吵得人看不進書,朗讀的聲調也很壞。我發現很多人都挺可笑。有的可笑得可惡,有的呢,可笑得可愛。」「我爺爺是木匠,我們家有很多木工工具,我學過畫畫,水彩畫,我想學提琴,你們說要學好得多長時間?二個星期成嗎?我喜歡跟爸爸一起出去散步,不喜歡和媽媽出去,她熟人那麼多,老是跟熟人聊天,一聊就是半天。我原先不在尖子班,我下決心非要到尖子班去,也不想鑽路子,就拚命學,終於考上了大學。不管幹什麼我都不願意落在人家後面。」

「你看出她很疲倦時,」他說,打斷了我的思緒。「她好像很恨你,因為你把她都看透了!

我的心一驚,沒料到她會對我懷有憎惡。當時她問我們什麼時候感到疲倦,我說有時候,話一出口,便明白了她的意思,說:「你是不是疲倦了?」「哎呀,你真是把人都給看透了!」她說,這一句話當時和後來一直使我心裏很舒服。可沒料到在醉中真眼中會有這樣的看法。

「是嗎?」我說。「她恨就讓她去吧!」

　　我忽然想起她是個很有個性的姑娘，她很看不慣她的一個同學，那人談了一個男朋友，把他崇拜得不得了，看書專看他看過的書，百依百順，什麼都是他好。「這哪裏還有半點女人的自主性呢？」她說，接著她便讚揚起小黃的獨立個性來。

　　昨天晚上我決定不去，但他們說不去不好，恐怕人家閒話或者心生猜疑。我便答應了，途中，想像著和她見面的樣子。我看見她一見我便把臉歪到一邊，不再理我，便心裏明白她討厭我的那首詩。我當即告辭，我對自己說，到了地方見到了她（小黃陪哥哥姐姐去了，沒在家），果不出所料，她的眼光有些避開我，而我因為做了虧心事，更不敢直接和她相碰。從那時起，我就暗罵自己，重複地說：What a stupid mistake! What a stupid mistake！我一眼就看出她對野盡相當熱情，無論是言談舉止或者是音容笑貌，都清楚無誤地表明了她對他的好感。「What a big mistake！」我對自己說：「我竟糊塗到給她寫詩還寄出去了！」她看著我的眼神似乎向我表明她已經知道了一切。這真可怕！隨時隨地她都有可能提到那兩首詩，那可就完了，他們就會知道我背地裏幹的事。我心中悔恨得要死。「沒有默契，怎麼能建立任何感情呢？」竟連這一點都沒做到，我還胡思亂想幹嗎喇？終於，她提到了那首詩，醉中真莫名其妙地看我，我冷靜地看著湖水，不動聲色，默不作聲，既不看小楊一眼，也不看小醉。難關終於熬過。

　　「我給她寫了兩首詩，」這話幾次湧到我的嘴邊，又幾次三番地被咽了回去。

　　田野很美，他們在潮濕的泥地裏挖野蔥，然後在清水裏洗

濯，露出雪白的蔥根，散發出刺激食慾的味兒。雲雀在藍天鳴叫，聲音清亮，頗似碎玻璃片的撞擊。蛇臥在道上或立在水裏，像繩子一樣，時時可見悠閒的白鶺鴒鳥，或撲喇喇突地飛過的黑鶼鳥。他們順著風，在滾滾的波濤上放自製的小紙船，到處開滿了紫雲茵、小雛菊、藍玲花，還有青碧的深草。大魚時不時地跳出水面（她愛看動畫片，還愛做直升飛機的夢，是她父親設計制造的）發出潑水聲。有人湖邊垂釣，小塘的水藻中間遊動著小魚，青色的背鰭，使我回想起少年時代了。

「我的確沒有什麼感受，」他說。「只覺得美。還稍稍有些遺憾，小黃沒來。說實在的，我更喜歡有點小狡猾的女子，而不是太純潔太樸實的。有時，我寧願受一個美麗姑娘的騙豁出去愛她，即使一個星期後她不再愛我。她聽說我只有十九，便連聲說『完了、完了』。我弄得莫名其妙，我猜她是指我年紀太小，而小黃是喜歡比她年紀大的，真的，如果你願意，你可以和她談下去。」

「我？開玩笑，我一無能力，二無魅力，三無精力，完全不可能隨便談一個漂亮的姑娘。」

他這時的樣子，確實失望，而且彷彿意識到她和我有什麼關係似的。我早有所感。她至少心裏癢癢地想跟我說話。這我看得出，我突然覺得她比Y可愛得多，雖然也sophisticated得多，但我喜歡那種難對付的。

我覺得現在關係有些複雜：Y有愛上野的趨勢，野除了像大哥哥喜歡妹妹樣喜歡Y，沒有愛情；A並沒有多大liking for Z，而我呢？既for Y又for A。

　　我知道浪漫的時候已過去，現在，我惟一需要的是磨快觀察力，出來觀察各種各樣的人。

　　又一個幻想破滅了！不成功就不要想這些事吧。

＊　＊　＊

　　昨天他走後，留下她的地址，我決定去看她了。我對自己說，這次去要好好觀察她，這個不幸的女人。她要同丈夫離婚了。她和我的女朋友從前下放曾在一起，是十分要好的朋友。許多年沒有見面，不知她們之間關係會怎麼樣。我有點對自己感到詫異，我的心情竟如此平靜。並沒有會見情人時的那種無法控制的興奮和渴望。從前，我曾在心中那樣愛過她，她留給我的是那麼美好的記憶；記得有幾次我的女友談起她，從她口中得悉了有關她的許多生活細節和性格特點。每次談起她，我就像談起某個仙女，某個美好難以再睹芳容的人；如果我沒記錯，我告訴過我的女友，說我愛過她。但那是什麼時候，在什麼地方，我朋友的態度如何，這一切我都忘了，只記得我曾說過，我愛她。可是，明天去見她，能帶著這種思想，帶著這種偷情的心理去嗎？難道又要處於那種互相避開眼光，臉上帶著不自然的笑容談話的境地嗎？啊，不，這樣的事一生只能有一次，太寶貴、太崇高了，就把那種感情壓在心的深處，好像忘了一樣吧。你也知道，她是結了婚的人，並且，目前正準備辦離婚手續，這種心理無疑是有害的、陰暗的、乘人之危的。何況，誰知道她對你是否有絲毫印象呢；而且，你的朋友明天也在身邊。一切的一切都要求你舉止沉

静、大方，不露聲色。啊，這是一個你從前偷偷熱戀過的人，而現在，你卻要逼著自己像對待一個陌生人似的或一個普通熟人似地對待她！你好像盼著明天，也好像並不盼，因為你心底裏知道，不管盼還是不盼，明天將如期而至，你也將見到她，也將與她分手，啊，這開始不就意味著結束嗎？但一生哪怕只有這樣一次開始和結束，你也是心甘情願的呀！

上午，晴空萬裏，陽光燦爛，載著滿滿遊人的卡車，從面前駛過，開進武大校園。這是踏青遊樂的一天，是談情說愛的一天。她來了，自從那次以後，她的身體明顯發胖，臀部寬大，胸脯凸出，臉有些浮腫，眼珠彷彿上了一層薄釉，沒有光彩，眉毛一撞，額上就出現皺紋，臉色蒼黃。等她時，每一輛車的到來並沒有引起我期待的心兒狂跳，像經常那樣；她見到我時，我也沒有起情欲的衝動。我奇怪自己內心的平靜，彷彿欲望全都消失了。

她對去她那兒的建議並不十分感興趣，顯得無所謂，這使我有幾分失望。不過，我們仍舊去了。她告訴我她知道她要離婚的事，但不知道內情，我沒言聲。

她不在，我留了一張便條，插在拉手中間。我的確失望，離開的路上，我時刻盼望著會看見她回返的身影。

我們一起去弟弟那兒，吃過午飯，我提議再去找她一次，因為是順路。她這次表現得不太願意，而且甚至很冷漠。當我指出這一點，她說這很正常，她就是這樣，覺得時間隔長了，見不見面無所謂。我想起留條子時的一場小小的討論。我認為應該請她去我們那兒度五一，她認為不大好，最後，我同意了她的看法，

以後再說。

　　中午，太陽很曬人，腳下背上已感得到柏油路上的熱氣。我摟著她肥粗的腰肢，在行人不多的大馬路上，她不在乎，我也不在乎，我想起去年春天，我倆躺在扯來的青草上，靜靜地午睡；想起夏夜的月下，她像小貓一樣軟軟地蜷縮在我的懷裏。一股股情欲在我心裏翻騰、沖湧著。

　　她仍舊沒回。紙條插在門拉手裏。她上廁所解溲。一個念頭飛快地掠過我的腦海。在紙的反面寫上幾個字，表露我的心跡。她出來，我和她一起離開那座闃無一人，充滿了爐子、磚臺、柴禾的走廊。我當然什麼也沒做。這時，我多希望看到她回來呀。

　　願望有時竟這樣容易實現。剛拐彎走上那條穿過荊叢的煤渣小路，就看見一個時髦的女子提著包包走來。是她！那微笑，那圓圓的龐兒，沒錯！我的心並沒有跳動得異常。她和她打招呼，然後用微微含笑的眼向我打一個招呼，我的臉紅了？我覺得略略有些羞澀。她給我的第一個印象是時髦。因為不敢抬頭直視她，我只看見她的皮鞋，鞋頭很尖，鞋面起了一道U型凸邊，凸邊與鞋底之間形成許多條小小的皺折，跟兒很高，是一種樣子很時髦的高跟鞋。

　　她打開門，映入我眼簾的第一件東西是她的床，枕巾只蓋了一半枕頭，另一半被不經意地掀起，露出一角枕頭，褲子疊得不齊整，床單沒有牽平，有許多皺紋。她跟自己拖了把椅子，放在穿衣鏡前，又為我拖了一把椅子，相對她放在床的另一頭。她叫非黃，我的朋友叫盈盈，盈盈在床頭靠窗坐下，正挨在她身邊。

　　要一字不漏地將我們的談話記下來是很困難的，而且也是不

必要的。我只想記下對我印象最深的細節。

　　她是這樣坦率，這樣直爽（驚人的直爽！），第一句話就談她的不幸，滿臉帶笑問我們知不知道這事，這兒，她稍稍猶豫了一下。本來，我是不想當面談這事或問這事，以免引起她的痛苦，我也不想告訴盈盈，以免她漏嘴。但盈盈忍不住了，說：「我知道。」於是，非黃就講起這件事來，幾乎把很多細節都講了，甚至說到「我們結婚等於沒結婚。」我覺得不大好受，雖然這種難受的心情與昨天H把這件事告訴我時的那種心情相比，要好得多。（當時，我的確感到內心像穿過一陣涼氣，彷彿要離婚的是我一樣），但我總想把話題引開，以免繼續使她傷心，令人不解的是，無論我把話題扯得多遠，她總要扯回來，談到這同一問題。她說也許自己一向是一帆風順，所以難免不受波折；她說自己從前受正統思想影響，認為女人一生只能愛一個男人，所以學校很多人追她（包括出國研究生），都被她婉言拒絕，她甚至放棄了留校的機會，來到武漢（因為復員軍人不能分配到上海、北京兩大城市），她沒想到自己是這樣不幸；但是，最痛苦的時刻過去了，她笑著說；在第一步還未邁出去的時候，怎麼能想到第二步，又怎麼能走第二步呢；她說。整個時間裏，她一直是以極其輕鬆、平靜的口吻和安閒自若的神態談著話的，手裏拿著把梳子，不斷梳著她那卷曲的濃密的秀髮，有幾綹長長的，像菊花花瓣，黑黑地覆蓋在左額，給她的面容增添了一種嫵媚和俏麗；她時而把鞋脫下，一只腿架在另一只腿上，時而甚至將兩條腿都放在床上；她的眼睛盯著我的時候比盯著她看的時候多得多；她盯著我，我也盯著她，有兩次我差點說話又帶著那種喉頭的哽咽

了，那是人被人盯得不好意思時的一種表現，但不知是她的瀟灑神態，還是我的逐漸成熟，這個lumpy throat很快便消失了；她談到找朋友的標準，她不要很高的標準，只要能夠愛她，體貼她，脾氣合一，今後能替她多做事的男子就行；她把一尊斷臂男孩的石膏像給我們看，那是一個十分漂亮可愛的男孩，說她就是喜歡有孩子，特別是一個男孩（當然，這是我提醒她的，因為她不好意思說出口）。她說下次的結婚就是為了孩子的（瞧，多麼坦率！），她還告訴我們她對H的女友的看法，說她不喜歡她，並當面就對H表示了這樣的看法。（如果是我，我決不會，啊，多大的區別！）

我看著她，一邊談著，不時向盈盈投去一兩眼探詢、查看的目光。她微垂著頭，有點無精打彩的樣子，她的一杯水放在桌上動也未動，而我已經喝了三杯！我覺得手裏拿著什麼東西，好像自在一些，不然，老感到自己一條腿壓在另一條腿上，十指交叉著，姿勢彷彿很僵硬，很不自然。非黃盯著我看，不時也看一看盈盈，好像也在審視，然後轉回來，看著我。她知不知道我在想些什麼？她如果知道了，一定會對我產生很壞的看法。我想起了很多很多事情，有對舊日的懷念，有對將來的展望。都是些不連貫的、一閃即逝的思想。我記得那個堂屋，她大大的眼睛，並不看我；我記得那個星期六下午，她們在學習，我在操場打掃衛生，我常常向她那兒溜去一兩瞥，她彷彿在向這邊看；我記得她到我們家，她雪白整齊的牙齒，她好奇地翻看著桌上的書，問這問那。

「我印象好像是你不大愛講話，」當她聽見我提起這事，便

說。「不過，你我是記得的。」

這句話很意味深長。「不過，你我是記得的。」那也就是說，事情都忘了，但我這個人，她是記得的。啊，你，我要對她說，我也是記得的，並且記得那麼深刻。許多思想像惡魔溜進我的大腦。（我得承認這些念頭很卑汙，很可恥，但的確，我起過這些稍縱即逝的念頭，這是千真萬確的。我並不害怕承認它們）。我看見自己在星期天到這兒來找她，屋裏就咱倆，她和我親熱，就在這鋪得不整齊的床上，我看見自己在下最後決心，和我的妻子斷絕關係，並且決定與非黃結婚；我想我從前愛的就是這個人，現在，我可以如願以償了。我又看見我們什麼也沒鬧，非黃結婚了，但我還與她保持私人關係，我的妻子也與她的一個舊情人在來往；啊，所有這些可怕的念頭竟然從我腦中閃過！但我相信理智，每當邪惡的念頭升起，它便說：「忘掉它！這是可恥的，不道德的。」於是，我又能安心下來，大膽而平靜地直視著她。

從談話中我了解到她對我並不陌生，她提起到我宿舍的事，並且（啊，我太愛她了！我有時候遏制不住地要大喊出來：「非黃，我愛你！但是，現在的我是說什麼也沒有膽量說出這樣的話來。因為，我不想害人。）說她猜我在英語方面很有能力。她還提到我寫詩的事，這使我驚奇，但細細一想，知道她是從H那兒得知的，這也就意味著她曾經從他那兒打聽過我的事情。啊，但這樣的推測是多不可靠，多麼自作多情啊！也許她完全是出於一種正常的打聽多年不見的朋友的消息的心理，或純受一種好奇心的驅使，才這樣的。不過，我喜歡看她的眼睛，它們很柔和，很

可愛，有些時候，很大膽，另一些時候，則略有些羞澀，好像想藏住心裏一種什麼東西，又怕我看見似的；有時又有點脈脈含情，彷彿想傳達某種信息，但苗頭剛露，便壓了下去；我覺得這雙眼睛大有研究，它們並不是一覽無餘，也非深不可測，我是太愛這雙眼睛了！有一會兒，她出去洗碗，我盯著某個地方呆呆地出神，膝頭上放著一本打開的書，想著她那雙盯著我的眼睛。「你在想什麼？」盈盈問道，我吃了一驚，回到現實中來，微微一笑，用下巴點了點膝上的書，意思是我在想這書中的內容。瞞過了她的眼睛，但也許我在回想時的那種溫柔的眼神，被她注意到了。

　　她們互相之間並不大交談。盈盈談得太少，而且臉上總掛著一副不大感興趣的淡然態度，以致我覺得非黃看她時那樣子，有幾分審視又有幾分惱怒，好像覺得她不應該這麼漠然地對待一個分別多年的好友。盈盈很直爽，當非黃的面說她改變了不少，改變在哪裏，她沒說，一直到和她分手，在車上她才告訴我：眼睛這麼小，臉色又蒼白又瘦，眼神無光，但身個長得倒更苗條了，不像從前那樣肥粗。非黃自始至終說盈盈未變，還像過去一樣，並說盈盈很幸福，一帆風順，使我至少有一點懷疑她的話，要麼她是恭維盈盈，怕說她老了她生氣；要麼是不善觀察；說到觀察，我倒想起我用眼睛制止盈盈繼續談論那件事，後來非黃提到這一點，因為她當時注意到了，這就說明她並不是不善觀察的。

　　非黃讀過許多書。我問她想不想看歌德詩集，她問是什麼版本，知道我的是上下集錢春琦譯本，便說看過了。我又問她看過《懺悔錄》沒有，她說也看過了。我吃了一驚，再看看她的書

架上，有《雪萊抒情詩集》、小說集、《古代詩歌選》、《美學散步》，TOFEL集，等等。她說她平常很少待在家裏，大部分時間在辦公室看書。我問你不聽收音機解悶嗎？她說難道收音機解得了悶嗎？我知道說差了。她說來這兒三年，已經習慣了寂寞的生活。我覺得盈盈的眼睛老盯著我，也許她想起我從前告訴她的話，我愛非黃。這時我便不大直視非黃，或者很嚴肅的一副樣子，心裏卻在想：盈盈啊盈盈，你難道在懷疑我？我是愛她，可我更愛你呀。

她留我們吃飯。在桌下的電爐上炸花生米，外面用抽斗遮住。隔一會便去翻翻。怎麼還沒好呀？她說：「你來看看。」然後坐在床欄桿上，一副不想動的樣子，盈盈便去看看，說：「還沒好。」「還沒好呀？」非黃有點不耐煩地說。看那樣子，我就知道她不想動，想要盈盈幫她代庖，但盈盈明明知道這些，卻不願動手。又走到床邊坐下，於是非黃無可奈何地又去鼓搗。「她呀，最懶的，」盈盈告訴我，當我們在回家的路上。「從前下放時，她把髒衣服捆成一大包，到一定時候送回家去洗。在這兒她吃過晚飯，總要等散步回來後才洗碗。」

我看見她趁做菜的空兒，洗那堆塞在臉盆裏的髒衣服。「昨天換的，還沒洗，」她解釋說。菜做好了，她去買飯，讓我提三個瓶去打水，一點客氣也沒講。吃飯時，她往盈盈碗裏舀蒸雞蛋，卻把我撂在一邊沒管，不知是故意還是忘了。我這愛往好的方面想的心就以為，她和我更親密，而把她至少看得像一個客人一樣，因為只有對客人才這樣慇勤地揀菜。但轉念一想，也許她有點討厭我，不願意對我表示慇勤。我不願再往下想了。

　　屋裏布置陳設很簡陋。一張單立櫃、食品櫃、寫字臺，一張沒油油漆的五斗櫥；牆上是香港美人圖的日曆，她給我們看一個都為我們所喜歡的美人：迷人的熱情的大眼，流溢著晚霞最柔和的光彩，厚厚的肉嘴唇。她說，她就是喜歡這唇，因為它具有——具有，她躊躇片刻，說，具有性感，然後談到某次在街上見到的一個女子，她就是迷上了那女子的肉感的嘴唇。

　　洗碗回來，她衣服敞了兩顆扣子，上面一顆和下面一顆。她還絲毫沒有感覺呢。其實，上面一顆扣子自始至終就敞著。「她一向不修邊幅，」，盈盈告訴我。「但是我就喜歡她，儘管她有這種種缺點，雖然有些人如D和G，說不上哪兒壞，我就是討厭她們，就這樣。」

　　分手時，我嘆了幾口大氣。盈盈沒問我，我也不願意她問我。一路上我嘆了不少氣。我說不上是憂愁，還是高興，還是痛苦，還是幸福。我只覺得過去的愛情彷彿死了，現在如果有，也是一種很可怕的愛情，一種與自然力量結合得緊密的愛情。我怕。我不敢容許它發展下去。我還覺得對於那種東西，我已經不大需要了，我的欲望既能得到滿足，我又是這樣一個寡欲清心的人，所以並不想尋求新的刺激，害人又害己。

＊ ＊ ＊

　　我心靈感到極度的空虛。這空虛感是任什麼也不能填補的，友誼（我差不多沒有了），愛情（也奄奄一息），父母之情（遠在它鄉，不通音問），兄弟之情（冷冰冰），親戚之情

（義務），同志之情（面子關係），熟人（冰），師生之情（利害），一切的一切，也無法填補她給我精神上造成的深淵。我無數次不顧一切地跳了下去，但理智的力量又無數次把我救起，免我一死。我愛她，這是毫無疑問，這是千真萬確的了。我們那天用眼睛的談話勝過人世間所有最精彩的演講。三天後，我一直像喝醉了酒似地回味著她的眼神，那脈脈含情、那千言萬語、那詢問、那呼喚、那回答、那些逗號、句號、驚嘆號。我相信我絕不會弄錯字裏行間的意義。但隨著時光一天天地流逝，我惶惑起來，我開始失去信心，開始懷疑自己。是不是我的多情在當時給我戴上了一副彩色的眼鏡，以致我把她看成了另一種樣子？是不是她對所有的男人都有著同樣的眼神——啊，這太令人難受了！然而，事實是曾經有無數有地位有學識的男子追求過她，被她拒絕，她並不是見一個愛一個的女人。而你，偏偏長了一顆多情的心！從你懂得愛情的第一天到今天為止，十五六個年頭已經過去了，你所醉心的人你從未接近。這已經向你證明，在愛情上你將永遠是失敗者。啊，這顆心多麼折磨人。當陽光明媚，好鳥相鳴，心中卻刮著狂風暴雨。痛苦像無數密密排列的刀鋒，一齊向心刺來；我想大叫、想哭、想發怒、想瘋狂地跑，然而，我什麼也不能做，仍然端坐桌旁，盯在書上，感受著一陣比一陣猛然的襲擊。最初，我吃飯不香，睡覺不穩，看書常常看了兩句思想便開小差，寫詩雖然能暫時宣泄一時，但那種悵然若失的感覺像籠罩一切的大霧嚴嚴實實地把我的心裏住，這痛苦，這失望，這莫名的悲哀，又豈是扭開一兩個水龍頭，打開窗子或敞開門所能解決的，於是，我想到寫信。唯有通過文字的交流，這文字可以捏

在她的手上，可以感受到她的眼光，唯有這樣，我那難以宣泄的百感才能得以暢快地一敍。信去了，我等著來信，作著許多猜測，或者乾脆什麼也不想，怕過多地希望只會帶來更慘的失望。昨天，我甚至咒罵自己是個不值一文的可憐蟲，竟會為了一個並不愛自己的人神魂顛倒，還做出寫信這種荒唐近於下流的事來。（正寫到這裏，開會的時間到了。不得以停筆。）

　　散步回來，無聊至極。談詩、談生活、談過去、談女人，無論談什麼，都無法排遣內心的寂寞。現在坐在這兒寫，手似乎有些僵硬。風很強，高過五樓的大樹被吹得東倒西歪，發出巨大的嚇人的喧響，還夾雜著樹幹欲斷時的「呀呀」。湖面上混混沌沌，昏黃一片，排空大浪像房頂一樣擡起，朝岸上惡狠狠砸來，潑濕了大半路面。頭上，梧桐樹的枝葉，在狂風勁吹下，變做無數條白綠色的鞭子，呼啦啦繃直了，一律順風甩去。我奔跑著，路線有些斜，因為被強風從側面吹來所致。我不得不時時回頭，提防汽車趁我聽不見的當兒開上來。我停腳，看著那此起彼伏，像雄獅一樣抖著黃白長鬃的大浪頭，心中並沒有什麼異樣的感受。我想，有力的還是風，在風的力大無比的手下，湖水不過像被它任意支配的木偶，高高地拋起，重重地摔下。水色混濁得如同泥漿。我這個人有時候不就像（我不想寫得很快，像過去那樣，也不想寫得很多，我只想寫得自自然然，不緊不慢，一邊思考，一邊下筆，既然我不想為了幾張人民幣，也不想為了上報紙而寫作，我何苦花掉大量的精力，給愚蠢的人獻一些漂亮的文字垃圾呢？文學就是苦悶的象徵，對於我，就是借以排遣孤寂、消除痛苦的一種高雅手段。如果沒有文學，我說不定會自殺。）這

湖水一樣，受著感情的颶風的襲擊而失去自持嗎？

　　再過三天，我就可以和我的妻子相見。我們將平安無事地度過第一天，第二天我們又將為一些瑣碎的事情發生齟齬，結果要麼是我憤然離去她默默流淚，要麼是我們在互不理睬數小時後又重歸於好。這些程序將永遠不變地表演下去。即便換了另一個女人，我想也會同樣如此。此刻，我不大想她了。而在今天下午以前的所有醒著的小時裏，我都毫無例外地想到她。伴隨著最下流的邪念，產生過最純潔的動機。我想做她的最忠實的朋友，與她保持最純潔的友誼，我要在她身上贖回我在妻子身上犯下的一切罪過，我要對她畢恭畢敬、百依百順，服從她的每一個最微妙的眼色，每一個最細小的手勢。我要以此來證明，我是有一顆最溫柔最體貼的男子的心。我甚至想，如果她不反對，我要一天去她那兒看她一次，哪怕路程是這樣遠。我想像著和她待在一起的情景。她熱情而又隨便地請我進屋，把門閂上，輕輕地，她為什麼這麼輕？拖過那把綠色的沙發椅，在她對面，我不知道自己怎麼坐下，又怎麼接過她端來的茶杯，怎麼喝乾的水。我的眼睛自始至終沒有離開過她的。她的也是一樣。那是一對極有風情的眼睛，長長的睫毛，兩彎細眉，兩瓣紅唇永遠在迷人的微笑中綻放，露出潔白閃亮的牙齒。我盯著她，心更感受到輕微的顫栗，不知不覺間，我整個身子在向她移近，移近，移近，直到我聞得到她芬芳的呼吸，看見她內衣領口上的小藍花瓣，我的頭發暈，呼吸急促，心跳得像擂小鼓，許多甜蜜而可怕的思想閃過腦際。我稍怔一怔神，發現自己還坐在原處。我不知道自己在跟她談些什麼，我發現好像思想完全停滯了。我們倆說的話僅僅像空氣的

振盪而已。她的無拘無束、她的慵懶、她的爽朗和羞澀，像一股神祕的輕霧把我籠罩。我覺得只要她說一個字，我就會屈服，向她下跪，把我心中的一切毫無保留地講給她聽。

這些幻想沒有一天不統治在我的大腦。我有時罵自己是個膽小鬼，不敢將分手後寫的抒情詩寄給她，不敢當場就趁機捏捏她的手或偷偷在留的條子背後寫上「我愛你」三個字。我這個人一生在對待女人上一向是膽小羞澀。如果我愛上了誰，我會天天想她，在心目中塑著她美麗的畫像，幻想著同她一起遊樂的種種趣事，發許多堅決的誓，但只要一見面，我就失去了勇氣，更糟的是，我連看都不敢看人了，一看就臉紅心跳。假若碰巧看見我所衷情的女子對別人也投去眼光或別人對她艷羨地瞧，我馬上就自慚形穢，對自己說算了吧，比我好的人多著呢，我何必自作多情，誰也看不上一個長得像自己這樣醜的人。我因此而不敢看鏡子，也是常有的事。如今我深深地感到現在的痛苦就是由那時的膽小所致。我還記得中學時有一次我看見她倆分別在一條走廊的兩頭，我很快地作了比較，並得出結論：她無論從身材的苗條，臉龐的嬌美，或風姿的綽約，無論從哪個方面講，都比我那位強。我心中一種欲望油然而生，要是能和她交朋友該多好呀。然而，我始終不敢把這個願望付諸實現，我太自卑了，太怕人瞧不起自己了。於是，我找了她——我現在的妻子，事情竟如此一帆風順，她同意了，也許我們是情投意合。但誰說得清真正地愛誰呢？她在和我成為朋友之間，也曾愛過別人，而我，從小學到中學，心中的戀人不下四到五個。然而，那種少年的朦朧的渴戀美好的異性的心情能夠稱作愛情嗎？也許真正的愛情還是得有看得

見摸得著的具體對象才行的。不管怎麼說，她是我第一個曾經渴望成為伴侶的女子，是我認為優於我的那位的女子。如果我的妻子看了這篇披露心靈的東西，她一定會勃然大怒，同時心中十分難過，但我想，如果我主動地把這一切向她開誠布公，毫無保留，她也許會好受些。因為這才是我的心裏話，而那天我們三人在一起時，我說她倆十分相像的話實際上是謊話，因為這話一出口，我就回想起十年前的那個場景和我作的結論。我想，欺瞞自己的朋友是最可恥的。一個人之所以有許多心靈的痛苦，就在於他沒人傾訴更無法對人傾訴，因為他不信任別人。我多麼渴望有一個人能夠理解我，願意同情地毫不鄙夷地傾聽我一生所幹的蠢事、醜事和錯事，這樣，我將用他或她的友誼將自己的罪過洗刷乾淨，從而過上心境安寧的日子。

但是，愛情就是欺騙，我一個要好的詩友的這句話，的確也說出了一個真理，情人在開始相愛中是不能容忍對方的缺陷和錯誤的。我幾乎可以十分清楚地看見在聽了我的personal history後，她那蒼白的臉色、厭惡的神氣、避開的眼光和冷冷的聲音。假若要我欺騙她，達到勾引她到手的目的，我又於心不忍。畢竟，我並非不能從我妻子那兒得到肉欲的滿足，也不是這種欲望非兩人不能填飽，我只是想尋找一個知心的夥伴，向她傾吐我最隱秘的思想，向她泄露我最難言的苦衷，而這一點，在自己的妻子身上是無法達到的，在一個男人身上也是無法辦到的，唯有一個女人，一個像她那樣富於同情心、心地純潔善良、性格溫柔沉靜的女人，才能辦到。

更多的時候我感到失望、壓抑、苦悶和寂寞。我的心常常

受著冰雹一般的襲擊，打著哆嗦，在刺骨的寒冷中顫栗。有時，眼淚會突然洶湧地要奪眶而出，好在我有很強的克制力，身體保持不動，目光仍盯在書上，強咽下淚水。沒有一個人注意到這。但嘆氣我卻控制不住，因為它常常在我不知不覺中沖出了鼻孔，在「嗨」的聲音響過後，我才意識到，但已經遲了。我想到我在她眼中僅僅是一個多年沒見的同學和一個面熟的老鄉，想到她之所以對我熱情，只是因為我是她朋友的男朋友，想到對任何一個熟人或同事她都可能報以同樣大膽而熱情的目光，想到曾經有那麼多佼佼者追求過她，想到她已經將愛獻給了那個稱做她丈夫的人，想到這一切我就灰心喪氣，猶如亂箭穿心，悲傷萬分，深深後悔從前的一時膽怯，竟然留下這終身的遺憾！

　　當最初的狂熱和痛悔過去以後，我變得清醒了一些。我知道一切是無法實現的。一個人愛著另一個人，而另一個人並不愛他，這樣的事太多了，如果身為男子漢大丈夫，就這樣纏綿悱惻不能自拔，那也實在太沒志氣了。然而，像我這樣的人，還談什麼志氣呢？我名利心淡薄，對目前的一套搞法也不大贊成，自己想走自己的路，卻又因種種原因無法進行。我可以一天一連十幾個小時地工作，然後在最疲勞的時候睡覺，然而人非機器，總有空閒的時候，總不能完全像一座雕像一樣沒有半點雜念。我只要一有雜念就要想起她。對她的回憶總是跟一些最不相干的小事聯繫在一起，比如她一邊講話一邊用梳子梳頭的樣子，她衣服上漏扣了兩顆扣子，她吃飯替她夾菜而把我涼在一邊，她不客氣地把三個開水瓶往我手中一塞要我去打開水，她同我走到外面我不敢看她因為我怕讓她看見鼻子上蛻的皮，我不做聲看了看桌上那

一排書，又不做聲地回到椅裏，而她把這一切看在眼裏，欲言又止，好像在想我會怎樣認為她呢，等等等等。還有一些話在我聽來也像十分意味深長，比如我提到七年前我們在我家的那次會面，為了試探她，我說「當然，你早把這一切都忘記了。」這時她說：「不過，你我是記得的。」還說「那時你好像不喜歡說話。」她怎麼還記得這些呢？她和我真正的見面不是那一次，她怎麼記得的呢？有一次我和H談起她，並談起農村裏搞寫作時那間房中的事，H詫異地問我怎麼唯獨記得她，我毫不掩飾地說因為她長得很美，頓時，臉上紅了，我能感到頰上漸熱的熱度。H一定都把這看在眼裏，他還不知怎麼想呢。紙寫到這裏已經沒有了，只好住筆。

＊＊＊

收音機報時信號剛剛響過：北京時間二十三點整。我披著衣，下身裹在被子裏，窗外淅淅瀝瀝下著雨，我開始寫了。我的思想要麼十分混亂蕪雜，要麼便空無所有，象一片無雲的天空。因此今天我就不想采用傳統手法如倒敘、夾敘等等，而要信馬由韁地寫了。再者，這些東西並不寫給任何人看，只是自己思想和生活的記錄，所以我就可以隨心所欲地寫。至少在我心靈的王國，批評家是沒有地位的。

「你的手剛剛抓了腳氣的，」她光著上半身，奶罩敞開，一動不動地挨在我身邊說，眼睛看著帳頂。「哦，你已經洗過了。」她想起半小時前我在拼命搔過有腳氣的腳的癢後，曾經在

水管下洗過手。

「你的話意味深長，」我說，心裏隱隱地痛著。「正如此事一樣，從前我對你不好的地方，後來雖然我儘量彌補，也無濟於事，因為你已經將那個印象深深鐫刻在心裏，無論何時都不會忘記。」我閉著眼睛說出這些話，感到她並未動彈，沒有任何反應。

昏黃的燈光照在我倆在枕上的臉，因熱而半掀開的被子，她的胸脯，膀子上兩塊抓破的小傷疤。

「我要瘋的，要成神經病的，」她在我背後的床上說，聲音像從嘴巴和枕頭之間發出來的。

「請你不要這樣，」我看著面前打開的英國文學，冷冷地說。「一個正常人決不會這樣。理智一點。」天光正一分分消失，書上的字跡開始模糊。天空灰蒙蒙的，罩著厚雲。屋內很靜。大樓下面傳來小孩子哭鬧聲。

「我要瘋的，我非瘋不可了，」她的聲音變成尖利刺耳的嗚咽，但仍然壓抑著。傳來像深更半夜老鼠抓報紙的聲音。聲音越來越大，變成了扯棉花，接著又像擂鼓，到後來，在一片低低的痛不欲生的抽泣中，傳來踢腳聲。

我一轉臉。她像瘋子一樣在空中亂晃著手臂，雙腿漫無目標地瞎踢，像孩子一樣。我撲上前去，倒抽一口冷氣，床上已被她弄得像狗窩一般，乾淨的臥單揉皺得像一塊抹布，壓在她肚子下面；這裏那裏，墊絮的棉花被大團大團地扯了出來；她平時梳得挺好看的長捲髮亂得像稻草；眼睛緊閉，臉色死白；我想把她抱起來，她渾身在往下墜，剛剛拉起，就被她掙脫，整個人滑到地

上，弄了一身灰。嘴裏一個勁地小聲呻吟：「我要瘋了，我要瘋了。」

此情此景使我難受極了。我對她說：「我求你，求你，別再這樣，你不僅在毀你的身體，你也讓我難過呀。求你，別再這樣。」我撲在她身上，用臉去接觸她的臉，唇去觸她的唇，但她一動不動，或機械地把頭一扭，避開我的臉，彷彿一個無生命體。

「完了，一切都完了，還有什麼意思喲！還有什麼意思喲！」她像喝了苦藥那樣，頭在破絮上擺過來擺過去。「還有什麼用呢？現在再勸還有什麼用呢？遲了，遲了，遲了。」我的心一陣緊縮：「我求你，求你。」我差不多要說我給你下跪了，但我沒說。「求你，我知道你恨我，討厭我，我知道這都是有原因的。從前我對你不好，使你得不到幸福，我的脾氣太暴躁，將來可能也不會給你幸福，但不管怎樣，你不能像這樣。你起來，我們好好地談談，起來呀，」我以最溫和的聲調說話。

「完了，一切都完了，還有什麼意思呢？還有什麼用呢？」她反反覆覆地說著。

一種無法言喻的痛苦揪住了我的心。我恨不得用拳頭猛擊自己的頭，我恨不得用頭撞桌子，但我什麼也沒作，我呻吟著把臉埋在手裏，痛苦至極。

「那我們兩個一起死好吧，」她用極輕微的聲音說。

這句話竟像一把鑰匙，將我感情的閘門打開了，我撲向她，把她緊緊摟在心頭，淚水一下子模糊了眼睛，泣不成聲地說：「我求……你，求……你，別，別再這樣，聽話，啊。」

　　我們一起去濱江公園照相。這公園寸草不生，雖然長著樹，卻顯得光禿禿的。到處是人，有打羽毛球的，有騎自行車的，有坐著聊天的，有散步的，還有看書的，遠處可見輪船和狹窄的江面。除了洪水紀念碑外，好像沒有什麼可照的景。

　　「我不在那兒照，」我們不約而同地都看見了碑上的毛主席頭像。鄒媽說：「我才不在那兒照啦，叫人有點惡心。」前天是她60歲生日。

　　「你瞧，」鄒媽從荷包裏掏出一袋葡萄乾。「吃呀，我現在碰見什麼好吃的就買著吃，這，」她走到櫃旁，打開櫃門，拿出一包東西。「這是一點牛肉乾。喏，還有鹽水花生米，吃呦，這葵花子，我們一家人看好電視，一下子就要吃好多。我吃得這麼飽，還想吃，口裏老住不下來。」

　　「我的心像一塊冰一樣，」她說，眼睛望著窗外灰蒙蒙的晨光，躺在我身旁。我的手摸著她的乳房。「我現在什麼人都不愛，不可能愛。你最好去找一個比我好的，有熱情的姑娘。」

　　「不，不，」我瘋狂地翻身壓在她的身體上，不顧一切地在她髮上、頰上、唇上、眼上吻著，同時雙手亂揉著她兩個鬆軟的乳頭。

　　「我不喜歡你這種狂熱的表現，」她冷冷地將我推開。「我的心已經冷了，是你把它弄冷的，不可能再熱了。」

　　「我這樣強烈的情火也燒不熱了？」我失望地問，一只光膀子仍然摟著她的脖子不放。

　　「當然不能了，」她說，眼睛不看我。

　　我不做聲，心裏沸騰著情欲，但是被一種驕傲感所支配，我

生硬地將手臂抽回，微微偏轉頭，眼光正碰到牆上掛的一張凱利的美人圖。我看著這個美人的光膀子，她柔嫩潔潤而泛著紅光的肌膚，她那棱角分明富有彈性的嘴唇，她那藏在手臂掩蓋下的乳房，因為看不見而變得愈加迷人，她那寬高的額頭，那一雙略含輕愁的大眼。

「我最喜歡這張畫，」她看見我在看她，便說。「還是從剛到的新雜誌上扯下來的。」

「我要吻她，」我半挺起身子，做出一個要吻她的姿勢。

「不行，」她伸過一只膀子，摟住我，把我往回拉。「我不要你吻」。

「我要吻。」

「我不要你吻。」

「我要吻。」

「你一定要吻也可以，那我再也不吻你了。」

「我要吻，」我又重複一句，但沒動，眼睛看了看她，躺了下來。

沉默了一會。

突然，她兩條光胳膊伸過來，把我緊緊摟住，連連吻我說。「我要你冷，要你冷得像冰塊，我就可以用熱情來融化你了。」

「變態心理，」我說，心中有幾分奇怪，又有幾分舒服。現在，我可以聽任她來駕馭我了。這當然是件樂事。「我不想動，」我說。「我累了。你自己想怎樣就怎樣吧。你自己把我翻到你身上，要不，你就壓在我身上，然後放進去。」

「不，我沒那麼大的勁。來吵，快來吵，我要你，要你，」

她渴望地呼喚著。嘴唇張開，在我臉上來回擦吻著。「對，就這樣，放好，我叫你輕點就輕點，哎喲，太重了，再輕一點，好，就這樣，慢慢地滑，別太急太快，慢一點，一下一下的，再進去一點，你把嘴咬這兒，好的，咬我的乳頭，別咬重了。別出來了，好吧？今天是危險期，再出了事，我可沒臉見人了。輕一點，下去一些，要擦著皮，對，你一弄痛了我就不想來。」

「好，我給你講。我愛上的第一個是Z，我那時覺得他男子漢的味兒很濃，眼神很嚴峻，有一股寒光。當時我還向一個同他熟識的姑娘打聽過他呢。我想他可能知道我在看他。你知道我的性格，我最不喜歡那種沒骨氣、沒男子漢氣派的男人。後來，我對貓子也發生過一點感情，那時候我內心很空虛，想找一點寄托，的確，我想找一個人愛，我懂事多早！也想有人愛我。貓子和我是街坊，從小對我很好，那時我們隔壁左右沒有別的小夥子，所以，我就盯上他了。以後，我對舅舅也發生過愛情。外甥跟舅舅發生感情這是不是很不正常呀？他那時沒結婚，長得又英俊，又可愛。在學校時，Y對我產生過感情，這我看得出。直到我把你寫給我的信給他看後，他才相信我是有朋友的，便沒有再繼續追我了。至於W，我的確有一次為他動情，那是在做操時，他穿件洗得半白的黃軍裝，我盯著他的背影，心裏有股說不出的味，我看他看了好久。L其實和我並沒什麼，我總是把他當小孩子看，跟他開開玩笑罷了。」

她這麼坦誠，我也開始講述我的，G的濃密的頭髮，L嬌美的容顏和我撿她的畫片，等等，我打算一直講下去，直講到最近的非黃給我留下的印象和帶來的變化。她一直偎在我的懷裏，這

時，我感到有些累，便說躺下，倆人一起躺下。我說我有個特點，一見美麗的姑娘我就愛，但我的愛不同，一定是埋在心底裏，永遠不流露。這時她響了一聲，欲言又止。我忍不住問她想說什麼，她不響。問了好多聲她都不響。我急了，說：「你這人真叫人心煩！」便把她的手像石頭一樣從身邊摔開，轉了個身，這次，她不像往常那樣過來求和，而是起身走到一邊去。

我也起來。過一會，想想這樣僵下去不好，便叫她過來。她不過來。我想，剛才是我錯了，可現在我要求和你又不肯，看樣子，今晚上就要這樣僵下去了。愈想愈煩，便霍地站起身，去拿書包裝書。她忙過來說：「不是我不過來，我是想，你把我推開就推開，叫我過來就過來，我都成了什麼人了？不太下賤了嗎？」她拉住我的書包袋，不讓我走。我火了，一把扯過來，就要走，她臉變了色，頓時哭出來，全身撲倒在床上，便亂抓起來。

她今天穿得很漂亮。黑毛衣，上面有紅藍白綠的條條，襯托得身姿越發苗條動人。是昨天才買的。「你穿這件衣服像外國女的，」簡簡對她說，一共說了兩次，使她的妻子有些不樂意。她穿我買的那雙全高跟鞋，痛得只咧嘴。「太不習慣了，簡直活受罪，」她說。臨走時，我想擁抱她，她也想讓我擁抱，但在大街上，辦不到。我當時真恨不得不顧一切去吻她一下。

「我喜歡帶孩子氣的人，」她說。「一點也不喜歡大姐姐式的人物，比如Y和Z。我和Y不好也不壞，從不談心裏話，只有一次，我們談到11點多鐘，她談學校和家庭的情況，談了好多，但我覺得她與其是在交心，不如說是帶點吹噓自己的味道。」

「我真孤獨呀，」我躺在她身邊。「有時候孤獨得直想自殺，別人都願意對我講心裏話，可我，我能跟誰講心裏話？甚至跟你都不能，比如剛才，我多想理解人，也多想被人理解喲！事實往往是，我能理解別人，別人卻不能理解我。我不該生下來，我也不該活下去。我的存在使人討厭，我的存在對人毫無益處。我知道這一點。我內心總想對人好，說真的，我從沒起過壞心，想害誰，沒有過。我覺得我內心是善良的，我所做的錯事有的是出於無知，有的則是出於過於強烈的愛，有時候，我恨不得像野獸一樣地發泄我心中的愛情，但我從來沒有起過任何想害人的念頭，沒有，沒有，沒有，我真孤獨啊。要是有一個人願意了解我就好了。所以，有時候我真想再找一個姑娘或者女人，男子不行，這個姑娘我絕不想跟她有任何那種關係，只想保持一種心靈上的溝通和交流就行。」

「你幹嗎不呢？」她問。

「我知道，我不想害人，」我說。「你懂我的意思吧？」

「不懂。」

「哎，我太渴望有人了解我了。現在你不愛我了，我還有什麼意思呢？」

「可這都是你造成的。」

「難道我對你不好？口頭上不好，行動上也不好？」

「一般。」

「那好，既然這樣，我看不如我分到新疆去好了，在那兒工作8年然後回來。」

「帶一個妻子回來。」

任教，我的社會地位從此將作為知識分子而存在；我有一個經濟富裕的家庭，有一個年輕貌美的妻子，我自己也有一定的知識水平，敢於同強手爭高低；我的願望幾乎都實現了。但是，且慢，仔細想一想，我的許多許多願望從來都未實現過。我當中學生時曾渴望做一個出色的作曲家，發狂地作過曲，直到現在，我還能偶爾在感情激發之際作曲，但我已不再對能否成為作曲家抱任何幻想了。當然，這個念頭並不是沒有經過我的腦海，使我在學習繁忙的時候停下來想一想，但它需要的巨大代價使我畏葸不前；我必須花大量的時間學習樂理，同時學會一種樂器，這就意味著減少專業學習時間，並且不能順利從事詩歌和小說的創作。我當然是不願意付出這樣的代價的。一年前我決定獻身文學事業，從那一天前，我便花去了無數小時思考、寫作、觀察、讀書，到目前為止寫了不下幾大卷厚紙，還放棄了考研究生的機會和聯合國譯員的機會，我一直把理想看得比什麼都重，我覺得考上研究生無疑將自己鎖進書的牢籠，束縛想象力，使創造力在書堆中枯竭；我又覺得一旦考出國，我將不可能用中文寫作，而作為一個作家，他首要的任務就是以本國語言寫作，為本民族服務，把自己純粹變成外國人，這我不幹。我有澳大利亞作家懷持作我的理論根據。現在，由於論文關係，我不能按計畫進行小說的創作，就抓空隙時間寫詩，以此作為彌補。但我感到從前那種激勵我的內在力量正在減弱，那種為人類服務，向諾貝爾獎進軍的召喚也似乎失去了它們的吸引力。我能為誰服務，我想，我寫的東西只是我所見所經歷所思考的，有很多完全百思不得其解，還有一些是我認為無法解決的，這些東西一旦見諸文字，對誰有益

呢？社會對個人的要求是：為社會服務，為「四化」為當前的政策寫作。我不這樣想，我接受的種種文學觀念使我對這種narrow-minded理論深惡痛絕。司湯達認為文學是mirror，不管泥坑還是鮮花，都同樣反映出來；日本一作家認為文學就是苦悶的象徵，還有的認為文學應該不帶任何情感任何作者主觀的見解真實地反映生活，等等；我很贊同這些觀點，可是，該怎樣寫呢？這個問題使我頗費思索。寫新時代的新人物，我是絕對寫不出的，在我所接觸的人當中，沒有一個是什麼「新人物」。如果說新，每一個人都有他新的一面和舊的一面。人隨著時代、社會、環境和他自己年齡的改變而改變著，硬要為了某種政治需要創作出什麼新人，比如張海迪（我並不佩服她），那是不會為大眾心靈接受的。經過十年動亂後，我對一切所謂英雄人物簡直厭惡之極，對所有的現存道德觀念和說教都持有懷疑，惟有一點我至今深信不疑，那就是：人心都是善良的，每一個人都有要活下去的欲望，有追求幸福的欲望，個人所造成的罪惡除了本身的原因外，受社會影響的原因也非常重要，這個社會影響我不是指報紙上的宣傳，而是指超出宣傳之外在起作用的力量。金錢仍然起著主宰人們心理動機的作用，而權力，在我們這個社會，它的力量有時更甚於金錢，使許多人眨眼間黃袍加身，而另一些人則轉眼成塵。什麼共產主義的思想等等，我總覺得它欺騙人的價值比教育人的價值大得多。我相信總有一天共產主義會到來，但我決不相信在今生今世它會到來，至少在二百年內不可能到來，我的依據是共產主義不同於社會主義，後者可以在一國取得勝利，而前者不可能，前者的取得一定要到消滅資本主義社會和其他一切以人剝削

人為制度的社會後，而顯而易見的是，這是絕不可能的。那麼，用那種思想來教育人們又有何意義呢？用一種於今毫無益處，只會使人們花費精力，為不可能實現的理想疲於奔命而放棄他們能夠在今生今世享受的幸福，用這樣一種思想來教育人實在是愚蠢之至，也害人之至。如果我是一個領導人，我要做的是維持我的統治，同時教導人們互相愛護，互相幫助，同心協力地把現世的生活建設得更美麗更幸福。至於將來，有將來的領導人去完成，隨著自然的進程，歷史必然一定會自行走到那個軌道上的。在目前的情況下，任何人為的力量都不可能達到那一點。所以現在的宣傳總使我覺得有點像宗教的來世幸福論了。

我對這些價值觀念的看法是如此，對其他的觀念也就不能像從前一樣繼續維持。（寫到這裏，我產生了一個幻覺：我雙手被銬，帶上法庭，法官疾言厲色地質問我為什麼這樣大放厥詞，另外有人對我作工作，勸我放棄這些思想，並威脅要將我長期監禁。我什麼也不說，但我心裏知道任什麼高壓手段也改變不了我的思想。我只要認定了我的道是對的，是對人類無害的，我就要走下去。）我開始討厭競爭。這種無休無止的競爭給我帶來了什麼呢？嫉妒、紛爭、吵鬧、心的隔閡、失望、郁郁不樂、自殺、互相殘殺等。人們帶上了毫無感情一味追求物質利益的特質。這不是進步，而是倒退，是人類走向自我毀滅的第一步。須知人類之結合以及生存下去，全靠著感情和順應自然的力量，而現在將這最基本的生存因素扼殺，豈不是自我毀滅嗎？想到這些，我就痛恨那些僅僅為了分數而制訂的考試。老師竟明目張膽地講，哪怕你們考過後五分鐘就全部忘記，但一定要複習，分數是重要

的。知識又有什麼用呢？我仔細地一想，確乎沒有什麼用，但我進校讀書的最大願望就是要獲得知識，這與我的願望背道而馳。我對知識產生了厭倦。與其學得這種僅僅為了考試的知識不如沒有更好。有時我不禁要想，人類的一切活動無非是為了能生活，能更好地活下去，這些人考試為多得高分因此無可指責，因為這不也是一種謀生的手段嗎？那麼寫作又有什麼意義呢？我聽說許多發生在文壇上的營私舞弊的事情，對此我恨之入骨。一個文人最優秀的品質就在於他不同流合汙，能稀世獨立，以自己的才華照耀芸芸眾生，指引他們一條生活的道路，至少，在目前來說，他要能不同流合汙，靠自己的力量爭得一席之地，然而無數事實表明，光靠個人奮鬥這條路是行不通的。某社的編輯在我腦中留下了極為深刻的印象，是極為深刻的壞印象。他就像個被鐵鏈子拴住的猴子，亂蹦亂跳，專門模仿主子的動作，百依百順，叫幹啥就幹啥，對陌生人便大模大樣，吹胡子瞪眼，動輒暴跳如雷。一個可憐的猴子！從他一個身上我相信我已經看透了全中國百分之八十的編輯。但我內心裏仍然相信，還有一些天性沒有泯滅的編輯在默默地工作著，不徇私情，栽培著文藝新苗，我崇拜並尊敬這些人。我再也不會通過任何熟人尋機發表作品，這是可恥到極點的。所幸那一次我並不抱此心理，我只想學一點東西而已。我知道我的作品不可能在任何雜誌上登出來，因此我決定，只忠實於自己的心靈，將我所感受的，所見到的，所愛的，所恨的一一錄下，作為一生的記錄，作為一個在默默無聞中戰鬥的生靈的呼喊，作為他的存在，作為一個試驗，向人們表明，人性是善良的，人心有罪惡和崇高的兩面，但後者永遠戰勝前者。如果將來

裏話。可是，憋在心裏有多難受啊。高壓鍋如果不通氣是會爆炸的，我的這些感情也會引起爆炸。好在我找到了一條渠道：詩，但這些詩總還是要給人看才行呀。可它們都是什麼樣的詩喲！我決心與所有現存的腐朽道德觀念決裂，打算建立一套新的完整的合乎時代的道德觀念。每當我讀到青年雜誌上登載的因包辦婚姻而造成的悲劇或因大操大辦造成的感情破裂，我總是禁不住深深地嘆息。在80年代的今天，這樣的事情仍然發生，還不值得人深思嗎？我們把眼睛貪婪地盯著張海迪的成功，卻把朱（X英）的自殺拋在腦後，不痛不癢地說一句：「這種做法不可取」，這難道是可取的嗎？

我本來想寫有關自己生活上的事情，卻發了這樣一大通議論，真該死！

下午，我想起了她。我想起她說感情已冷卻了的話。我恨我自己從前對她的無情和殘忍，暗暗說道，將來無論如何也不對她粗魯，再也不發脾氣了。她對我的確很好，而我呢？「一般，」用她的話來說。這真氣人難受，然而她說得又十分對，這就更令人難受了。這些年來我只顧忙著搞學習，完全忽視了她的愛，每次和她見面，只是猛烈地發泄一陣，甚至做出不該做的舉動，說出不該說的話來。我想到將來不知兩人的生活將怎樣過，心裏不是個滋味。已經到了這樣一個地步，兩人感情都已冷淡，卻不得不結合在一起，為了舊情，為了不傷害each other的心，還為了不聽世人的流言。最主要的是，為了不首先做出拋棄她的行為，我決不會這樣。我的條件是要她首先表示。我仍然這麼愛她，而她卻了無情熱，使我挖心般地疼。但這都是我的過錯，我必得自食

其果，也是無可奈何的。想到這裏，我的心一陣陣作痛，輕生的念頭又掠過腦際，這些問題無法得到解決。不如一死了之。

＊　＊　＊

　　我又坐在桌邊，稿紙下壓著一張《中國法制報》。雨在窗外沒人理會地下著，打得梧桐葉子刷刷地響。鋼筆帽上的銅鍍因使用過度，斑斑駁駁，撂在一邊。桌上亂七八糟堆著書、麥乳精、糖水菠蘿、鎖、強力霉素、練習簿、敞開的字典、墨水瓶，裝了半杯的茶杯、報紙、錄音機線。我剛上廁所回來。走廊黑古隆冬，窗子在盡頭是一個亮亮的方口，使人有置身於隧道之感。Day after day like this！地面濕漉漉的，腳底下發出「嚓嗞嚓嗞」的水聲。你又感到苦悶了？回去就寫。不苦悶誰想寫東西？你看這廁所被打掃過，是那個說話甕聲甕氣，常在飯堂東瞧西看，撿人家失落的零碎菜飯票的老頭打掃的。他多勤勞，你幹嗎不向他學習呢？為什麼要向他學習呢？把我降到這個地位，使我的智力也和他的同等，我無疑也會逆來順受，甘心情願地幹這個工作。不平等是明顯地存在的，別想扯平，只有心理上的平等，沒有現實的平等，連美國那樣平等的國家，也有some are more equal than others之說呢，更何況中國。人應該追他的目標，應該了解他自己的能力，從而從事與其能力相適應的工作。你有什麼才能呢？有寫作才能嗎？你自信是有的。你具有一定觀察能力和表達能力。他現在不知怎麼有些討厭。覺得他人很淺薄。他做的那些事也太無聊而可笑。也談不出什麼東西，玩笑和說話有時顯得粗

著。哎呀，那不大好，怕什麼。不，那不行，我想，腦中出現我和她一人端著一碗排骨湯喝的情景，感到一陣惡心。這吃的是什麼呀？真讓人惡心。不行，這樣的湯我吃不進。那──那你就還去唄，她小聲說。我走到櫃臺邊，對營業員說對不起，你可能搞錯了，多給我一塊牌子，她擡起臉，滿臉通紅，眼睛裏流露著感激之情，說：「謝謝你了。」我回到豆皮隊旁。心裏為她的感謝感到舒服。我需要什麼？我只求自己問心無愧，只要別人懂得感激就行，那一年學校一個會計算錯了帳，多給了我二百多塊錢的菜票，我給他退回去，他不僅不感謝，反而還說你若不給我退回，我總會查到的。這傢伙，真不知好歹！聽那些報上的宣傳！可惡之極。我相信人們都是善良的，誰也不願意為了傷害別人而騙人，誰也不願意做於良心上過不去的事。什麼張海迪之類的人物根本不值得學習，她唯一值得一提的就是她成功了，別人沒成功。像她那樣具有不屈不撓鬥爭精神的人，在咱們中國不知有多少，值得讚美的是她的精神，是她那種能夠代表所有在默默無聞中奮鬥人的精神，而不是她的成功，不是她的榜樣力量。我很討厭這種把一個人豎起來做其他人榜樣的做法，不僅絲毫不能起正作用，反而起反作用。成功對人有什麼好處呢？一個人的成功意味著十個乃至百個人的失敗。而且這成功對其他的人無益，僅對他自己有益，滿足了他自己的私欲。他羨慕他的弟弟，他說他弟弟說今生今世要幹一番轟轟烈烈的事業，不流芳千古便遺臭萬年，他即使考不取大學也不在乎，他可以追求自己的理想，走自己的路，他不喜歡哥哥浪漫，沒意思，他說。唉，年輕人盲目的幻想！好吧，對這樣的人我是不給以任何忠告的，我只說，自己

去闖吧，不成功則成仁。二十五歲以後，disillusion就一個一個地接踵而至。每多一個disillusion，就少一分curiosity。人漸漸趨於冷漠無情。但我還不那樣，H說，我覺得現在內心的感情仍然很豐富，除了對與我無關的事無動於衷外，我對老朋友、對家人，等等，都懷有很深的感情，這是一個星期前的事。那時我是多麼渴望見到她呀！今天我才認識到我是一個地地道道的大傻瓜，人家說不定怎樣地在嘲笑你、鄙視你、貶低你呢。你竟浪漫地在臨發信前匆匆地填上幾個字：「你將在我身上永遠找到一個忠實的朋友。」多麼荒唐！在這以前，她可以說完全不認識你是誰。她不是說過，只有盈盈一個人在她心目中占有地位嗎？她不是說她早都將所有的老鄉都忘光了嗎？你寫這樣的話要多難為情有多難為情。她的第一個反應一定是吃了一驚，放下信，腦中浮起你那天渴望的眼神，心想，莫非他——然後又拿起信，仔細讀一遍，不覺啞然失笑，這麼說他愛上我了?!她臉上掠過一絲得意的笑容，但這笑容立刻變成冷嘲熱諷了，哼，這個醜漢子，他就要同她結婚的人了，還想尋歡作樂，也不看看我是誰，竟異想天開打起我的主意來了，媽的，沒想到這傢伙心靈有這麼醜惡。他還想勾引我去借書呢，真可恥！這是癡心妄想。辦不到的。我才不會給他回信，從今以後再也不見他了。可你還在這兒想她，還以為可以在她那兒見到她。他說他自從五一在她那兒吃飯以後，她那兒留給他的唯一印象是，太遙遠了。這句話在別人聽來可能就放過去了。可在我就不那麼容易。我聽出了話中隱含的意義，看了他一眼，他卻裝得像若無其事一般。媽的，她那樣儘量地招待了你們就落得這樣的下場！你要知道她還害著病呀！她怕飯菜少，

中午吃得很少，菜更是沒吃幾筷子，所以到了下午餓得要死。還在那裏談什麼人性呢！那些大談人性的人往往是最無人性的，不知道你注意到沒有，我的紙朋友。相反，有人性的人從不寫詩，從不誇誇其談，他們的人性表現在如詩一樣美的行動上。我現在極端厭惡詩人的華麗詞藻，那只不過是用來作勾引美麗姑娘的誘餌罷了。他的心靈空虛到這樣的地步，不一天換一個新鮮口味就不足以得到滿足。無聊無聊無聊。

　　Wain夫人回來packing。上午兩堂課舉行了告別儀式：播放了Mr Wain的錄音，贈給每人一張他們的全家福和地址，照了集體相並且錄下每人的臨別留言。夫人顯得年輕些，俊俏些，臉上那種不苟言笑，心事重重的表情也消失了。我起了很怪的念頭，我覺得很想自殺。我覺得他們全都很陌生很陌生，比陌生人還陌生，比另一個國度來的還陌生，彷彿是外星人，說著我聽不懂的語言，但如果僅是陌生這也還罷，可怕的是這種陌生中的熟悉，我偏偏知道他們叫什麼，認得出每一個人的相貌，還舉得出大部分人的性格特徵來。我知道他們都能很好地為人處事，而我不能。我同一切都格格不入。你也應該吸取從前在鄉下的教訓了，「必須同人搞好關係。」培紅姐六七年前當我還在汽校讀書時信中的一句話好像是這樣說的。她怎麼知道我的性格？一定是媽媽告訴她的，常看見媽媽和她親熱地小聲談著話。我心裏總想喊她培紅姐，可總不好意思叫出口，每回一碰見她勇氣就消失了，只好乾脆，什麼也不叫，沖她點頭笑笑，算作招呼。難道那時候愛她？也談不上是愛，只能說對她有好感，很喜歡看見她，看見她那舞蹈演員一樣的身姿和動作。看見她那姣好的容貌。你最可悲

之處就在於你常常耽溺於對美色的幻想並為之多情而不能自拔，同時又無能為力，沒有勇氣，不敢采取任何大膽行動。你的自悲感太強，總覺得任何女人都會討厭你的相貌，所以只好偷瞧那美貌的姑娘。假若心像石頭一樣冷酷倒好。可偏偏不能冷酷起來。我一生難與世人相合。我為什麼要出生？我為什麼要繼續活下去？我做的一切彷彿都是壞的，都受到人的譴責，都在傷害別人，可我內心從沒有起過一絲殘害人的念頭呀。我的確不適於在這個社會生活，也不適於在別的社會生活。我唯一的出路是自殺。我不想吃安眠藥讓家人為我流淚忙亂；也不想跳樓，給眾人添一點茶余飯後的談資，或者引起一些人的同情和嘆息，使當政者為我的事動一點如何掩蓋真相的腦筋。世人對自殺者是不感興趣的，對他們無法言喻的痛苦更是不感興趣。我要死就要死得無聲無息，死得無影無蹤。我想，最好是在更深人靜，趁著伸手不見五指的夜色，脫光衣服，只穿一條褲衩，跳入江中，我不可能淹死，因為我會水，我遊到中流，冰涼的水緊緊包圍著我，一個一個濁浪劈頭蓋腦向我打來，除了天空和岸邊一道淺淺的光，四野一片漆黑。滿耳是波濤和風的尖號。我要順水淌去，隨它把我帶到什麼地方。我記得脫衣下水的那一刹那，一種恐怖攫住了我，使我毛骨悚然，全身像打擺子一樣顫抖，又像沾了辣椒水一樣火辣辣地往外冒汁。我有點留戀地望了望身後，馬路上一個人沒有，停著的公共汽車像熟睡的大毛毛蟲。既然我活著於人類無益，既然我又不滿於僅僅為自己活著，既然我不能很好地像那些雷鋒、張海迪式的人物為別人活著，那我的存在有什麼意義呢？我不如死了的好。天色漸漸黎明，我回頭看了看消失在遠方的城

了。姑娘們特別喜歡談自己的成功，如N和N，她們考上了研究生。我一直在想怎樣把話說好些。怎樣不忘記了說聲謝謝，不忘記了提提他教的課的好處。唉，人類的虛偽呀！我本來可以直率地講很多，但我不想講，我沒有感受到心靈的震動。雖然在我心中，我覺得他們都是好人，可在我感情上，將我們維繫起來的實在少得可憐。

* * *

晚上散步回來感到特別無聊。不知道幹什麼好，五月的黃昏美麗動人。接連幾天大雨之後，空氣格外清新，洋溢著槐花的芬芳，混合著泥土和綠葉的氣息。夜幕悄悄籠罩了桂林、桐樹、雲杉和草地，那兒一群聚談的人影變得模糊不清；一個母親溫柔而親切地傾聽著小姑娘的說話；石凳上坐著讀書的學生，還隱約可見他的襪子是天藍色的，也許是個她吧。看了幾眼都不能確定，又不好靠近便作罷了。我走過茂密高聳的梧桐樹下，產生了這樣一種想法：幹什麼呢？心既然死了，美還能使它死灰復燃嗎？我在大街上走，避開看任何姑娘，我為從前那麼輕易地就被一個姑娘偶然的一瞥弄得神魂顛倒而感到羞愧。這是空虛的表現，我對自己說，而且，真正稱得上男子漢的人是不為女色所動的。現在，我感到更空虛了。我失去了對美的敏感，而這曾經是使我為之激動，給我送來靈感的源泉。我和他沿著夕光泛濫的湖邊漫步時，我們談到雪萊、拜倫。他對前者推崇備至，認為只有那樣的詩才夠得上至善至美。我提到波德萊爾的《惡之花》，認為在現

在的社會創造一個純粹美的境界，一是有仿效古人之嫌，二也缺乏時代精神，不能反映這個時代的本質。我講了一個親身經歷的例子。星期六的晚上我和友人向湖邊走去，我驀然聞到一股槐花的芬芳，它是這樣濃烈這樣馥郁，我情不自禁地嘆道：「好美呀」，可「美」字剛剛說出口，我便聞到一股臭不可聞的穢氣，轉眼一看，立時知道我們旁邊有一座廁所。「美與醜、香與臭是如此奇妙地結合在一起，」我對N說。「你簡直分不開究竟什麼是美什麼是醜，就像有時善與惡的難分難解一樣，這在《刀鋒》中曾有過敘述，不過，話又扯遠了。」我想起遠眺秀麗的湖光山色時，我常常看見腳下濃得像汙泥一樣的水和浮在水上的綠油漆樣的汙斑；我還聯想起狹窄低矮陰暗的小屋中鑽出來的光彩照人、衣著入時的女子；我也想起自己一方面在追求崇高的東西（如精神戀愛），另一方面卻不可避免的在同時摻雜進許多邪惡的念頭。如果說詩是心靈的一面鏡子，（我是這樣認為的），那它就應該不偏不倚、全部而真實、毫無保留地將心靈反映出來。當然，運用Keats的negative capabilities也未嘗不可，但這種方式是前人用過了的，對於我來說，頂多只可以借鑒，目的在於增強我詩的效果，而不在於牢籠我詩。後來說了什麼話我都不記得了。在這快到三十的年齡，我的記憶力大大衰退，這一刻說的話，下一刻就忘了。但還是有些事情，有些話是令人難忘的，尤其當它們牽涉到心靈的隱秘處時，更是這樣。

　　吃過中飯，我和H一起來到樹蔭下的石桌旁坐下。校園很安靜，一棟棟大樓都午睡了。太陽花在不遠的地方像一片金光燦爛地盛開。間或小道上有一兩個背書包的學生來往。吃飯時，我們

都沒說話。我感覺到了什麼。我覺得節前他和我相約的這個周末去磨山遊玩的事可能會取消。我想起了小非黃，扒了幾口飯，以便使問話不是出來得那麼快，那麼迅急，那麼引人注意。「她走了，你知道嗎？」我低頭吃飯，並不看他。「我知道，她來過。」然後是沉默。這個沉默是意味深長的，我當時想。他彷彿知道了一切。那一封信，信的內容，以及引起的種種猜測。謝天謝地我和他沒有坐在對面，有時候，我真希望和友人肩並肩地談話，以避免那種使得喉頭髮硬的眼神。這時，我們談著《無名的裘德》。我忽然想起剛剛在寢室裏看一本羅曼・羅蘭寫的《貝多芬和歌德》的書，其中有一張女人的照片。我問他這女人是誰的情人。他用心地看我一眼，說是貝多芬的。我很窘，希望窘態沒讓他看見。我當時的思想是誰也不知道的。我以為他知道我的一切底細，知道那封信的內容，也猜出我有將非黃作為情人的打算，因而便意味深長地盯我一下。我感到十分難堪。他會怎麼看我呢？這傢伙，道道地地的色狼！一個朋友還不夠，還要再找一個。另一個念頭加重了我的不安。非黃竟然沒回一信，卻直接來找他，可見她對他多麼篤信，而對我多麼陌生。虧你還寫得出「忠實的朋友」之類的話呢。在石凳上，我們談裘德，談性善論、性惡論，爭論血親聯姻的利弊，但我始終懷著恐懼，怕他提到她的名字，尤其怕他提到任何有關信的字。由於過於害怕，有幾次我彷彿覺得他一張口，這些話就要說出口：「你給她寫了一封信吧？她給我看了。」然後是沉默，令人無法忍受的沉默，我的心急遽地跳著，我們的談話就這樣進行下去，有時我盯著他的黑眼睛，內心盡力保持平靜，想從那兒窺探什麼徵兆，更多的時

候我看著別處，特別是當他提到與女性有關的話題時更是如此。去他那兒的路上，我曾想過我所應持的態度。即便他知道一切，我也要盡力裝出若無其事的樣子，不能再像上一次那樣紅臉了，假若真紅了怎麼辦呢？我忽然對這種無謂的周密布置感到膩味透了。如果他知道了，就讓他知道好了，我可以直接告訴他說我愛她，從前這樣，現在仍然這樣。可是不行，我的理智又出面干涉了。你根本不知道他是否清楚這件事，先就慌慌張張因為一句話而泄露了你的祕密，這不叫人貽笑大方了嗎？終於，在離上課還有十分鐘的時候，我聽見他說：「對了，我想起一件重要的事，必須告訴你。」這句話我一聽就明白，不是現在才想起，而是早就想好了，欲言又止，趁著現在用無意的口吻說出來。「她想托你替她找一個男朋友。」我眼睛看著別處，就是使出渾身解數，我也不敢回看他。「她沒別的要求，只要男的完全陌生就行。」我聽見自己在說：「可是她曾對我說過，她需要一個能體貼她的男子，只要能多做點事，就行了。」我很滿意自己聲調的平靜，同時大膽地看了他一眼，他彷彿全身震動了一下，這沒有逃過我的眼睛，但我看見他笑著說：「這我倒沒聽她說。」一個念頭飛快地閃過我的腦子。一個疑問。

　　我坐在桌邊，現在是零點十五分。被子已鋪好，Z半坐在床上，寫日記；L半躺在床上看書；裏普一邊抽煙，得得地彈著煙灰，一邊看雜誌。外面蛙聲正酣。我不斷想到她。這些思想大部分是潛意識的，所以並沒有給我多大的感情上的波動。在和她見面後的第一周中，我曾感受到幻想中愛情的甜蜜；我沉浸在往事的纏綿繾綣的回憶中，我後悔沒有努力；我恨自己無能，我甚至

還恨她，她是我和她重新結成幸福的障礙。我按捺不住激動的心情，寫了那封信，並且不加思索地發了，覺得唯有這樣我才能安下心來。但我何曾安下過心？那一周我寫了幾十首詩，全為了是她。相思的人註定是要痛苦的。失望、憂傷、悲愁、憂悶、煩惱、恐懼、渴望等等感情交織在一起，輪流地向我襲來，直到五一過後，她的沒有到來，完全使我相信她對我毫無印象，只是到這時我才清醒，才開始認識到我幹了一件多麼大的蠢事。我有說不出的惆悵，既恨她的冰冷和欺騙（實際上她是innocent，使我上當的是我自己的多情），又恨自己的無能和盲目，竟不能從一個人的言談舉止中看出她的感情和態度來，反而一廂情願地幹些傻事。雖說是這樣，每到信來的時候，我仍舊要懷著惴惴不安的心情去看有沒有我的信，甚至以為她來過信，不過是將地址寫錯罷了。經過這次見面，我在內心深處已經完全肯定他知道信的事，她是那麼直率的人，而他又那樣值得她的信任，這件事不會不告訴他的，想到這兒，我的心中有說不出的難過。後來，我不顧一切了，我想，何必這樣遮遮掩掩，不好意思呢？我就直接告訴他說我愛過她，現在還愛她，但我決不會為此而做出任何越軌的行為，我真正後悔的是，與其讓她從一封含意隱晦的信中猜出我的愛情而對我產生厭惡從此不願見我，還不如乾脆直截了當地把心事陳述給她，然後主動斷絕一切往來，以表示絕此之念的決心。我在愛情方面的失敗就是產生於膽小和盲目。然而，謝天謝地，我不再需要任何這一類的愛情。我需要的是知識，是自然科學、哲學、文學等各方面的廣博知識。讓我親手將儲存愛情的那一部分心割去吧。

＊　＊　＊

　　現在11點過7分，我坐在桌邊。Z在一本正經地看書；裏普舒舒服服地半關在帳子裏，裹著被子睡了。手表表面朝下地放著，我盡可能地推遲動筆的時間。洗過衣服和澡後，差不多快九點了。和醉中真坐著談了會天，也可以說什麼都沒談。覺得並沒有什麼好談。然後，拿起筆紙想寫兩行詩，瞪著眼呆呆地想了一會，什麼也沒想出來，嘆口氣，只好作罷。無聊地拉開抽屜，眼光落到一本雜誌上。被其中關於國外風土人情的文章吸引了，不知不覺看了一個多小時。現在就到了11點了。我幹嗎要寫呢？你又開始問起目的來了。一旦問目的，興趣就失去了。彷彿既不為別人，也不為自己。彷彿僅僅出於一種習慣，一種需要，精神上的需要，猶如某些人要抽煙，要喝酒，要打撲克一樣。或許，只想像錄音機一樣機械地將今天所經歷所感受的一切全部真實地記錄下來。寫你感受最深的事，寫最有意義的事。這好像是寫作知識裏講的。全是胡說八道！我所記的是感受最不深的事，也是最無意義的事。因為當我仔細回味這一天時，我覺得的確沒有什麼意義，至少沒有正人君子所說的那種意義，清晨的空氣是甜美芬芳的；天陰沉著，草尖上沒有沾露，但這並不影響鳥的歡鳴，也不影響我倆雀躍的心情。我摟著她的腰，自從那件事後，顯著地變粗了，我的手時時滑下她的臀部，感受那肥胖和柔軟。我們是在大路上走，前面沒有人，後面遠遠的有一兩個，但這不妨礙我們的欲火。它旺旺地燒著。我瞧瞧她的胸部。乳房失去了往日的

活力和飽滿，鬆鬆地垂下；她撩起衣的下擺，讓我看她那隆起的
小腹。「這都是因為你，」我記起昨夜看電影時她半躺在我懷中
所說的話。五月的珞珈郁郁蔥蔥，到處盛開著粉紅的野薔薇。我
替她摘了一小束，她剛接著，便用手碰掉了一個花瓣，覺得不好
看，便扔了。「這就是野花的命運，」我說。「也是某些姑娘的
命運。」她特別溫柔，懶懶地有氣無力地走著，還時時伸手摟著
我的腰，好像站不穩似的。「我真沒勁，你要把我抱著像嬰孩一
樣走該有多好哇。」陽光融融地曬著我們，烘烤著熊熊的火焰。
「在這兒，我比在屋裏更想了，」她頭垂在我肩膀上，充滿慊慊
的柔情說。我們坐在一塊大石上。身後和右邊，是密密麻麻的矮
灌木林，閃閃發光的湖水像一面鏡子躺在腳下，磨山像一對柔嫩
的充滿乳汁的乳頭，裹在淡灰的乳罩裏。從山腳的拐彎處，傳來
尖銳刺耳的賽艇馬達的轟鳴。我揉著她的奶子，她揉著我的下
部，她喜歡這樣，我也喜歡那樣。她想，我能感覺得出來。空中
布谷鳥發出清亮的啼聲，清風陣陣吹來，馥郁的香氣直往鼻孔裏
鑽，四周的草木都散發出一種懶洋洋的，令人昏昏欲睡的氣息。
我看了她一眼，她眼睛對著溫暖明亮的陽光微微迷縫，顯出幾道
渴望的皺紋；薄薄的唇兒半開半合，焦急地等待著我的熱吻。我
們一起分開荊棘叢，沿著小徑步入密密的灌木叢。頭上傳來人
聲。我透過樹隙，看見有人站在小山頂上那塊大石上，向湖水眺
望。「睡下吧，」她是這樣渴望，我卻心驚膽顫，像犯罪一樣，
但更多地是害怕被人發現。我一眼瞥見了金銀花，初開的金銀
花，香氣濃郁，令人沈醉，像一些溢著美酒的小酒杯。我摘下一
朵並蒂的，插在她那卷波兒消失的髮上。她說要去燙髮的，後來

忘了。花兒使她嫵媚動人。我卻不怎麼想了。剛剛我又看見山下的一個人，原來那兒有條路。我們隨時都有可能被人發現。我為她拍了一張照，背景是一大簇野薔薇，一小片湖水和天空，髮上簪著金銀花和野玫瑰，我本打算用花兒將她的頭髮全部覆蓋的，後來忘了。我倆就是這樣，打算做一些事，又將打算放棄，並無什麼道理，自然得就跟野花的開落一樣。「睡下來吧，」她焦急得很。我不敢。我們尋找一個最理想的樂園。我的手被荊棘拉開長長的口子。我看見青色的小毛蟲，肉肉地在綠葉上滾動。我想到了蛇，心中一陣痙攣。我想起海涅一首詩中關於蛇的形象的描寫，隱藏在陰暗的葉子深處，睜著尖利的細眼吐著火舌。我們在灌木中穿來穿去，發現海波一樣大片的金銀花，很多的顏色都開成深黃了，是要雕謝的跡象。我以為前面那被綠葉遮蓋的小穹窿的地方正好藏身，誰知我們剛一伸頭，就發現一對情人，紅衣服，便忙不疊地縮回來，又走原路。這時已經差不多汗流浹背了。終於，我們找到一個地方。除了緊靠我身後的一株小樹，無論是我的左邊還是右邊，都可以看見若現若現的白色地面。她的欲望太強烈了，一定要。我的也強烈，雖然由於恐懼，減弱不少。後來我們下山，她的背上有泥，我替她拍了一拍。我的膝頭上也粘著泥。我把左邊乾了的搓掉，右邊濕的留著。我的右手臂上被黑麻花蚊咬了七八個孢，一會兒便腫大起來，一顆顆有飯豆大。「我把這花丟了吧？」她問，指指髮上那朵並蒂的金銀花。「隨你便，」我說，起了一種奇怪的感覺，假若她的髮是肥沃的泥土，這花兒不就會不蔫嗎？說不定開得比在真正的泥土上更艷美呢。中午，吃過飯，她疲倦得要命，直想睡覺。我去野盡那

兒，他睡著了。見沒有地方可睡，她便說算了，開始打毛線起來。這時Z洗過碗，鑽進對面床上的帳子裏。我頓時有些不快。為了提醒他，我對她說：「那你就伏在桌上睡一會兒吧。」她仍舊不肯，但是脫了鞋，腿子平伸在床沿，背靠床柱。我本來在使他注意，但他無動於衷，他是不知道還是知道了故意不給方便？我自言自語道。如果是我，我想，處在同樣的情況下，我決不會待在房裏的。但你怎麼好要求人家呢？想到這兒，我也釋然了。終於，我想到一個方法，讓她睡下，把帳門關住，然後將通風的大門也關上，我就伏在桌上睡覺，這就不會引起閒言了。就這樣睡了一個很美的午覺。（當然他也問過一兩句話，但並沒真打算讓出。）

　　下午在水果湖看了一場《雪地英雄》的英國故事片。然後吃了兩碗熱乾面，她吃了一碗，幾個館子都沒湯面賣，我們又不大喜歡吃館子裏的飯菜。在回家的路上，我回想著這一天的情景。性欲其實是一種需要，和饑渴是一回事，無所謂犯罪。滿足了就沒事。以後要在詩中大力反對禁欲，雖不提倡縱欲，但至少要強調一點，從性中得到的快樂並不亞於美食和華服以及為人民服務。如今的人，除了完全無所事事的以外，都在不自覺地為人民服務，過份強調這一點，反而顯得虛偽。現在的生活的確不錯，可以推想將來是怎麼樣的。一周緊張的工作過後，星期天就這樣玩，有吃有喝，還小有奢侈，可是，少點什麼。昨天，雖然在手臂上寫了幾行詩，但回來一首詩也沒寫，今天也寫不出一首來了。還寫什麼呢？只要和女人廝混在一起，唯一的願望就是一天到晚在一起，啥也不想不幹，但久而久之，的確沒多大意思。她

說，將來也不想圖別的，只好好做個賢妻良母算了。她說現在大腦比以前遲鈍多了，將來生了小孩，還要遲鈍。

* * *

　　我極度空虛，這空虛感無法形容，因此我盡可能推遲記下它的時間。中午我就對自己說我要把它寫下來，我有許多天沒有往日記裏記一個字了。吃過飯，我想起《懺悔錄》還有十幾頁沒看完：「看完了再寫吧。」我對自己說。我把被子抱到枕頭上，將那堆棉襖、毯子墊在腳頭，便舒舒服服地躺下，把書豎起來，擱在肚皮上，下巴貼著胸脯看著。一會兒，瞌睡襲來，書開始兩邊搖晃，意識朦朦朧朧，一個聲音說：「看完吧。」另一個說：「睡下再看，再說，也不好看。」我透過沉重得睜不開的眼皮縫看著那一行行模糊不清的黑線，什麼東西「啪」地一響，我睜開眼，看見書落在身邊，疲倦的手把書拿起，努力在肚皮上豎起來，豎了半天也沒成功，看看實在困得不行，索性「啪」地一合，往旁邊一摔，就睡了。醒來時，已經是一個小時以後了。往常俯在桌上打半個小時或二十分鐘的盹是常有的事，習慣了後躺在床上反而無論如何也睡不著，現在，身子一沾床便想睡，睡了還不想起。洗過臉我坐在桌邊。幹什麼呢？我明知道還有個問題懸而未決，卻故意問道。我們的心兒在不想幹它已決定要幹的事兒時，總是要這樣裝模作樣，明知故問一番。我拿起《懺悔錄》，一口氣把它看完。這時，我又找了個借口，下午是不適宜寫作的，再說我又沒有這個習慣，因為我一般把寫作的時間放在

中午和晚上。吃過晚飯，我拿了本《新歌集》，到湖邊散步。初夏的湖邊，涼風爽爽，送來陣陣水的氣息，使人心中頓時升起一種想跳進水中痛快地洗澡的欲望。我想獨自散步的願望被一個人打破了。她是我們從前的英語老師，我們用英語交談。夕陽灑在水面的那條寬寬的金帶子，光彩奪目，耀得人睜不開眼，使人覺得頭暈目眩，彷彿藍天、綠樹剎那間都變黑了。我本來可以更充分地飽覽這奇異的美景。她向我請教學習的經驗。我談了一些。How dull！連飯後的散步也不放過，花在背單詞、問經驗上！我看著她，比看一個男人還要冷靜。我奇怪我的心怎麼會如此平靜。我甚至可以相當靈活自如地運用口語，不動聲色但又落落大方地同她交談。在一個美麗的姑娘面前我從不能做到這樣，我不是低垂眼瞼就是聲音打顫，再不就是過於self-conscious，到了自己同時變成兩個人，一個在說話做動作，另一個在一旁嚴密地觀察他的一舉一動的地步。分手後我看見了平生所見的最美的一幅圖畫：越過波光粼粼、夕陽泛濫的湖面，一群雪白的水鳥密密麻麻地遮住了藍色的天空，剎時，全飛落到對岸蓊蓊鬱鬱的林中，白斑點點，煞是好看。我沒有久留。路上又碰到一兩個熟人，停下來說幾句話。「真不願意碰見任何人呀，」我自言自語道。「今天這個黃昏看來是全完了。」我憩息在梧桐巨大濃蔭籠罩下的綠草地上。若有所思地盯著小草，但我什麼也沒看見，過一會兒，當我意識到我所看的是草地對面白色教學大樓時，我才知道我什麼也沒思想。我低下頭看手中的詩，這些愛情詩有的是表現失戀的痛苦的悲哀，有的是抒寫愛情堅貞的不渝，我漸漸感到煩躁起來，渾身有種針扎的感覺，油油地沁出些汗，我把詩集扔在

腳下，嘆道：「無聊！真是無聊！」這時，我聽見心聲說：「怎麼，你對詩歌也開始厭倦了？」「是的，怎麼樣呢？」我反問道。心聲無言以對，心和我辯論，總是失敗者，因為我太任性。是的，我對你也開始討厭起來了。這些雕蟲小技，這些文字遊戲，不是作了謀生的手段，就是拿去騙傻姑娘的心。有什麼意思呢？像你這樣的人，（隔壁82級集體唱歌的聲音簡直令人難以忍受。教歌的人不懂樂理，唱走了調，其他的鴨子也不分青紅皂白地跟著一起哇哩哇啦地大叫著，我真恨不得把這些狗東西一條條宰了！No individuality！這就是我們這個民族的特點。人人都你我不分地混在一起，唱同一支歌，像一架機器一樣。）能獲得誰的青睞呢？你摸摸這心，冷得比冰還冷，簡直再沒有什麼可以點燃它、熔化它了。我嘆口大氣，現在，這種大氣經常不知不覺地發自我口中，它的意義太豐富，仔細品味起來還一言難盡呢。但不管怎樣，它至少起了一個作用，消釋了積壓在心頭的一種莫名的感覺，我不說悲哀、憂愁、苦悶等詞，而說感覺，因為任何一種形容詞都無力曲盡這個感覺的意思。我覺得大腦昏昏沉沉，讓我分明很敏銳地感到從樹叢中刮來的輕風，聞到那黃昏的芬芳。我想幹什麼，卻又毫無目的。我剛剛幹了一會，便失去了興趣。我企圖在頭腦中創造一個美好的形象，但這形象支離破碎，無論如何不肯粘合到一塊，我想拚命地工作，但真正開始了又感到想痛快地玩耍，我想睡，想一睡不醒，但往往在一醒來時，就被一種不可知的力量推起，又循規蹈矩地開始那dull daily routine（那些鴨子們現在在大拍其掌發出空洞的大喊聲，這純粹是空洞無聊的喊聲，是為了驅除精神上的極度空虛和不可擺脫的無聊而發出

的喊聲，我想，然而卻不能。）我打開箱子時，有意不先碰這一疊紙，而將第一本詩集拿起來看，這裏記載著我從農村到大學之間七年的經歷，（我偶爾抬頭，看見ZZZ一閃而過的身影，他好像想跟我說什麼，但又不好意思說，隨他的便吧，他現在和我開始離異了，不管談什麼總是有些吞吞吐吐，人一旦成熟，互相間就難以產生心靈的交流了，而他已經成熟，雖然還不滿二十。他直到現在還沒來信，隨他的便吧。我註定要在這個世上過絕對孤獨的生活，我為何要繼續活下去呢？啊，這些鴨子是多麼喧鬧啊！我看見自己衝上前去，一言不發地把一個當場打倒在地，發瘋一樣又把其他沖上來的人打得屁滾尿流，我恨透了這場毫無意義的喧鬧。我讀著這些詩，發現它們有一種全新的東西，洋溢著生命和青春，鮮花和陽光，感情熾熱而奔放。雖然語言還不成熟，但與現在的詩歌相比，的確要好得多。我把這些過去的古董、青春的古董放回木箱，開始寫起來。

中午，我聽見吉它聲，在彈「Le Roman de l'amour」，音樂哀婉動人，一個念頭掠過我的腦際，我要學習吉它。我聽見自己在想象中問裏普學吉它難不難，要花多長時間；看見自己在別人不解的目光下專心地彈著。我想起昨天去圖書館的情景。我懷著希望和憧憬，滿心以為我生活中的一個新時代就要來臨，我將從感情的時代轉入思想的時代，我將同理想中的一切美麗幻影告別，不再讓她們攪得我神魂顛倒、睡不好覺，我將在故紙堆中認識黑格爾、孔德、康德、亞裏斯多德、尼采等人，我將艱難地攀登思想的高峰，既然我生而為孤獨的人，註定不可能和任何人結為親朋，那還是讓我放棄文學，去與古人和死人打交道吧。但我

是如何的失望！卡片盒中那一張張如墓碑似慘白的卡片上全是有
關社會主義共產主義等理論的字樣，令我一見惡心，我不知怎麼
對這些書籍這樣討厭，也許是過去複習政治給我留下的壞印象太
深了，現在只要見了唯物主義辯證法一類字樣的書，我就頭暈腦
脹，渾身發軟，彷彿立刻就要昏暈過去，我想起那炎熱的酷暑，
我啃著兩個乾油餅，從早到晚在樹林子裏，受著毒花蚊子的叮
咬，拚命地往腦袋裏塞那些──我什麼都不記得了！真可怕，如
果是我一人還可說，全國所有大學的幾百萬人都這樣曠日持久地
複習，把最美好的時光浪費在死記硬背這些過目便忘的教條上，
這是對人力的多大浪費呀！我沒有泄氣，又繼續尋找著，但沒有
我心目中的那幾個哲學家的著作。我並不因此遺憾，其實，我大
大地松了口氣，讓我永遠地忘掉這毫無人性的哲學吧！那臉孔板
得鐵青的哲學家使我望而生畏。我想全靠自己大腦的力量思索出
一條真理，能使絕大多數人幸福。

　　吃中飯時，我想我目前是比較幸福的。我啥都有：富裕的父
母，promising的兩個弟弟，一個美貌的妻子，可我一點也不感到
幸福。我心靈中缺少什麼，我想將它彌補，我寫詩。我看見那麼
多人也像我一樣，感到無聊空虛卻無法擺脫，比我還要糟糕，因
為他們尋找球賽和大叫來刺激感官，真可恨呀！怎樣使所有的人
都幸福呢？我一定要尋一條路。

　　但我卻這樣無力，這樣軟弱，我什麼也不想做，我沒有希
望，沒有理想，沒有追求，沒有愛好，沒有喜怒哀樂，我不了
解別人，也不了解自己，我厭倦了一切，下午，他們都去送Mrs
Wain，我沒去。他們並不來叫我，我何必去？我和她之間談不上

有什麼感情，要我在大庭廣眾作一些違心的即席表演又有什麼意
思？何況前天晚上已經開過一個晚會。我不想和大家混在一起，
揮旗子吶喊送別，太沒意思了。除了和愛人和摯愛親朋分別，其
他一切大場面的送別全是虛偽。誰是出於真情去的？無非是怕人
家去了自己沒去會被人閒話罷了。不去不大好。Z聽我說不去時
這樣說。「也沒有什麼不好，」我冷冰冰地說，心中騰起一股怒
火。人人都有人人的自由，幹嗎硬逼人幹他不願幹的事呢？廣告
牌上貼出明天聽中央文件的消息，是有關對幾個國際問題的統一
口徑事宜。統一口徑！咱們還是人嗎？還有分析能力、思考能
力、獨立性嗎？如果活著像一座紀念碑，像一本書，像一個所謂
的榜樣，那這樣活著又有什麼意思呢？我有時真想死！張海迪真
是純潔，她的下部失去了一切功能，當然純潔到頂點了。什麼時
候我也將這罪惡的生殖器全部摘除，也許可以像她一樣純潔了。
那是個笨蛋！傻瓜！她決不是我的榜樣。我將遵循我的做人原
則：不侵犯任何人的權利，真心誠意地待人，決不傷害他人。正
直而公正地掙錢吃飯。聽聽張說的：我只貢獻，不索取。媽的，
又在吹牛屄！你不索取就只有等死！在當今這個社會誰不在貢
獻？誰得到的不是比貢獻的少？請問，一個工人一年生產了多
少？得到的又是多少？這種貢獻是本身就存在的，你還要人們怎
樣？要每天工作二十四個小時嗎？咱們又在走入用崇高思想騙人
的道上了。

《我為誰寫作？》

我剛在今天的詩稿上寫下「我必須頑強地生活下去，像」這句話，便停住了，像什麼？像高山的巖石？太陳腐！像──我想不出來像什麼，我的想象力太平乏，尤其在寫這類口號似的東西時更其如此，我氣餒地把詩稿一卷，塞進了抽屜。我實在寫不出這種豪言壯語、這種充滿青春激情的詩了。昨天晚上我重讀了那本紅封皮的詩集，記載的是我從18歲至24歲之間6年中的情感，我不認識我自己了。我是那樣熱情大方，那樣充滿了理想和幻夢，那樣多情，那樣執著，我覺得自己挺好笑，同時又挺可愛。現在若讓我寫那種詩，是關在房裏哭十天十夜也寫不出來的。我如今的生活像什麼？像陰雨連綿的天氣，像潮濕的陋巷，像不通氣的悶熱的房間，充滿了失望、憂傷、莫名的悲哀和無言的空虛。也許，我是一個特殊的人，一個不合時宜，與環境與社會與周圍的人格格不入的人。可我還想寫作呢！我寫什麼？寫誰？寫私小說？像我這樣的人值得寫進書裏嗎？難道我這樣的人能成為典型激發人對美好生活的憧憬，對遠大前程的幻想嗎？難道我們的文學不是以塑造人的靈魂、美化人的心靈，教育人們共產主義思想為己任嗎？難道我們要做的不就是寫出張海迪、朱伯儒等等新時代的英雄嗎？我的天，為什麼你對他們絲毫不感興趣，為什麼你一點也寫不出他們的感情？哦，問你，你在你所接觸的人當中，在你的現實生活中見過類似他們那樣的人嗎？你一定要說實話。可是，你呀你，我能夠說實話嗎？文學能夠讓人說實話嗎？

何況什麼是實話呢？實話到什麼地步才是真實的到什麼地步是不真實的呢？不知道這些你寫什麼？你寫什麼？你寫什麼？你不要這樣緊逼著我問，我差不多要瘋了，我攥緊雙拳，牙齒咬得咯咯響，眼睛緊閉，以致金星直冒，我像擠油抹布一樣擰著我乾枯的大腦，想從那兒擠出一星半點思想，或者哪怕是回憶也好。記憶是如此之壞，無論是美好的東西或是醜惡的東西，都像潮水一樣湧進我的大腦，使我受到短暫的一震，隨即又像潮水一樣一瀉無餘，蕩然無存，只留下大腦那條乾涸得多砂的河床。但有些東西卻永久地記了下來，就像這河床中這兒那兒凸起的半嵌在地裏的巖石，雖飽經風雨河流的沖刷打擊，傷痕累累，但仍然留了下來。我不知道它們是否值得寫，也不知道它們究竟是不是該寫。啊，在我們這時代，一個人是多難知道自己該做些什麼呀！我的一個朋友雷某就是這樣一個人。他人頗聰明，頭腦反應相當快，各方面的知識也懂得較多，他有個觀點：只要下功夫，沒有什麼學不會的，在我們這個社會，成功的大門向任何人敞開，關鍵在於你肯不肯走那條通向大門的路。他就是抱著這樣的信念跨進大學門的。你不知道他學習的勁頭是多麼高。早上從眼睛睜開的一刻起到夜間閉上眼睛的一刻止，他無時無刻不在同書本打交道。上飯堂的路上、廁所裏、課間十分鐘休息、開團會、甚至連星期天在朋友那兒，他也在背單詞做作業。現在對他來說枯燥透頂的課本那時卻是他百讀不厭的天書，背了一遍又一遍；他從圖書館裏借來各種各樣的書，攤得滿床都是，恨不得一夜之間就將那空了十年的大腦彌補起來，他沒有一刻休息過，在人群擁擠的汽車上他會因背誦一篇長長的課文而忘記買票被售票員抓住罰款；他

經常和女友發生口角，原因是她不大關心他的學習，老要溫情脈脈、擁抱和接吻，不過，說實話，如果她不吻他了，他就是看書也看不進的。他偷偷自學德語，又自學法語，但突然有一天，他發現這一切都毫無意義。這一發現來得這樣突然，又這樣毫無道理，既沒有人告訴他，又不是他長期研究的結果，他變得癡癡呆呆了。這究竟是怎麼回事呀，他問自己。第一次，他放下手中的書，離開悶熱的寢室到湖邊散步。湖波蕩漾，夕光閃爍，涼風挾著清涼的水氣直撲鼻面，他打了一個哆嗦，全身感受到一股未曾有過的感覺。相親相愛的情侶依偎著擦過他的身邊，向暮色漸濃的樹林小徑深處走去。他心中有一種奇異的騷動，初戀時的種種感情又回到他的心間，他回憶起第一次和她坐在星光閃爍的河邊，手無意地觸動了她的乳房。他大驚失色，趕忙把手抽開，同時卻感到無限甜蜜無限快樂，那觸摸是這樣蕩人心魄，這樣醉人神態，以致他直到今天仍然記得。在同她分別的夜深人靜之時，他想著這觸摸，把它比作汽球一樣的彈性，然而那柔軟，卻找不出任何東西來形容，只有第一次接觸的人才能體會。他很害羞，自己竟想起這些事來。他回到宿舍，翻開筆記本，本上記滿了單詞的各種用法，啊，多麼枯燥，多麼乏味！難道今生今世就要將自己埋葬在這無邊無際、無窮無盡的語言的大海中了麼？不知怎麼，從那以後，他的學習熱情下降了，雖然為了怕別人閒話，他在正常學習時間仍然和大家一樣，正襟危坐在桌旁，從這本書換到那本書，但他的心思常常從書本上移開。他開始觀察身旁的人來。Z是一個最刻苦的學生，可以說，一百三十六天他沒有一秒鐘不在學習，電影是絕對不看的，吃飯拉屎都伴隨著看書，連夢

讀了很多天，大約有半個月吧，這其間W僅僅只問他要去看了一
會，他當時對W那種漫不經心的態度很憤慨，哼，你看得懂？誰
知在後來一次談話中，W引用了這書中的一段話，這段話他也曾
記在筆記本中，他怎麼知道這話的呢？他苦苦思索著，覺得十分
難堪，想起自己花那麼久看一整本書，記下的東西W看一次也記
得了，不覺有些嫉妒，也許W是偶爾碰上那一段話的吧？他想，
但從那以後，他覺得W不是可輕視之人，他發覺W雖然平時不摸
書，但談起話來還比較有修養，每回考試成績不差，寫的東西也
很流暢。他覺得W和Z正好是兩個極端，Z是書蟲，缺乏人性，
缺乏對人的熱情和關心，W是懶蟲，卻極富同情心，非常樂於助
人。他在日記中記下了對他們的觀察和看法。逐漸的，他把寫作
量加大，一天從一小時增加到兩小時到三小時不等，荒廢了學
業，成績拉了下來，雖然每回見到那下降的分數，心裏總是隱隱
作痛，但他安慰自己說，分數說明不了問題，再說，有所得必有
所失，自己現在在寫作上長進，不正好彌補在分數上的損失嗎？
這時他接觸到梭羅和愛默森等作家，受到他們歸真返樸的思想影
響，開始走進大自然。他覺得一個嶄新的世界展現在他面前。雪
白而空虛的四堵牆壁沒有了，代之而來的是碧綠的樹林和潺潺的
小溪；擁擠的宿舍的悶氣消失了，在這個世界到處是光明，芬芳
和鮮花。他的心歡呼雀躍，他的血液暢快地流動，他把書塞進書
包，長時間地在林中小徑、湖濱或草地上徘徊。整天整天地同蜻
蜓、白天鵝、小貓和蠶豆打交道。他跟人來往得越來越少，說實
話，他根本不想跟任何人來往，他覺得同大自然相比，他們都十
分令人厭煩，人們見面老是裝出一副虛偽的笑容，言不由衷地打

著招呼，再不就是開些毫無意義的玩笑。在他們中間生活，他不是提心吊膽，就是心情煩躁，他見了誰都不想理，只想早早下課好到大自然中去。

這樣的生活過了好長一段時間。與此同時，他和女友的關係也得到了某種改善。他不再背著滿滿一書包書去見他了。現在，他頂多帶兩本書，一本詩集和一本小說。他和她長時間地接吻擁抱，躺在一起，他什麼也不想幹，她也是一樣，只想躺在他懷中。難道這就是愛情？這樣的問題曾時時掠過腦際，但他像掃地一樣把它掃出了腦子的大院，他只想讓這院子空閒著，永遠空閒著，愛情是什麼？不就是肉體嗎？他那時想，他們在一起的那些日子多麼快活多麼甜蜜啊。但，厭倦像潮氣侵入磚縫侵入了他倆的身體，他把她摟在懷裏，心裏卻在把她推開，伸出手去取書，他恨自己太軟弱，控制不住肉欲，便和她約定，一個月見一次面，她不開心，那就三個星期吧，她點點頭，可三個星期不到他的心便活動了，肉欲在燃燒，變得無法抑制，他像小鳥飛到她的身邊，有時，他走到半路又折回，為了自己的卑鄙念頭而羞愧，想起曾經有一次她對自己要求所問的一句話：「難道這是你的愛情？」他恨自己，他拚命罵自己，他吃最壞的菜，一塊豆腐，三分錢的醬，他直熬到深夜兩點才睡，借此克欲，折磨自己，他的文章中開始出現地獄、罪惡、魔鬼、肉體的歡樂，沈醉不醒，他像一個瘋子沉浸在罪惡的享樂中，同時也受著痛苦的煎熬。現在，他再看看那時寫的東西，有的簡直不堪入目。可這是他內心的真實寫照哇，這是真正的生活呀，他一點也沒誇大其詞，一點也沒過份地渲染，他想寄出去，但他不敢，尤其是現在文壇風

（待續）。

＊＊＊

　　──上一篇暫停，讓位於本星期六和星期天發生的事情：

　　上星期四，接到父親來信，說他屙血尿，癌症復發，已住院準備開刀，希望我星期六去。

　　星期六下午兩點多鐘，我到了他的病房，那時，他正在洗腳，全身上下穿一套病號服，顏色洗得灰白。

　　門上有小方窗，打開門，兩邊各擺著四張床，床與床之間是床頭櫃，床頭牆上標著紅字碼，從門到窗戶，一邊各拉一條塑料線供病人打吊針用。門背後掛洗臉洗腳手巾，也按床鋪標有號碼，四壁無一張圖畫，天花板上兩盞日光燈，這就是病房。

　　我覺得爸爸胖了，他洗完腳，我便給他倒掉洗腳水。一會兒，是打開水的時間，我將他那個沒蓋瓶蓋，也標有號碼的藍開水瓶拿到開水房，就在走廊斜對面，是一間有鍋爐的盥洗室，同時心裏閃過一個念頭：替不替他們打水呢？算了，我想。跟父親交談了幾句，他好像精神挺好。這時，外面風雨大作，高齊五樓的梧桐開始亂晃起來。我沒帶傘，還穿著布鞋。趁談話間隙，我觀察一下周圍的病人。父親緊隔壁的床上的病人躺著沒動，戴頂皺巴巴的黃帽子，不是道地的軍綠，是假軍綠，帽檐沒有正對鼻子，他的眼睛有點對。對面一個病人睡著了，看不清臉，一個蒙著被子，頭上掛著吊針瓶，床下三只大瓶子，各插一根橡皮管，

有一只已經裝了半瓶醬酒色的液體，我知道，那是尿，這人才動過手術。對面靠牆那人坐在床上，黃衣服，瘦臉，一雙眼睛倒挺有神，直朝我打量。這邊隔一張床的病人，看上去有五十多歲，花白頭髮，像個幹部。一個跛著腳，臉黑得像非洲人的婦人服侍正打吊針的那位病人，拔掉橡皮管，倒掉瓶裏的尿，然後重新將橡皮管插進空瓶口，用拖把將地板拖乾淨。我能不能替他們幫忙，我想。像張海迪一樣？真的，在這兒，人多麼需要幫助！我的腦中閃過這些念頭，覺得有些好笑。

開水瓶放在開水房，由一個值班護士灌，然後自己提回。我先將父親的提回，看見幹部模樣的蹣蹣跚跚地出去，又蹣蹣跚跚地進來，拎著兩瓶開水。我停停出去，在那群熱氣騰騰的瓶中，認出了屬於本室的一個，便提回來，原來是黃帽子的，他用對眼望了望我，沒說謝謝，可能是農村的。

不久，媽來了，又過了一會，父親廠裏的同志也來了，他們問這問那，對父親的身體十分關心，父親也挺高興，興致勃勃地談著病情，談著廠裏的情況，我覺得我在那兒十分陌生，這或許是他們的親密無間造成的，他們並不看我，更談不上說話，媽沒作介紹，他們當然不知道我是誰，爸爸跟他們談得好起勁呀！這個月賺了多少？三萬，還欠六萬。廠裏丟的東西，一臺拖拉機，幾只輪胎，都找回來了，小偷也已抓獲歸案。只管放心養病，需要什麼，就打電話或拍封電報。

爸爸能那麼好地同人合作，你怎麼就不能呢？他在家能忍受孤獨，一生嗜書如命，從不厭倦，在外能同人團結互助，保持良好關係。

　　晚上，在張阿姨家吃飯。她的愛人魏叔叔從前曾是媽媽的同事，現在是某廠工人。他們有兩個姑娘，都已參加工作，一個在青山，一個在母親原來工作過的招待所，當招待員，叫兵兵，是個二十出頭的小姑娘。她下班時，正好碰上媽和我談張海迪的婚事。

　　「聽說有個人愛上了她，」媽說。「這是真的嗎？」

　　「也許，」我說。

　　「那她沒有任何愛的能力，那人怎麼可能跟她有感情呢？」

　　「哎喲，」兵兵插嘴說。「講麼事感情囉！他還不是看到她如今有了名有了地位才這樣追她。他肯定想她一死，遺產就歸了他，他就可以再找一個女的唄。說老實話，就是這麼回事。」

　　「可你們還要學習的呢。」

　　「學習就學習唄，學了就忘，有麼事不好，只要莫考試就行。」

　　她的大伯來了，這是一個個子高高、頭髮向後梳得溜光，穿一套整齊的深灰上下裝，戴副眼鏡的中年人。他的舉止令人想起一個帳房先生或藥店老闆。

　　五點半鐘魏叔叔回家，他中等個子，比三年前明顯地胖多了，還是那副滿臉笑容的樣子，沒有改變。

　　飯很簡單，也有五六個菜，鹽水花生米、小麻油拌榨菜丁、香腸、蠶豆，還有一樣菜是無論如何也想不起來了，沒有肉魚，但味道都十分可口，使我吃得很舒服。幾杯酒下肚，高個子魏叔叔便打開了話匣子。他說話不看人，好像是自言自語，聲音卻大得讓人聽到。（他在這兒說了一句他的人生哲學，不料我現在無

論怎樣回憶也回憶不起來了，我真恨透了這記憶，同時連帶恨起了她，恨起了我自己，我不該不奮力向上而沉溺於肉慾的享樂，那真是人世的第一大害！）我覺得他人很有趣，他自己也說：「我是個興趣人，」要照英語來說，那就是an interesting man，一個非常有趣的人。他要說，他的弟弟便不讓他說，說他是在說酒話。他一面說，一面用嘴含住筷子，將筷子從頭到尾吮一遍，發出「滋滋」聲，張阿姨將我袖子一拖，來到外面，附耳說「酒麻木，莫理他。」

　　路上，我回想著剛才的情景，胖魏叔叔和張阿姨的調侃，這夫妻間的小調侃真難形諸於筆墨，但的確是味之無窮；高魏叔叔則老在重複一句：「還是自己招呼自己喇！還是自己招呼自己喇！」他才喝兩口，便請媽媽什麼時候上他家作客，說他這個人要是碰到有共同語言，情感合一的人，就愛談，言外之意，他將媽媽當成了和他有共同語言的人了。我很奇怪，媽媽，她好像並沒說什麼話，怎麼就能和他推心置腹了呢？而我，和他談話時，眼睛對視長了，還覺得有幾分不安，彷彿懷著戒備似的，也使他不好意思。但他們一家人真是好，這麼和氣，又這麼不拘束，我覺得生活的確是美好的，只要天天接觸新的人，不去考慮什麼生活的真諦，真的，什麼是生活的真諦？魏叔叔到現在還只是個四級工，他也滿不在乎，叔叔喝酒，越長越胖，對人卻十分心好，出主意，而高個子魏叔叔則老在說：「我給你們提個不該提的忠告……。」

　　我冒雨上了汽車，身邊一對青年摟得緊緊，車停了，上來一個年輕人，車子一晃，他一隻腳伸回來，又成八字，站得穩穩當

當，我覺得這人很行，他的後影和剛才的動作給人一種腳踏實地感。也不知過了多少時候，突然聽見他喊：「喂，你怎麼不停車呀？」

「這裏不停，」售票員說。

「那你為什麼不報站呢？」

「這裏不停吵。」

「那你報站吵！真是你姆媽煩人，」聽他口氣，車子已經過了他應該下的地方，而現在雨下得老大。

「你說話放好點啊！」

「放好點？」那人說著一個箭步衝上去，就猛地朝女售票員胸脯上揉了兩下。售票員尖叫起來。

「哎喲！莫停車！莫停車！」她對司機喊。「哎呀，你們看哪，他打人呀！」

正喊著，一個瘦高個子，年約五十多的解放軍挺身而出，攔住那人，並厲聲制止他。

「你幹嗎打人？」他問。

「她幹嗎不報站？」

「那你為什麼打人？你也不能打人呀！」女的說。

「我不打人，我還要殺人呢！老子喝醉了，可管不了那些。」

「你是喝醉了，滿口酒氣，但你敢！」

「放開！老子就把你殺了怕麼事呢！」

「哎呀，這個女的也是，幹嗎跟他糾纏不休呢，不理不就完了，」一個女乘客在後面說。

　　那男的要和女售票員到車站論理，這時，我到站了。便下了車，又看見那一對青年男女，互摟著在傘的遮蓋下沿著水淋淋的馬路走去。

　　那天晚上，我想寫點什麼，但不知怎麼這樣困，啊，一到了她的床上，我就什麼也不想幹，只想睡覺，我恨那個地方，卻又愛，真是沒有辦法。

　　今天上午去媽媽的老同學王家，她現在是某醫科大學教授，她的愛人汪教授，是某醫院皮膚科專家，一個大肉頭鼻子，和藹可親的面容，穿一身大罩衣，從裏到外都不十分乾淨，但卻顯得寬鬆、舒適、可親。他時而用手背擦鼻子，穿拖鞋的一只腳尖在地上一上一下地點，有一次，大約因為我對他的凝視，他伸去擦鼻子的手只走了一半的路便停住，擦了擦下巴算是代替。王教授雖和媽同齡，但看起來年輕，皮膚光潤，皺紋不多，皮下脂肪挺厚，她十分健談，占了談話的三分之二，這其間，她沒正眼看過我們（我和我的女朋友）一次，我坐在那張好像摸去還有灰的高板凳上很不自在，開始覺得受了冷淡（我這太容易受刺激的自尊心！），認為他們這些高知的傲慢令人難受，便以一種冷漠的態度瞧著窗外被風吹得翻出白面的梧桐葉，眼睛轉回時正好碰上汪教授那審慎的目光。我覺得我又有了提防。我的心很容易戒備。她（我的朋友）一直坐在旁邊，一動也沒動，我產生過想看她一眼的感覺，但還是放棄。在這種場合，將眼睛安放在哪兒的確是一種藝術。安放在說話者身上，太久了便顯得傻，安放在不說話的人身上，不合適；安放在屋中的布置，顯得無禮，不管怎樣，我都安放了，但時間都不長，總的印象是房間布置凌亂而

無規則，地面是印有8角棱形的磁磚鋪地，房間寬敞，但東西這樣擁塞，顯得擁擠不堪，兩張沙發夾一只茶几，一座帶煙囪的大鐵爐，周圍圍著上著綠漆的木柵欄，床上堆著各種衣物、玩具，汪教授坐在一只沒有配對的單沙發中，背靠床，門邊一只高齊肩部的電冰箱，床頭是他家小姑娘的放大相片，人長得挺俊氣，有爸爸一樣的肉頭鼻，大眼睛，秀眉，帶點棱角，她現在正在上海學德語，今年8月份準備去西德作為研究生學習。汪教授要比王教授大七八歲，親切地喊她「令兒！令兒！」，而王對他的態度從一個細微的動作可以看出，她時常轉身，一邊說話，一邊用巴掌拍打他的膝頭，看了使人覺得他們之間關係非常融洽。我原先那種夫妻之間永無真正感情的斷言看來不值一駁。他們的大兒子長得太胖，二姑娘則很秀麗，戴副眼鏡，十分文靜。下午又去看父親，談了許久。知道那個戴黃軍帽的人家在農村，愛人是個啞巴，他是運磚時被車軋了，當時只出得起40元錢，又趕緊七拼八湊弄了60元，才住進醫院，根本沒人招呼。「很造孽」，爸爸說。「哪裏有人管？聽一個醫生說，要她上午離開這個醫院，她保險毫無怨言地就走。」

＊　＊　＊

（接前面「文壇風」這幾個字）

　　氣已急轉直「上」，跟緊政治了，像某社編輯親口對他說的一樣：「在中國文學是和政治密切相關的，古往今來，哪一個

歷史上有名的大作家不和政治沾邊？上有屈原、李白，下有郭沫若、魯迅。」「這個狗東西！」他以後每每回想起那個編輯，總要在心中暗暗地罵這麼一句。「你除了做一把最好的工具，別無所長。滾你媽的蛋吧！」他告訴我說他恨透了當前文壇這種隨政治搖擺的傾向，但他也苦惱得很，知道沒有辦法改變。中國的政治如西方的宗教一樣，死死地把人牢籠住了，人民在這政治下，不過是些唯命是從的奴僕罷了。他時常愛把他們比做一些毫無區別的螞蟻，對此我不同意。我認為他這樣說在無形中也降低了他自己的人格。「怎麼你還不明白？」他喊著。「我也是一只螞蟻呀！但唯一的不同是，他們沒有意識到，而我意識到了，所以我才這麼痛苦。像小貓小狗一樣有吃有喝相親相愛的生活的人當然幸福囉！」

　　有時候他的語言就這麼激烈，使我覺得難以忍受。但是我有什麼辦法呢？我難道可以給他什麼忠告或者以身作則用我的思想和行動去感染他嗎？不能，因為他雖然思想如此激進，但表現在行動上卻又完全是另一個人，規行矩步，安分守己，領導叫幹什麼便幹什麼，從無怨言。生活上也謹言慎行，十分廉潔公正，不近女色。我雖然和他比較相似，但我覺得人要麼全壞，要麼全好，像書中描寫的那樣，而不能像他那樣心裏想的是一套，行動上做的又是一套，這太偽君子了。我一生痛恨偽善的人，結果是，我幾乎痛恨全人類，因為我發現如今的人沒有一個不偽善，甚至連我本人也免不了要偽善，比如評選優秀團員或三好學生等等，我本不喜歡那個人，覺得她有些缺點應該指出，但話到嘴邊又咽了回去，說出另一番與原意完全不相同的溢美之詞，使我自

己也大吃一驚。有段時間，我痛恨自己的偽善到了這樣一種地步，以致我幾次想將全身衣服剝光，在大馬路上散步，讓眾人看我。我還做了這樣一個夢，一天深夜，我溜出宿舍，跑到湖邊，將全身上下的衣裳脫得精光，在乾淨的湖水中洗了一個澡便發狂地奔跑在漆黑的夜中，在晨光熹微中跑進了鳥兒尚未喧噪的山林中，一個人與鳥獸蟲魚為伍，過了整整三天，不吃不喝，我覺得美極了，我不需要任何語言，只要發出一些單音或長嘯就行，我覺得我不再需要絞盡腦汁考慮怎樣同人虛與委蛇地敷衍，不再需要為了分數或將來的吃喝工作背誦單詞，我簡直快樂死了。夢醒時，我發現自己仍躺在窄小如棺材的床上，呼吸著臭襪子、書本、濕毛巾、廁所的穢氣等等氣息。當時我爬起床，就將這個夢寫成了一篇小說，寫完後看看文筆還不錯，便產生了寄出去的念頭，由於我天性懶惰害羞，沒有持之以恒的精神和堅韌不拔的毅力，一件事如果當場沒作，以後就會無限期地延遲下去，到底沒有寄走。我倒為這一點慶幸，因為後來我讀到盧梭和梭羅的文章，才知道我所表現的思想並不是什麼新東西，而是早已有之，我不過是不謀而合，更狂一些罷了，盧梭正是因為這一點在當時被世人罵為「野人」的。

　　我的東西如果發表了，那將不僅僅是被罵為野人，可能還會被當作野人開除出整個人類呢。習慣了看為他們寫作的大眾怎麼可能會喜歡我這種以描寫自我為中心的東西呢？而且，我所寫的露骨內容雖然他們不見得沒有同感，但誰都不敢承認，他們是決不會喜歡的。我陷入沉思，究竟為誰寫作？我想起歷史上一些名人的事跡和作品。司湯達認為文學是一面鏡子，既可反映湛藍

純淨的天空，又可反映汙濁混沌的混水，他所寫的于連是一個非常聰明野心勃勃的人，他究竟代表了誰？難道他代表了人民？習湯達寫這本小說的時候難道是本著為人民寫作的觀點寫的？不見得吧。他從根本上來說是個資產階級的作家，依據的是人文主義思想，是從人性的觀點出發的，然而他的作品流傳至今，歷久不衰，這是何原因呢？曹雪芹寫小說本著的是什麼觀點？如果是按照目前的觀點，他是永遠永遠也不可能寫出《紅樓夢》的。一個日本作家說，文學是「苦悶的象徵」。魯迅的《野草》有幾個人能真正看懂？按照現在的觀點，這樣的作品只好像野草一樣刈去。一切好像都在向我表明，文學並不是為工農服務創作觀點下所產生的東西，而是某種比較特殊的東西，是一種個人栽培出來的佳木異草，卻能為大眾所欣賞，並非那種得遍地都是，為人遮蔭涼卻不為人欣賞的梧桐。對了，文學決不是梧桐，而是異草！每個人心靈都有一條道路，通向其他任何一人的心靈，否則，就很難解釋為什麼Emily Dickinson的詩那樣popular。為什麼真正打著為工農服務的幌子寫出來的作品總難受人歡迎，或者象時髦的裙子一樣一年就被忘掉了呢？我在想，這些作家真的了解他們所寫的人物的心靈世界嗎？比如那些靠在基層生活一段時間然後回來寫作的作家，他們真有那麼銳利的眼光？也許這個問題要這樣提：誰真正把自己的心裏話往外掏過？要掏的也不過百分之一、二十，其他的話是始終埋在最底處，對誰都不肯吐露的，哪怕是愛人、最親密的朋友、兄弟等，這樣的話也不肯吐露，結果就像泥土樣板結，最後變成堅硬冷酷的巖石，構成了我們那顆隨年齡增長而冷卻的心。我猜想，每個人內心的這種隱密是否

價值就因此而喪失，我也就對它失去了興趣。我喝了二兩稀飯，吞吃了一塊饅頭，通常的早餐，然後坐在桌前讀起海明威的*The Sun Also Rises*。不久，我覺得有些<u>bored</u>，看見J舒舒服服地枕著被子伸著腿在床上看書，我將被子抱過來，也睡下，很快，朦朦朧朧睡去。我醒了，又看了兩章，昨夜的念頭回到記憶中，不斷催我快去圖書館，那裏有報紙，報紙上一定登有廣告，我的眼前彷彿晃動著這樣的字樣：上海電影譯制廠招收譯員簡章，我的心猛烈地跳動起來，感受到激動前的慌亂和焦慮不安以及對勝利的渴望和信心。我將一定取勝，走在大樓天橋下通向圖書館的那條小路，我對自己說。我一定會勝利的，我看見自己拒絕了留校的計畫，被分到一個工作條件很差的中學，或者，分到了她的單位，這個單位允許新分來的畢業生參加研究生的考試，我考取了，是第一名，人們紛紛當她的面誇我，對我艷羨之至，我都沒有聽到，而是從她信中得知。那時，我正在譯制廠譯一部英國的新電影。我不會丟掉我的文學的。我需要工作，一個合自己口味的工作，我需要一邊工作，一邊寫詩，像Matthew Arnold一樣，他不是利用業余時間創作的嗎？我不能成為專業作家，一離開生活，我便如魚離水，要乾死的。但我決不丟詩。詩是我的第二生命，是我精神生活的支柱，否則，我將過著一種沒有精神像野獸一樣的純物質生活。過去的想法多麼荒唐，我以為像巴爾扎克那樣閉門寫書十年，就可以寫出東西來。時代不同了。國度也不同了。我所表現的心靈世界是不為世人所齒的，雖然真實，但不合時世，是不會被人接受的，這樣的文章寫到頭，也只可能像Blake那樣，仍然默默無聞，為舉世所遺忘。這時，我並沒有想起不久

紀伯倫，這是個熟悉的名字，他寫的 *Sand and Foam* 我讀過，其中閃耀著才華和睿智，那時，我便有些佩服這個阿拉伯作家了。這兒登載了他的三篇散文詩，有一篇給我印象頗深，名為《更寬闊的大海》，他說他和他的心在海邊散步，想找一個地方脫得赤裸裸地沐浴，然而他不願讓那向海中撒鹽的悲觀者、撒糖的無樂也樂的樂天派、把死魚放進水中，企圖使死人復活的慈善家、不斷繪著想象的圖畫，又不斷塗抹，為自己豎立偶像，好頂禮膜拜的幻想家、背對著大海聽螺音的人和頭埋在沙中的純潔虔敬人——他不願讓這些人看見他赤裸裸的沐浴，他要到那更廣闊更深邃的大海去沐浴，那是什麼樣的大海呢，我想，那一定不是人類的大海，因為他剛剛徜徉的海濱是屬於人類的，那些人都是生活中的典型，在我的身上便有著他們的反映，他所要尋求的大海一定是精神的大海，理想的大海，但決不是人的大海。啊，多麼悲涼，他的心思是無法向任何人類傾吐的。我也有過同感，我覺得，埋藏在我心底裏的一些隱秘的情愫，是無法向任何人（包括父母、親兄弟、最親密無間的朋友）吐露的，即便我想這樣做，也不可能。紀伯倫的大海實際上是現實中所沒有的，他追求的是虛無，這正如 Keats 說的一樣：heard music is sweet, but unheard music is sweeter. Bold lover, never, never canst thou kiss, though winning near the goal。這篇看完後，我開始看《世界文學》上介紹法國象徵派詩人的文章，說象徵派認為，現實世界是虛幻的，在現實之外還存在一個真實的世界，詩就是要通過象徵、比喻、暗示等，使人去把握去追求這個真實的世界。這句話在我腦中稍事停留，沒有得到任何解釋，便溜走了。魏爾倫和蘭波以及瑪拉美的詩都強調音

樂感和神祕感，認為詩不能明白如話，他們的詩也的確具備這幾點，但實在不能為我欣賞，反而使我大腦隱隱作痛，產生一種在悶熱的房中坐久了的窒息昏暈感，只有蘭波的一句詩引起了我的共鳴，那詩是這樣的：「我無愛也無仇，／卻有萬般痛苦，／人間愁苦莫過，／沒來由的痛苦。」我昨夜那種難言的愁苦，他這幾句可以道盡矣。我在敬佩之餘，不免有些嫉妒，當時便記了下來，準備拿回去和我詩中類似的句子對照一下。接著我讀到《船夫》，是比利時一象徵詩人寫的，立刻被它那生動的形象所吸引，一口氣讀完，剛好鈴響，真是遺憾之至。我還想找個機會，將這首詩讀一遍，它引起我很多的幻想，那風暴中愈離愈遠的女郎象徵著誰？那奮力逆流而上的船夫是誰？他彷彿是我，永遠地不甘順流而下，永遠地逆流而動，卻總是被沖下來了。路上，我想著這首詩，覺得這首詩之所以寫得好，在於它具有兩層詩意：表層詩意和深層詩意，即便讀者不明瞭詩所表達的真意是什麼，他從表層也可得到深刻的由形象造成的印象，至於深層意義，那只能有待喜歡鑽研者自去發掘，有的象徵詩在表層上詩意不濃，非得了解了詩人寫作動機以及創作觀後才能讀懂，這樣的詩，我覺得比前一種詩差。

　　我幹嘛要考什麼譯員呢？我不是可以傾畢生精力投生於詩歌創作嗎？我不是一畢業就可以獲得一個能保證我生存下去的職業嗎？我要潛心研究古往今來的一切偉大詩人的作品，來證實我的觀念：詩的中心便是無，詩人的任務是無中生有。我想起世界上最偉大的詩人莫不是窮愁潦倒，如屈原、李白、蘭波、Keats，等等。我在乎什麼錢和地位呢？仔細想一想，得到了一個好工

些無油無鹽的東西。難道我的青年時代也是這樣過的？他們的精力真是太充足了，這些狗東西！可是，我寫不出任何東西了。無論什麼，都不能給我靈感。海涅的愛情詩我看了頭疼，媽的，是些什麼胡言亂語，除了撩起人一陣愁緒，於事無補。《瓦爾登湖》也十分無聊，到鄉間隱居，過最簡樸的生活，想最崇高的思想，可你想這些思想的用處在哪呢？一方面譴責科學，另一方面卻要用儀器測量瓦爾登湖的深度，你這不是自相矛盾嗎？可憐的梭羅，你除了為你自己謀到幸福外，於全人類的人並無任何益處，難道你沒看到在人類文明發展到現在這樣的境地，要倒返是完全不可能的嗎？誠然，我不否認你的理論的合理性和你思想的崇高，我僅認為這是不可能實現的，也許只能在你一人身上實現。海明威的*The Sun Also Rises*寫得不錯，但似乎沒有主角。誰是主角，Cohn還是Brett？也許both，但這並不是主要的，主要的是什麼呢？他們的生活令人羨慕，喝酒，看鬥牛，travelling。這才叫生活呀！我們生活過嗎？童年和少年呼嘯而過，沒有留下絲毫痕跡，更沒有什麼值得人留戀的往事，沒有！也許我的記憶力完全喪失了？隨它的便吧。I don't care。他們說漢口那邊可以輕而易舉地找到一個少女。我想象著那種浪漫的情景。心怦怦跳起來，感到一種冒險感，以及這種感覺帶來的激動、狂暴和甜蜜。我厭倦了目前的生活。但我無法改變，也無法逃避。我又沒有能力建設新的生活，我的青春正在消逝，時光在悄悄地告訴我，我時時用手指摸額上的皺紋，它們是這樣深，甚至在底片上都可能看出來；我的眼睛十分突出，誠如母親前不久評論的那樣，我和小時候相比，完全是另外一個人。我長醜了，牙齒縫上有黃垢。

我拚命洗，洗不乾淨，只使得牙齒流血，牙齦疼痛罷了。我獨自散步，一邊看書。迎面走來姑娘，我照例要假裝讀一段，然後停下來眼望湖面，好像在思索在回味書中的意義，同時，心裏卻被這將要路過的陌生臉龐吸引住了。長得怎樣？我的眼睛在回到書上之前，照例要朝她們那兒溜一眼，以滿足好奇心。這樣的結果永不能使我滿意。她們根本不看我，我為什麼要看她們呢？我並不需要她們。即便她們看了我，也說明不了什麼，那只不過像看一棵樹或一堵牆、一片波浪罷了，興許比看這些東西更沒趣。我想起從前使我受騙的那一雙雙美麗的眼睛，我罵我自己的愚昧無知和自作多情。不過，我現在能對這一切熟視無睹了。我甚至完全可以做到目不斜視了。她們與我有什麼關係呢？有時候，這樣的念頭閃過我的腦際，一個女子在深夜的湖邊被暴徒圍住，要對其施行強姦，我拼死將她救出，她很感激我，願以身相許，我便把我自己已經有了女朋友的事情告訴了她，她嘆息著離去，而這時，我也不知不覺發出一聲嘆息，盯著天上一彎下弦月和與它形影不離的一顆亮星。它們雖然形影不離，卻總是保持著一段距離，永遠難以靠近，更不用說結合在一起。有時，……

＊　＊　＊

　　黃昏，我和他出去散步。我們經過電影場前的碎石堆，碎石在腳下沙沙作響。梧桐樹垂下巨大的濃蔭，落日已經隱在櫛比的房屋背後。他遞給我一只煙，劃著火柴，我吸著，接著他也吸著。柏油路夾在長滿松林的珞珈山坡和學院露天電影院圍牆之

間，我將煙從嘴邊拿開，噴出一股濃煙，聞到青草的氣息，這氣息似乎有點薰薰的發臭。「你聞，草木的芬芳又和廁所的穢氣混合在一起了，」我對他說。

小路在前面分岔，一邊通電影院，一邊下臺階經過一個空場和一棵分成三股的大榕樹，通向大道。我們走了後一條，臺階下讀書的女學生回頭看他一眼，又轉過頭去。她穿著淡綠色的半透明襯衣，臀部勾劃得很分明的緊身褲，透過襯衣，隱約可見奶罩的兩根細吊帶。「好苗條呀！」我聽見他的低語。

前邊分散地站著幾個學生，也在藉著夕光看書或朗讀，右邊操場的臺階上，坐著兩個黃捲髮的外國人，正在交談著什麼。看書的女子吸引了我的眼光。她全身上下穿著奶油色的西裝，十分合身，腳下是一雙全高跟的新式涼皮鞋，黑髮微微卷曲，呈波浪形，背對著我們，顯得很迷人。我在和她擦肩而過的時候，瞟了她一眼。她低著頭專注地看書，看不見她的眼睛鼻子和嘴巴，只聽見低低的讀書聲，好像是在讀法語。他彷彿全然沒有注意到這個姑娘。我們在前邊拐彎，穿過那片參天梧桐，朝綠茵茵的草坪走去。這時，他倏地回頭，朝剛才那姑娘的方向看了一眼。不知道他看清楚了沒有。這一片草地平展如毯，一片碧綠，使人產生想在上面打滾的感覺。「鐵絲網！」他說，我這才看見四周圍了齊腰高的一根帶刺的鐵絲。我們傍著鐵絲行走。在草坪上一棵嫩樟樹下，坐著兩個姑娘，一紅一灰，我看了紅的一眼，她的頭低著。

我們來到武大刊載畫報照片等的櫥窗跟前。「走吧，我對陶器沒有興趣，」他說。我們離開幾幅色彩鮮艷的陶器制品，在

武大中文系學生演講比賽照片前停下。「XXX獲一等獎，看，他口若懸河，滔滔不絕，是文體活動的積極分子。」「XXX獲二等獎，看，他多麼沉著冷靜，從容不迫啊！」我看見兩手成八字撐在桌上的演講人，身後寫滿字的黑板，上寫「論唐傳奇的藝術特色」。我心中升起一股非常難以描述的感情。我覺得——「你覺得怎麼樣？」我問他。「一般。」「真的，你照直說，覺得怎麼樣！」「我——我有點不好意思說出口。」「那有什麼關係呢？」「我覺得有點羨慕他們。」「這有什麼說不出口呢？」「我也說不出心裏是股什麼味兒。」「我只是覺得，」我打斷他說，忽然，我很想把心裏的話說出來，但一說出口就變了。「我覺得我和他們彷彿不是一個世界的人，我覺得，我不合出生在今生今世。」他沒做聲。Y字路口從前有一塊高達五、六米的語錄牌，去年拆了，修了一座圓形花壇，前不久這兒還盛開著色彩繽紛的太陽花，花壇中心的茶樹也結著白白的朵兒，如今花差不多全謝了，看上去稀稀疏疏，只有些零星的花兒殘存。

「我發現我很討厭教條，」他說。「比如說你給我看的《愛默生選集》，我實在看不進去，太教條了。」

「你不能因為看不進去或者乾脆看不懂就指責它教條呀，要知道他那裏面有很多精粹的思想呢。」

「不管有多高的思想，反正我覺得難於忍受，我覺得人一理智就變得庸俗，他的詩也太說教，我不喜歡看。」

「但這並不等於教條，他並沒有強迫你接受他的觀點，也並不要你亦步亦趨地遵守這些規則，你完全有採取或摒棄的自由，但是，這是知識，多獲得一些知識總會只有好處沒有壞處吧，像

你現在這個年齡，正需要引路人，你這樣做法不是有些拒人於千裏之外嗎？假若你真的想完全靠單槍匹馬闖一條路徑，那還情有可原，然而，你並不是這樣，卻以雪萊、拜倫為師，你既然能接受後者，為什麼就不能容忍前者呢？」

「不管怎麼說，我覺得雪萊的理論是完全通過形象表達出來的，容易為人接受。他的詩作裏裏外外浸透了感情，我只承認感情，理性是庸俗的，而感情是偉大的。我寫詩純粹憑感情，如果沒有了感情，也就沒有了我的詩，我想我的感情決不會隨年齡增長而消失，不會的。」

「人和獸的區別在哪裏？」

「人有感情，動物沒有。」

「恐怕不見得，沒看過屠格涅夫的一篇關於麻雀的散文嗎？麻雀為了保護他的幼雛，竟敢同一只狗以死相拼。然而再有感情的動物也沒有思想，你不能把理性這個將人和獸區別開來的唯一特徵斥為庸俗，依我看，理性是偉大的，不過，在詩上面，又是另一回事，跟詩人是不消講什麼理性的，詩人同時是人又是獸，他在物質生活上可以荒淫無恥、違法亂紀，過著花天酒地的生活，儘量發泄自己的如獸一樣的天性，同時在精神上卻不斷地追求自己的理想王國，用詩來表達自己的情感的思想。」

「對，情感的思想，這句話說得好，也就是說詩人的思想必須是籠罩在情感之下的，而不是赤裸裸地表現出來的。」

我抬頭看見薄暮的天空掛著一輪月，蒙著淡淡的紅霧。

我們來到櫻花樹下，呈銳角三角形的尖葉重重疊疊，厚厚地覆蓋在頭頂，遮住了天空。

「櫻花就這樣過去了，卻什麼印象也沒留下，」我嘆道。「哎，對了，你說這是什麼緣故，美不是難忘的嗎？為什麼這麼美的櫻花開過了卻什麼印象也沒留下？」停停我又自己回答道。「也許是我們對它太熟悉的緣故，假如我們是遠道而來的遊人，第一次看見這樣美麗的櫻花，我們今生今世也許再也不會忘掉這印象了。美的東西只有一次，也只有那第一次見到的美不會消失，你說是嗎？」

「還有一點，假若我們在櫻花樹下見到一個美麗的人或者是看到一件有意義的事，對，一定要有意義的事，兩者一聯繫起來，我們也會留下深刻印象。」

「我正要談到這點，我想的是在這兒發生了一件十分恐怖的事，在深夜的櫻花下，一個少女被強奸了，啊，對，或者許多櫻瓣被踩成雨中的爛泥，泛著紅光，瞧，美與醜的奇妙結合！」

「我知道你又在談你的那個美醜結合的觀念了，這一點我不能贊同，我認為美是純潔的，容不得半點雜質，我所要創造的就是這種美。」

「實際上不可能，世界上沒有離開醜能存在的美，美和醜是個統一體。我，對，我下午跑步時想起一個形象，一個小男孩對著朝陽舉起一塊純潔透明的水晶，它發出燦爛奪目的光輝，他慢慢長大，這水晶體便慢慢地混濁，不復透明了，成年人就是這樣一塊混濁的水晶體。你知道什麼是最完美的人？紀伯倫在一篇散文中說得好，他用的全是形象，什麼這樣的人就是慈祥的母親，謙和的父親，殺人的罪犯，淫蕩的妓女等等，實際上一句話管總，完美的人就是那種善惡並存的人，而善永遠占統治地位。這

同我的觀點十分吻合，所以我認為張海迪根本不是個高大完美的形象，她只是一塊單色晶體，很容易碎的。」

「她本來身體就不健全嘛。」

「依我看，回頭浪子才是真正的人。」

「這我不敢苟同。」

不知不覺間，夜幕已經降臨，山下的教學大樓和宿舍射出日光燈的白光，交相輝映，將其中的道路映照得雪白如畫。我看見前邊有一男一女。走近身邊時，我發現那女子好像在哪兒見過，我的心一跳，經過身邊時，我瞟她一眼，知道她就是那個「小沙」。她好像也認出了我們，故意避開我們的眼光，同時嘟嘟嚷嚷不知說些什麼。她身旁的男子彷彿很生氣，大聲說著什麼。他們談話的口吻使我猜想他們是情人。

「喂，看見了嗎，小沙？」

「不是的，」他壓低聲音說。

「是的。」

「不是的，哪有那麼高呢？」

我們拐進一條隱進蓊郁的林中的小徑，黑暗無人。

「我親眼看見，還能假。」

「不是，我不願相信這是真的，我不願相信。」

「可你必須相信，哦，我明白了，何必為這事嫉妒呢？第一她本不是你的，即便她在想像中屬於你，在現實中並不屬於你。」

「可是，她如果在現實中屬於了別人，就會破壞想象中的形象呀。」

「你看，你剛才還說要憑自己的詩才創造出一個與醜惡的現實世界對立的純美的幻想世界呢。假若你有這種能力，那麼她那美麗的形象就不會因為真實的她的改變而改變，是嗎？所以，我還是堅持那個老觀點，現實和幻想是絕然不可分割的統一體，現實改變了，你的想象也隨之改變，要知道，你的本身是生活在現實世界中的呀！我所探索的是怎樣將這兩者緊密地、有機地結合在一起，我不想學Yeats，他寫的那個『Innisfree Isles』，在喧囂的鬧市幻想出一個恬靜的田園生活；我也不想學Beaudelaire，他在他破陋的工作室裏幻想著天國。我的幻想與現實的結合甚至要使你分不清究竟哪是幻想，哪是現實，你難道沒有在學習或上課時腦中突然閃過幾秒鐘美麗的仙景嗎？我要探求的就是這個。但現在，什麼也寫不出來了，沒有了感情呀。」

我們在一處牆壁旁坐下，越過牆壁可以看見對面樓上打開的窗戶和暗淡的電燈光，我彷彿看見淡黃的窗簾後閃出一個期待的身影，她是我的情人！我的心格登一下，定睛一看，什麼都沒有。我把這告訴了她。

「嗨，」他嘆著氣。「你應該再找一個情人，真的。」

「不行呀，那樣就太傷她的心了。」

「是的，現在回想起我往日的那些事，覺得自己真是卑鄙透了，她對我那麼好，我想起來差不多都哭了。」

「你為你的女朋友寫過什麼詩沒有？」我問。

「只寫過兩首。」

「我也寫得很少，不知怎麼，也許她死了我會寫出很多美麗的詩來的，像哈代一樣。」

「哎呀！不過也是，詩從來都是寫給情人，而不是愛人的。」

「我看詩無非寫的是個無，愛人去了，你就寫懷念的詩；對於將來，你寫憧憬的詩，等東西一到手，你就什麼也不想寫了，不知你有這種感覺沒有，一到愛人身邊，就什麼也不想寫了？是呀，誠如所說，在真正的詩情畫意中，反而寫不出任何詩來。」

*　*　*

黃昏時分，我們三人一同出去散步。Z和Y都穿著白背心，Z下身穿著Y的那條藍燈芯絨瘦腿褲，長得挨著地面，一走動便帶出一道灰跡。「就是玩的這個味，」他說。「這是我從他那兒買來的。」Y腳上穿著新買的男式高跟鞋。一路上，他們對我敘說溜冰場的新鮮事和商店兩個調情的女售貨員，說她們如何懷疑他們不是大學生，如何迷惑不解而又好奇地打量他們腕上反戴的表。我們沿湖向東邊走去。梧桐遮天蔽日，湖上涼風習習，吹來陣陣誘惑力極強的水氣。雖然貼了湖水汙染不許游泳的告示，濱湖游泳池仍然擠滿了人。水泥臺上這兒一堆那兒一堆全是只穿紅三角短褲的人；岸邊青草地上，擺著自行車和衣堆，旁邊坐守著姑娘。Y一見到山上的綠草和密匝匝的灌木林，激起了愛花的情趣，便一個勁地問我金銀花在哪兒，找不找得到拐棗。靠近湖邊有兩個年輕姑娘在涉水，一個身穿天藍游泳衣，用浴巾將露出的胸頸蓋住，另一個的淺花襯衣經水一浸，緊貼著肉，看去彷彿沒穿衣裳。他們把眼光一齊射去；我將視線轉向頭頂的梧桐，越

過大道，落在山上那織成天棚的藤蔓上。「嗨！」他們發出喝彩聲，應聲看去，我看見像沒穿衣裳的那個姑娘神情緊張，好像在用腳摸索著路，卻不敢下腳，怕跌進水深的地方，看來她不會水。（我何必將我們所經過的又一一重述一遍呢？我必須改變方式，因為正當我寫到「她不會水」時，我碰巧瞥見他閃過門口的身影，緊接著斜對面的門「呼」地開了，聲音很響。她一定在後面，果不其然，沒過兩秒鐘，她走了過去，我雖看不清她的臉，但從她的步態和人身上下露出的那種神情，能看出她忐忑不安，萎靡而沮喪，彷彿一個預備著挨罵的幹了錯事的孩子。

那是當我們走下山崗，各人手裏拿著一束野花，有一棵生出七八朵，每朵五瓣的黃花，有開在崖頭的七瓣野菊，還有些叫不出名字的花，徜徉在櫻花大道上，向我們學院方向走出時發生的。「靜！」他忽然說。我朝前走去，看見一個剪短髮的姑娘在慢吞吞地散著步，兩個男學生迎面走來。「哪兒？你的錯覺吧。」我說，一眼認出了參天梧桐下一個穿白衣的姑娘，真是她！跟著，我的目光落在她前面那個穿黃軍衣的男子身上，一眼認出他就是那人稱「X大頭」的登徒子。這人一副大塊頭，眼神淫蕩，渾身上下有股說不出的令人討厭的味道。突然間，四周靜得出奇。我幾乎可以聽到彼此的呼吸，聽到Z輕輕迎面上去的腳步聲。被他叫做「靜」的姑娘停了一會，好像想轉身走一條路，這時，走在前面的大頭回頭看了她一眼，腳步慢下來，她便遲疑不決地邁開步子，但和他保持一段距離。我盯著看大頭。整個來說，這青年長得不錯，一雙大眼，皮膚紅潤光潔，身材高大，舉止瀟灑，但在我眼中，他的這些美是極度的醜，令我惡心，他的

臉上留有飽食終日無所用心的痕跡，那雙眼中殘留著醉漢的狂熱和流氓的狠毒。我一直盯他，幾乎完全忘掉了他們兩個。他好像悠閒自在，一副滿不在乎的樣子，眼神也十分溫和，但戒備的神態卻流露其中。他並不看我，而看著他的前方。

和他們擦肩而過，剛走了兩步，就聽見Z長嘆一聲，我想，這聲長嘆很可能被大頭聽見，正要提醒他，卻聽得他連聲說：「完了，完了，完了」並發出一聲嘆息。一陣難堪的沉默。我聽見樹葉深處的畫眉，道上人行的腳聲。

「算了，嗨，算了，」他說。「這樣和她說她都不信，硬要自己往火坑裏跳，嗨，算了，算了。」他的嘆氣中流露著深深的失望。

「你說了有什麼用呢？」Y說。「靠你說說她的欲望就能得到滿足？」Y和我一樣，對靜姑娘都很熟悉，知道她和Z的那一段浪漫史。

「上次我跟她陳述了利害關係，說了大頭是什麼樣的貨色，她自己也表示再不和他來往，她說得都聲淚俱下呀！連我都感動了，後來我還說，她對我太好，我一定要多為她寫些詩──嗨，完了，」他頓一頓，自言自語道。「要是下決心呢？」又自己回答道：「那要付出很大代價，很大代價，嗨。」

我想回頭看他們一眼，但我抑制住了這個欲望。我想象著穿著白襯衣的她和穿黃軍裝的他並排走過櫻花大道，離開散步的人，走進通向林深處的小徑，夜幕降臨，樹葉在風中沙沙作響，青草十分柔軟，浴著月光……。我不敢再想下去了。

「真想不到她會如此欺騙我！」他恨恨地說。「從前對我那

樣忠心，現在卻沿著我曾經同她一起走過的路和那個傢伙散步，說不定還要在我和她談過戀愛的樹林中又和他調情，真想不到！她竟會這樣地騙我。」

「你怎麼能隨便說人家騙你呢？」Y說。「她和他的出去很正常，她能和你交朋友，難道就不能同別人交朋友嗎？剛才那個男的長得挺不錯呀，是呀？我覺得他長得不錯。」

「去你的吧！你別在這兒幸災樂禍了！」

「你要說我幸災樂禍就算幸災樂禍吧。」

「又是『阿』的事，你還耿耿於懷！」Z回想起那個曾經屬於Y的多情姑娘A，後來變心，愛上了他，使得Y大為惱火，甚至揚言要同他斷絕關係。

「當然啦。」

「她怎麼能這樣騙人呢?!」他自言自語道。在整個過程當中，我沒有看過他一眼，但我完全可以想象得出他的失望、憤怒和無可奈何。我想起他為了獲得她的愛情而使用的手段，想起她在和他第一次決裂時寫的斷交信，想起他和其他姑娘在一起時被她看見的種種情景。

「也許，她這僅僅是一種報復吧，」我說。

「她憑什麼報復我？我哪一點對不起她？我哪一點欺騙過她？媽的，」他勃然大怒。「老子要是見到她，非當面給她兩個耳光。」

「那可不行，」Y說。「你有什麼權利打她？她並不屬於你，和你不過是同學關係，你根本就沒有權利指責她打她。這種事可做不得。」

我期待著他的激烈反駁。出乎意料之外，他一言不發。

剩下的路程我們誰都不說話，他走在前面，我看見他因憤怒而僵直的頸子，微微擡起的下巴，胸脯挺出，大小臂上的肌肉突露著，處於競爭之前的緊張狀態。我惟一重複的一句話就是：「你千萬不要幹那種事。」

還沒聽到門響，他倆仍在長談。有幾次我想我聽見了他的咆哮。他這樣做就太不明智了。不過，即便他不言不語，我也可以想象他的眼神多麼兇惡多麼陰郁，那個崇拜他的靜姑娘一定嚇得渾身發抖，垂著頭不敢直視他的眼睛。

本來，我想從中得出一些結論的，但我是這樣怕沾染說教的惡習，所以乾脆就避而不談。

「真的，我還是愛她的，」他說，我現在回憶起來了。「我對她的確有真情。」我知道這句話的潛臺詞是，正因為如此他才對她今天的行為感到氣憤並嫉妒。他曾說過對她的唯一希望就是但願她找一個可靠的男人，而不要像這個大頭，他只要得了手，把你玩弄一番，就會把你像破鞋一樣扔掉。

「你呀，」Y說。「對所有的女的都是這樣，都有真情。」Y今天真有點幸災樂禍。奇怪的是Z竟沒有一點激烈的表示，也許是我夾在中間，起了緩衝的作用吧。

誰知道呢？

＊＊＊

「完全是誤會，」晚飯後他對我說。我們一同沿著金光閃

閃的湖濱散步。「你知道昨天是怎麼回事？我錯怪她了，真不該這樣，她是沒法子才去的。那人是她在工廠學工的師傅，愛上了她，瘋狂地追她，把自己原來的那個女朋友丟了。她怕他纏擾不休，便去跟系主任講了，她不該講的！那人的父親就是她那個系的老師，系主任不僅沒有制止這事，反而插進來為那傢伙幫忙，真他媽混帳！昨天晚上主任親自找到她，勸她去會大頭，說大頭為拋棄前面那個姑娘的事和家裏鬧翻了。她沒奈何才去的。我太要不得！不該錯怪她的。她有好多話要說，怕我，沒敢說。她講和他認識的情形，說有天她騎車子，遠遠看見我和ZW在一起，很親密的樣子，就把車停下，靠著一棵樹後，讓我們過去，恰好這時碰上從後面走來的她的師傅，就是這個大頭，你知道，她當時也鬧不清是怎麼一回事，就不由自主地跟他一起走了。哦，大頭昨天跟她說我盯著他的那眼光很惡，好像含有鄙視的意味，他說他當時手都癢了，他想打架哟！媽的，我怎麼會怕他呢？她的心太好了，她對我也太好了。想起從前待她那樣，我都羞愧得無地自容。我還以為她對我和別的姑娘來往滿不在乎呢，因為我想我是不會在乎的，如果她跟別的男人來往。

「我對她說我要使她幸福，找到一個可靠的忠實的男子，你知道她怎麼說？她說我本來就不可靠也不忠實，這話對我觸動真大。

「最近我光做惡夢，夢見我和父親打架。」

「我可以替你圓夢，」我說。「這是因為你正在決定辦一件關係非常重大的事情，你父親從中作梗，想使你難以實現計畫，對不對？」

「你這說得是這麼回事，我就是覺得父親是個大障礙，我想和家裏那個把關係斷了，跟她建立永久的關係。我不能眼看她將青春斷送在那個人手裏，再說，她對我這樣忠誠，在這個世上，找一個人容易，找一顆心卻相當相當不容易，不過，在這方面我好像比較幸運，凡是和我好的姑娘，都對我好，比如Z，她在另一個同學面前透露，她對我崇拜得五休投地。是啊，我怕就怕畢業後我不在這兒那人會來追她，不過我想，只要她將心交給了我，她是不會再交給別人的。我不相信。我現在相信自然主義的觀點，說什麼人受了自然力量的支配，是會置道德、友誼於不顧的，管你怎麼說，我現在是的確再也不相信了，因為，我已經改變了，不再是從前那個浪漫的人了。

「和她一直談到凌晨兩點，她想就在那兒睡，我就說去拿枕頭來，她又說算了，怕被人知道，你知道，姑娘就是這樣，又想，又不敢。說實在的，她對我的愛大部分是精神的，我的現在也是的，雖然最開始是出於野性的衝動。」

「你瞧騎自行車的這個姑娘，可能是燒了大火，半邊臉變了形，眼睛閉著，表示眼睛的那道縫差不多與自己鼻翼齊平，皮膚上有大塊黑斑，可那半邊臉卻是完好的，她一定很痛苦，她把臉別了過去，避開我的目光。假若她那一半臉是美麗非常，你會不會愛她呢？」

「這我不知道，真的，一定也不知道，我這樣有感情的人，很難說會不會愛上她。當初我覺得靜那樣的姑娘我一輩子也不會愛她，可現在，還不是愛上了嗎，還愛得這麼深，我現在覺得外表美根本算不了什麼，你說一副好模樣能持續多久呢？一結婚生

完孩子就消失了。唉，只要真心相愛就行了。她說為了我什麼都
願意付出。我倒不怕她變，我相信她不會變，不過，對，你說到
點子上了，我怕的就是這個，我的詩的源泉就是姑娘，沒有了姑
娘我就沒有了詩，假若我分到某個縣城，女友不在身邊，我真不
能說什麼時候不玩一個，要不然，我只好沉浸在回憶中，否則，
我的詩就全完了，我很怕把詩丟了。可事情就是這樣，一旦真正
將朋友談到手，詩就變得毫無意義，還寫什麼詩呢？兩人恩恩愛
愛，安於安樂窩的生活，像她說的那樣，你寫詩，我就給你倒
茶，在旁邊打扇子，唉，真希望如此。有段時間，我也想像雪萊
拜倫一樣，在詩裏造出一個美麗的姑娘，作為我不斷追求的對
象，寫了不少，但總覺得不大現實，詩也寫得不大理想。」

　　我們的談話轉到父親身上。

　　「其實，我父親和我母親關係並不好，」他說。「他們是介
紹認識的，有什麼辦法呢？還不是這樣生活了這麼多年嗎？聽父
親說年輕時有個姑娘愛過他。父親長得挺好，年輕時一頭濃密的
捲髮，像我的一樣，母親看相片也挺不錯，母親對父親真好，那
不知道。也許有過，但父親哪肯對我講呢？不過，假若我到了父
親的年齡，我也不會把現在發生的事跟我的兒子講的。」

　　我們從魏叔叔家出來時，暮色正在降臨。

* * *

　　「幾點了？」她問我。

　　「快七點了，」我說，心裏希望她和我在街上散一會兒步。

「哎呀，我得回去了。三路車末班7:30，遲了我就得走路了，」她臉上顯出焦急的神色，一面查看放在包裹的錢和月票，一面準備過馬路。

「那……你去吧，」我立在街邊不動，視而不見地越過熙熙攘攘，車來車往的大街，越過縱橫交錯的電線網，看著城市灰色的上空。

「你生氣了？」她說，手伸過來拉我的手。我和她一起在大街徜徉，我伸手摟住她的腰。那次以後，她的腰豐滿多了。她身子扭動一下，嗔我一下，我的手不由自主地縮回，經過她的臀部，多麼肥大，多麼柔軟。我的思緒飛到她的床邊，她躺在我懷裏，我嗅著她頭髮上的香氣，她沒說「我愛你」，我說了很多。

「沒有生氣！」我仍舊不看她。

她的手這時伸到我的肘部，挽住我了。我感到內心有種情感在復甦。下午，媽媽在窗戶旁邊看書，坐在小板凳上，那本雜誌攤放在面前的方凳上。她頭枕被子睡一頭，我枕枕頭睡另一頭，我們睡午覺。朦朧中我感到熱，一驚，醒了，發現我和她的臀部緊挨在一起。我多麼渴望把她從那一頭抱過來，和我挨在一起睡。媽媽在看書，我偷偷伸手去摸她，她睜開睡眼，又含嗔又柔情地瞪我一眼。

「你生氣了，你一定生氣了，」她身子緊貼著我，暗地裏使著勁。

「沒有，」我的喉頭哽了一下，覺得力量在消失，一種快感傳遍全身。

「不，我一眼就看出來了，你在生氣，你幹嗎生氣？告訴

我，你幹嗎生氣？」

「我──沒有，」我想起和她散步的願望，欲言又止。

「不，你生氣了──」

「是吧，」我忽然說，換了一個邊，讓她挽著我的手。「我送你上車站。」

一整天，我們除了手挨手，身子偷偷摩擦一下身子，任何其他的親熱行為都沒有。我渴望著吻和擁抱。我伸手摟住她的柔腰，她溫柔地向我靠靠緊，她變得如此溫柔可愛！我微微側轉臉，正碰上她那對黑亮的大眼，放著熱情的光，彷彿在訴說什麼。一絡新燙的捲髮垂在額際，像預示著感情風暴的烏雲。我更用力地摟她，幾乎使她的半個身子和我的貼在一起，她已經無所謂了，狂暴的欲火無形間點燃了我倆。

「我去你那兒好嗎？」我問，突然改變了回校的主意。

「好呀，去吧。」

「聽你這口氣，你不想我去。」

「想，想，可想的呢，」她的黑眼睛簡直令人心醉。我和她倚著一棵粗大的梧桐樹幹，用幾乎像接吻的動作談話，惹得兩個過路的姑娘指著我們，嗤嗤地暗笑著。

「我是說著玩的，車來了，你走吧，再見。」

「不，不行，我要你去，我要你去。」

「那──」

「去吧，一起去，走，上車呀！」

互相摟著，我們跳上了車。

*　*　*

我們混在洶湧的人群中，在貨攤間擠來擠去，路過的人，很多向她投來欣羨的目光，我覺得心裏很舒服。一個姑娘走過去，穿著乳色的全高跟新式涼鞋，身子一扭一扭。

「早上我看見一個姑娘穿著一種式樣特別新穎的高跟涼鞋，跟這差不多，但比這好看，是黑白間雜，滾邊的，我要是看見了，非給你買一雙不可。」

「你呀，老是鞋呀什麼的！」

「哎，你瞧，那邊那個姑娘穿的黑色長尼龍襪，好看嗎？」

「難看死了，」她說。「走，咱們去商場看看有沒有綢布賣，我想做件綢襯衫，穿在身上涼快舒服，對皮膚也有好處。」

我很耐心地跟她從一個櫃臺轉到另一個櫃臺，還十分熱心地替她出主意，選購花色品種，雖然我看中的她一樣也看不中。兩年前，我想，忽然看見自己木然呆立在商店門邊，幹巴巴地對她說：「喂，你去買，我在這兒等。」她在買枕套，我卻從書包裏掏書看，心想，這真沒意思，出來就是買東西吃東西，這種生活有什麼意義呢？

車身顫抖著向前駛去，我們親熱地談話，對面一個英俊的青年男子不時把好奇的目光，投在她的身上。

「你覺得魏叔叔這人怎麼樣？」

「好極了！我很喜歡。對人熱情、開朗、無拘無束，像小孩子一樣，我特別喜歡他的笑，好像是從心裏頭發出來的，一點虛情假意都沒有，我這是第一次在他家吃飯，可我根本都沒講客

氣，他也沒有老是叫我吃這吃那，我覺得這樣最好。我可不喜歡
那種很殷勤的人家呢。你小時候的相片真好玩，長得可愛極了，
我都想抱在懷裏逗著玩，跟你說，」她壓低聲音。「我們將來的
小孩一定不會醜，看你媽那時的結婚照，她一定不平常，挺時髦
的，可是我們在那兒談她時，她卻一聲不做，她很謙虛呀。」

　　醫院。我坐在爸爸的床腳，她和媽在我背後，坐在椅上，我
和爸爸大談北外的雙語教學情況。聽見媽對她說：「兩個都是老
賣，你老我的賣，我老你的賣。」她嗤嗤笑著。這時感到她的手
指在摸我的背部，什麼東西嗤啦了一下。

　　「別，你把我的汗衫弄破了。」

　　「沒有，」她說，通過破洞又用手指玩笑地按一按。

＊　＊　＊

　　媽，我和她穿過熙熙攘攘的人群，朝醫院走去。

　　「你攙著媽，」我對她說。「怕她撞著車或人。」

　　「好的。」

　　我注意看她，在心裏，我總覺得她在街上對媽注意得不夠，
也許由於雙方認識得不夠，由於少女的羞澀，或者她那種天生的
傲性，她不願顯得過份殷勤，這一次，又讓媽一個人在一邊走，
而她則像若無其事地走她的路，一邊瀏覽著周圍貨攤上的貨物。

　　「盈盈，你怎麼搞的呢？」我發脾氣了。

　　她臉色一下子陰沉下來。我走上前去，攙著媽媽，媽不要
我扶，說她知道，我便和媽並排走著，並不回頭看她，一下也

沒回頭。

「你惹她生氣了？」媽問我，我沒做聲，看見她和媽走在前面，隔開一些，從她那有氣無力的樣子上我看出她很沮喪。

＊　＊　＊

8點多鐘到家，她的窗戶上映出燈光。

「糟，小Y在家，」她說，小Y在家意味著我和她不能單獨待在房裏，而且夜晚我還得在男生宿舍裏借宿。

「那我回去了，」我轉身想走，來時的熱情頓時消失殆盡。

「不，你別走。」

「要。」

「不。」

我們回到房裏，我感到很難堪，又進到這兒，還是星期天的晚上，別人會怎麼看呢？心中直後悔不該來，一會兒又怪小Y不該回。

「那你也不能怪人家，」她在月光下的平臺對我說。「不能光想著自己享樂呦。」

「不是的，我是感情衝動才這樣說，其實，我有什麼權利怪她呢？我也根本不怪。我只是希望兩人在一起，好好地。」

我吻她。

「別，」她指指後面。「有人。」

我伸頭一看，除了灑著幽光的平臺，空無一人，只有風在忽忽作響。

「沒人呀。」

「喏，」我順她手指看去，看見破雲絮中一輪裹著黃暈的月兒。

「你知道，」她說。「下午有一刻我真愛你呀。你跟爸爸說話，我看著你的背影，覺得心裏洶湧著對你的愛，就用手輕輕摸你的背。」

「你瞧，剛來時那麼熱，可現在熱情走了，走了，走了，這怪誰呢？唉，愛情總碰不到一起，你那樣愛我時，我卻不知道，我愛你時，你也是一樣，總沒有兩情一同燃燒的，哦，對了，在車站我們就是一同燃燒的，可是周圍又是那麼多人，連吻一下子都辦不到。」

今天上午一個上午，都沒有機會，同房的在隔壁。下午，她上班了一會兒，就溜回了。然而，那個同房仍在家，隔壁傳來《駱駝祥子》的電影錄音剪輯。

她躺在床上，我俯身向她，吻她，她伸出舌，我含住。昨夜的那一幕又清晰映在腦際。下了車，我們沿著一條黑幽幽的碎石路朝家走。一邊是一排沒有燈光的平房，一邊是中學的圍牆，前邊不遠處走著幾個路人，我感到熱情難當，它整整燒了一天，到現在不發泄，那是會把我理智的堤防沖得一點不剩的，我摟住她，又伸出左手，整個將她摟在懷裏，她像一朵火苗，在我懷裏搖曳顫抖，多溫軟！多火熱！我們的唇兒一下子緊緊膠合了。我吮吸著她舌頭上的甘露，覺得甜極了。

「甜嗎？」

「甜！」

許多年來第一次這樣甜的吻。

「不好，怕人說，」她望著我。

火在慢慢燃著。

「你去關。」

「關呀？」

「嗯。」

她躡手躡腳爬起來，用最輕微的動作關了門，回到床邊，同時雙手解開皮帶，小聲說：「快一點！」

她躺在懷裏。

「你知道昨天你生我氣時我多麼恨你！我簡直連看你一下都不想。從前你當司機時我比現在還愛你，那時我真愛你呀！」

「特別是當我開車，你坐在我身旁時，是嗎？」

「是呀。」

《無題》

燈熄了，宿舍走廊，裏裏外外，一片黑暗。我的詩沒有寫完。

「春陽！春陽！」我聽見他的喊聲。「走哇，出去散步吧！」「我不想出去，已經出去過了。」「哎呀，出去吧。」「可我詩還沒有寫完呢！」「出去吧。」

我們下樓，走到映著從窗口透出的日光燈的門外大道上。

「我完了，」他說。「一切都完了，名譽掃地，團會上他點

名批評了我，說我家裏談了朋友，在學校又與其他女的來往，媽的，他這傢伙毫不留情，蠻壞呀！他說老子浮，說這話時我們班的女生都看著我，嗤嗤地暗笑，完了，這事情全部讓人知道了。是的呦，肯定會影響的。我已經預感到一場大的風暴正在醞釀中，我不是在這場風暴中得到新生，就是被這場風暴所毀滅。」

他丟掉煙頭，又吸著一枝，同時摸出另一枝，遞給我。

「別往這邊走，」他說。「他可能看見我們抽煙，不好。你說我有什麼辦法呢？到磨山去了，今天上午去的。是沒有意思，不過放蕩了一下，一共四個，同班的Ｍ，外面兩個，那個好大膽呀，他們就把她摟在懷裏照相，是呦，她是女的，一共五個，媽的，她一點也不害羞，我不想，我根本不想這事，先跟他們兩個外面的照，就用手摟著她的肩膀，外面那個小兄弟說他從前年紀小不懂事，就是這個姑娘老往他家跑，拉他去跳舞，兩個人經常獨自待在一起，狗娘養的，現在再沒這種機會了，老子一看見她就後悔，要是那時有現在這樣精，還不早把她搞了！婊子養的，她同時跟好幾個男的來往，是的，都發生了關係，我一點也不想，後來，照相了，她主動地往老子身上靠，有什麼辦法呢？底片當時就洗出來了，老子一拿到手就要撕。不過，她人的確好，真的，像《刀鋒》中的蘇珊，對我們熱情極了，吃飯時，廚房只有饅頭賣，她慷慨解囊，把大票子我們去買東西吃。真的，我覺得她本色蠻好，對她的一切我都可以原諒，我太了解她了。嗯，長得不錯，相貌一般，身個卻相當苗條動人。她還勸那兩個兄弟，不要穿得太花哨，他們穿的都是花衣服呦！她說她在那兒名聲不好，叫他們少那個一點。」

月兒十分圓，清白的光透過密葉，灑了我們一身。

「媽的，這麼好的月亮，好像成熟的等待收穫的愛果。這樣的夜晚，真是談情說愛的良宵呀。可我不能了，心情全部破壞了。我預感到風暴的來臨。你說我該怎麼辦？分配一定不會好，這我不在乎，最怕的是父親可能趕來詢問，那時，一切都會攤牌，那我真的完了。家裏那個知道這事可不得了。我原先寫信向她一再保證，再不追尋黑世界的異性了。要是這件事敗露，她肯定會激怒，向領導把我和她過去的事情和盤托出，說我欺騙她──實際我已欺騙她兩年了。唉，我現在意識到，純粹感情的愛情不能使人幸福。純理智的愛也不能使人幸福，只有理智和感情統一的愛才能使人幸福，你說是嗎？我和家裏那個就是太理智了，她老是冷冰冰的，有點凜然不可侵犯，我不可能表現得過火，我要是一熱烈，她就說瞧你都快畢業的人了！再不就把臉孔板起來，一言不發，使我一籌莫展，沒有辦法，有的女人就有這種狠氣。我還沒有吻她，我是指更深一層的吻，唉，我們從來無法達到水乳交融的地步。跟她呢，則是一團感情。她今天又哭了，說實話，她也痛苦，領導把她軟禁起來，對她灌輸正統的觀念，簡直是毒藥，愛情不能摻雜理智，否則只好完結。我看還是跟她斷絕關係算了，不然她要將我毀了的。我只有這三個抉擇，要麼犧牲她，要麼犧牲家裏那個，要麼犧牲我自己，我看還是犧牲她算了，以後再碰見她，儘量少做許諾，或者乾脆不置可否，讓關係漸漸冷下去，我想她也不會在乎的。也難說，她曾經發誓說，她寧可吊死在我這棵樹上，你看這話說得多絕！」

「絕？什麼叫絕？她曾對我說過，沒有我就無法活下去，

我就是她的一切，可不久以後她又說她恨我，說過去說的話不過是一時的衝動。這我可以理解，因為類似這樣的誓言我也曾經發過。沒有什麼比口頭的誓言更動聽也更欺騙人了。」我沒有對他講這些。

「她是一個誰見了都想占有想玩弄的女子，」他說。「真的，我還沒見過一個像波德萊爾描寫的人見了想死的女子，至少沒見過一個人見了不敢動邪念的女子，除了一些純潔的姑娘，她們的純潔好像把人溶化了。」

「可我的朋友就有這種威懾力量，她說她們那兒有一個好色的老頭調戲她未遂，當面對她說她眼睛裏有種東西使人膽寒。她自己也說憑眼睛可以鎮邪。」我又沒有把這些話說出。

月兒剛剛升起，被東邊屋角遮了一半，林梢映著它的清輝，天空繁星閃爍，萬裏無雲。為什麼要回去呢？但非回去不可。

「我看見昨天那兩個姑娘了，」他在樓梯口說。「就是那個身穿直條子連衫裙的姑娘，我說她有點像個老媽子的，忘了？」

我怎麼忘得了！我曾經夢寐以求見到她，我曾被她的一瞥弄得神魂顛倒，當即寫了一首詩，揣在懷裏，準備一碰到她，豁出去交給她；我曾不管走到那個大學的任何角落，腦子中就會出現她美好的形象。不僅昨天見到了她，而且就在今天晚間散步，我都見到她了呢。那時，我交抱著臂，右手將《審判》卷成筒捏著，攩眼向前也望去，心裏閃過一個念頭：她們會不會又在這條路上出現呢？就在這時，我看見越過幾個人頭前方那熟悉的條紋連衫裙的閃動。我掉眼注視著湖上夕陽的倒影。它的光太強烈了，刺得人睜不開眼，我移前幾步，讓一叢綠草擋住它，這光線

立即變成一窩珍珠，在草葉和草莖上滾上滾下，閃爍不停。我的心無端地跳動起來，我能感到她們的接近，聽到她們的吃吃笑聲。她們好像向我迎面走來，慌亂中，我離開大道，走下鋪著一層厚厚的梧桐果實的黃毛的泥地，和她們擦肩而過。我竟不敢抬頭。也不敢回頭。有什麼意思呢，我對自己說，她們吃吃的笑聲又響起來，是在笑我膽小？笑我醜？是呀，像她一樣，我也將臉掉開了。眼睛望著眼角可以看的地方。

　　「讓他捷足先登了，」他說。「那我罷手算了，何必從中作梗呢？」

　　想不到昨天那麼膽小的人，今天卻這樣膽大。我們三人跟著她倆一直走了很遠的路。他幾次碰碰他的手，要他上，可他不知為什麼始終膽怯，沒有采取行動，看得出兩個姑娘有些期待，頭都低下來，好像在想心思，其實，一定是在等待那使她們心兒亂跳的一剎那，當他彬彬有禮地走上前去，如他後來所說的那樣，說道：「小姐，如果我沒記錯的話，您一定……。」一直到分手，都沒能說話，他回頭看了一眼，碰上那個連衫裙的眼光，我回頭時，她的頭已轉了過去。

　　我已經無所謂了。

《岸邊》

　　「我想睡覺了，」她說。「平常中午總躺一會兒的，怕你走了，我想，要是我這樣低下頭去，把頭擱在雙膝之間，看著水泥牆面，我很快就睡著了，要是一醒來，你突然不在身邊了，那我

真難受，真的，怎麼會毫無感覺呢？」

江水是濁黃的，他想，翻滾不息，石階上激起陣陣雪白的浪花，巨大的橋墩下方聚集著旋渦，像被風兜開的布。汽車來來往往，喇叭聲，行人的腳步聲，濤聲，等於沒有，皮涼鞋擱在腳前，網眼黑絲襪蒙住的腳再也不吸引人了。她眼睛裏無光，手背上一條條皺紋，縱橫交錯，像老婦人的手。睡就睡吧。為什麼不走呢？為什麼在這兒呆著呢？天空是灰色的，風從南面趕鴨子似地把濃雲趕過江面上空，是起的東風還是西風？不知道。老頭子會說我連這點常識都不知道，但你活了這麼大年紀都不知道，有什麼權利責備人，何況是個路人？

「不想和你爭吵了，」他說。「從前咱們爭吵得多厲害，還打架，為了什麼？燉湯不應該丟骨頭？進門沒有問個好？幹嗎吵呢？不想吵，以後逢到這樣的場合，就對你說：『你是對的，好吧？』完了。」

「瞧坡下那對情人，摟得多緊。她和他一定很幸福。」

「不用學，是的，永遠用不著學的，我的右手自然地滑到你的腰際，剛好勾著，好像特地定做的，舒服極了，他的還不是一樣！粉紅尼龍衫的中間一條男性的手臂，不用學的。」

鴿子也會親吻。她是書記，想些什麼？一板正經，臉像桌子，像牆？那麼醜！可悲的是他那麼英俊的小夥竟去追她。

「你從前也很正統的吧？不睬任何男同學，上車被男乘客挨了一下還要大叫大喊，你就不想？你就不渴求男性火熱有力的手臂？正是木頭容易點著，火本身是不需要點的。」

「我算不上正統，我只是任性，心裏頭，我也追求，有過很

多美好的幻想，誰喜歡那種假正經的女人？我才不入黨吶。讀中學是最後一個入紅衛兵的，在鄉下入團也是最後一個，我自己並不願意，反正是無所謂，她們湊數寫上去，入就入吧。我並不比誰差。倒是許許多多入了黨的人比我差多了。他整她一下也好，這種自以為乾淨純潔，可以為人楷模的姑娘就是需要整一下。誰相信她們那套假道德話?!」

　　她要睡了，可是這麼激烈。語氣並不激烈。犯不著。她的聲音懶懶的，和你的聲音差不多，甚至帶點沙啞。

　　「聽說有許多新歌星不是專科大學的學生，而是農民，售貨員或者工人，是嗎？其實，早幾年，你也可以成為一個，埋在深山裏的珍珠太多了，年深月久，消逝了光華。我不喜歡聽你現在唱歌。」

　　「我喜歡聽于淑珍、李谷一、朱逢博、朱明瑛唱的歌，特別是朱明瑛的歌。她們，我現在不唱了，自從她們搬來後我就不唱了，原先，她們幾個還在時，我總是大聲唱歌，她們有時就說，別聽收音機了，聽小盈盈唱吧！她唱得好聽多了。」

　　這裏沒有驕傲和吸引異性的虛榮，從前是另一回事。她穿得太差，這件長袖襯衣，全印著呆板的色塊，大大小小，四四方方，醬、白、黑三種，太不好看。岸邊欄桿的女人。天藍尼龍襯衣，裹著豐滿的身體。醬色高跟鞋，彷彿懶洋洋地，鞋邊嵌進肉裏，一定是雙柔軟的肥腳。我希望你穿好些，希望你像她，要看見你的身體，隱隱約約，曲線美總叫我心曠神怡，總叫我心蕩神馳，這才用對了。你幹嗎不穿全高跟的涼鞋，扭動你優美的腰肢，我喜歡你高高挺出的胸脯，老了，我們都老了，你這樣看著

我，看著我額上的皺紋，它使我其醜無比。未滿三十。授予博士學位十五名。努力，你看著，我要拚命努力，爭取在三十五歲之前當上博士，這一定辦得到。

「我想起一件事，H，你是知道的，曾告訴我一件事，他說他和一個姑娘晚上在無人的岸邊，唔，就在橋下那叢樹裏，他說，算了，你不想聽，那就算了，那你為什麼不把眼睛看著我，你不看著我，我就沒法講下去，他將手——好了，沒什麼可講的。」

「你真壞！剛把人的興趣提起來，你就不說了，真壞，真壞，我打你。」

「沒什麼好講的。」

「講。」

「不講，你為什麼對這這麼感興趣？」

「誰要你首先提起的呢？」

「我把你推下這防波牆。」

「我知道你早就想這樣了。」

「有時候想做的沒做，有時候說出來的卻本沒有打算，究竟是什麼更壞？」

我看見了什麼，什麼也沒看見。我想打你？沒有的話，我連手都懶得擡一擡，搔背上的癢。也不想睡，沒有睡意。他看見了什麼？腳下那夾在兩岸間奔流的大江和頭頂灰蒙蒙的濃雲，在風的推動下，撒退過來，射下一顆顆雨的子彈。大橋真高。數一數，七層，但每層比普通房高，你說。船標多像小船，在遠方的小船，你說。天空下那群聳立的起重機像什麼，你問。他看見了

什麼，這老頭，迎著大橋頂上的狂風，眯細眼睛，在看什麼？公共汽車轆轆駛過，像圓滾滾的長毛蟲；漆成鮮藍的路燈罩；纏綿在欄桿前不肯離去的情人；他眼睛裏含笑，在看什麼？轉過來了，在看我，天知道他在看什麼了。都一樣。舊日的激情呢？

「沒有思想，沒有感情，沒有信仰。」

「好呀，你說我沒有思想，感情和信仰。」

「沒有思想，沒有感情，沒有信仰和追求，只有肉欲，連這也沒剩下多少了。」

「好呀，你這樣說我，我要生氣了。」

我沒說你，姑娘，這是我自己的寫照，姑娘。這一對情人，打扮得多艷！臉兒挨得那麼緊，也不管旁邊有沒有人。小心呢，這樣走，高跟的尖跟兒要踩著他的腳呢，踩出一個窟窿來的呢。急著要回去，是的，關門，上床，天亮，吻，上班，多麼可愛而又乏味的生活！

「我不想結婚了，我想當一個乞丐，隨身只帶筆和筆記本，走到哪裏做到哪裏，吃睡在哪裏，先把這個國家跑遍，然後到全世界周遊，你呢？」

「結不結婚我無所謂，反正已經體驗過了那種生活，真的履行了法律手續，反而沒有那麼自由。你說我沒有那些東西，是的，說實話我沒有，我想這也沒什麼，我活得很好，沒幹壞事。幹嗎要自尋煩惱？看你頭上的皺紋！不蹙額都看得見，讓我數數，一共五條。」

真羨慕你，燙髮後顯得那麼美。我簡直不敢向鏡子裏看。這皺紋像毒蛇，足以嚇退所有姑娘的眼睛。誰愛盯你？這麼大的

雨！年輕女店員身穿水紅襯衣，長得沒有特色，眼睛好像睜不開，臉略顯浮腫，一雙剪掉邊帶作拖鞋的涼鞋。她盯著我。她幹嗎盯我？我要相片，其中有我很醜的相，你要，我不耐煩地說，拿去吧，隨你的便。她看見了，她盯我，從櫃臺上，眼神裏消除了最初的粗魯。我要走，雨下了，你幹嗎盯我？你這長得不好的姑娘！為什麼總是你們盯我？為什麼沒有美一點的？但你盯我，這就夠了。美是有等級的，醜的人對更醜的人就是美的。結成朋友，為什麼不行？她招待十分周到，菜弄得真好吃呀。

「跟你說，別把相片給人看了。我知道你的脾性，什麼都露給人看，這張不行，要不就讓我把我的剪了，聽到嗎？」

醜與美，這就是我倆，鏡子真討厭，全部暴露無遺。彷彿跟我這一類人無緣。不要強求吧，強求帶來多少未遂的痛苦和事後的遺憾。

「隨便，你愛看就給誰看好了，又怎麼能遮掩得了？醜就是醜，美就是美，沒什麼好講的。反正我不愛這個面子。」

你說你不想來？可我在這兒等你，可能還會一直等到最後一班車呢！可你說你本不想來，至少看在約會的份上應該來。當然，我原諒你，怎麼會為這樣一件小事生氣呢？我們坐在暮色籠罩的草地，你說要派你任譯員，我心裏多麼想幫助你，可你說你從前的學習很少依靠我，你，啊，你──這樣的輕視不能容忍。

「你幹嗎不作聲？生氣了？你一定生氣了！我看得出，在這方面我敏感得很，你一定生氣了，你不作聲，我要你告訴我。」

「別摟我，有人！這是校園。」

「那你告訴我幹嗎生氣？我要你告訴我，我，我知道了。你

是為我說了不想來的話而生氣，是嗎？可我……」

　　不用解釋了。都不用解釋了。

　　「你摸了我，是不是，下車的時候，你就緊緊貼在我的後面，我感到你的手悄悄地摸我的屁股和腰，是嗎？」

　　「嗯，你怎麼知道的？」

　　「剛才，你又動情了，那樣使勁捏我的手。女人一動情，我就知道。她們用眼睛看著你，盯著你不放，目不轉睛忘掉了一切。女人一動感情，她本人就是感情，什麼都不是了。」

　　可我什麼感情也沒有了，不管你怎麼摟我，怎麼吻我，都無所謂，甚至比一個男人的還要少些樂趣。你摸我我沒有感覺，但我知道。

　　「真想回去呀，回去，回去親熱一番，你知道，每回見面不親熱一番就好像少點什麼，老早都說分手的，從一點鐘說起，你看，現在都快三點了，還沒有走成。」

　　其實我早就想走，外面熱燥，裏面煩躁，我想回去一個人呆著。

　　「你回去吧，回去吧。」

　　「你趕我走了？」

　　「開玩笑的。」

　　「瞧，黑尼龍襪！」

　　「多美呀！紫紅的長裙，綴著小星星，蓋過膝頭，半透明的黑尼龍長襪，隱隱可見雪白的肌膚，華麗的高跟。」

　　「你以後再找一個衣飾華麗的美人好嗎？」

　　「我會的，那你不恨我？」

「不恨，我也會找一個男的。」

「那我們不要為這件事分手，好嗎？我們仍然相愛，我們也以新的感情去愛彼此的情人。對，我成了名，一定要再結識一個美人兒，希望你也再找一個。」

「當然啦。」

「H說，他跟那姑娘一起，深夜，他用手解開她的褲帶，在裏面摸。」

「下流！」

「那你幹嗎還要聽？」

「因為你講嘛！」

「還不是因為你愛聽我才講。再說，哪一個姑娘內心裏不喜歡這樣呢？」

「就是不喜歡。」

「那為什麼讓呢？」

「那是因為——因為他是她的心上人，她不好不遷就他。」

「我不信！請不要在真理面前閉上眼睛。當你被撫摸時，你的全身一定起著快感的顫栗，你的心一定小心渴望得發抖，你一定會神魂顛倒，我就不相信人類的理智可以克制戀人間的狂熱舉動，事後或事前都可能，但理智在感情的戰場上，非打敗仗不可。」

「好了，好了，你總有理。說不贏你。」

「我走了，」她依依不捨地凝視著他。

「好吧，」他機械地揮揮手，轉身朝車站走去，一分鐘後，在座位裏打起盹來。

《一聲無人聽見的悲鳴》

他覺得大腿上癢癢的，用手一摸，是個蚊孢。他拚命地抓癢，這兒剛抓過，背上又癢起來。身上粘糊糊的。指甲縫是黑的，塞滿汗泥，用拇指頭一撚，直往下滾。天氣很熱，他只穿一條褲頭。為什麼不能脫得赤條條的呢？汗在胯間流動，使那中間的器官極不舒服。他不得不時時移動與板凳粘得緊緊的臀部，用手撐開褲頭，讓憋得難受的東西放放風。室外的喧鬧更增加了炎熱，使人無法安心看書寫字。那是走廊對面82級新生宿舍裏發出的聲音。每到夜幕降臨，這一群不安分守己的野獸就開始嚎叫。他們或者扯破喉嚨，唱《希望的田野》，不等唱完，馬上又轉到另一支歌上，曲不成曲，調不成調，忽高忽低，像流得不暢的下水道的臭水；或者無緣無故地喊叫，把空洞而無聊的聲音充滿各個宿舍，像成群惡毒的蚊子叮在你的臉上、鼻上、身體上，甚至鑽進你的褲頭，揮趕不開；他覺得這些喊叫聲裏有過多的豬油和攪在一起未消化的菜飯。他們再不就是互相追逐，咚咚咚地在走廊中奔跑，粗野地哈哈大笑，惡作劇地將幾個人關在門外，讓他徒勞而拚命地捶門，那聲響足以使整座大樓倒塌！他認識他們之中幾個，全是面熟。他不屑於同這夥野獸交流，一個長得賊眉鼠眼，身材又瘦又長，像一個斬標，那腦袋什麼也不像，既不像葫蘆，又不像蘿蔔，倒像個活骷髏。還有一個眉眼生得不錯，矮銼個，像一頭結實的公牛，眼睛瞪著，腦子裏肯定除了草和力氣，什麼也沒有了。另一個成天吹一副笛子，把6|6-4|1-2|5-

間用來學習文化知識，或者談點有意義的東西嗎？也許你對他們說他們還會不服氣。滾你媽的蛋，他們會說，你們算老幾？各人有各人的生活方式。像你們那樣成天無聲無息像蠹蟲一樣蛀著書本又有什麼意義呢？你們把青春都耗在枯燥的桌邊和深夜憔悴的燈下，得到了什麼結果呢？不過使你們的額上多添了幾道深深的皺紋，不過在黑髮中染上了幾片白霜罷了。你們是老古董了，不配過80年代年輕人的生活了。他覺得現在很難以理服人，除非行使權力。在這個國家權力就是一切。有了權力，哪怕是力大如牛的人也要在你面前低聲下氣，卑躬屈膝，有了權力，一切都是你的。權力就像巨大的網，網住了所有這些活蹦亂跳的小魚。他不願再深思下去，就在他作這樣的思想時，他常感到背上發涼，頸項上涼風颼颼，好像有人端著刺刀向他扎來。他驚慌四顧，看周圍有沒有人看他，哪怕他是在漆黑的深夜，在沒有一個人沒有一隻鳥的森林深處，他也不敢深想，因為，他感到黑夜彷彿就是權力巨大無比的手，緊緊抓住他，一旦發現他有不軌的行動，便立刻將他捏為齏粉。他根本就不打算有任何越軌行動，他一生只求平安地生活，只求與人和平共處，有難同當，有福同享，但就連這一點也難做到。他無法和人共處，他看不慣人們時常爆發出的傻笑，這些笑毫無意義，僅僅是笑而已，什麼也不說明，說不定在這些口鼻眼的扯動和抽搐中，心正在痛苦地扭曲流血呢。他經過這樣的情境，他有時這樣痛苦，以致他恨不得趕快跑到一個小樹林，倒在深草叢中，把臉埋在地上嚎啕大哭，將心中的一切一瀉無餘，但他卻在大笑，他覺得只有悲傷才是真誠的。所有的笑比霧還要不真實。然而他必須大笑。生活是這樣無聊，無聊得無

以復加。他不敢停止工作，他要不停地運轉，像一架機器，一停下來，就會被那亙古未有的巨大沉寂所包圍。無聊像空氣滲透到人們的內臟。無聊是二十世紀八十年代的象徵。青春旺盛的青年長長地消磨在電視機實況錄音前，瘋狂地，歇斯底裏地喊叫、鼓掌、拍桌子、罵街。他們把青春像糞便一樣地拉掉。他們以為在做最高尚的舉動，以為這是愛國，以為這就是愛社會主義，他們哪裏知道歷史早已忘記了空洞的叫喊，鐵面無私地把事實呈現在我們眼前：先進的西方和落後的中國。勝利的人永遠不是拉拉隊，而是一言不發的頑強的運動員。讓這些無所事事的傢伙見鬼去吧！但是你自己呢？他想到自己。你是什麼東西，配這樣罵別人？你自己還不是猥瑣渺小，毫無遠大誌向和宏偉抱負。你有什麼信仰？你有什麼思想？你追求什麼？你向往什麼？他一考慮這些問題，人就顯得癡呆呆的了，旁的人以為他在深思某件多有意義的事，但他自己卻十分清楚，他的腦子處在半意識半麻木狀態，四面彷彿圍著黑洞洞的高牆，一直通到天上，他像一頭關在籠中的困獸，在牆中間狹小的地方跳來蹦去，無望地向四面衝撞，永遠也找不到一條出路，思想稍微深一點，便像照進夜空的電筒，光線被黑暗吞噬了。這是一個泥淖，陷進這個泥淖的人將永遠無法解脫，只會越陷越深，不可自拔，最後遭遇滅頂之災。他知道他是最不幸的人，因為他老在思索意義。他思索人生的意義，利用所有的空隙時間，如去食堂買飯的路上、睡前、上廁所、課間十分鐘休息，思索的結果是人生毫無意義。報紙上宣傳的所有觀念也是毫無意義的。人生就是一場殊死博鬥。贏了的便得意洋洋，心情愉快，享受人間各種樂趣；失敗了的便將自己浸

是要現實一點，能夠辦到的就辦，不能辦到的就不要去空想了。大約這就是庸人和偉人之間的區別吧？偉人是知其不可為而為之，而庸人由於膽怯，最後就知其可為也不為之了。其實，誰有這樣的先見之明，知道什麼可為什麼不可為，從而預先確定自己尋求的方向和目標呢？我們的生存無非是在重複自己。我們以為在走新路，那只是由於我們的無知，不了解那張把知識道路繪得密如蛛網的地圖罷了。然而，無知也不無好處。假若我們不知道月亮上究竟有什麼東西，也許我們在今天仍能寫出關於月亮美麗動人的神話故事；假若我們不知道怎樣做生意，我們的心靈要少受金錢的好多汙染。不過，事情都有兩面性。無知一方面天真可愛，如孩子般純潔；但另一方面卻野蠻粗暴，像大人一樣專橫。仇視知識分子的舉動就是後一種無知的典型。越是無知的人越以為他們有知，因而虛榮的自尊和空洞的高傲也特別強，誰要是比他們有知，他們就覺得受不了，恨不得將這些眼中釘肉中刺統統拔去。說來說去，人類的這些鬥爭的原因不過是為了一點自尊而已。

　　人生太無聊了。你若問他們為什麼星期天還不出去玩一下，他們會說到哪兒去玩呢？有什麼好玩的呢？有什麼好玩的呢！無限制地滿足欲望，就會無限制地空虛。只有那種吃了睡睡了吃像豬一樣的人才最幸福，樓下就有一個。他見人就哈哈大笑，除了完成作業以外，就躺在床上睡覺。小說是不看的，生活本身不就是小說嗎？他會說。真是幸福的人！他想到自己，在所有的人當中，自己所作的努力最大，犧牲也最大，可是換取了什麼？什麼也沒得到，只是不敢再朝鏡中看自己變了形的模樣。怪誰呢？成

功的人不過嗤之以鼻，不屑一顧地說，這人智力太低。他卻傾向認為，在這個世界上人人都可以成為偉人，只要受到同樣良好的教育，只要生活上不遭受別人的歧視，不受權力的打擊，在人生的道路上健康正常地發展，心靈不受社會骯髒的汙染，人人都可以成為偉人的，不平等現象是永遠存在的，尤其是心理上的不平等，這在現代社會比任何時候都明顯。

他坐在桌邊，夜已深，窗外傳來喧鬧的蛙鳴。樹林的草叢中交織著一片蟲聲。他不想睡，但他也不想寫了。

* * *

我不想提筆。一提筆就是痛苦煩惱和苦悶。筆何時能成為錄制歡笑的錄音機？

昨天，我去打了電話。我撥了號，耳機裏傳來一個呼嚕嚕的聲音，彷彿害哮喘的人的痰聲。這是接通了的象徵。這時，彷彿一把快刀，一個孩子清亮的聲音插在中間，學著我說話的腔調問「喂喂」。我問一句，這小孩便應和一句，使我無法聽見電話那邊的人。說話的小孩就在樓下，因為招待所兩段樓梯間平臺處的那架電話，是和一樓傳達室的電話相通的，一撥號碼，就可以聽見傳達室裏叮呤呤的響聲。我氣餒地掛了電話下樓來，沒有理會幾個無所事事的女服務員要我管管那孩子的調侃。「明天再打吧。」

不放心，中午時，又打了個電話，就在這樓下。但聲音太小，聽不見，只好作罷。

今天中午。一點過二十，兩章譯文抄錄完了。我把東西清好，穿過闃靜無聲的走廊，人人都在睡午覺。她上星期說的，不來信就給她去電話，約本星期會面的時間。若來信，就表明她已被選為譯員。但是電話裏怎麼說，不知道她這個人呢？這些人太不負責。也許，接電話的人對她有仇吧。又撥了兩遍。一個中年婦女的聲音：「過十分鐘再來打電話。那時她就上班了。」

我走出旅社，來到大路上。這裏是學院的商業中心。糧店、副食品商店、百貨商店、銀行、郵局，都環繞在這十字路口的四面。正午的陽光很強烈，但有梧桐的濃蔭擋著，不那麼熱。十字路口一角樹蔭下，有一個圓石桌和幾只凳，上面坐著幾個閒人。一個年輕女子一條腿架在另一條腿上，悠閒地晃，另一只腳脫了高跟鞋，擱在鞋幫上。迎面走來一個大漢。穿件印著花的白港衫。我一眼認出他就是熊大頭。他的確長得肥頭大耳，腳上那雙皮鞋式樣雖新，卻顯得笨重、呆板，儘管擦得亮錚錚的。郵局門未開。不能看雜誌消磨時間了。百貨店裏人不多，一個瘦子營業員用略顯驚奇的鼓眼睛盯著我看。我有些不自在起來。到雜貨店買包煙。「常德」的有嗎？有，買一包，加一包火柴。一個男人抱著孩子。孩子伸手去抓櫃臺上那包香煙。孩子父親把他輕輕抱開，讓孩子的手仍伸著。那樣子有點像釣魚者扯釣桿一樣。我拿起煙，那位父親沖我笑笑，彷彿道歉。

不知十分鐘到了沒有，我想。遺憾的是手上沒帶表，也沒帶本書。哪知道她們休息時間改了呢？恐怕時間尚早，我便點燃一枝煙，在火車時刻表前停下。武昌到鄂城的車上午9:30分開。武昌到襄樊的晚8:35開，大約深夜2點多鐘到。掐指一算，總共

要6個多小時。好，龍鐘，這正是我早就想去的地方。什麼時候約Z一起去。就這樣定了。整個旅館大樓都在睡午覺，沒有一點響動。

我走上樓，拿起話筒，撥了號碼，嘟、嘟、嘟，又是那種含著痰似的呼嚕聲。

「是運輸局嗎？」

「是呀，找誰」

「盈盈。」

「好，你等一下。」

聽筒裏傳來話筒叩著桌面發出的聲音。

「她不在，說是去局裏上班去了。」

「哦。」

「你姓什麼？」

我通報了姓名，但沒等回話，電話掛了。

我走出大門，突然，一股無名業火熊熊燃燒起來。

「媽的！」我惡恨恨地罵了幾句。

我無法抑制心頭的怒火。假若這時看見了那個人，說不定我會大發雷霆。但我毫無辦法。我氣得渾身打顫，兩耳熱乎乎的，膝頭有種疲軟的感覺。一幕幕圖景從我眼前閃過。她答應寫信的！她答應的！為什麼不寫？為什麼？我好像看見她正神氣活現地陪著幾個外國人在一起遊玩，說著英語。滾你媽的蛋？你神氣什麼？你神氣什麼嘛！我頓時覺得受了很大的委屈，自尊心受到了極大的損傷似的。我對自己說，我決不會低於你！不會的？不會的？你以為現在你身價百倍了，可以不理睬我了，如此隨意

地失信了。啊，你要知道我並不是那好惹的人。你損害我一分，我要損傷你十分！我要考上研究生，出國，到時再來整你，看誰狠得過誰，想不到她竟是這種人。地位稍有提高，就這樣輕視人了。我決不是個弱者。我決不會低於你。媽的！驀然，一種前所未有的孤獨感攫住了我。好吧，你勝利了，可以鄙視我了。我祝你幸福。我會主動申請去新疆的，我將遠離所有的親人朋友，我將在一個荒漠的地方苦苦奮鬥終生，你現去找一個好人吧，我看見她苦苦勸我留下，但是，我的心已經冷了，它是被你弄冷的，被你那種掩蓋在好心、道德之下的冷漠所毀滅了的。從今以後，我將不再找任何一個女人。不會的。我不會使她們幸福。她們也不會使我幸福。我將完全孤獨地度過此生。不啊，我將早早死去，我忍受不了這種寂寞。忍受不了，我需要愛，我也要愛別人。難道我不愛你？我這樣一遍又一遍地打電話，難道不證明著我的愛？就算它只是守信的表現，那你為什麼不守信？我想起她從前的種種失敗。因為一點小雨，她可以失信讓我空空地等她。那一次她竟說她本不想來的，而我，卻早早地提前一個多小時在車站等她。我永遠怕她在我等待之前來。並不是怕她說，她不會說的。自己也說不清是什麼原因。那你幹嗎不寫封信告訴我你被調的事情呢？你答應過的，你答應過的，沒有什麼可以原諒你，你再忙，也抽得出五分鐘的時間寫一封信呀！媽的！老子要罵！要罵！要罵！還有什麼比那種彬彬有禮的冷漠可怕殘酷的呢？你要什麼相敬如賓，去你的吧？你跟任何熟男人都可以做到這一點。但熱烈的戀人之間是不允許存在人類迄今為止的任何道德的。當你對她熱烈的時候。她卻要你保持冷靜，要你和和氣氣，

來，我就不去。男子漢，大丈夫，在這件事上還能放鬆？向她低頭，太丟臉了。但是，去不去呢？這個念頭像討厭的蒼蠅一樣圍著他的腦袋轉來轉去，趕也趕不開。等下再說吧，他這樣對自己講，心想，也許過一會兒就會找到辦法，說不定，它會自行消失的呢，就像平時那些產生於瞬間的奇妙思想一樣。有時候，他上廁所、洗衣服或吃飯時，腦子裏面會像劃流星一樣閃過一句美妙的詩句，或一個生動豐富的思想。從前，他相信自己的記憶力，對自己說，等下再玩吧，等晚上練筆時再記下吧，但是，到了練筆的時間，他說什麼也回憶不起那些思想和詩句了。他得到了教訓。以後，只要碰到機會，他就匆匆地拔筆將它們記在本子上，如果沒帶本子，就寫在手心或者小臂上，如果筆紙都沒有，他就一遍又一遍地默默念叨著，一直到拿到筆紙記下為止。他想，也許自己的壞記憶能幫助消滅這個念頭。今天也沒帶書。他這樣已有兩三天了。前天早起他忘了帶書，一邊拉屎還一邊抱怨自己太慌慌張張呢，哪知就在那時，他眼裏閃過一些動人的畫面，喚起了他詩意的幻想。從廁所出來，他匆匆洗臉刷牙，跑回來長褲子顧不上穿，便拿筆搶著在幻象消失前記了下來。他得到了一個啟示：不要在幻想力活躍的清晨，用書本將它破壞。然而，今天幻想力哪兒去了？他機械地洗完臉口，回到房裏。看見對門同學跟他買的發糕已放在碗裏。碗很髒。昨天他吃完飯後，只在被汙染的湖水裏蕩了幾下，全沒洗乾淨，碗邊上有層厚厚的油，他把發糕拿起來，看見壓在正面的一塊綠斑，使他聯想起浮在水面上的大塊大塊的髒東西。他想把發糕放在字典上，看見字典上有灰。桌子也很髒。沒有杯子可放。杯子扔在角落裏，沒用。他一直是

的事發生了。他從筆記本上撕下一張紙，寫上：「真遺憾，but nothing can excuse you！」這樣寫她看得懂嗎？要是被同房看見了呢？那就塞進她的抽屜裏吧。她從來就沒愛過你。他不知不覺穿好了衣褲，黑褲子，鐵灰的涼襯衣，老一套，不引人注目，背了書包，書包裏裝了一本《葉賽寧抒情詩集》，正爬大門對面那座坡。她從來沒愛過你。起碼不如你愛得熱烈深沉。她答應寫信，然而卻失約，等見了面卻來一句：「我不想寫。」人家等得毛焦火辣，心煩意亂，她卻若無其事，反倒要你給她常去信，信中要說些溫軟話。見鬼去吧！你不寫信來誰願寫信去？有來必有往，這是寫信的規矩嘛。她大談某某男同學會寫詩，他們一起去江邊散步。她還舉出那個男同學給她解釋一首古詩的例子。可惜，解釋錯了，你對她說。心裏說不出是什麼滋味。不，她從沒有真正愛過你。是呀，這就是她的愛：莫發脾氣，心平氣和，在一起燒飯弄菜，有吃有喝，看看電視，聊聊天，抱一抱。是的，這就是你的愛！他和她摟在一起。赤身露體。他用手撫摸她的乳房，乳房和下腹之間的柔軟的肚子，深陷的肚臍，以及光滑的臀部。他討厭這些。他並不是為了這到她那兒去。他討厭這些。這些時，他腦中根本沒有想到與肉體有關的事。這和年輕時大不相同，那時因為接觸女性機會少，只要在外面看見一個長得好的，他便回來想象和她在一起的情景。想著想著，便心醉神迷，手淫起來。現在，感情冷卻了。他很難被什麼東西激動。女人和男人彷彿沒有區別，不過前者稍微好看些罷了。但也並不盡然如此。有時候，他更喜歡把目光固定在那些身材魁梧健壯，相貌英俊漂亮的小夥子身上。對這樣的小夥子，他只看一眼就產生了想交朋友的

路費，只剩下不足二角錢，就用這點錢在外面隨便吃點什麼吧。值得嗎？當然值得，為了愛情嘛！可她呢？她想過愛情嗎？她根本不把愛情當回事。你忘了，有一次她說：「如果接不到你的來信，我就再也不去信了！」多可怕的威脅！與其說是這句話的話意可怕，不如說是她中間傳達的信息可怕。假若我這封信失落了？那不就要為了一封信而葬送了我們培植了快兩年的愛情嗎？她哪裏有什麼情喲！她只是一座火爐，被你點燃了，你只要打個轉身不見，再回來時爐子就會熄滅。幹嗎要去呢？幹嗎把一切愛情的罪過推在我頭上呢？難道我對你的暴行不都可以找到一個註腳的嗎？不，我不去了。可是，車來了。他隨著乘客走到車前，但在車門打開，人流湧上的一剎那間，他住了腳，轉身朝相反方向走去，他走得很慢。他在想，上不上車呢？他的腳步沒有停。他在向相反方向走去。一排矮平房。平房和平房之間的空隙。從這兒可以看見遠處的操場。餐館。擠滿了人。門口一個胖女人。背對著他。黑西服裙。幾乎裸露的形體。白襯衫，黑色全高跟鞋。卻是短襪。這使得她全身的時髦頓時減色。回不回去呢？算了吧？算了吧！冰棍、糕點店。她們來了。剛才應該同她們一起回去。假若他們不在家，他就可以招待她們，他對X還藏有一段很微妙的感情。他要弄清楚。他越走離車站越遠。聽不到馬達轟鳴了。拐彎，武大報刊雜誌欄。七九級學生科研學術成果。漫畫。他朝書店走去。門還沒開。門外聚了一堆早來的人。站著、蹲著、看書的，倚靠著樹小聲談話的。很安靜，看表，9點還差5分。原來這麼早。要是現在去，還來得及。門開了，一擁而入。《雪萊詩集》、《拜倫詩集》、《普希金童話詩集》、《濟慈

詩集》。咦，好，買一本。哎呀，0.95元。狠狠心，咬咬牙，買了。現在，只有兩元錢買菜票了。

　　他走回家中的路上，想，終於勝利了。戰勝自己了。現在，回去整理自己的詩吧！他已完全將她忘記，正如她已將他忘記。

＊　＊　＊

　　「我跟指導員談了，」他對我說，眼睛看著湖對岸在暮色中顯得墨綠的山巒。「他很贊成我的舉動，但是他要我再考慮一下。」

　　「我看你呀，又會改變的。」我坐在露天游泳池走道邊，讓兩腿懸空，看著通水的鐵扶手上一只停著不動的紅蜻蜓說。

　　「你相信好了，這回我是絕對不會改變的了。我將把一切拋棄，朋友，家庭，一切。我的父親肯定是要阻攔的，他說不定要跟我斷絕關係，讓他去吧！我只懷念我的祖母和母親，我要寫信請求她們的原諒。啊，我的心已經飛向了遠方。我恨不得立即將舊生活的聯繫全部斬斷，我渴望那青蔥的天山之麓，那一望無際的大草原，我要騎著駿馬飛奔。我告訴她，說我將照一張騎馬的相片，下次去她那兒，我還要向她要一張相片呢。」

　　「怎麼，你不是說不去了的嗎？」

　　「誰知道呢？昨天我跟他說是去的，今天我不想去了，也許，會改變的吧。我不知道。既然在呼喚，為什麼不答應呢？記得我對她這樣說，想不到我的一聲聲呼喚全落空了，得不到一點回應，她說：『會有回應的』。唉，她是個聰明的姑娘，思維那

麼敏捷，口齒那麼伶俐，我話只消說一半，她就可以猜出下半
句，我們在路上走，迎面碰上你們班的一個女生，她沖我笑笑，
你知道，她那種笑很怪，臉上的各部分除了眼睛，沒有絲毫笑
意。那笑就漾在眼圈周圍。我就問她，你知道形容這種笑的最好
的兩個字是什麼？她隨口接道：『陰險』。正和我心中想的一模
一樣，你看她有多麼聰明。」

「你覺得這有詩意嗎？」我用手指指漂在水面上的一片
綠葉。綠葉被曬得捲曲了，微微有些發黃，隨著粼粼的波浪
兒飄動。

「沒什麼詩意，」他說。「我的心全不在這裏了。我向往那
種新生活，指導員問我，既然想去艱苦的地方，那幹嗎不去雲貴
高原或者西藏呢？我說不，唯有新疆才能在我腦中引起美好的幻
想和詩樣的情趣。那成熟的一嘟嚕一嘟嚕紅葡萄，那香甜可口的
哈密瓜，還有那梳著油黑肥大辮子的姑娘。他說我可能要通報表
揚。」

「我敢肯定，還會請你作報告，甚至當作先進人物登報。」

「這也許可能。不過，我直言不諱地對老C講，我決沒有半
點共產主義思想，也不是為了四化，我只是不滿現在的生活，不
願意沈溺於將來可能過上的那種平庸的小家庭生活。讓那種生活
見鬼去吧。我已經將信發出去了。信寫了好多天，我都猶豫不
決，我不知道該怎麼辦。現在我不怕了，我要跟她把關係斷了。
老C也怪我還不早點將家中的把關係斷掉。老C人挺不錯，他跟
我大談他在部隊的生活，說他女兒不滿一歲的時候，他被連降三
級，調到H省的一個山溝溝裏，在那兒過了三年。他說原先他在

某市時當團長，常常坐吉普視察下屬的部隊，滿眼都是兵，威風得很。」

「唉，他是抖了一陣，現在再也抖不起來，倒不下去了，永遠待在這個中間的位置。真的，像這樣的人咱們國家太多了。」

「是呀，知識分子成堆呀，哪有他的份呢！」

「要是我是個不知道你的人，到時候讀了有關你奔赴邊疆的報道，而真以為你是有雄心壯志，具有共產主義思想的人呢。真見鬼，我現在對報上的宣傳都要打個問號了。我懷疑那些去邊疆的人內心深處有報上宣傳的哪種思想。老C也不攔阻你去？」

「沒有，相反，他很高興。不過要我多考慮一下。」

「腳！」我突然喊道，抬頭看看天空。一只白色的水鳥正從頭上飛過，兩只細長的腿並排著蹬直，腳爪卷曲成一團。「它們飛得好急呀。」

「宿鳥歸飛急，」他念了一句詩。「是李白的。『平林漠漠煙如織，寒山一帶傷心碧，暝色入高樓，樓上有人愁。』下面一句是什麼？管它呢，『宿鳥歸飛急，何處是歸程，長亭更短亭。』」

「長亭連短亭。」

「我讀的是長亭更短亭。我覺得『更』字用得好一些。」

對面過道上走過兩個姑娘。一個較胖，一個較苗條。苗條的穿著赭紅裙子，頭略微昂著，意識到有人在瞧她。

「姑娘們引以驕傲的就是她們的貞潔，」他自言自語地說。「你知道，她有一句話我印象特別深，她說：『浪漫是可以的，但不能荒唐』。我昨天和她走了許多路，她真有狠氣，風濕性關

節炎那麼嚴重，硬是堅持下來了，連我都覺得累得不行。」

「你敢肯定她愛你嗎？」

「肯定，這完全可以體會得出，從她跟我說話的語氣、眼睛流露的神情，都看得出。說實話，我昨天玩得並不痛快，不十分痛快，至少。心裏總象籠著一層陰影。也許是因為G的原因吧。後來我想是，就對她說：『我還有點事』，她用很低很柔的聲音問：『什麼事呀？』我一下子就沒了主意。不過，我竟然說出了那樣一句話，真不知道自己怎麼說出那樣的話的。他們在談某個女詩人偉大，我就說：『如果是我，我決不會把偉大二字用在任何一個女性頭上。』她聽了這話連聲說：『好呀，好呀，這是你說的話！』我又說，『我還從來沒有對一個女性產生過敬佩之情，小A，你能夠使我敬佩你嗎？』她回答了什麼，我忘了。但她的確說過，她鬥不過我，她是一個被征服者。哼，有哪一個女人和我鬥不敗在我腳下的?!到目前為止，還沒有一個女的使我產生過敬佩之情，連X，她在女流中還算得上個讀了幾本書的人，我跟她談一級抽象，二級抽象，她不知所云，說：『你們數學真是莫測高深，我怎麼聽了半天一句也聽不懂呀。』」

「你也太狂了一點。我看，你即便現在沒被女人征服，將來你會碰上一個女人，她會征服你的。其實，你之所以沒被女人征服，只是因為你跟任何女人的交往都不長，最長的不超過一年，短的甚至一天就結束。你若是一結婚，就要被捆在愛人的褲腰帶上了。」

「決不會的！你等著瞧，8年以後我回來，不會結婚的。我這一輩子決不過任何平庸的生活！」

「可是，只要在新疆呆上一年半載，新鮮感一消失，那兒的生活又會變得枯燥乏味，無聊透頂了。」

「這不可能，因為我有憧憬呦。」

「可是你所憧憬的永遠是遠離你現實的某一個地方。而當憧憬的一旦變為現實，你將產生新的憧憬，又討厭原來所憧憬過的地方了。我覺得人世間哪兒都是一樣，沒有什麼新鮮跟不新鮮之分。什麼樣的生活人都能習慣。」

「反正我不相信。昨天，我對她說：『有一句話不知該不該說？』她說：『你說吧。』我就說，『我瞧著你的眼睛時，就覺得裏面隱藏著一種冷漠。』她停停說：『我也覺得你身上有種殘忍。』Why are there so many stars on the sky？」他突然用不標準的英文說出這句話來。

我抬頭看天，天空彤雲密布。有的地方裂開大口，露出寶藍的光。蝙蝠出來了，四處亂飛著。

「我覺得她和我性格很相配。她長得是不美，但我卻認為她比小Y美得多，因為她那種氣質和風度特別美，特別高雅。嬌嫩的面色，美麗的大眼，這些東西會隨著青春很快地消逝，變得黯淡，但氣質卻不會改變。

「G說我比他並不美多少，甚至不如他，但在氣質上卻美得多，英俊得多。我想這就是其中的道理吧。說實話，我追求的就是一種神韻，一種氣質，外在的美是不足取的。」

「我看你們不可能結合得長久，因為你們性格和氣質上太相近了。」

「可我覺得她比任何人都更和我相配。像小Y那種姑娘，跟

我性格完全不同，我決不會喜歡她。昨天她跟我說話，我不過嗯嗯啊啊地敷衍了她幾句。只有A這樣的姑娘，才可以和我合得來。」

「但絕不可能長久，因為你的天性決定你不可能跟任何姑娘長久地好下去。」

「這倒是，但我使她們獲得了強烈的幸福。」

「也使她們強烈地痛苦，不過，好壞參半，互相抵消了。」

「這也就行了。有了強烈的痛苦和幸福，人還需要什麼呢？我知道你了，畢業後結婚。」

「你用不著嘲笑，你太敏感了。」

「也許是這樣，我把你帶的一分嘲笑誇大成了十分，但如果我預言的話，我將說你到我這個年齡決不會比我更強。」

「也不會比你更差。」

「決不會比我更強！」

「也不會比你更差！」

「當然，各種可能性都會有，或許你屢受挫折，灰心失望，走上生活的絕路；或者你連戰告捷，獲得了很大的成功，或許你自甘寂寞，滿足於過一種平庸的小康生活──」

「我決不會過這種平庸生活，我的血裏沒有半點平庸的雜質。我生來是過浪漫生活的。」

「不管怎麼說，你只可能走一條眾人所走的大道，在這條大道上達到你成功的目標。你不可能走小道，也不敢走小道。你若一旦走小道，就會落入我和Y目前的處境，將一輩子也難成功。事實就是如此。我們十八、九歲的時候還不是充滿過幻想，還不

是想當這當那，但怎麼樣呢？我有一個同學，過去那樣狂，曾想偷越國境，還暗中訂好了計畫，你有他膽子大嗎？你到新疆去，無非只是走一條眾人所走的道，只是人走得稍微少一點，但並不新奇，並不是一條你自己開闢的道路。」

「他那是叛國！我無論如何也不會去叛國！我熱愛我的祖國，永遠也不會背叛她。」

「但是，假若他的動機並不是這樣，假若他僅僅是想作為普通人出國玩一玩，得不到允許而這樣做，假若他覺得他的才能在國內得不到施展，只有在國外才發揮，他想出去成才，然後回來報效祖國，假如他是出於這樣一些動機偷越國境，你覺得怎麼樣呢？」

「不管怎樣，只要越境，就是叛國。」

「好吧，我們打個比方，要是有個人終生沒有越境念頭，而心裏卻對祖國恨得要死，你覺得他跟前者比起來，究竟誰更可恨？」

「我不管那些，我只看後果。你越境了，不管動機如何，就造成了既成事實。事實勝於雄辯。隨便怎麼說好了。」

「好吧，咱們誰也無法說服誰。反正我要說的是，我的這些老朋友們年輕時也有過浪漫行為，也大膽得很。但後來我叫他從事寫作，他怕得要死，說：『算了，算了，我不能太自私，為了我而連累自己的父母和兄弟』。還有一個同學——」

「我決不是這種人！我把一切都拋棄了：Ａ、Ｚ、靜、家裏那個，一共四個姑娘，還有父母、兄弟姐妹，把一切的一切都拋棄了，去追求我的生活。我決不是那種過平庸生活的人！決不是

的！」

「你三十歲時回來，也許不會再說這樣的話了。當然，我相信那時你會衣錦還鄉，榮歸故裏的。」

「我最不屑於那些失去了生活信念的人。我覺得你的那些同學就是失去了生活的信念。我堅信，只要有一個信念，人就會永遠樂觀地奮鬥下去。失去了信念的人將永遠是失敗者。」

「你的失敗者又是一般公眾所認為的那種沒有獲得名譽的人。卡夫卡是失敗者嗎？你說世界上一切障礙都能摧毀他，他失敗了？歷史證明他並沒有失敗。有些人的不成功並不是因為他們沒有才華，沒有天分，只是因為他們不滿現實，反抗了命運，才被社會所歧視、所憎恨，從而被拋棄。我和Y是失敗者。但是，我決不承認自己是一個精神上的失敗者。我永遠也不會的。其實，我完全用不著這樣苦苦地追求，完全用不著的，我可以十分滿意我的女朋友和那個即將建立的現代化小家庭。但是，我不能。有時，我也產生了想遠走高飛的感覺，但想到這樣一來會造成許多人的痛苦，我就打消了念頭。唉，人年紀一大，顧慮就多了。尤其當他擁有很多東西時。」

「對，我所說的信念就是指的精神上永遠立於不敗之地。我和她性格很相似，小Y則和小R相似，A告訴我，Y在宿舍裏也常受同學的欺負，很可憐的，跟野盡一樣。」

「野盡太固執，不肯聽人的勸告，但他自己又從不吸取教訓，你看初戀失敗那樣的打擊他卻什麼教訓也沒得到，不過，也有一點好的，他總認為自己是幸福的。最可怕的是這樣一種人，他什麼都看得清，卻無法解決，只有一個人暗暗地痛苦。」我想

起了自己。停停我又說：「如果發生戰爭，你願意去嗎？」

「不願意。」

「為什麼？僅對一切戰爭？」

「也是，但也不是，說實話吧，我怕死。我不願意把生命浪費在戰場上了。我覺得有士兵替咱們打仗就行了。」

「可是，我想打仗，如果有可能就去，死了就死了，也比在這兒苦悶無聊地過活強。」

「那是何苦呢？除了戰爭，新生活多得很，哪兒不能體驗？」

「任何戰爭其實都是無聊的，毫無意義的。」

「人生就是這樣，你那天打的比喻我記憶猶新，你說：『看眼前這些來來往往的人。這一群群的，來來去去，他們在幹什麼呀？再過一個世紀，這一群群的人早就變成泥土了，又會有另一群人，可是意義在哪裏呢？』」

「我怎麼不記得跟你打過這個比喻呢？」

「你打過。」

我們在樓梯口分手。

*　*　*

「我覺得M很庸俗，」他說。

我們坐在石凳上。圓石桌在我們面前，但我們用不著挨它。我把腿架在另只腿上。他雙肘支撐在右腿，手托著頭。頭頂，夜在梧桐樹葉中醞釀，逐漸深濃起來。

「這話怎麼講呢？」我問。

M是個高個子，一頭捲髮，細眼睛常常因為笑而瞇縫成一條線。我在湖上跑步，他在後面喊：「向前跑哇，前方有好東西呀！」媽的，我氣得直在心裏罵，跟老子開起玩笑來。又碰見他了，臉一扭，不打招呼。跟這種傢伙有什麼可打招呼的？

「當然有例子呀。比如說，他想跟學院某廠的一個姑娘調情，激怒了那個廠的幾個小青年。有天晚上看電影，我和M坐在一起，就見那幾個人叼著煙，敞著懷走攏來。要找他算帳。M當時嚇得渾身打顫，膝頭不由自主地碰在一起，又移開，又碰在一起。『你他媽還神氣！』為首的一個照他小腿肚就是一腳，他一聲都不做，膝頭也不動了。這時另一個上前來，伸出巴掌，把他的臉夾在中間，從上一直刮到下，你看這侮辱得該不輕吧，可是他一聲都不做。說老實話，我當時想，要是他動手，我就會上，可他太不行了，太沒有用了。」

「是呀，太沒用了！」

你憑什麼說別人？你難道有用？

「第二就是他跟別人交往，盡揀好話說，你不知道，這使我很反感。是怎麼樣就是怎麼樣。第三呢，他很希望過一種美滿的小家庭生活，對此我也深惡痛絕，沒有什麼意思。」

「是呀。」

你這不是在隨聲附和嗎？你在說別人，你自己呢？他一拳打在你的眼睛上，你摀住眼睛，眼睛裏直冒金星。你說了什麼？你說知道你是學過武術的人。你自己承認敗了。你怕他，你怕他，不管你承不承認這一點。那個他卻不同。他被打敗了，被捧

在地上，頭髮亂糟糟的，沾滿泥塊和草根，臉劃破了，衣服弄爛了，他沒屈服，他一手抓一個石頭，坐在他家門口，等他出來，決一死戰。他始終不出來，不敢出來。你呢？被他打在地上，鋼筆也弄丟了，滿身是土，你還哭了，你還哭了！當然，你發誓要報仇，可你報了嗎？你報了嗎？你報了嗎？心裏徒然地存著一些仇恨罷了。可是沒報的仇有什麼意思呢？還有他，你當時夠勇敢了，覺得手裏拿著鍬對他赤手空拳是恥辱——

「所以我說呀，打架就要先下手為強，」他說。

不一定，不一定，自從你跟表哥打那一架以後，不行，不能說表哥，你幹嗎不跟生人打？大表哥一再囑咐你，不要先動手，在任何打鬥中，不要先動手。你遵守了這個忠告，結果，吃了很多虧，你怎麼能告訴她呢？你對她說，你將鍬丟掉，也赤手空拳地迎上去，但是被打倒在地上，她冷冷地說：「這算什麼英雄！」是呀，這算什麼英雄？然而你生那麼大的氣，竟將她拋下不管了。不要把心中的痛苦和悲傷告訴任何姑娘吧，她們不會懂的，不會理解的。無論何時何地都要當英雄，或者裝英雄，不能讓姑娘超過了你。可是，你失敗了。你讓人把你征服了。

「媽的，她還沒來信，」我說。

「我看這問題不大吧，你們隔得又不遠，來不來信都不要緊。」

「可是她如今有任務走了，我們約好來信的，她到今天還沒信來，這不是失信嗎！」

「哎呀，原諒她點吧。」

原諒她！她這樣失信不是一次兩次了。她對你的熱情從來沒

有過熱烈的回報。

「你知道，她在中學時像個修女，從不跟任何男同學說話，到中專去以後判若兩人，她性格變得開朗，喜歡與人接觸，特別喜歡與男子接觸。一放假回來，她就談她的學生生活，盡談的是那些男同學的事，某某會寫詩，某某會作畫，某某長得英俊。你跟我講這些是什麼意思呢？」

「也許，她只是無意識地談一些使她愉快的事吧。」

「這我知道！我知道她是什麼意思，但不管你怎麼說，這言談中流露的欽佩和羨慕總多多少少能反映她的心理吧。當然，聽到這些我決沒有任何表示，沒有粗魯地打斷她的話，或者沉默不言，或者把話題轉到別的上面去，相反，我卻似乎很帶興趣地聽她講下去，但我的心實在是很不舒服。不過，你知道，我有時也喜歡找理由來原諒她。我這樣想，既然她能夠將這些事告訴我，就表明她心中並不存邪念，她對我的心就沒有變。再說，我自己也並不是無可指責的。我在那個學校中曾有一次和另外一個同學看電影，跟一個小姑娘調情，後來出去遲了一步，再追時就沒人了。不管怎麼說，當時自己被一種莫名其妙的念頭所支配，也想上去玩一玩，解解悶，作為純真的情人，就不能容許發生這樣的事，我憑什麼指責她呢？但是，說實話，我總感到有些不足，大約是因為我給了那麼多熱情，從她那兒得到的太少的緣故吧，我常常為等信而苦惱。她好像並不熱衷於來信，我覺得，她開始對我並沒有什麼感情。我就恨不得我給多少，也得到多少。」

「其實，正是因為一個多一個少才構成了真正的愛情，才有你們的今天。」

「也許是這樣。但我總是有不足之感。所以我想，從今以後我是再不會主動追任何姑娘了。但是，若有誰追我，那莫怪我無情，我可要好好享受一番那種只接受不給予的愛情了。我要躺在愛情的果林下，張開大口，吞吃落下的愛之果，而我將什麼也不給予，以此好好懲罰一下姑娘。當然，這只是幻想。唉，我多麼希望被我愛的人也像我愛她那樣愛我呀。也許這樣的事在人世永不可能發生，真正相愛的人是沒有的。你愛她，她不愛你，她愛你，你不愛她，由此構成了人生的種種不幸，而所有不幸中之大不幸是這不滿。我現在當然滿足囉，有什麼不滿足的呢？」

「我覺得你的生活也──」

「也沒意思，是嗎？我知道你要說的就是這個話。可是，誰的生活有意思呢？你的生活又蠻有意思？女人玩得太多，你到現在都麻木了，又有什麼意思呢？」

「起碼我到你這個年齡，28歲，我還是會做出像現在這樣的行動來的。」

「當然，你何止是二十八歲呢？你五十歲都會做的。我認識一個人，很有才華，很有工作能力，就是為這事屢教不改，一級一級地降，最後降到我們學校書記那個低職位，但他還搞，都五十多歲的人了，兒子姑娘差不多都要結婚了，可他還搞。我跟你說，江山易改，本性難移，只要你那個欲望不消失，你活一天就會搞一天。」

「你是說搞女人？」

「當然。」

「哎呀！我哪是指這呢！我是說到新疆去這樣的舉動。我到

二十八歲這樣的年齡都可能做出來的。」

　　「不一定。我希望到那個時候再聽你談這些。」

　　「至於說到女人，二十八歲我是肯定不會搞的了，說實話，我現在就不怎麼想搞了。我覺得我有罪呀，主要是對G，但轉念一想，我覺得自己還是可以原諒的。因為當時和她接觸時我也十分幼稚，並不知道會出什麼後果，所以，現在我不願對A做諸如此類的行動，就是出於這樣的考慮，因為我知道和她交往下去，後果將是怎樣。如果我繼續搞下去，那就是別有用心了。再說，她又比較純潔，但是誰說得清楚呢？她並不比我純潔多少。她和我性格太相似了。」

　　我覺得我們的失敗都是自己造成。決不能承認自己是失敗的。決不能！要生活就必須鬥爭。莫問鬥爭的意義。爭取勝利就是了。去嘗受勝利的歡樂或失敗的痛苦，遠比什麼都不嘗受好。

　　「她對我熱戀過半年。」

　　「誰?!」

　　「家裏那個。三年當中只熱戀過半年，後來她知道我初戀的事，態度馬上改變了。從此以後十分冷淡。你知道，我們連吻都沒吻過呀，自那以後。我們出去逛公園時坐得還是很緊，但我不想吻，她也不想。有時候屋裏只剩下我們倆人，她說：『你幹嗎這麼冷呀？』我就知道是什麼意思了，站起身來：『我沒有興趣，出去走走吧，』兩個人就出去了。我和初戀的那個還未斷就跟她去信了，她認為裏面有情，就慢慢地對我發生了感情。一知道這件事後，她就冷了。還要了那樣的花招折磨我，說她談了一個男朋友，他像大哥哥一樣對待她，什麼的。唉，她要是知道我

在這兒幹的那些荒唐事，要是知道我從來就沒想念過她一下，她不知道該怎麼想呢。」

見鬼，不能對一個女子鍾情！小A對那個矮子那樣癡情，結果怎麼樣呢？對女子就要狠，要狠，要狠。

「反正你的生活上是沒什麼挫折的，所以你現在充滿自信。但我怕你很快就會被生活壓垮。」

「也不一定沒受挫折。昨天那件事對我的打擊就夠大的了。我一個勁地蹬車，好幾次闖紅燈，還差點撞在汽車上，人們都以為我瘋了，我自己也覺得差不多瘋了，腦子裏亂糟糟的，磨山、東湖、火車站、長江邊、大橋上，到處都跑了，回來說也巧，正好看見她走路的背影。心裏一塊石頭落了地。但我在路上就這樣想了，她不會死的。我有個預感，她留下遺書是個手段。我至今還不知道她要達到什麼目的。也許要嚇嚇系領導，使他們今後不敢再管這種事了。為什麼我猜她不會死呢？因為她臨別前沒來找我，遺書中沒提到我，我一知道遺書沒提到我，就明白她不會自殺。說實話，她在這世上跟誰的感情都沒跟我的深，她不找我還找誰呀？她曾說過這樣的話嘛，她說她要吊死在我這棵樹上，還說一到我面前，她所有的自尊喪失殆盡。」

「對了，你說沒有一個女人不能被你征服，我想起來了，你家中的那個就沒被你征服。」

「她也沒征服我嘛。」

「怎麼樣，你到底還是有征服不了的女人吧。依我看，任何對你一見鍾情的女子，在最初的階段都會被你征服，但時間一長，地位就會改變。她們一旦了解你透徹了，這並不是沒有可

能，有這樣一句老話嘛：『房侍前無英雄，』她一旦摸透了你的脾性，那時你等著瞧，她們就要支配你了。」

「見鬼，我永遠不會被一個女人征服的！不過，一次小A對我說，對你最好的武器就是沉默。這話算說絕了。我最怕女人的沉默，家裏那個動不動就沉默下來，一沉默就是幾個小時，我恨不得揍她兩下子就好。」

「最怕的就是讓女人運用理智。征服一個感情用事的姑娘容易得很，只要她愛你，她會對你百依百順的。但這愛情一旦冷卻，你就完了，她會以十倍的瘋狂來仔細觀察你，找你的缺點，像《克萊多克夫人》中的女主角那樣，最後發現她所愛的那個人不過是個傻瓜而已。」

「但我不是傻瓜呦！」

「我只是打個比喻，並不指你。」

我回憶起一次走夜路的情景。四周裏黑越越的，深深的草叢一動不動，彷彿潛藏著什麼。我下意識地摸摸荷包，看看手錶，突然跳出幾個人來，攔住去路：『把東西交出來！』我一點也不驚慌，對為首的說：『交給你可以，不過，能夠留下你的姓名地址嗎？我很想和你交個朋友呢。』最後他們把所有的東西都拿去了。我繼續走著，體味著東西失去後的憤恨，失望的心情。如果真有這樣的事，我會幹嗎？」

我又回憶起上星期六從大橋那邊回來，穿過湖濱最黑暗的一個地帶，那兒沒有路燈，兩邊梧桐在空中交接，將天空遮得嚴嚴實實，投下濃黑的陰影，一邊是高牆，一邊是沒有燈光的矮房，大約是船隊的工具房。我又產生了一個幻象，看見幾個黑影攔住

去路，索取東西。我說：「夥計們真缺錢用，我這裏有。不過，這樣攔住要有點不清爽。先交個朋友怎麼樣？你姓什麼？住哪裏？多大了？」但他們不敢，有個傢伙上來要抓我。我一擋說：「夥計，要搞可以，但是，你們都看到了，你們手上拿著刀，我卻是赤手空拳；你們兄弟幾個，我是單槍匹馬；我要是跟你們所有的人打，我肯定認輸，不過，說出去就冒得意思了。是不是？那掉底子！現在這樣可不可以，隨你們哪個上來，莫帶刀子，赤手空拳跟我較量一下，好嗎？」我心想，隨便來哪一個，只要是一個我就對付得了。

前後兩次幻象說明了什麼？

不能承認失敗，哪怕失敗就在眼前，不可避免，還是要鬥爭下去，直到最後一息。

＊　＊　＊

柏油大路蜿蜒爬上山去。一邊是松林，蓊蓊郁郁；一邊是丈把高的斷崖，長著青綠的野草，金黃的野菊點綴其間，崖上是雜木林。我看見一朵樣子很怪的金菊花，開在一株矮梧桐中。瞧見這朵大菊花了嗎？我對他們兩個說。不是菊花，是樹葉，他說。夏天哪來黃葉子，是陽光，他說。隨著我們的移動，夕陽在對面松林背後也在移動，白光閃閃爍爍。那朵菊花或者黃葉子的金光一直沒有消失，我緊盯著它，想證明它不是反射著陽光的。如果是反射的陽光，為什麼其他的樹葉都沒有染上金色呢？那邊一些樹梢染黃了，他說。不對，那是冬青樹開的花，我說。我們在這

棵閃著一片金葉的樹對面停下。有一刻金光倏然消失，葉子顯了原形，他立刻喊道，我說得不錯吧！我說得不錯吧！但這時，它又發出金光來了。我不信，他說，走，去看看。他們跑上前去，準備將它摘下，──立刻又回來。的確是映著夕陽的樹葉。我無意中回頭看了一眼，見一個穿紅衣的熟悉的身影走上山來。手裏拿本書。身材渾圓頎長。臉部線條柔和。頭髮彷彿束了起來。她慢慢地跟在後面。中間隔著幾個路人。我的談話有精神了。聲音也大起來。話語顯得十分有力。我起勁地做著手勢。我意識到她凝視的目光。也許她走得更近了吧。我跨出一步，頭隨著下肢的移動怡然自得地點一下，又跨出一步，一步一步緩緩向前走，這樣，他們的速度在不知不覺間減慢了。樹木變得疏朗，前面有一棵獨立的樹，一片扔著垃圾的空地，位於樹林和大樓之間，從這兒可以看見夕陽。西天濃雲密布，但夕陽熔化了一部分雲彩，造成一條寬若書本長若一指的裂口，白光射出來，照得人睜不開眼。我低頭揉了揉眼，趁著打開眼睛的一剎那，往後瞥了一眼。我很失望，並沒有看到那個預期的熟悉的身影，又偷看一眼，這回看見了，但她隔得那麼遠，僅僅只有一個小紅點。

　　他們談起了她。他說她非常好鬥，她說他的全部理論實質是阿Q精神，當他提到他的弟弟和妹妹都不願待在父母身邊時，她不加思索地問他是否家裏有什麼不幸。他非常生氣，認為她這樣極其無禮。她說看了《禍起蕭牆》這部電影後很激動，但一回到現實生活中激動感便消失了。你覺得她這人平庸嗎？我問。平庸至極！他說，中文系的姑娘個個好鬥。唇槍舌劍，好磨嘴皮。我認識很多，他說，有的比她強得多。但都脫不了俗。她認為咱

們機械，他說。認為對目前獲獎的一個老討論的作品不應孤立地看，而應就他整個創作的生涯來看。那麼，假若他現在出的是廢品，也可以因他過去的成就而被原諒了？我不屑地說。她呀，得了崇拜名人狂。凡是名人的東西，奉若神明，尊為至寶，他說，她就說過，沒有誰超得過艾青。對這個平庸的人，我從前竟產生那麼多的幻想。我將她想象成一個蒙在淡淡雲影中的圓月，一只飛進綠影深處的蝴蝶，一個溫馴文靜的姑娘，多麼可愛。我的心猛烈地跳著，幾乎透不過氣來，在那個大學的每一個角落，期待她面容的突然出現。謝天謝地，幸虧沒有幹那種蠢事。不然今天真要讓人笑掉大牙。她說早就將你忘記了，他對我說，她說覺得你好像最小。

他們走在前面。他們去找她，準備將前天借的學生證還給她。她的相片：頭髮亂蓬蓬的，在燈光照射下雖不乏光澤，卻顯得又硬又粗，像麻繩，散在腦袋四周，蓋住了前額，發尖像直挺挺的指尖，指著向上翻看的兩顆黑眼珠。臉部線條粗糙瘦削，像一塊沒有磨好的石頭。看了以後給人留下極不舒服的印象。怎麼竟會被她迷倒的呢？我們停在女生宿舍外的大道上。我和他蹲在樹下。他在有鐵欄桿的石階上攔住一個姑娘，要她找找溫潔。這個姑娘去了好久。沒見出來。他又拉住一個，請她幫忙喊一喊。這時，從道坡上下來那個穿紅衣的姑娘。我盯住她看，她似乎覺察到我的目光，步態有些局促。我調開眼光，看著別處，但想看一看的欲望難以控制，又回頭看了一眼，恰好碰到她的眼光，但我心裏一慌，沒有停留就將目光掠過她。一會兒後，看見她走上坡，問他是不是找溫。我轉過身，手插在褲兜裏，衣服敞著，直

勾勾地看著她。她顯然意識到我的目光，渾身上下不自然起來，不自覺地伸出舌頭舔了一下上唇。那舌頭彷彿很窄很尖很小，像半段白指頭。她可能想看我，但她的眼睛卻不聽使喚，越過了他和他之間的空隙，──我就隔開一些站在這空隙間──瞅了更英俊的他一眼。我轉身就走。腳步堅實有力，但明顯地含有怨氣。我將頭高高昂起，透過密密的桐葉，看著那些被弄得支離破碎的天空。雙手交抱在胸前。

　　我走出老遠，心中感到很氣憤，也不知氣誰。一切都完了！我回頭看了一眼。他們走上來，溫上自習去了，他說，這姑娘問我有什麼事，我說沒有，我說叫她去玩，說只要一說她就知道的。不在也好，以後就跟她交個朋友，他說。我知道你會的，我說。心中什麼感覺也沒有。長得一般，他說，臉上有雀斑，牙齒很黃。可是我看挺整齊，我說。我記起她慢慢下坡時那閃爍在她黑油油的髮上的黃銅簪子，記起那天在湖邊回眸時碰上的她那雙溫情脈脈的黑眼睛。

《舞步》

　　整棟宿舍大樓都午睡了。走廊房間樓梯上平息了腳步、喧鬧和笑聲。

　　我獨自走出大樓。

　　迎接我的是撲鼻的香氣，這混合著六月燦爛陽光的香氣。水泥道旁尚未曬乾的濕泥地上，薄薄覆蓋了一層落花，星星點點，不用抬頭，我知道頭頂那棵高及二樓的冬青樹花開得正盛，盛得

過頭了，如今，馥郁的冬青花開始變得白裏透黃，在陣風吹拂下，像雨一樣地飄落。

五月已經變成了回憶，在回憶中，遠沒有現實中的六月美麗。空氣中含著如此濃郁的芬芳，伸出舌頭幾乎可以舔嘗。陽光將梧桐的梢頭曬得透亮，在它穿透不過的地方，形成大塊疏淡相間的陰影，使得整株梧桐樹看起來離地更高更遠了，使人彷彿置身在幽邃高深的長廊之中。大樓前面空地上，縱橫交錯地牽著尼龍繩，上面晾曬著衣裳或被單。一件白襯衣曬乾了，隨著衣架像活人似地在風中輕快地舞動，一晃一晃，反射出耀眼的強光。為什麼在這樣美好的時刻睡午睡呢？午睡後昏昏沉沉睜不開眼的印象出現在我腦際，使我一陣厭惡。風吹著。在這大樓林立、坡坎相雜的地方，你不知道風從何而來，但你可以根據許多外在現象找到它的蹤跡。一根頂兒尖尖，又窄又長的草忒忒忒地晃幾下，復又靜止；頭頂上驀然一陣沙沙沙的聲音掃過，彷彿樓上某人拖著一把新掃帚走路，掃帚頭刮著地面所發出的聲音；耳邊聽不到喧響的呼呼，臉頰上卻感到它輕柔的撫摸。夾竹桃花開了，紅艷艷的一片。它們的花沒有光澤，花瓣不潔潤，但昨天雨後，卻完全不同。大滴大滴鮮亮的雨珠掛在每一片花瓣上，使它們嫩得像少女胸部，那花蕊白得有些慘然，像剛剛死去的一個美貌的處子。是雨水給了它潔潤，同時，我想，也許是雨水洗去了它們原有的光澤吧。夾竹桃的紅顯得乾燥，像紅粉筆。但它們開得這樣多，我相信，沒有任何一種花（正當我寫到這裏，我想起了櫻花，當然，除去櫻花不算），沒有任何一種花在數量上可以同它媲美，至於說到時間的長短，更沒有一種花（可能除了月季）能

像它那樣持續地一直從夏盛開到冬的。我覺得，夾竹桃是花多於葉，遠遠看去，艷紅一團，葉子幾乎完全看不見了，即使在近處，葉子作為襯托也寒傖得很。

　　圖書館大樓背後沒有人。辦公大樓前沒有人。停擺自行車的綠石棉瓦天棚下，有一個人半坐半睡地仰靠在一張靠椅裏，褲管挽到膝頭，雙腳擱在將天棚一分為二的鐵欄桿上，睡著了。那張椅子只有後兩只腳著地。他身邊是一架拆得只剩骨架的摩托車，零件散了一地，發動機用木板隔著，橫在油盆上，周圍一股濃烈刺鼻的汽油味。多好聞呀！我又想起在車隊度過的那些日子。一個小姑娘手裏拿著什麼東西在玩，靠著欄桿。對面走來一個人，是Z。他說剛去老師那兒，並告訴我打電話直接在傳達室即可。但門關上了。辦公大樓沒有一個人，傳達室的窗口緊閉。赭紅的窗臺上擱著一封電報。我拿起來，將裏面的電文抽出一半，看見幾個鉛印號碼，又塞了進去。多危險啊！這不輕而易舉地就被拿走了嗎？

　　有電話機的招待所快到了。誰知道她在不在呢？昨天打了兩次，都不在。連接電話的服務員都熟了，第二次接電話問都沒問便去找人。今天她會不會厭煩的呢？不管它，如果她不在，就再也不打電話了，乾脆星期天找她去。

　　打完電話出來，覺得有些煩。輕鬆之外，又有一種預見的無聊感。打電話時，自己那個東西不知不覺硬梆梆了。真討厭！自從有了那種親密關係後，每次見面，它就挺了起來，也不管在什麼場合，有時不得不將手伸進褲子荷包將它捺住，覺得有礙觀瞻。W小時候不是有一次突然彎腰繫鞋帶嗎？後來他告訴我那是

因為它勃起的緣故。

　沒有意思。把那個問題一解決，接下去是令人膩透了的倦怠。沒有談的，沒有玩的，除了吃。

　又看見那個小姑娘和腳擱在鐵欄桿、身子仰靠在椅裏的睡眠者。小姑娘頭上紮著紅手帕，穿件小紅花褂，從我身邊跑過去，跑到辦公室大門口臺階上停住，扭頭瞅我，對我擠眉弄眼，因為我也對她擠眉弄眼。過一會兒，她跑過來，把半個身子藏在樹後，又對我看，剛要做怪相，看見我笑了，她也咧開嘴，露出一朵很迷人的笑。我覺得跟成人的交往也是這樣──也許，跟具有童心的成人是這樣吧，你對他報以微笑，他也報你以微笑，你做一副苦臉，他也只會對你瞪眼，而不會對你和顏悅色，只有虛偽者才能在笑的時候哭，而在哭的時候笑。哎呀，不對，不對，其實這樣並不是虛偽，這是人的特性嘛！我又看了一眼那堆散亂的零件，黑糊糊的，忽然，我的眼光落在一包煙上，吸煙者一定是無暇顧及慢慢用小指尖挑開蓋紙，然後用食指和拇指撚出煙，而是用一只手抓住煙，只一捏就把方煙盒捏成了圓筒，另一只手刷刷刷地扯掉上面所有的封蓋，直接用雙唇去咬煙的。我能想像得出這些。因為修理工的手總是油膩膩的，沒功夫為了吸一枝煙而去洗手。

　夾竹桃開得如此茂盛鮮艷，幾乎把石欄桿全遮沒了。忽然，我看見石欄桿下部有一道道潮濕的水跡，彷彿是花蕊中的露水傾倒出來形成的，心中正納悶，這麼大的太陽，曬了差不多整個上午，怎麼會──但馬上明白了，原來是陽光將它們投在水泥欄桿上的陰影。我感到很有趣。兩只互相咬著尾巴追逐的蝴蝶迎面飛

來，它們如此陶醉在彼此的狂愛中，竟不顧我堂堂男子漢的尊嚴，迎頭撞來，使我不得不稍稍偏頭，讓過它倆。世上的情人不就是這樣嗎？一對情侶就是整個世界的中心，一切都得圍著他們轉。我回頭看了一眼，它們分開了，飛在上面的正向下面的那個俯沖過去，但不成直線。不，蝴蝶永遠也不可能成直線飛行，它們的線路呈鋸齒形，頻率又是這麼快，無論從哪方面來說，都像閃電。我感到背上熱辣辣的，這時才突然意識到是在無遮蓋的正午太陽下行走。我索性脫掉鐵灰襯衫，讓兩條胳膊全曝露在陽光中，反而不覺得太熱，或者說熱得不同。蒙在衣服中的熱是悶熱，而直接接觸所得的熱則是健康的熱，使我想起小時候赤腳走在滾燙砂地上的情景，陽光曬得身上一層層地脫皮。一只黑蝴蝶在大樓的陰影中翻飛，像一片紙。一片黃葉落了，像一片陽光。然而現在卻是夏天，腳踏在淺淺的枯葉上，發出好聽的幹燥的碎裂聲。早熟必早衰，我想起曾對他說過的這話。有一種樹開花了，不知叫什麼名字。我撿了一朵落花，它倒握形如一把掃帚，長著許多長長的嫩鬚，嫩鬚根部呈青白色，上部呈紫紅色，頂端有細小的籽球呈深褐色，拿到鼻邊一聞，發出淡淡的清香。這完全出乎意料之外！原來，空氣中的芬芳，不僅有冬青的份，還有它的功勞呢。兩只褐色的大洋雞，一只拍拍翅，跳上一片青草的斜坡，一只在坡下下水道溝的鋪石上一邊行走，一邊啄食石壁縫中鑽出的綠草，啄得草上的白花一顫一顫。

　　回到了整座午睡的大樓。通過敞開的門，可以看見每間房亂堆著書的桌子和躺在床上的赤裸的手和大腿。

　　我在桌邊坐下，拔出筆，正要寫，聽到鳥聲從外傳來，從那

將它們藏住的綠葉深處傳來。奇怪,剛才怎麼一下子就沒有聽見它們呢?

如果再出去一遍,再在老地方走一遍,不定又會發現什麼新東西呢。

《宿舍》

我想盡可能細致、全面、毫厘不差地將我們宿舍的面貌描寫下來。我不知道它是否典型,但我知道一點,它是真實的。

兩張書桌拼在一起,位於四張高低床之間,從窗前延伸過來,長度占據了整個房間的三分之二。書桌和床形成兩條窄窄的通道,每邊各一條,寬度兩人須略略側身方可通過,如果是坐著,每次有人經過,就必須運用臀部,使方凳後兩條腿離地。床一邊兩張,長約房間的四分之三,靠門那邊剛剛可使門自如地開合而不刮擦而另一邊則在床與牆形成的角落中,塞了一具開式書櫃,漆成暗紅。天花板上鑲嵌著丁字形的木電線蓋,主線伸向兩邊,同其他房屋相連,副線直伸,下到窗臺,連結著一個插座。房屋正中垂下一盞日光燈。牆壁因年深月久,變成灰白,天花板上可看見一塊塊矩形的東西,刻有凹凸線,每塊約五至八道凹不等,成九十度錯雜排列。那兒曾經掛滿蜘蛛網,網著許多死蚊子。打掃衛生時,Z站在桌子上,伸出掃帚去掃,灰紛紛揚揚落下來,迷了人的眼睛,使人很不舒服。我對他說,讓它掛在那兒好了,不礙事。他說,檢查很嚴,恐怕通不過。果然,檢查的人還沒進門,第一件事就是用手摸一下門楣,和門上的通風窗窗

座，其他的人則根本不看收拾得乾乾淨淨的桌面和床鋪，不是探頭往床底下黑咕隆咚的地方瞧，就是抬頭瞧天花板。

　　桌子上從來沒有空過，不像其他房，為了裝門面，打掃衛生時將所有的書本隱去，留出映著天光的抹得乾乾淨淨的桌面，那真比飯桌還乾淨，我們這張桌子永遠堆滿了東西，白天是書、杯子、碗、錄音機，夜裏還要添上各人的衣物和因天熱而不用的鋪蓋。以前桌上放的是什麼東西，現在完全沒有印象了，所以今天只有就眼前的景象描寫一番。桌上的書大致可分三堆，一般是四堆，但懷柔的一堆奇怪地消失了，只留下兩張報紙，在風中掀動，一本頁邊翻得黑糊糊的用塑料紙包的綠皮字典，他的對折的長褲，皮帶的銅按扣發出閃閃的金光，一本紅皮筆記本，封皮上貼著沒有簽字的標籤，一角被揩過腳的發黑的毛巾遮去。其他三堆書中數辛穆的最凌亂。書本橫七豎八，你壓著我，我擠著你，像大雜燴。由於《美國短篇小說選》是頭朝窗戶，所以只被風掀開了兩頁，時而微微抖動一下，好像想回到那堆熟睡的紋絲不動的書頁中去。一本最近發下的《思想品德課講義提要》和《閃光的生活道路》（——張海迪事跡）。相對疊放著，一個朝東，一個朝西，都露出標題，上面壓著一大本被風翻開的科技英語油印講義，旁邊緊挨著一盒半開的《牛黃上清丸》。昨天見他剝開一個裝藥丸的盒子，取出黑不溜秋的藥丸，一點點地扯下來，捏成飯豆大的團團，擱在那張包丸的臘紙上面，《新英漢字典》下面壓著《海明威研究》，接下去是 *Modern American Novelists*、《美國二十世紀小說選讀》、 *The Old Man and the Sea: A Critical Study*、 *To Have and Have Not*、 *Fifty Great American Short Stories*，等。他的書

的全部身體，只能藉助帳門隨風的一開一合，瞥見他的天藍布短褲，白襯衫和交疊在一起的大腿。他顯然是臥躺著在睡覺，因為他的膝窩是向上的。床頭露出他枕著的褲子一角，上面有大朵金黃的菊花。與他毗鄰的床鋪上，躺著懷柔。他交抱著臂、大腿屈起，臉朝外躺著，腕上手錶閃閃發光的右手，還壓在一本翻開的書上，彷彿怕被風將書頁吹亂。在床上看書，起始於裏普，繼而是懷柔和辛穆，最後我也染上這種習慣，但我是個失敗者，因為無論多麼好的書，只要它和我一起上了床，就別想睜開眼了。我的大腦一觸枕頭，就像充滿氫氣的氣球飄走。我們幾個人當中，數懷柔的忍耐力最強，他常常看著看著就睡熟了，然而看書的姿勢絲毫不變，一直到醒時都和原來一樣，他決不肯像我們三個，如果睡意襲了上來，就把書往旁一扔，頭一歪腿一伸，睡過去了。不，他是決不肯那麼不刻苦的。如果你坐在他對面看書，而不抬頭觀察他，你會得到一個印象：他始終專心致志地看書，就像那時我駕車出去，師傅坐在一邊，好像在觀察路面情況，實際上卻是在眼睛一開一合地打盹兒。他的優點就是，打盹時能不點頭，所以非常容易造成假象。懷柔是本室中多有家產的人，我們總是這樣打趣地說，他有一個床頭櫃，安了金黃的銅鎖，貴重的東西如收音機、錄音機等都鎖在裏面。一架直徑比普通碗稍微大一點的電扇，恭順地面對他立在桌上，像一個忠心耿耿的守衛。床上方擱著兩口漆國漆的箱子，一大一小，一肥一瘦，一矮一高。他很精細，針頭線腦什麼也鎖在箱子裏頭，每回我找他借，他就順著長長的鏈條，從屁股後摸出一串鑰匙，開箱摸索。全房最講究的要數裏普。有花條紋的白尼龍短褲襯衫，純黑純滌綸

褲，半高跟叉式皮涼鞋。我一提起他，鼻孔裏就充滿了異香，那是他洗臉後擦的一種香，不知是什麼香，氣味特別強烈，滿房間都聞得到。他每天要（起碼要）洗三次臉，刷三次牙，每次之後必擦香不誤，一面還要對著鏡子照來照去，並用一把水紅的塑料梳子梳頭。他有幾個習慣至今我還記得十分清楚。他坐著看書，腰板挺得直直的，你以為他全神貫注地看書，卻不料他會出其不意地伸出右手四個手指，把領子扯扯平、拂去前襟、手膀或褲腿上那只有他才看得出的灰痕，與此同時，眼睛也跟著手指的運動而轉動，然後移動書上，過一會，同樣的動作又會做一次，每天這樣的動作交替出現的次數很多，但隨著夏天的到來卻幾乎減少到零了，也許是因為衣服比冬天更需要勤洗勤換的緣故吧；第二個習慣就是一面看書，一面熟練地運用四指，由上往下地撫摸那已經撫得夠平的長頭髮。

＊＊＊

　　昨晚到今天發生了這麼多的事情，如果一一敘來，至少要花去昨晚到今天這麼長的時間，只好乞靈於意識流的手法了。

　　我坐在隔壁寢室，屋裏沒有一個人，手裏玩著一只小六神丸瓶子，它粗細略同鉛筆，比指關節稍長，裏面裝著黑黑的六神丸，溜圓溜圓，大小若掐了頭的芝麻。我將它倒過來，又倒過去，這些圓圓的小球便不停地滾動。他坐在對面。坦率地告訴你，我沒有談過朋友，如果談朋友指的是雙方訂立什麼東西的話。當然，我接觸過女性。

　　「環境，你知道，很重要。已經有許多人替我介紹了。我沒有同意。」

　　六神丸圓溜溜地滾來滾去，我數一數，一共十四個。十四個，不錯。是三十七個，三十七條。我躺在一個陌生人的床上。下面的席子是她拿過來的，以免我那雙洗不乾淨的腳把別人的床單弄髒。從敞開的門，傳來廁所嘩嘩的水聲。這龍頭從來就沒修過。大約前年，還是去年？小陳在的時候，都沒修好過。廁所對面的屋裏，三個單身漢在下圍棋，有說有笑，還大聲興奮地喊著什麼。這床上除了一床灰毛毯，什麼也沒有。帳子是部隊發的那種沒門的。上面有小洞，洞上貼了透明膠布。哎呀，真不少。一共有──讓我數數，三十七條！他在對面床上一聲不響。我感到他的目光注視著我玩小瓶的手。十四粒。三十七條。「菲利前些時也來找我，是為朋友的事，我謝絕了。對所有這樣的事，我都謝絕了。」十四粒，圓圓的，黑黑的。「你拿去吃吧，」舉燭對我說。「這診喉痛非常有效」。「我們班有個同學，學習最不刻苦，然而分數總保持在80─90的水平，對人熱情，很樂意為人服務，不過，進取心不強。」那是夏天，我和凌霜在街燈映照下，一會兒踩著我們的影子，一會兒踩著樹影，肩並肩走著。「我就跟這人相像，」他說。「進取？」小陳說。「進取什麼嘮?!不是你自己不進取，是人不讓。我看見食堂搞得那樣一團糟，就提議開設小賣部，賣點合大家口味的鹵肉、雞蛋，你又不天天吃。一星期吃個兩三回，打打牙祭，哪個捨不得花這個錢呢，是不是？報告打上去了，一等再等，等了個把月，還是沒有批准。唉，政策又變了，不准承包了，你曉得以後還會不會割資本主義的尾巴

呢？」

　「你不寫嗎？」他指指放在我面前的那卷紙。他想找話說，不，他想避免和我談話。

　「寫不寫反正無所謂，是自己的東西，」我不感興趣地說。也許，他會因為這而坐下來談話，我想。

　但是，他出去了，一聲不吭。難堪的沉默。心中好像有什麼東西壓抑著。我幹嗎不直接說：「真的，Frank！我老早就想跟你談這件事，不知你意下如何？

　「我的態度一般是婉言謝絕。」他已經說過了。難道還去碰釘子嗎？

　「我闖了一次大禍，」小陳繼續說。「不過，沒有任何人曉得。有一天炸油餅，我往油裏面倒了半斤多鹼。你曉不曉得做肥皂的道理？就是鹼和酸一中和，便成粘糊狀物質，所以，鹼一倒下去，油全部凝固了。幾十斤油啦！都嚇死了，說糧店賣的油有毒，連忙送糧管所鑒定，消息一傳開，遠近周圍的人提著油瓶油壺，到糧店退油，糧店怕罰款。就連用了一點油的都按原價退了。過了兩天，鑒定來了，說沒有毒。糧店就不退油了，而且惱羞成怒，斷絕了和我們科研所後勤來往。我們現在的米和油都是開車到幾十裏路以外的江漢關取。一趟要花好多汽油呢。這事出了以後，只有小李（就是我們一起分來的那個姑娘）曉得，全廚房的人在一起分析情況，猜來猜去，猜到可能是我，我就說：『如果說是我，你們拿證據來。』拿不出證據。我當時還幫他們分析，我說：『會不會是放了鹼的緣故呢？』『那怎麼可能呢！』他們不屑地說。我說：『做肥皂的原理你們曉得吧？』

『哎呀，這與做肥皂有麼關係呢！』他們把我推到一邊去了，好吧，那怕好了。後來，我自己看著那幾十斤油可惜，就把油倒進鍋裏，然後放了酸油餅，油一下子全部化開了。『咦，油都化了，』他們驚奇地說。『是怎麼回事？』『曉得吧，』我說。『可能是自己化開的吧。』」

「你可能會留在武漢，」我說。

「——」

「你可能會分在這兒。」

「——」

「領導找你談過話嗎？」我猝然問道，想起大約半年前外辦主任找我談話的情景。

「沒有，」出乎意料的乾脆，我們的眼睛相碰了。

「他不大令人相信，」我在心中對自己說。

「領導無能得很，」小陳繼續說。「有一次他蒸饅頭，洋洋得意地對我說：『怎麼樣，今天面合得不錯吧？』我明明知道麵裏頭的鹼把得太多，偏偏說：『恐怕鹼少了點吧。結果，那出籠的饅頭是金黃金黃的，我開飯時就喊：『喂，賣雞蛋糕囉！』」

「先一人吃碗水餃，然後吃點雞蛋糕，好嗎？」我人站在一家餐館門口，眼睛盯著菜牌，她問道。

「我不想吃蛋糕，」我說。「我看這樣吧，一人一碗水餃，再買三兩小包，好不好？」

她同意後，我們一起走進餐館。她興奮地告訴我她的新生活。

「Narnna，就是那個印度人，聯合國官員，蠻有風度呀，他打的手勢特別風雅，每天上午講課，他的英語捲舌音很多，**翻**

譯是一個學院的講師。訓練班的一個總工程師叫我去聽聽課，說有益處。那天全部聽課的當中只有我一個姑娘，Narnna就說：Ladies and gentlemen，中間我出去了一下，他就只說gentlemen，後來我又進來，他又改用原來的說法，說現在來了一個lady，所以應該說ladies and gentlemen，大家都哈哈大笑起來。他跟人打招呼時動作不大，幾乎令人覺察不到地點頭，眼睛中透出笑意，很有風度呀。」

「那樣無能的領導，黨員，老轉，」小陳繼續說。「召集開會時，還指責這個那個不行，我坐在那裏，就用腳在地上劃大圓圈，這只有小李一個人懂，就是『用腳撈』的意思，（意即：你靠邊站；或；你只配被我用腳踢到一邊去。）他看得不順眼，就說開會就開會，幹麼腳動個什麼呢？」「我喜歡嘛！」我說。

一個全身上下像在炭裏頭打過滾的乞丐在我們面前停下，將汙黑的手伸在她的面前。我心頭火起。買飯時，我不得不保持沉默，因為我兜裏只有幾角錢了，還是借人的。我甚至憋不住說出：「你買吧，我沒錢」了的話。現在，他倒找我們要錢了。沒有！沒有！我頭也不抬地恨恨地說。伸在她面前的那只手並不畏縮，仍舊堅持著。哪個有呦！她十分不耐煩了。乞丐見沒有想頭，走了。這些乞丐，社會主義的乞丐！我決不相信他們是無家可歸無事可幹的人。如今，我想，只要自己肯出力幹活，找一份活兒幹是不難的。我心中最恨的就是那些絲毫不靠自己力量乞討過活的人。我對他絲毫沒有同情。然而，幾個月前，也許是兩年前，我曾多麼爽快地在每一只伸來的手上放下我同情的錢呀。

「所領導派我為十個總工程師弄飯，」小陳繼續說。「照說

這該是一個向上爬的好機會吧。我拒絕了。我對書記說：『要我去，可以，不過，得答應一個條件，跟我調動工作，放我走。』（「你為什麼跟著我？」穿咖啡色西裝的女郎突然停下，轉頭問道，臉上微露笑容。我吃驚。「我——你，你為什麼，在我前面走？」她哈哈大笑起來。）局領導聽說了，就大發雷霆：『好嘛，他不去，咱們就住飯店嘛。』這一句話，十個工程師就進了XX飯店，陳設和規模跟璇宮飯店相當，每天上十元的費用，房裏冷暖設備、錄音機、電視機、電話，出外有小汽車接送，只住了十天，花了8000塊錢。說實話，要是我答應去跟他們當廚師，就不會造成這樣的局面。麼事不好搞呢？四菜一湯，菜呀肉的每天都有人買好。不過要根據各地人的差異點川味、湘味、京味的菜罷了。」

「現在呀，」她躺在床上，衣服脫得只剩奶罩和三角褲，奶罩被我解開，鬆著。「我再不在乎人的年紀大小了。我討厭年紀比我小的人。如果我再找個男人，我希望他是個中年人，最好三十至四十歲之間，年富力強，有生活經驗，有工作能力，即便是結過婚的也無所謂。」

「你說這話的意思，」我說。「我一聽就明白，你內心深處已經對我產生厭惡了，你不喜歡我額上早衰的皺紋，不喜歡我又大又稀的牙齒，也不喜歡我的性格，你內心深處就是想著有一天能和我分手，再去找一個性格好的男人。」見她閉目養神，不贊一詞的樣子，我很生氣：「前天我做了一個夢，夢見你和一個三十二、三歲的中年男子好上了，他是英語老師，社會經驗相當豐富，曾經坐過牢，但平反了。結了婚，老婆可能改嫁了，或者

是別的原因。你很佩服他的才能，好像覺得我還不如他。每天晚上，你和他在一起學習，當然，起初，你們離得較遠，但後來就慢慢近了。最後——媽的——」

「你怎麼罵人？」

「好的？我一想起將有另一個人摸你的全身上下，吻你的唇和乳房，跟你性交，我就厭惡得作嘔，我若知道了，決不願挨你一下。其實，我也想，再交一個女性，但我決不想和她發生肉體關係。我只想和這個女性保持心靈的溝通，也就是所謂柏拉圖式戀愛。我對於肉體享樂已經厭倦了。無論走到哪裏，任何女人對我來說，都跟男的差不多。」

在說話的當兒，我已經不知不覺地離開她，睡到了她的腳頭。我不想理她了。覺得她很可恨，但這時，她起身倒在我身上，把毛茸茸的頭塞在我的頸窩，兩只軟綿綿的手摟著我，央我睡回去。我不肯，她就像熱水袋一樣附在我身上，我冰冷的心終於軟化了。

「你知道我為什麼要這樣說嗎？」她事後問道。

我腦中閃過一些殘酷的原因，但我不想使她心傷，就說：

「因為你想使我愛你。」

「你既然知道這點，幹嗎生我的氣呢？」

「我們這種人呀，」小陳繼續說。「打不濕、扭不乾，是萬金油，什麼都懂點。哪個腳捧了，我上去三把兩下，也可以弄個半好；誰個數學題不會計算，我也可以幫忙；就是說英語，我也能來個兩句：I'm a cooker，是不是，我說得對吧？所以，即使我們有才，他們把我算作一個才呀，他們也不大相信我，認為我

難以信任。冰箱裏面有氟利昂，他們不懂看表針指零，就以為沒有，還把手去試，結果全部滾出來，把手都凍了，凍比燒還壞，搞不好整根手指都得切除；魚塘裏頭水混濁得要命，魚全部浮頭，我說趕快灌自來水，他們說，不要緊吧，這說不定還對魚有好處呢，肥唦！好吧，第二天早上，死了幾百斤，被人家偷撿了一些，另外一些拿去賣了，這才接受教訓，兩部抽水機抽。一架餃子機冒得人敢做餃子，不會開，後來試開，把三相電路接錯，我說不行，他們說行：『這不轉了?!』是反轉的，結果機子發熱，跟著冒煙，燒了，我不動手，冒得哪個做得出油條。」

「他炸的油條的確好，」她後來證實說。「比街上炸的還好！他要不炸呀，沒誰會炸！」

「所以我幹工作想搞，搞，不想搞，不搞，」小陳繼續說。「一根黃瓜當三根削，三根當一根削也可以。原先我在船隊搞時，白水煮蘿蔔，或者四兩飯把一點水，蒸出來硬得像槍子，怕你們不吃！麼辦呢？還不是把我調出來了。本來就不應該讓我上船，因為我有色盲唦！說實話，我在學校考試就得了三級。出來不憑考試唦！那些老傢伙最不喜歡考試，全市三十幾個廚師中青年人占百分之八十多。幹我們這行也分等級，大廚二廚三廚，大廚上面是廚師，還分特級廚師，再分特一特二，那就是高級廚師了，最高一月可拿一百八十多元。我只想分到一個賓館裏去，有發展前途唦！」

《無題》

想了好久，各種各樣的標題都想到了，全部不理想，不惟不理想，彷彿絞索，每一個標題都有些咄咄咄逼人的意味，使人透不過氣來。乾脆，像寫詩一樣，用個《無題》吧。如果有人置疑（這是肯定會有的，現在的人特別喜歡挑眼，自己不懂的東西，不肯深究，反而怪寫的人不面向群眾。好像如果告訴他們1+1=2就好了。）那就問他一句：「生活的題在哪裏？」也許有人會振振有詞地按《學習資料》來一套標準的回答，那就對他說：「請你滾開吧！」還找一句：「生活是無題的，笨蛋！」

有題也好，無題也好，他不想討論這個。留給批評家寫文章發財好了。他想說的是，今天黃昏時他去了昨天下午經過的地方，想和那位姑娘相遇。真是這樣的嗎？他自己也說不清楚，他可以找出一千種理由來證明，他去那兒的動機絕不是找她。除了十足的傻瓜，這個世界上任何有頭腦的人都無法真正說清他做某一件事的動機。反正有一點是真的，他去了昨天經過的那個地方。

那個姑娘他記不十分清楚了。一向是這樣的。任何給他留下強烈印象的姑娘第一天在他腦中是一對凝神的眼睛，第二天就是一副裹著雲彩的身軀，第三天一團模糊，第四天什麼也沒有，只記得好像有那麼一回事。

但是，昨天夜裏他記得多麼清楚啊！他摸黑爬上床，找到扇子，把蚊子趕走，放下帳子躺下。他不肯早早睡去。他要仔仔細

細地品嘗回味下午所經歷的一切細節。汽車來了，人們蜂擁到門口，團團圍住，他幾乎毫不費力就藉助身後胳膊的推搡上了車。迎接他的是一雙大大的黑眼睛。他首先看見的也是這一雙黑眼睛。周圍的人頭全部消失了。她和他之間隔著一個人，她轉過頭去。他看見她濃密的捲髮，披到肩部。咖啡色的滌綸上裝。草綠的書包帶越過肩頭。下一站，乘客鬆了一些。他朝前一擠，正好挨著她。她的手抓著頭上的扶手，他的手也抓著，和她間隔一頭寬的距離。她彷彿無意地回頭看一眼，正碰上他的目光。他眼睛一直就沒離開過她的捲髮！咖啡上裝。下面穿的是，灰條子褲，涼鞋，是新涼鞋。草綠書包扣得很整齊，乾乾淨淨，不像我的，沾滿油跡，灰泥和汙垢，他想。是學生嗎？她的頭微微偏過來，看得見小半個上身。是咖啡色的西裝，白襯衣領子翻在外面，略有些凌亂，頸部露了出來。他趕快轉過臉去。他覺得身上有些不舒服。一種灼熱的感覺慢慢傳遍周身，現在正向下體匯聚而去。他咬緊牙關，幾乎屏息靜氣，透過尾窗向外看去。夕陽掛在西天，一個半紅半黃、顏色不均、毛了邊的小球，在大街盡頭房屋上空，隨著車身的震動，一會兒滾到窗左，一會兒滾到窗右，一會兒被玻璃間的接縫擋住。他目不轉睛地盯著跳動的夕陽，儘量什麼也不想，覺得那種感覺慢慢地消失了。

剛才還對自己說，所有的女性對自己來說都無異於男性，絲毫激不起幻想。他已經魘足了。他和她在房中雲雨了後，就是這樣對她說的。她那樣愛他。把她的身體毫無保留地獻給了他，他在轉車途中想，她是多麼好多麼善良呀！我一定要使她幸福，不做任何對不起她的事。小Z那種玩世不恭的態度是不足取的。女

把她送到地點。她回頭，正好碰上了他的目光。她若無其事地又扭回頭走著。他也跟著，但腳步放慢了。因為他發現，她的腳步不知什麼時候變得這樣慢，以致如果他保持正常速度，是肯定要走到她前面去的。他可以想象被人家盯著後背時走路的那種侷促和不自然。她又回頭看一眼，這次大約是想看看他和她還有多少距離。當然，眼光照例碰上了。他有種預感，姑娘想和他攀談。他心裏害怕得發抖起來。道邊是運動場。有人打球、跑步。道上前前後後都有人，還是學生，說不定有認得她的。也有認得我的，他想。這完全是不可能的。一陣失望感襲上心來。假若現在是在林中無人的小徑上，那該是怎樣一種情形？他驅走這個念頭，他不想想入非非了。年近三十的人還想入非非，實在可笑！他盯著她的背影。上衣較合身，褲子稍微小了點，臀部線條很分明，這姑娘愛打扮！但那雙新涼鞋，樣式很一般，顏色跟自己腳上的這雙差不多。跟兒不高，不能使腰肢一走一扭。樸素和華麗糅合在一起。眼睛很迷人。心又怦怦跳起來。她走到小道盡頭，越過一片石渣操場，走下臺階，橫過梧桐林蔭大道，又走下長長的兩邊有欄桿的階梯，一直沒有回頭，向女生宿舍門口走去。他這時眼睛也一直沒離開過她，使他差一點沒被石頭絆一跤。他惶惑地四面一看，臉紅了，幸而沒人注意他。她走到大門邊時，他已越過大道，順著和那道交叉的那條路，走到和她差不多齊平的地方，最後看她一眼，她沒回頭。他失望地收回眼光，就在這時，她擡起頭，朝這邊瞥了一眼，但已經遲了，他無法使自己停下來，慣性推著他向前，他所得的全部印象就是，她擡起頭向他看了一眼，而他正好收回目光。大約在她走進大門的同時，他

越過了大樓，大樓吞沒了她，也遮住了他的目光。他不敢回頭再望，他心想，她很可能在二樓平臺處停留，從樓後的窗口看他。但他不敢回頭，卻昂首挺胸，裝出一副很神氣活現的樣子，意識到她驚羨和失望的眼睛盯著他的背影。

他回味著最後的一瞥。她肯定看見自己看她的目光了，因為我目光收回的時候，頭並沒有扭動，仍保持著向她那個方向遙望的姿勢。她一定看見了這一切。多可愛的姑娘！

他躺在床上，仔仔細細地把所有的細節全部體味了一遍，直到完全確信是絲毫不漏才入睡。但好久都睡不著了。

今天中午，他把郁積在胸中像發酵似的情感全部發泄出來，化成了火熱的詩句。

到了黃昏，他一邊散步，一邊讀著拜倫的詩，時不時為一些飛逝的念頭暫停，思考一下，然後繼續讀著。也許，她就是那天黃昏坐在靜靜的水潭邊的姑娘吧？那天他在水邊坐下作曲，天空布滿大塊大塊的雲絮，蝙蝠滿天飛著，這兒的蝙蝠真多呀，他對自己說。那個白衣姑娘隱在小徑過去幾十步遠的一簇荊棘後面，看不分明。今天，他又去那兒，坐在那姑娘曾坐過的大石上，發現透過綠葉，可以很清楚地看見自己原先坐過的那地方。這地方真好！靜靜的，沒有一個人。小徑的泥在雨後變得鬆軟，清亮得發黑的水混濁了；誰下午來過這兒，肥美的開著白花的水草，伏倒了一大片露出白綠的根莖，深草叢中時而有一只孤獨的蛙鳴，像小兒的哭聲；還有一種不知名的鳥叫，像細頸瓶往外倒水，咕都咕都的。

他看了幾首詩，覺得有點坐不住了。去不去呢？人家說不

定早把你忘了！這是很可能的。他開始分析起來。也許他的面孔是那姑娘從前在什麼地方見過的，或者和她的某個熟人或親戚相似，她只不過是藉助它尋找失落的回憶罷了。而且，她可能把這張臉跟某個兇犯的臉聯繫起來了。因為，心中很怕，不斷頻頻回頭，看有沒有危險。也許，這只不過是最普通的對視，毫無意義可言，覺得有趣就看一下，分手後把彼此相忘，難道這種事還少了？女人是最善於用眼睛欺騙人的。他回憶起以往受過的種種欺騙。他不能再受這些欺騙了。

　　但是他去了，受了一種什麼力量的支配。後來，他什麼人也沒見著，倒是見著幾個不應該見的姑娘，使得她的印像更加淡薄了。現在，只要多見一個陌生姑娘，她的印象就淡薄一分。

　　他調侃地想，也許這是心靈的呼喚吧。只有心靈知道。

＊＊＊

　　下雨了。

　　他並沒有意識到雨。今天中午菜很糟，八分錢的竹葉茶。看上去像腐爛的醃菜，吃起來像麻繩，但是他拚命地咽了下去。錢不多了，上星期從她那裏借了五元錢，如果省著吃，大約可以維持八天左右，也就是二十一號左右，屆時就可以收到家裏的匯款了。借出去的六塊錢大約在短時間內是不會還回來的。Z借去五元，昨天他的煙還是用在枕席之間、抽屜裏頭，到處搜來的一些零錢買的。他不大來了。經常中飯和晚飯時他是必定要來的，或者談這談那，或者約著一起出去散步。但現在，已經來得很少

Z這人很虛偽，便直言不諱地說出來了，並問他：「你覺得哪一種事更令人羞恥，在無人所見的地方赤身露體地游泳，還是嘴上冠冕堂皇心中男盜女娼？」這話Z一聽就明白是指誰，他心裏清楚得很。那天他火氣特別大，聲音也大，Z脾氣還算好，沉得住氣，沒有跟他爭，而是後來想了想說：「我們爭論的其實是一個字的問題，即究竟是羞澀還是羞恥。我不覺得裸體游泳是令人羞恥的，但是，羞澀感肯定有。」這一點，他沒做聲，但心下同意了。因為在第一次與幾個同伴們去長江邊游泳時，他脫掉衣服的最初一剎那的確有些惶惑不安，還四面看了一眼，但除了一望無際的荒涼沙灘和大片綠色的雜樹而外，什麼人也沒有。現在，他來得少了。不來就不來唄，他這樣想。每遇到這種情況，他就是這樣想的。他抱一種無所謂的態度，因為，如果強人所難，只會給雙方都造成不快，哪怕你是好意想幫助人家，如果人家不願接受，你也用不著為此而覺得有什麼不好。就像剛才對面的辛穆來了一個客，睡在他床上，他便要辛穆到自己的床上來睡，辛穆說他不睡。過了一會，他又叫辛穆來睡，辛穆仍說他不想睡，低頭看著一本書。「你很有些反常呀，」他想說，但把話吞了回去。他知道他為什麼不想過來睡的原因。午飯前，辛穆喝開水，隨隨便便將碗裏的水潑進臉盆，像在廁所裏倒水那樣，水濺起來，把他的帳子濕了一大片。他正伏案寫東西，便回過頭來，一臉慍色，說他不該如此，辛穆連忙道歉，但那口氣與其說是道歉，不如說含有另一種意思：「有什麼了不起呢！我又不是故意的！」他繼續寫東西，但感到辛穆的目光停在他的臉上。他仍然一臉慍色，想著剛才這件事，他無法裝得平靜，將這怒色像舊油漆一樣

還可以隨心所欲地玩，到了工作單位恐怕不那麼容易。「那就不寫詩了唄！」Z說。但Z的思想象水銀一樣不穩定，一會兒認為是行動的時代，要實在，一會兒又覺得不能丟棄詩歌。但是，已經沒有話說了！他走出房間，Z已經在他之前沒打招呼就走了。他與其說是走出房間，不如說是被趕出房間。因為YJ臨走時問他鑰匙怎麼辦。他十分清楚地告訴YJ，他從早到晚哪兒也不去，而YJ則一會兒說他下午回，一會兒又說他今晚上肯定不回了，但他一說到拿鑰匙時，YJ就提出疑問。他一氣之下便出去了。在走廊裏又覺得十分好笑，真不值得！再說房是他的，憑什麼不經人家同意就待在那兒呢？哪怕是最好的朋友也不能那樣呀！何況並不能說是最好的朋友，他在桌邊一面吃，一面這樣想著。完了，全完了。他心中驀然湧起一股酸味，一股被遺棄的感覺。許多往事掠過腦際。偏偏在這時！鄉下深夜搖搖欲墜的房中，他伴著破油燈，看高爾基的著作，隔壁傳來那兩個好朋友親密的談話聲。在母親的熟人家中，那些熟人絲毫不睬他，而將好奇羨慕的目光屢屢投到他那長得標致的女朋友身上。媽媽甚至認為他的女朋友比他還好。他被世人拋棄了。「算什麼呢！我還不是照樣拋棄了世人嗎？」他驕傲地想，然而這驕傲在孤寂和失望面前實在不堪一擊。他的心正受著各種感情的四面夾攻。當然，如果有任何人注意他的臉，他是會失望的。因為那張臉上根本看不出任何感情的痕跡。他活到這麼大，唯一取得的成果恐怕就是這吧。但他害怕面對面的爭論。他只要一開口，就會噴出火來，他怕把別人燒傷，也會將自己焚壞。其實要不流露感情實在容易。這張臉彷彿不屬於自己了，他起了一種分離的感覺，彷彿靈魂和軀殼是兩個

住在同一房間的陌生人，就像他和W的關係一樣。自從被W婉言拒絕介紹朋友的事後，他便斷定，今生今世永遠不可能與這個人交心談心，永遠不可能。好像是命中註定一樣，他要跟這個人白頭如新地直到生命終止的那一天。他並不想了解他。其實，他已經了解了W，除了那些只有他自己一人知道的親身經歷以外，難道他的思想感情能與別人有很大的不同嗎？憑他那天說的一句話就可以知道。他對他說：「分到哪兒都可以。哪兒都一樣！」這樣的思想，他自己早就有過。《局外人》的主角也發表過類似的言論。只要理解了就行，他是這樣想的。我們有必要知道W接觸了多少女朋友，有過怎樣的經歷嗎？他想，但是我不覺得他那種奇怪的生活方式可厭，我只覺得人人都有他自己的生活方式，沒有哪一個的生活方式比另一個好。而遠在北京的SG仍然不理解這一點，十分看不慣W的懶惰。人只要理解了別人，就能夠寬容，他想，對一切討厭我的人，鄙視我的人，我也能原諒，因為我自己也討厭人，也鄙視人，而且，這種討厭鄙視就像愛一樣，是毫無道理的。為什麼要干涉人家的好惡呢？只要他活著而與人無害，他的存在就是合理的。

然而，他想，我現在再也不像從前了，因為我能理解所有的人，我的愛和恨也逐漸消失了。無所謂了。友誼、愛情、社會道德關係，等等一切，於我都遠了。我只愛自由。讓我自由地思想，自由地行動吧！但至少要讓我自由地思想！

《飛天》來信了，他第一個反應就是把信折起來裝進兜裏，而心中的第一個念頭就是：「不看它，盡可能長地放起來，」因為他確信，除了幾行冷冰冰的評語，是不會有任何東西的。兩個

小時後，他拿出來了，卻完全出乎意料之外，有一首詩取了。一首他怎麼也料不到會取的詩，然而，他沒有任何興奮，任何激動，歡呼雀躍，舉著信奔走相告的欲望。他失去了感情，只是呆呆地看著那一行字：「已用《無題》『我恨春天』」一首，發於8月號「詩苑」。上廁所時，他忽然感到極度不安。他有一種感覺，好像編輯看中了詩並非因為它寫得好，而是因為他從前寄給編輯一封責備的信以及屢次退稿引起了編輯興趣，或者說同情，這才發表的。這首詩無論怎麼看都只能說一般，還不如他寄的其他許多詩好。如果出於同情，那實在太令人難以忍受了！他不需要任何人的憐憫，他要完全憑著個人的力量，憑著奮鬥的精神，憑著自己的藝術在文壇上站住腳而不要任何人的幫助，不，他不需要任何人的幫助！從此以後的一生中，他哪怕窮困潦倒，哪怕死無葬身之地，也不願求諸於任何人！他要寫詩、譯詩、寫小說、譯小說，永遠地獻身文藝事業。他決不為某一個時代的政治服務，這一點是決不的，他要為人類的心靈發掘而工作！

* * *

我們一起出去散步，打著傘，雨下得不大不小，風也不大不小，不夠把傘吹得東倒西歪，或者像翻荷葉似地翻過去。

好多次，那句話湧到我唇邊，但我吞了回去。怕什麼呢？什麼也不怕。不是時候，我對自己說。他談著人們對他去新疆的看法。到目前為止，除了我和YJ，所有的人都一致認為他的做法不明智，有的說他蠢，有的說他「有病」，有的說他心血來潮，有

的說他簡直瘋了。「沒有一個人理解我，除了你們，」他說。沉默，出現了幾次短暫的沉默，好像忍受不了那在沉默中變得響亮的雨聲和風聲，他又匆匆地說起來，他的喉音共鳴很好，使我耳膜微微振動起來，彷彿置身在立體聲中。告不告訴他呢？還早。那什麼時候再告訴他呢？

　　「我跟你說個事，」他說，這使我聽了很舒服，因為他開始要談知心話了。「大頭被拘留了。」

　　「是嗎？為什麼？」

　　「持刀殺人。當然，還不是為靜靜那事嗎！」

　　又走了一段路，我突然說，

　　「我也告訴你一件事。」

　　「什麼事？」

　　「你猜！」

　　「那怎麼猜得出來呢？」

　　「說了你不會相信。」

　　「你說的什麼話我不相信了？我都相信的。」

　　「你如果猜是肯定猜得出來的，不過，其實沒有什麼事。」

　　「哎呀，我有什麼事都對你講了，這有什麼不好講的呢。」

　　「沒事。」

　　「其實我想你也沒什麼事。」

　　又默默地走了一段路，我看見十字路口對面閃著清亮雨光，剪得整整齊齊的大簇綠色植物。

　　「取了，」我說。

　　「什麼，取啦？屈娜？」他說第一個字時有點摸不著頭

腦，到第二個字時，就有點明白了，但顯然是在裝糊塗，把音故意咬錯。

「詩取了。」

「什麼？」

「我是說，雜誌詩取了。」

「哦，你是說《飛天》社的詩入稿入選了？我不信！」他說得挺乾脆，然而我聽出了話音中的顫抖和不安。

「我說過吧，你不會相信的。」

「我肯定不相信，因為──」

「不用擺理由了，你可以找一萬條理由來證明詩不可能取，然而，我摸摸褲子荷包裏的信，那上面簽著「已用」字樣，聲音突然變得混濁，難堪起來。為這樣一件明白的事竟去作什麼解釋，太荒唐了！然而我說：「你不相信事實嗎？」我又下意識地摸摸荷包。

「那也許可能吧，」這等於說。「如果取，可能性極小。」

「你想不想看一下呢？」我有點激惱了，把信從袋裏抽出，看也不看他就隨手了遞過去。

他接信看了。默不作聲，難堪的沉默。

「我完全沒有料到，」我說，心裏恨不得閉嘴不言就好，然而我的舌頭抑制不住。「這是個意外的收穫。這一首詩並不是我寫得最好的，卻被選上了。」

「也許，登上了後，別地的人看了同樣會像我們從前看了《飛天》的詩一樣，說這寫得叫東西！是吧？」

我笑笑，沒吭聲，心裏難受極了。

「這件事我誰都沒告訴，只告訴了你，你知道，這沒什麼值得非常高興的，不過是碰上的。」

「那作為朋友，我還是應該為你高興的。」

「我們倆是知心朋友，所以，我才對你講，別以為我會到外面去大肆宣傳，我不會淺薄到那種地步。你千萬不要告訴任何人，甚至連Y也不要告訴，我敢肯定Y會極端難受的。」

「我看也是這樣，他寫了那麼多詩，一首也沒發表。我寄的次數不多，反正。」

我一股無名業火騰起，很明白他的話意。

「這不是什麼次數多寡的問題！我難道寄得很多？多少關係不大。」看他不做聲，我漸漸平靜下來。「其實，我一點也不感到高興，因為我大搞詩歌後所作的詩沒有一首被他看中，這一首完全是搞副業寫出來的東西，誰料得到呢？」

他非常難受，這我可以完全體會出來。

「我先還以為──」他開始說

「不用解釋了，」我說。「一解釋更糟。你心裏對這件事的看法和態度我都清楚，有時候一解釋，反而不好。」

「我先以為你是在開玩笑。」這樣的掩飾太拙劣了，我在心裏笑了一下。

回來後，想到他的舉止和態度，心中總有些不是味，假若換在他，我會怎樣看這事呢？

＊＊＊

　　我好容易才克服睡眠和懶惰心理，在桌前坐下，提筆寫起來。最近，寫作彷彿是件吃力的工作，不像從前那樣能給我巨大的歡樂或悲傷，我覺得力不從心，尤其怕描寫景色，今天黃昏在武大校園所見的景色，別提有多美了。空氣中洋溢著濃烈的冬青花香──然而，我沒有產生感情。為我所尋找的她哪兒都沒有，但似乎又哪兒都可能存在。我記起了頭兩次經歷。嘆了口氣，真正的美只有一次，我奇怪記憶力怎麼如此之壞，她的形象除了黑眼睛和咖啡色上裝外，基本上從記憶中消失了，而她，那個曾在中學時代勾起過我美妙幻想的女人，已差不多很少想起，即便想起，也再也沒有那種剜心割肉似的痛苦和全身顫栗的快樂了。感情的熔爐冷卻了，這就是我的結論。

　　她中午的突然出現，使我吃了一驚，但並不使我喜出望外。我沒有期待她。她告訴我鄒媽找我有件急事，給我一張條子，說據送條子的人講，可能與分配的事有關。

　　吃過飯，我和她往鄒媽家趕去。我也告訴她我的消息：稿件錄取了，她很高興，連聲說詩寫得好。這在我意料之中，因為既然錄取了，那肯定是好的嘛，大眾的見解不就是這樣嗎？她不同意，認為是她自己先就看出了這首詩的長處。她興奮地說，一個月後，就可以結婚，我們是雙喜臨門。她還有些羞澀地告誡我不要驕傲，要把詩寫得更好。我並沒有為她那種標準妻子的可以上報的勸說而感動。「跟你說呀，」她說。「我知道你不大愛聽，但我還是要說，你不應該一有了成績就──」「哎呀，我知道的，」我說，打斷她的話。

　　一路上，她談著她和同房小Y的關係。Y很傲慢，喜歡盛氣

凌人，不把人放在眼裏，以為自己一切都比別人強。她可不吃這一套，在很多事情上就不按Y的想法來，所以Y覺得她很任性。她舉了個例子。同房的小L跟Y關係特別好，但那是一種主僕之間的親密關係，L對Y百依百順，俯首貼耳，像一條狗一樣。（我心裏覺得她話說得有點過火，但沒吱聲）。有一次，Y試穿一件新衣，問我們怎麼樣，我一看，覺得不怎麼樣，就照直說了，可小L見了連聲說好，贊不絕口。還有一次，某某認為Y像一個電視劇中女主角，Y很得意地告訴我們，小L一聽就說：「是呀，你不說還不覺得，一說我越看越像！」「你說Y像不像呀？」她問我道。「我又沒看過那個電視，」我說。「你覺得呢？」「我覺得根本不像。」

她一路上講個不停，我一路上半聽半不聽，想心思也想個不停。我在想著我的詩歌。已經發表了一首，按流行的說法是，第一炮打響了，只要開了頭，就不怕進行不下去。我一定要更大量地寫詩，一星期投一次稿，只往《飛天》雜誌社投，因為是它第一次登載了我的處女作。如果有可能繼續獲得成功，我甚至不想考研究生，我將把畢生精力投入文學事業，當然，決不按任何政治觀點創作。我還要譯詩，要將那本現代英詩集全部譯出來。小說、劇本等種種文學藝術形式我要全部浸潤，涉足並嘗試著進行寫作。世界變得美了。中午端著飯碗走出食堂，孤寂感和厭惡感消失了。來來往往人流中，目光所觸的幾個姑娘，雖然眼熟，但卻覺得格外漂亮，比平常漂亮得多。難怪人的optimism還是得有點基礎呀。我驀然明白了為什麼那些登載的作品全是歌頌光明面了，因為這些作品的主人都是成功者，他們眼中的世界跟我剛

才所見的一樣，也充滿光明。可悲的是，成功的人不肯把目光轉向陰暗的角落去。我決不學舒婷、艾青或其他一些詩人，排他性特強，我以包容一切的眼光看待世界，吸收各民族從古至今的一切精髓，創造出自己的東西來。在這樣的思緒中，我不自覺地誇大了自己的能力，因為到了晚上，那種無能為力的感覺又統治了我，我才又看到了自己的渺小。

　　我們到鄒媽的家，她從廚房出來，看見我們，迎進屋。她顯得蒼老憔悴，忙忙碌碌的樣子。她要我寫下通信地址和名字，並詢問我倆的婚期，最後從床鋪下面拿出一個紙包，打開，是一疊十元一張的鈔票。「這是一百塊錢，」她說。「盈盈，你拿去，是你鄒媽送的禮。」我不接，盈盈也不接，我感到有些唐突，但很快就釋然了。不過，我卻找不出什麼不接受的理由，只好說：「這錢我們不接，你要給就跟媽媽商量去吧。」

　　從她家出來的路上，我和盈盈談起這事。我說我覺得好像有沒有這些錢無所謂。心裏根本都不想，她也有同感。說實話，我倒恨不得結婚跟沒結婚一個樣，雙方見個面，然後睡覺，解決問題。我多想過一種藝術家的生活！我告訴她，一個抒情詩人是離不開女人的，尤其離不開陌生的女人。她說那這意味著你也要──「這是中國，不行，」我說。「那麼說你在國外可能會？」「也許。」「那你要是出國留學或學習，那怎麼辦呢？」「我是中國人，雖然有想法，但不會做，難道你沒有這樣的感受，甚至在車上挨著我坐時，你也會忍不住向身旁某個漂亮小夥子投去好奇的一瞥。說實話，哪個人（包括女人）不希望除自己的情人之外再找一個呢？但在目前的社會，你辦不到哟。」

「和你在一起，我精神好極了，」她說。

我談不上有興致，也談不上沒有興致，反正是，我默不作聲，板著臉，在她身邊走。

＊ ＊ ＊

我正要提筆，只聽對面的辛穆說：「我在外面走了好半天，才發現褲襠扣子全敞著，迎面還碰上許多姑娘呢，不過，我想她們都沒看見吧。走到樓下大門才發現，當然，我當時就扣上了，前面只有一個同班的姑娘，可能還沒看見。」

「看見了又怎麼樣呢？」我說。「也不是你的過錯。她自己該問她自己，為什麼眼睛看到那兒去了呢？」

「要是推論下去，我還可以說，假若我什麼也沒穿，她看見了，那算什麼呢？」辛穆問。

「好了，話到此為止，再說下去就危險了。」

我要寫什麼呢？要寫的太多了，我只想說，照直的說，我心中很氣憤。半小時以前這邊空氣裏喧噪著兩三個房間的收音機聲，播放著同一電臺的音樂，我的詩寫不下去了。便到YJ的房間去，那兒一向比較清靜。兩架自行車並排放著，上面蓋了一床花花綠綠的草席，他不在，可能去盥洗室了。下午，不，上午，YJ將這床席子洗涮了，曬在我們的窗外，午飯後他來收，樣子好像是要去什麼地方。這時，來看報的ZZZ（現在他進來的第一句話是問「報來了嗎？」）問他去哪。「磨山！」「那不行！」ZZZ隨著YJ一起出門。他們好像爭論什麼，聲音忽高忽低，聽不大清

楚，但大意可以猜出：ZZZ不讓YJ一人去，要同他一起去。下午五點鐘左右，我出去跑步，聽見一串鈴響，回頭一看，見ZZZ與YJ各騎一輛車駛來，YJ嘴裏親熱地喚著我的名字，而ZZZ神情略顯不安，彷彿做了什麼對不起起我的事似的。他們並不剎車停下，也不減速，笑一笑就駛了過去。我看見YJ的車後夾著的那床席子。他們這是上磨山睡覺，像我們頭回做過的那樣。「沒有什麼好玩的，」我心裏想。「沒有意思。」我在嫉妒他們嗎？因為他們沒有約我？不，為什麼要他們約我呢？再說本來YJ想一個人去的，只是ZZZ的不斷要求，才使YJ同意也讓他去。有什麼值得嫉妒的呢？我晚上有事，而且即使他們叫我一起去，我也不會去的，他們一定知道這點才沒叫我。

　　桌子擺在有水的瓶蓋中的三朵並排的梔子花開花了，花瓣無力地垂在桌上，另一邊乒乓臺上有兩個酒瓶，新灌了水，插著帶綠葉的含苞待放的一大簇花。我在他的床上坐下，脫掉拖鞋，屁股一用勁，順著席子滑到牆邊，背差不多完全貼靠著貼了報紙的牆，開始寫詩。然而，這邊也有一架收音機，在播放同樣的歌曲，我無法思索，無法在那枯竭的想像之潭中舀起一滴水來。我鬱鬱不樂，怒火慢慢燃了起來，提筆寫了一首詛咒這喧鬧的走廊的詩，說我希望化做蝙蝠，在幽深的山洞中飛，化成蝙蝠！簡直是胡鬧，然而當時我差不多是處於一種瘋狂的狀態。這時，我聽見走廊中傳來ZZZ的歌聲，曲不成曲，調不成調，聲音中聽得出空虛。忽然，我無緣無故地覺得這聲音特別難聽，我產生了一種厭惡感，不想見他，竟想當下站起來走，這種念頭自他進屋後一直沒有離開過我，最後終於完全支配了我，使我招呼也不打就

出了門，並將門重重地在身後關上。那憤怒氣惱的響聲一定給敏感的ZZZ留下了印象。他沒話找話。他說他想將那束花送給我，我說不要，乾巴巴地；他又問我想不想去看節目匯演，還問我什麼時候願意三人再次去磨山一遊，我回答說無所謂。接著他話題一轉，跟他大談起他們今天去的那地方多麼美的事來，彷彿那是一個仙境，頗為他們兩人的遊玩而自豪；得意之情溢於言表，完全把我忘了。兩小時前我走到將湖一分為二的大橋上，遠遠看見他們的車，便揚手打了個招呼。YJ在我面前停下，ZZZ雖然在老遠很親熱地揚手，車子卻騎過去好幾米才停下，回頭來看我。這無所謂，但從中我察覺到了什麼。他們滿面春風，已經吃過了飯，大約吃的是麵包蛋糕之類，現在準備趕到某個會作曲的殘廢人家聚會。我埋怨說他們不該事先不告訴我一聲，大家一起上磨山，他們不作聲，這給我留下了印象：他們不需要我了。是的，這是明顯的。YJ曾經說，對於去我家作客他無所謂，去也可以，不去也可以，這深深傷了我的自尊心。這種冷漠比任何東西都可怕。現在和YJ之間無話可說了。其實他本人跟任何人也是無話可說，除了談日常的事外，他要麼是沉默，要麼就像小孩子一樣跑跑跳跳，採花拈草，或者坐在桌邊寫詩。他的詩仍然沒有起色。的確沒有起色。然而，他發誓這一輩子要出名，要出一部詩集，不達目的決不罷休，而且只有達到了這個目的，他才能考慮結婚等事。當然這種志向值得人佩服，可是能力，啊能力，我說實話，我太懷疑了！我們沒有話說。中午我去他那兒，指望和他談談心，或者哪怕談談天也行，他在聽錄音機，他沒有按開關，停止聲音，正咿咿呀呀跟著手中的歌本學《紅河谷》。我無聲地吃

圓的臉蛋亮亮的眼，」一聽就明白。他唱完歌，隨手揮起一把折疊起來的刀，用刀背砍著書面，嘴裏說：「無聊，無聊。」我想，他這時在我心中引起的無聊感可能要比他自己感受到的要強幾千倍。我目不轉睛地盯著面前的桌子、地面，什麼也沒看見。我只看見自己像段木頭，或像床被子，一動不動地坐在床上。

他們談著貼心話兒，後來ZZZ要YJ將他的照片拿出來看，並從乒乓球臺下掇了一張板凳，緊挨YJ坐下，打開抽屜，那種親密無間的樣子使我惱怒得無以復加，忍無可忍了，我將詩稿和筆抓在手裏，趿了拖鞋便走出去，狠狠地關了門。

嫉妒！這一切都是由於那可恨的嫉妒引起的。我永遠沒有想到我的渺小成功竟會使我們之間互相疏遠。我唯一得到的教訓是：歡樂和悲傷都要隱藏，如果你沒有真正的朋友共享。我這才覺得她是多好，她的高興是毫不掩飾的，是流露自真情的。啊，男人啊，你比女人的胸襟要狹窄幾十萬倍呀！

＊＊＊

星期六的晚上，我真不願意捏著這支煩惱的筆。電影還未散場。夜就睡熟在窗旁，它清涼柔軟的呼吸不時飄進來，拂去我周身的熱氣，可哪裏拂得去我心中的悶氣？也許這是我自作自受。但誰又說得清楚？人的心畢竟不是石頭，不可能像幾毛錢買的雜誌裏頭要求的那樣堅忍，寬容什麼的。人心就是這樣。什麼樣？

「喂，是飯店嗎？給我接411號房。」

「沒有人。」

　　中午的太陽火辣辣的，宿舍在午睡，我詩歌倒空的大腦精疲力盡，昏倒在枕上沉沉睡去。

　　「喂，是飯店嗎？我要411號房。」4點了，這回該在家了吧。

　　「沒有人接。」

　　好吧，再等一等。太陽這麼大，都快要落山的太陽，曬得人腦門上汗珠子直冒。再等一個鐘頭，也許她會回來吃飯。晚上，我可以和她一起在草地上散步。今晚放兩場電影，看過電影，就睡覺，床已給她安排好了。她半裸著躺在涼席上，我放磁帶錄音樂，動聽的交響音樂，鋼琴曲，就在大道邊的草地上坐一坐吧。那兒有石桌石凳。一個下午又將在等待中浪費。為了她，還是值得。怕她來得太早兩人錯過，自己不是常常很早就去車站等她，等一兩個小時的嗎？你是有忍耐力的。為了她，你也不失信。

　　蚊子真可惡。連嗡嗡聲都沒有，停下來毫無感覺。胳膊肘、穿拖鞋的雙腳，頸子，全部露在外面，防不勝防。突然的奇癢，然而已經遲了，它早已不知去向，皮膚看著紅腫起來，一個微微發白的皰膨脹，還拖著一道小尾巴，表示著蚊子尖嘴插進的地方。有一次抓住一個，全身漆黑，翅上有白色花紋。這可惡的東西，每年都吸去我不少血。

　　一邊搔著蚊子叮過的地方，一邊打電話，第三次。

　　「喂，飯店嗎？411號房間。」

　　「喂，你是誰？」

　　「我是春陽」

　　「哦，你看這次怎麼玩？」

　　「你來吧。」

麼不能做這樣的人呢？你本來就是的呀！見鬼，發了脾氣，還在想著她來，她來了又有何益。一個晚上悶聲不語，郁郁寡歡，雙方都把頭扭向一邊，互不對視，這種情形一直持續到第二天早晨。世界上還有什麼比這更可恨更可恥的了嗎？然而，她卻彷彿很欣賞這一點，她拿出女子唯一的武器：沉默，這以忍耐為根基的沉默，來對付你，使你暴跳如雷卻無能為力，猶如關在籠中的老虎。老虎在籠中暴跳，是因為它野性未馴，它熱情過高。你大發脾氣，也是愛情太烈所致，然而這病好醫，你喝了麻醉藥，將情感冷卻麻木，那沉默的武器便自然而然地落在你手中，你那麼自如地使用著它，使她發狂，精神幾欲錯亂。啊，這個女人，她終於以她的冷漠把你也教得冷酷。你終於學會了一個真理：要想使別人愛你十分，你只需要拿出一分的愛就行。真是靈驗。你心中懺懺的，冷冷的，她卻像火一樣偎著你，溫軟的話語說不完。原來，跟家庭中屢見不鮮的爐子化冰一樣呀，不用愛，完全不用愛。女人難道就是這麼賤？她們一定要找比自己強的人，個頭比自己高的人，長頸鹿也比她高呢！海豹要比一個女人聰明得多，幹嗎不跟它們結婚呢？然而，你卻憋不住要愛，也不管人家愛不愛你，一顆心老是受著折磨，受著煎熬，隱隱作痛，漬滿淚水。

　　我回到房間坐下。我恨死了她。我覺得和她之間有著不共戴天之仇。也許她有同感吧。她的房間一定不止一個人，那個讀過大學的vainglorious girl肯定也在場，清楚地聽見我摔聽筒的聲音，看見她臉色由黃變白，由白變成深紅，一言不發地走到門外。她的自尊心受到極度損傷。女人的自尊心值幾個屁錢？她們的自尊如同華麗的服飾一樣，完全是用來遮人耳目，喬裝打扮的，她們

寧願讓一個男人在家中無人知道地傷害她們，摧殘她們，蹂躪她們，也不願讓男人當著別人面鄙薄她們，損傷她們那已經快要穿破的自尊的褻衣。然而，自尊，這種狗屁自尊對我算得了什麼？她嘗過愛情受傷的滋味嗎？對那個女人來說，愛情是不重要的，重要的是有人說她好，重要的是餐餐有魚有肉，夜晚有電視看，閒下來有人聊天，平安無事地度過一生，豬的一生。我恨她！讓她也恨我吧。我可以直言不諱地告訴你，我的姑娘，我沒有虐待過你，雖然我沒有用你們女人的方式──餵養孩子的方式──愛，但我以一個男人的忠誠、正直、暴烈、火熱、邪惡而愛著你。即便你受了損傷，那也是愛，熱愛所留下的，我決不再會為這感到任何悔恨了。你難道沒在心裏罵我嗎？你已經罵了幾萬次！你敢承認嗎？你們那兒有高級工程師，有經驗豐富，年富力強的專家──你不是說你要愛一個三十多歲的中年人嗎？好，你愛吧！你愛吧！我決不攔你！縱然我這顆心被撕得粉碎，委棄在地，再被千萬輛無情的車輪輾過，那就讓它們輾好了，只此一次了──你這殘酷無情的母禽！我永遠不能忘記你！永遠記得你的殘酷，直到死，直到我化為氣體，我還要在你周身繚繞，將你窒息。我恨呀，我恨。因為我愛得太厲害了。有誰敢把他的內心世界揭示出來？他並不比我強多少。

我可笑地竟想去車站接她！多麼可笑的念頭，還以為她會來。她會來的。她愛我，怕我生氣，怕我想念她，她也想著我呢。一場電視看不看都無所謂，要緊的是我倆的愛情。她會來的，會放棄那場電視來的，見鬼去吧！你為什麼這麼自私，一定要她為了你而放棄她的電視，放棄她星期六之夜的享樂，單獨的

享樂？她現在寧願單獨一個人，也不願和你在一起。你何必盼她呢？何必期待呢？到時她還要來這樣一句：難道你等我來就是為了這個？僅僅為了性交？多麼道德的女人呀！彷彿這世界上只有她一個人的道德最高尚、最純潔——然而，她在性交時卻一定要聽淫穢的故事，以刺激她的快感。她邪惡之極。可偏偏要用那樣的話來抵擋你！真是可惡可恥可恨可鄙，然而你卻無言以對，彷彿犯了大錯，默默地坐到一邊，難道這不是愛情裏最重要的因素？難道為了這就不對？難道我在這之後對你有什麼不好？Forget it！談這種事真是無聊至極，事實是，今夜我的確無聊。我錄音，我寫詩，我譯詩，然而我的心在期待，它為了寧靜小道上的每一個腳步聲快樂地跳躍，它將頭探出門口，朝走廊兩邊看去；它幻想著見面後的種種情景；她出現在門廊，猶猶豫豫，我不言聲，拉住她的手，她賭氣不進，我一使勁，她撲進懷中，我將門在她身後關上，閂上，我們倒在床上——；她出現在門廊，叫我一聲，我聽見了，並不抬頭，繼續做我的事，她不動，又叫一聲，我仍舊不理，她走進來，一聲不響，在床沿坐下，一直坐到大家都回到房裏，我起身給她安排房間，端洗腳水，然後準備睡覺，她撲上來，攔住我，眼睛直盯我極力避開的視線。她出現在門廊，我喊她進來，她轉身就走。走就走吧，我又坐在桌前，然而，她沒有回來。這麼黑了，她還往哪兒去？車都收班了，不行，得去攔住她，我跑了出去。在一棵樹旁看見了她。

　　演戲！這全是演戲！然而，她是一個最好的演員。明天她會來嗎？當夜已深沉，她音信仍然全無，這個問題又鑽進腦子。我要等她，至少等一上午，像傻瓜一樣嗎？不，我決不等她。讓她

去吧。她想怎麼樣就怎麼樣，我沒有老，我還可以找到比她更美的女人，我要讓這女人愛我，而我則像石頭一樣無動於衷，啊，被愛者，多幸福呵！

無論如何，明天，我是不等她了！

她也許在猜測我為什麼發脾氣的原因，但無論她多聰明，她再也猜不到了，只有我最清楚，我對她的愛情又遭受了一次重大打擊，已經奄奄一息了。

一大早，什麼東西碰了我一下，聽見叫聲，我醒了。看見一只手從帳門縮出去，朦朧地隔著帳子，我認出了她。

「你怎麼來了？」

「你昨天不是打電話叫我來的嗎？」

「我根本沒說！」

我起來了。頭有些昏暈，人站不穩。我無力地垂著頭，坐在床沿。她有點不知所措地站在桌邊，坐也不是，站也不是。房裏人都醒了。有兩個帳子掀開了。

「他昨天晚上三點鐘睡的，」一個人替我解釋道。

我等大腦清醒些，便要了鑰匙，打開斜對面的門，讓她坐在裏面。我穿衣、上廁所、洗臉漱口，然後借來錄音機，到她坐的房間錄貝多芬的第一、第二交響曲。

「你昨天怎麼了？」她問，笑容消失了，本來就大的眼睛此時更大了。

「沒什麼。」我頭沒擡，將插頭插進插座，安放磁帶，試聽。

「你又掛聽筒。我都記得，這是第二次了。」我扭頭，看

見她使勁抿嘴，憋住一個笑。

「你呀，這些小事都記得，」我在她跟前坐下，隔著薄單褲，輕輕撫摸她柔軟豐滿的大腿。她全身發軟，倒在我懷裏，仰臉，我接住她的吻，她的唇打開，吐出舌頭，讓我含住一吮，然後滑進口中。

「我知道你為什麼生氣，」她說，恢復原來的坐態。

「晚上放電影，我想要你來看，睡的地方都安頓好了。」

「那你幹嗎不說？」

「你要看電視吵！要看那有西方節目的電視錄像吵。那我還說個什麼呢？」

「我知道你就是為這個生氣。」

「什麼這個？」

「我沒有叫你去看錄相，你生氣了。」

「沒那麼回事！我氣你不來這兒。」

「不是的，就是因為我沒叫你去，但是不行吵，你不知道有多麻煩，還要找──」

「好了，」我打斷她的話。「反正不是你猜的那樣。」心裏卻十分佩服她的判斷力，甚至相當驚訝。

「我還給你打了電話，聽不清楚，你們樓下的人好像在開玩笑，我就算了。」

交響曲錄完了。我們只接了一次吻。我不大想吻。她臉色蒼白，一擡額頭，出現幾道皺紋。皮膚明顯地蒼老了，失去了往日嬌嫩的色澤。她的結節性癢疹還未好，大腿，手臂，脖頸上到處是小黑瘤樣的東西，奇癢難受，她一到個地方，便挽起褲腿或袖

管，雙手不停地抓癢，抓破了便將滾出的水揩在襪子上。我不大喜歡，幾次用勁將她抓癢的手打開。

我將東西收拾好，往書包塞了兩本書，《金果小枝》和《世界文學》，就和她一起出門。她想沿湖走。一路上，跟我談她的同房Y。

「她呀，自以為是，高傲得不得了，人家工程師在一起商量問題，她也插進去，起勁地談這談那，還一面揮著手，好像很了不起的樣。我在這樣的場合從不插言，就一個人坐在旁邊聽。當然，我不是大學生，什麼也不是，也不懂行，插進去是不好，但她就算是個大學生，也應該謙虛些哟！畢竟人家都是高級工程師吧。我跟她鬧了。我們分別打字，打W工程師寫的一件英文文稿，字寫得蠻潦草，所以打出來的東西有很多錯誤。工程師也說，不怪我們，不過，兩個人打的東西都有錯。但是她來找我，說我把R全部打成了S，我承認是有這麼回事，接著我說，不過，這次打的文稿上面錯都蠻多，不光是我的上面有，你的上面也有。她一下火了。我們就爭了幾句。後來吃飯時還是我主動喊她去吃飯的，但我只說了聲就走了，跟別人一起去吃了飯。我不喜歡看她那種傲氣十足的樣子。她想制服我，哼，甭想！我可不是那容易制服的人！她蠻吝嗇，恨不得一個子兒掰成兩半花。我借的書她總是拿去看，你的那兩本書現在還在她那兒，而她借的書就保管收藏得好好的，從來不主動提出給我看的。我要不要你的書看喲，我心想。這一回再不把書給她看了。」

我們到舅舅家去。途中，她買了一斤李子，兩斤桃子。桃子殷紅。

「吃一個吧，」我說。「不然等會到他家就吃不成了。」

「好。」我給她削了一個，開始給自己削。

「真甜，你嘗，」她把咬缺了一邊的桃子遞過來，我咬了一小口。

「你嘗，我這才甜呢，」我把我的遞到她嘴邊。

「喲，好紅呀！」她咔嚓咬了一口。

「你說說看，這脫了皮的梧桐像什麼？」沒等她回答，我說。「像不像赤裸著身體兩腿分開倒立的人？」

「像，」她一邊嚼著桃肉，一邊含糊不清地說。「不過，皮膚堅硬光滑，骨節粗大，像男人的。」

我表示同意。我們到了舅舅家。舅舅只穿一條短褲，褲帶上墜著肥厚的肚肉。奶子下垂松馳，有點像女人的。下面穿了襪子鞋。我發現他腰側有顆魚肝油大的痣。表弟和表弟媳在家，忙了一下便走了。表弟媳捲髮在腦後梳成一個髻，仍然顯得凌亂，好像胡亂扭乾的拖把。她長褲膝窩往下打了許多道皺褶，腰際往上的襯衣，也有許多褶褶，走路也不大留神，發灰的皮鞋把桌下的花缽子踢了一下。我出去解溲，打個轉身回來，她的皮鞋閃閃發亮，像剛塗了熬化的瀝青。旺年我只看見他凸露著顴骨，本想說你怎麼瘦了，但把話吞了回去。

他們一走，舅舅就開始數落了。

「媽的，一點用也沒有。」他指的是旺年。「事事要聽她的。問他在不在屋裏吃飯，他掉個背問她：『吃不吃呀？』非要按她的指示辦。她百事不做，抱小兒、端尿、洗尿片，都是他一個人包了。恨不得衣服也要他洗了就好。現在除了上班就搞家

務，書也不看了。真是當奴隸！小於（他不說媳婦）懶得抽筋，到我屋裏前前後後有四年，什麼事都冒做，有一回我半開玩笑說，麼時候做餐飯，讓做老親爺的也嘗嘗媳婦的手藝呢。你猜她說個麼事？她說：『我不會做！』你看氣不氣死人！吃飯挑挑剔剔，頭回有四個鹽蛋，有三個破了口，其實冒得問題，是你舅媽腌的時候冒注意，裂了，她硬不吃，把一個沒有裂口的挑去了。好菜吃個死，醜菜死不吃。那個揀菜的樣子也醜，倒著揀。」他把捏著筷子的手翻卷，大拇指朝下，小指朝上，伸碗裏夾菜，哪個像她這樣夾菜呢？冒得家教！三十晚上一吃了年飯就想走，還是我硬留下來的，初一走了，一直到初四才回。我要不是看舅媽一個人在屋裏，硬要去你家裏過春節。」

談話轉到小於家裏。

「她姊妹幾個都懶。你曉得我和你舅媽頭一回走親家時是麼樣的？進她家大門，她姆媽的第一句話就是：『我的姑娘犟得很！』這是麼事話？我恨不得掉頭就走。」

又轉到旺年的初戀。

「她成天追他。他不願意，她就說：『你要後悔的』。旺年就說：『我這個人辦事從不興後悔。』她就哭，一天到晚不管上班下班都哭哭哭啼啼，旁邊的老師傅就勸旺年：『她是個好姑娘，對你那樣真心，你就娶了她算了。』她的什麼叔叔那時還說這話：『她跟了你會好好地照顧你的。』現在呢，誰照顧誰？」

又談到驪驪。

「她現在坐在磨子上面想轉了。再複習，準備考外貿學校。」

驪驪回來了。比以前胖些，兩頰通紅，氣色很好，除了嘴巴有些包，面部其他部分都不錯，兩只眼睛特別熱情活潑。她叫我「哥」，聽了很好受。我很喜歡她。盈盈也很喜歡她。她潑辣、能幹。我們走時天在下雨，她把她的晴雨鞋拿出來讓盈盈穿。

＊ ＊ ＊

人們都睡了，喧鬧聲消失，代之而起的是遠處的蛙鳴和近處某個角落的蟲吟。我不想睡，也不能睡。不在這上面寫點什麼，我是決不可能安然入睡的，哪怕寫的東西無聊至極──唉，這生活其實也是無聊至極的呀。也許，我的生活跟別人，比那些沒事打撲克，走象棋，談天的人更無聊吧，因為他們至少生活在無聊中而無感覺。我吃過早飯，必定要看兩到三章英文，不管什麼書，（目前正在看Farewell to Arms），然後抄我譯的Mrs Craddock的稿子，一天抄一章，估計下月初可全部完工。我不想（左手戴表的地方被蚊子叮了，腫得有蛋黃那麼大，紅通通的，奇癢難熬）趕著將它結束，一沒有這個必要，二來勿忙之中難免抄錯。吃過中飯，看幾篇詩，拜倫抒情詩集已看完，現在在看雪萊抒情詩，不時翻一翻那本才買的《金果小枝》，然後寫詩，今天中午沒寫成，兩章的譯稿一直到一點多鐘才抄完，已經累得精疲力盡了，倒頭便睡。下午通常從兩點半或三點開始，持續到六點響廣播去吃飯，這段時間內除了一刻鐘的沿湖跑步，其他的時間均用來學習Technical English，本學期的最後一門課程。我對它不感興趣，只好以無可奈何的心情應付。吃過晚飯，人就鬆弛了。我出去散

我的手忍不住拿筆寫詩，詩句中自然地流露出我愛你這樣的句子，也許這愛來得太便宜了一點吧？我見過很多姑娘，也有長得挺不錯的，但不知怎麼，全沒留下印象，過目就忘了，而這一位姑娘，她那憂郁的黑眼睛，在一秒鐘之內就把我的心抓住了，我簡直不相信那是她的眼睛，我相信我看到的是一顆赤熱的心。這是一雙會說話的眼睛，它們彷彿在訴說什麼，又在詢問什麼，每一回眸，都使我產生這個感覺。我喜歡她，我對自己說。這個念頭是不知不覺進入心中的，又不知不覺由舌頭默默地說出來。我相信她也喜歡我。真的，我現在的確相信心靈感應這個東西了。在男人之間恐怕不行，今天辛穆很不快，臉色陰郁，一副惡狠狠的樣子，拿東西放東西都是使勁地摔，弄出惱人的聲響，我在心裏罵他，心想，心靈感應術會不會起作用？但他一動不動地翻看一本書，對此毫無覺察，然而在跟女性的關係上，的確是不乏其例的。如那個喜歡穿紅襯衣、梳著兩條小辮、步態有些懶散、尖鼻子的小姑娘，她其實並不認識我，也從不注意我，雖然我們有時在路上相遇，（大約是因為我沒注意她的緣故吧），但自從我有一次偶爾被她穿的那雙小巧玲瓏，式樣好看的高跟鞋吸引後，不知怎麼，我比較喜歡注意她了，但從未正眼和她對視。天下事無奇不有，有一天在車站搭車（那是放暑假的時候），我無意中瞥見她從對面走來，定睛一看，她正打量著我呢，那雙黑眼睛十分明亮，分外多情（我自以為是地想）。暑假過後的第二個學期至第三第四個學期，我們經常時而在飯堂，時而在放學路上，時而在圖書館碰面，雙方總不自覺地要向對方投去好奇的一瞥，雖然大部分時候這一瞥不能相遇，但心裏都明白對方在注意自己

了。我不大注意她，或者要顯出來不大注意她，因為我這麼大年紀了，屋裏還有個女朋友，不能在外面荒唐，但說到底，也許是因為她畢竟不那麼動人。這一位就相當動人了。無論從她的身段和打扮，都能體現出那種集柔美和剛韌於一身的女性美，我從她眼中看出，她柔情似水，心地十分善良，但在心的某個角落中隱藏著難言的憂傷。當時所產生的第一個聯想就是她有個脾氣很壞的男朋友，他在家裏虐待了她，或者是喜新厭舊，準備拋棄她。我不願再往這方面想，在睡前還重溫了一下她的音容笑貌。我不知道她是否已將我忘記，我想這是十分可能的，就像那個和我吵架的女生，她早就忘掉我了，我卻為了她寫了一篇小說和幾篇不算太壞的詩。有了愛人以後人還會不會產生新的愛情？不知道別人怎樣，我想如果是我要我說真話的話，那我就要說yes。我想，可能要到四十歲或五十歲以後，我才能完全摒棄心中的一切欲念，以無性的態度男女老少不分地看待一切。我不知道這是幸福還是痛苦。有一點我是清楚的，即便我見異思遷，愛上陌路女子，但我對自己女友的愛並不因此而削弱多少，我仍然覺得她是我最好的姑娘，我愛她，她也愛我。我和她初戀的情愫是任什麼也代替不了的。然而，每個人的愛是如此之多，僅僅一個人的確難以滿足。愛情之火是在道德的冰牆中慢慢窒息的。

　　散步回來後照例是寫詩，好的時候可以一口氣寫十幾首，比如昨天，精神那樣好，竟一直從七點半寫到十一點，好像還有許多沒寫完似的。今天情況不大好，我感到很累，抽了一支煙也不解氣，提筆寫詩時感到腦子昏昏沉沉，一種煩躁之情油然而生，這影響到詩的創作，我使用灰暗恐怖的形象，並用許多惡毒刻薄

的髒字眼，寫的那幾篇詩中首首流露出哀怨、悲憤，咬牙切齒和惱怒不安。過後我伏在桌上睡了一會，醒來時才覺得好多了，那種煩悶的心情頓時消散。以後再不在疲勞時寫詩了，我想。

翻了幾首現代英詩，（我一般規定一天一首）就胡亂地翻起書來，先看《歐美現代派文字三十講》的《憤怒的青年》文學，然後看《愛默森文集》，我後悔竟讓這本好書在桌上放了一個多月沒看。一是要趕在畢業前看完，我說。

＊＊＊

兩天沒寫一個字了。不動筆時我就為自己找理由，我要寫詩，要把一切精力和全部時間花在寫詩上，要將生活中發生的所有事情，心靈裏的感受，感情的流動用詩的語言記下來，然而，事情並不那麼簡單，有許多東西是詩無法表達的。而且，心靈也像倉庫，光往外拿而不進貨，也要空的。有時候，我像扭濕毛巾似地扭我的大腦，企圖擠出幾滴靈感，幾點詩意，我瞪大乾枯的眼睛望著窗外，梧桐樹像嶙峋的山巖橫在眼前，毫無變化，走廊中人來人去，生活毫無變化，寫什麼呢？有時，當我在翻譯或看小說，我心中會無由地掠過一陣風似的感情，搖動了那過於平靜的水波，在這樣的時候，我會立即放下手中的書或正在幹的事，拿起筆來就寫，也不管寫得是好是壞，大多數情況下，詩都富於情趣和感染力，遠比絞盡腦汁寫出來的好。詩寫多了，自然而然產生了一種牴觸情緒，不願意寫詩外的任何東西如小說散文，覺得它們相當影響詩思的通暢和敏捷。

　　辛穆關帳子睡了。懷柔在床上寫日記，裏普半躺在床上，一邊彈著煙灰，吐著煙霧，一邊看書。桌上的錄音機正在放美國歌曲，情調異常傷感，優美而動聽，軟綿綿的，適合情人在深夜擁抱一起，筆又滯澀了。不知道是這音樂的干擾還是缺乏訓練造成的遲鈍。昨夜臨睡時，責備自己不該荒疏了。兩天沒寫一個字呀！這對於一個有誌於文學的人，不啻於犯罪。羞愧感油然而生。某個人的話語含譏帶刺地響起：「哎喲，我看有的人根本不熬夜也不花很大功夫，寫出很漂亮的東西呢！」不，再也不相信這種話了，更不會為有這樣的人而自愧不如，如果誰說這樣的話，唯一要做的是請他將那個人的真名實姓介紹下，然後去拜訪，看是否實有其事，對於我，沒有一個天才能僅憑才智不憑任何努力成為天才的。沒有，至少在我所生活的二十八年中，沒有見到一個。在這個社會，在一切社會，誰要想出人頭地，就必須付出巨大的代價，幾千個不眠之夜，幾十斤肉，近視眼，體弱多病。最近，各種各樣有關成功的思想常掠過我的腦海，我為初次成功而陶醉，不知不覺地念出自己的詩句，雖然不無懷疑，它們究竟是否真正具有第一流的水平。我的熱血沸騰了，想到這是第一次在全國性的刊物上登載，為我走向詩壇打響了第一炮，也掃清了障礙，我要在短短的幾年內名揚全國，至少要以自己的獨特風格和驚世駭俗的內容在當今文壇占一席地位，現在除了名聲自己什麼都有了。一生還需要什麼呢？對於錢，我並無欲求，只要能滿足我的溫飽就行，然而說到名聲，我就不能自己了。當自己的名字登在雜誌上，那該是多麼甜蜜，多麼激動人心呀。熟人們會奔走相告，為他們有這樣一個聰明的同伴而驕傲。這種幻想

很快在嚴酷的現實面前碰得粉碎。我將這消息告訴了最知心的朋友，換來的竟是他的冷漠，嫉妒和疏遠。我從此知道，越是親密的朋友，他們有共同的愛好，為了共同的目標，越是嫉妒，儘管自己不斷鼓勵他並且貶低自己以使他心情好受，他仍舊不能原諒我，好像我的成功本身，不管是我或是別人造成的，對他的生命有威脅似的。不能告訴任何人了，我對自己說，最知心的朋友尚且如此，不知心的朋友呢？野盡是決不能告訴的了。他一向瞧不起我，至少心裏是這樣想的，他是個失敗者，投寄了無數次稿都被退回。前天他接到退稿後，一個人站在窗前，看著那片擋住視線的梧桐，很久很久沒有回頭，從他寬闊的背上，我看出了他的失望和憂郁。

天熱得難受，隔一小會，懷柔就要插上插頭，開動他的小電扇，嗚嗚地扇一下。我坐在桌邊看書或寫字，只穿短褲，一直讓它垮到離陰毛很近的地方，露出大半個屁股和腹部，引得他們哈哈大笑。如果不是某種羞澀阻止我，我真恨不得脫得精光呢。隔幾分鐘，我的手便不自覺伸進褲襠，將陰囊連同陰莖擺動一下，透透風，不使它們過於汗濕地和胯間粘連得那麼緊。人為什麼不做適合身體健康的衣服呢？

天氣很怪，有點像海洋性氣候。一會兒陰雲密布，一會兒烈日當頭。雨說來就來，下兩三分鐘便停了。天像在打擺子似地忽冷忽熱。我記起曾在一本書裏看過，說地球總有一天要變成另一個樣子，今天各大陸所處的位置會發生很大的變化，澳大利亞將移到我國臺灣附近，非洲大陸將四分五裂，然而中國大陸基本上不動，這個巧合使我產生一種詩意的自豪，它的象徵意義不是意

味深長的嗎？然而我覺得這樣想很無聊。人類的日益進步，要求我們不再以國別地區來劃分人，而是從世界這個整體來看了。我多想有一天像一個真正自由的人在世界各地徜徉觀光呀。

晚飯後他沒來，這是預料中的事。他不會再來了，彼此已經對對方產生了一種厭倦，這雖與相互間的幾次爭吵不無關係，但很大程度上是和長期經常接觸分不開的。就連世界上最美的女人，你和她共同生活一年半載，也很難不感到厭倦的。我覺得他很淺薄。對凡具有思想性的書籍，一概拒絕，除了詩外什麼都不讀；在生活上，沒有女人就無法生活，開口閉口是女人，聽多了簡直令人膩煩。他認為情感就是一切，任何思想都是虛偽的。我對他說，男人和女人的唯一區別在於，他是有思想的，從古至今，你見到一個女哲學家嗎？女的在其他任何方面與男的分庭抗禮，唯獨在這探索人類思想的王國，沒有一個女子曾經涉足、能夠涉足的。難道你要把自己降到跟女人一樣的地位嗎？想到他一天換一個新姑娘，我只覺得嘔吐。當然，這不是什麼虛偽的道德觀在作怪，我也時常有這樣的想法，恨不得隨便找個什麼女人來解解渴，但總覺得，這是對我的那位不忠，她太愛我了，如果欲望太強烈，手淫是可以解決的，這並不傷害任何人，僅僅是讓人知道了難聽罷了。其實有幾件難聽或難看的事情真的有罪呢？你裸體在街上走傷害了誰呢？但如果真這樣幹，你肯定會被當作神經病送進監牢。對於我來說，最低的道德觀是不傷害人，最高的呢？暫時沒有。

我去散步。一輛車子駛過身旁。坐在前面的男子減速，讓後面的女子下車。我看見她的高跟鞋擦得黑亮放光。鞋底很高，鞋

頭挺尖，走起路來十分危險，但給她那白皙而豐腴的大腿，增添了俏麗和嫵媚，黑白細花的裙子，合身地勾劃出纖腰，長短剛到膝頭。我這樣看著她，時而低頭看看手中的愛默森。這時，又騎過一輛車，車上的女子穿件絲綢衣，奶罩的帶子看得分明，衣服在風中撲撲扇動，彷彿蝶翅。穿黑高跟鞋的丈夫（我想他是的）直勾勾地盯著這乳罩分明的女人的背影。我以為他會回頭跟他妻子議論那女人的，但他沒有，如果是我，可能會的。

　　我坐在岸邊石沿看書，突然聽見一片聲的喊「快跑！」頭剛擡起，幾顆雨點便碎在臉上，整座寬闊的湖面劈哩啪啦亂響起來，很快連成和諧的一片，沉浸在暗灰色的雨中。游泳池空了，所有的人拾了衣服，瑟縮在幾個四面透風的涼亭，沒有風，四個姑娘剛起水，身穿花花綠綠的游泳衣，露著肥白的大腿和膀子，嘻嘻哈哈尖叫著從我面前跑過，使我心為之一動。我覺得有一種特別的美感。剛才那個穿絲綢裙的女子這時把車推到草地上，不知什麼時候脫去了奶罩，穿一件兩邊有黃條子的紅色游泳衣，全身滾圓發達，像一只海豚，她全無所謂地活動活動肢體，讓雨水沖洗她的頭髮和臉龐，怡然自得地下水，伸出雙臂，像推開幕布似地將眼前的水波推開，遊了起來。所有的人都躲了起來，有的在亭子下，有的在樹下，有的在屋檐下，唯有這個女人，怡然自得地向湖中遊去。我不覺對她產生了幾分喜歡。

　　我冒雨走回家，越接近家雨越小，到宿舍時基本停了。但我的上身已經淋得透濕，這時忽然想起close to nature和神靈的話來。「不，」我對自己說。「完全沒有這種感覺，我沒有受到神的啟示，並不感到任何大自然的精氣的貫通。那完全是鬼話。」

面，不要顯得無精打彩，頭要稍微昂起來，表現得傲慢，富有男子漢氣息。她就是那個激勵我寫詩的人。在開水房中，我從余光中感到她經過我身旁，停了一下，躊躇著不知該在哪一個龍頭後面等。一會兒，她決定在對面邊上的龍頭打水。我偷覷了她的背影一眼，心中沒有波瀾，目光卻被另一個姑娘攔去。我早就和她面熟。她長得很豐滿，有一次看電影，就坐在我和他的前面。我覺得她很可愛。她似乎也對我有好感。我們碰面很少。從未交談。吃過晚飯我去湖邊散步，又碰見她了。但是我對自己講好，決不要再讓任何一雙美麗的眼睛弄得神魂顛倒，寢食不安了。那是男子脆弱的表現。這樣想著，我覺得自己儼然是個堂堂正正的男子漢了，一個坐懷不亂的正人君子。總之，沒有什麼比一個女人的眼睛更能欺騙人了，誰知道有多少男子被這樣迷醉過呢？我想起打開水的那個姑娘，不禁感到一陣厭惡，彷彿看見一張扔在地上留有腳印沾滿泥點的女明星照片，美麗的龐兒仍然依稀可辨，眼神仍然溫柔多情，然而，已經被踩過了。我幾乎不注意身邊的景物和行人，就打開《愛默森文集》讀了起來。在大路上一邊散步一邊看書，我覺得很好。我不需要讀得很快，不急著趕在什麼時間之前讀完，我只想找一點精神食糧供我小心地咀嚼。我看兩三行字，抓住一個基本思想，然後將書合上，便沉思冥想起來，或者在心中進行爭論，但思路還是常常被打斷，不是被行人，那些打著赤膊，露出黧黑胸膛的民工，那些罵著粗話飛快騎車駛過的小夥子，那些嘻嘻哈哈的大學生，不是被他們，而是被異性，那全身上下裹著紅紗裙戴著墨鏡的女子，以及許許多多陌生而美麗的面孔。我私自慶幸，自己再不會糊裏糊塗被一個眼神

所欺騙了。我看著這些時髦的女郎，覺得和看山看水看美麗的落日並無兩樣。我忽然明白一個道理。我無論多麼愛月兒的清輝和她嬌麗的龐兒，她是永遠不會報以同樣的愛的。而那被我愛著的陌生女郎，實際上就是那永遠也不會愛我的月亮。沒有什麼值得遺憾的了，人事就是如此。

我擡起眼來，看見大道對面走來兩個姑娘，她們碰巧也朝我看了一眼，我低下頭。集中精力看書，但是，不知怎麼搞的，字明明白白地映入眼簾，我卻並沒理解它的意義。等另外四個姑娘（我認識她們，但我厭惡地將頭扭到一邊）從我身邊走過，我不由自主地回頭看了一眼，以為可以從剛才兩位姑娘的後影欣賞她們的身姿。然而，我的目光卻碰上了轉身往回走的她們，她們似乎也在向我這邊看。我重新低下頭，盯著手中的書，同時右手的大拇指扣住褲袋。我慢慢地走著，心中產生了一種預感。莫非其中一個長得較豐滿沒戴眼鏡的是車上見到的那個咖啡女郎？剛才為什麼不仔細看一眼呢，我的心像乾柴呼地燒著了，全身立刻有種火辣辣的感覺，額上油油地滲出汗來。我有一種說不出的興奮和喜悅。還在出門時，我就想著她了，但我告誡自己，不能再sentimental了，那只會傷自己的身子。如果真是她，那該是怎樣的會見呀！我會說，姑娘，我記得好像認識你，如果沒有記錯的話，是在車上。她會說什麼呢？她身旁那個姑娘真礙事。後面傳來低低的說話，是她們倆個！字跡在我眼前模糊了，我的大腦因為激動而有些昏暈，我不敢抬頭，不敢裝得若無其事地一邊散步，一邊旁若無人地環顧四周了。我當時的樣子一定很難看，下巴快要接觸到胸部，背微微駝著，拿書的手和身體似乎板得太

直，很僵硬的一副樣子，果不其然，她們走到路這邊來了，現在
就要從我身邊走過。我意識到她們的眼光正穿過我背上白汗衫的
鴨蛋洞，看著我啪達啪達響著的拖鞋。我的余光從右肘看見接近
的花裙和涼鞋尖。我差不多停止呼吸了。拿書的手是這樣僵硬，
簡直象一把鐮刀。她們斜視的目光一定已經看到書上的豎體字了
吧。看這種老古董的東西！我聽見她們鄙夷的嘀咕。她們走了過
去，身子挨得這麼近，幾乎快擦著我的肘部了。我不知道這是什
麼意思。

　　我的眼光一直跟著她們。她們始終沒有回頭，直到碰見一個
熟人。那時，我又看見她們一齊向我轉過頭來，戴眼鏡的那位並
未引起我的注意，但她一直是我注意力的中心，由於心慌，隔得
遠，我只覺得她長相一般，眼睛似乎有些浮腫，不像那個咖啡女
郎。她的頭髮沒有捲，披在肩頭，穿一雙白涼鞋，不像咖啡女郎
穿的那雙咖啡色的涼鞋，我只看過一眼，記憶卻如此深刻，無論
什麼時間都可以認出來的。

　　我又走了一截路，然後回頭，看見她們正和熟人在照相。
她回頭和我目光相遇，但因為隔得太遠，我無法確定她是否在看
我，也許她也無法確定我是否在看她吧。

　　我產生了一個想法，想回去，再碰碰她。但我壓下這個念
頭，對自己說，毫無用處。

＊　＊　＊

錄音機中正播放吉它曲，這時，外面下起雨來，雨聲漸漸

陸》交響樂。正播到第四樂章時，電來了。我拿起筆。）看得見
她披在肩上的捲髮，咖啡色的長裙。她走得很慢，我走得更慢。
但她走得這樣慢，我不能再慢了。否則就得停下來。我加快兩
步，與她齊肩。「您好！」我說，心狂跳著，這兩個字彷彿是隨
著心跳迸出來的，帶著心的顫音。她驚愕地回過頭來。一個飛快
的念頭使我咬緊牙關，沒將話說出口。假若她不理睬怎麼辦？我
覺得腮邊發燙。我不敢用手摸。「您好！」一個圓潤的聲音在耳
邊響起，一股溫暖芳香的氣息，拂到我發燙的腮上。我驚愕了，
扭過頭來，正好碰上她那雙烏溜溜的眸子。「您好！」我來不及
說出口，嘴唇費力地囁嚅著，耳邊聽得她說：「如果我沒記錯的
話，上次您就站在我的身邊。」「在哪兒？」多傻！我明明知道
在哪兒。「您忘記了？在車上呀！」其實，她什麼也沒說。咦，
這是怎麼了，我清清楚楚聽見她說的呀！她的眸子專注地盯著
我，一往情深。一往情深？我驚惶地四顧。不知什麼時候，我們
來到一個密密的小樹叢。湖水被樹葉分割成許多圓形方形的碎
片，天空也像湖水一樣，灑下圓形方形的陽光。我回眸盯著她。
我的心猛跳著。但我盯著她。她垂下眼簾。我看見長長的睫毛，
一根一根，蓋著白嫩的面頰。我伸出手，摟住她的腰。她什麼表
示也沒有。既不反抗，也不依順。我縮回手。將背轉過去。「你
去哪兒？」「去找失落的她。」「她在這兒。」「哪──」我的
話還沒說出口，就聽見移動的腳步，枯葉的響動，我轉回身，她
撲進我的懷中。「你知道我找你好久了嗎？」我問她，一邊撫摸
著她光滑的柔髮。「我也找你來著。」「我不信！」「真的。」
在哪兒？「我也不知道。我每天上課下課經過那條大道時，總

不由自主地四面看一下，以為也許可以看見你的身影。有一個黃
昏，下著雨，我正準備離開宿舍去上自習，往書包裏塞了兩本
書，同時看看窗外雨停了沒有，這時，我看見大馬路上走來一個
人，我看不清他的面孔，路旁沒燈，各個宿舍窗口投下的燈光
也太暗，我當時起了個感覺，覺得他就是我見過的那個小夥子，
那個在汽車上深情地注視我的小夥子。我的心跳得那個快呀！
你沒聽我講？「我在聽」。我和她躺在柔軟芳馨的野花叢中，
我像睡熟似地，把頭埋在她隆起的胸口。「但是我怕，有點半
信半疑。我直盯盯地看著他從窗下走過，好像他還朝這邊看了
一眼，接著走過去，一直看到他的背影消失，我當時覺得他背
有點駝，頭低垂著，像剛才我看見你那樣，腳步很沉重拖沓。
一直到他背影消失，一個聲音在我身後說：『麗，你在看什麼
呀？』我才如夢初醒，把探出去的大半個身子縮回來，頭髮已
經淋濕了。」我擡起頭，用一個熱吻堵住了她滔滔不絕的話
語。她的嘴唇張開。我的舌頭觸到了她整齊潔白的牙齒。我睜
開眼，她的眼睛閉著，完全陶醉在愛情的幸福中。她的牙齒也
張開。我的舌頭觸到了她的舌頭。我渾身一顫，她的舌頭像棒
糖那樣甜膩，長長的，整個兒讓我含住並吮吸，我的指頭不由
自主地解開她的胸衣。「幾顆扣子？」我的手摸著她的奶罩。
「我也不知道呢，」她含糊不清地說。

　　不知道過了多久，我醒來，看見貼在樹梢的月亮的圓臉。
她身子動了一動，也醒了。「你是誰？」她好像第一次看見我，
雙眼睜得溜圓，駭怕地打量著我。「你忘了，下午我倆。」她如
夢方醒，略一低頭，看見自己凌亂的奶罩和裙子。她發出一聲尖

叫。四周的唧唧蟲鳴傾刻間沉默。怕人的沉默。月亮彷彿順著樹幹滑下來，在身邊好奇地打量我們。

我背過臉去，再回頭時，她已整理好衣裙，靠在一株梧桐樹。我走過去，聽見她嚶嚶的哭泣。我走到她的前面，她不讓。我伸頭想去吻她的臉。「啪！」臉上挨了一記響亮的耳光，火辣辣的。我一言不發，在被我倆臥平的草堆坐下。夜氣清涼，草已有些濕濕了。露珠在附近的草葉上閃閃爍爍，發出幽光來。

「我完了。」她在我身旁坐下，擦乾淚水。我不響。「我完了。」她又重複一遍。「你想將一切過錯歸於我？」我沒有說，卻說：「我也是。」「我與你素不相識，你為什麼勾引我？」她問。「你也是一樣。」「啊，你的目光多熱烈呀，」她倚著我，突然動情地說。「你看著我時，我什麼都忘了。你知道，」她欲言又止。「我知道你想說什麼，」我說。「你想說，他，你的那個他沒有這麼熱烈，是嗎？」「你錯了。」「我沒錯。」「錯了。」「沒錯。」「那你怎麼知道的呢？」我天真地仰起臉來。那兩汪清潭中，盛著我的四人眸子和兩顆支離破碎的月亮。

「我不知道，我的心這樣說的。」我想起她那黑眸子給我的第一個印象：無可名狀的憂傷。她的男朋友一定對她不好，當時，這個念頭掠過我的腦海。「你錯了，」她又說。「你以為只有談過朋友的姑娘才這麼放蕩嗎？」「不是這樣，但你談過朋友。」「你怎麼知道呢？」「因為你問了，你怎麼知道呢。」「你真壞！」她舉起小拳頭打我，但在半空中停住。「你真可愛。」我說。「第一次可愛，第二次就可惡了，是嗎？」「不是。」「你別裝了，你的女朋友對你很好吧？」「我正要跟你

講呢。你這一問，我就好開口了。」「不想聽。」「可我偏要講。」「那我走。」「好吧，我送你。」

我看看表，已經十一點了。「你們宿舍晚上關不關門？」「你朋友長得好嗎？」「可以。」「她愛穿什麼衣裳？」「我沒注意。」「你不愛她？」「愛。」「那你為什麼——對我這樣？」「因為你對我這樣。」「要關門的，走吧。」

我把她送到大門口，轉身回來。

* * *

現在是中午12點23分鐘，我坐在九號房間，野盡的起居室兼班會議室和乒乓球室。這是一間既簡陋又豪華，既大又小的房間。乒乓球臺被拆開，一半作工作臺，蒙著逐漸發黃的舊報紙，上面亂扔著削筆刀、鋼筆、火柴、橡皮擦、字典、詩集、日記本、眼鏡盒、做書籤的糖紙，榮寶齋畫譜，畫滿大大小小毛筆紙的報紙，還有寫在信紙上的詩稿。在另一半乒乓臺上，放著一個綠顏料瓶，一個黃顏料瓶，是果醬瓶，瓶外有乾了的顏料跡印，瓶蓋上橫著一只排筆，桌上另外還有準備出刊的大張白紙和一疊詩稿，一大束白梔子花，養在裝水的瓶中。花開了，湊近鼻子有濃烈的香味，我一朵朵聞個夠，直到再聞不到香為止，我覺得目前還沒有一種花的香味比得上梔子花，是這樣濃烈，刺激你的口水，使你昏昏欲睡，希望做一個甜夢。屋裏除了乒乓臺，還有一個桌子，兩塊出刊用的大黑板，一個在一個之上，靠著門邊的牆，廢刊的字還未去掉；牆角一桿團旗，旗柄塗了一圈圈紅白相

間的油漆；四壁有幾張條幅和畫，一張是「采菊東籬下，悠然見南山」。另一張是「路漫漫其修遠兮，吾將上下而求索」。這兩張條幅是詩社成立那天貼的，其他的都不見了，唯獨剩下這兩張。那張花花綠綠的漫畫則是Wain夫人臨走時分送給大家時野盡所得的一份。桌子對著門，床擺在桌子與窗子之間。桌上有開水瓶，瓶蓋拔出來，橫放著，空葡萄酒瓶，喝過牛奶的大茶缸；兩架錄音機，正在錄貝多芬的第一第二交響曲。電又停了，而且一直不來，真煩死我了；幾盒磁帶；一個揉得皺巴巴的黃軍用挎包。床上最簡單，只有席子和一床蒙著花布的棉被，花布破了兩個洞。我剛才正無聊得拿花聞，電來了。棉被旁縮著腿躺著一條銀灰的滌綸褲。牆角一張凳上有頂帽子，帽頂圍了一圈白布，上寫War Hat，下面壓著一頂紅線縫邊的白太陽帽。

所有這些東西在我眼前都是活的。我眼前彷彿活動著許多圖畫。野盡一臉慍色，坐在桌前寫詩，口裏不斷抱怨。「又來打乒乓了，真討厭！」他用了很多方法破壞打乒乓的人，將洗臉水潑在臺子兩端，或在臺上放各種各樣亂七八糟的東西。但永遠也攔不住那些狂熱的乒乓球愛好者，哪怕他把乒乓臺子翻個底朝天（事實上他就如此），他們毫不費力地就使物歸原處。連鎖門都不行，因為有兩把鑰匙，一把在人家手上，野盡從外面歸來，將瓶中枯萎的花取出來，說一聲「親愛的，再見了」，往窗外一扔，將新采來的綠葉上沾滿露滴的花插進瓶中，坐下來寫詩。無論什麼時候來，都看見他坐在桌邊，寫詩。無論碰到什麼人，他都隨手把寫的詩給人看，等人家看完便問：「怎麼樣？」這些詩大都寫得一般，意象混亂，所以一個詩友把它們稱為「混象

延長學習的時間，直到實在睜不開眼，才上床睡覺，立即就沉入
夢鄉。昨天從他那兒回來，我還這樣對自己說：你已經無所謂
了，再看見她只會像看見一個陌生人，一個白頭如新的陌生人，
因為這樣的人才真的激不起感情，像外面見到的陌生但美麗的姑
娘，還常常能吸引人的目光，甚至令人神魂顛倒。不，她再也不
可能使我神魂顛倒，死去的感情就跟死去的人，是沒有復活的希
望了。人的屍骨還可以化為泥土，餵養花花草草，滋潤樹苗，然
而感情卻什麼也化不了，它死了就像一堆頑石，冰冷堅硬。我在
想象中和她見面打招呼，談話，絲毫也不動心，但我發誓，我總
在不知不覺避開她的目光，我對自己說迎上去，迎住她的目光，
你並不怕她，然而，一和她那閃閃發光的眼神接觸，我就像做了
虧心事的孩子，低下頭，看著自己的手或腳，或者看窗外一片樹
葉或牆角的掃帚。這是因為討厭她，我安慰自己說，心裏寬鬆不
少。但不知道我並不討厭她，我討厭的是自己。我為自己曾寫的
那封信害臊。那樣偷偷地寫信，裏面還有這樣的字眼：你將在我
身上找到一個最忠實的朋友。七年前的會面和七年後的一樣令人
難忘，一想起這些，我就坐立不安，渾身發熱，同時感到有很多
厭惡的眼睛盯著我，還聽見鄙笑的聲音：「幹這種醜事！」她接
信後沒回信已清清楚楚表明，她對我絲毫不感興趣。但為什麼她
在信中提到我的友誼，還說我對她也並非不了解，她憑什麼這樣
說呢？我是不敢這樣說她的。其實，我並不了解她。僅僅憑我那
封至今不知收到沒有的信，她就能說出這種話？這樣推測沒意
思，我對自己說。但是，她已經復活了，我是她家的常客。我們
聽交響曲、看書、談論文學，我結了婚，卻幾個星期不回家。

　　我上廁所，嚴酷的現實回來了。像廁所一樣的現實。我不覺為剛才的那些幻想好笑。這樣的事情怎麼可能發生呢？何況發生在你這樣的人身上。虧你剛才還想得出，在想象中造一個人造天堂，在那兒和她一起度過愉快的生活。別再做這種夢了吧。雪萊在我這樣的年齡，也會放棄他的那種美好的浪漫理想，回到現實中來的。有幾個詩人過了三十歲以後還浪漫得起來的？難怪魯拜集的作者是過了三十歲才開始寫詩的，難怪整部魯拜集充滿了慨嘆人生須臾，「人生如夢」、「莫待花開空折枝」等的消極頹廢以及清靜無為和今朝有酒今朝醉的思想，如果我過了三十，還寫那種向四化進軍，向張海迪學習的詩，我無疑是瘋了。我欣賞魯拜集，但我覺得還是得樂觀，這是一種看透了一切的樂觀，而不是盲目的樂觀，像小狗跟在主人後面，為有食吃的樂觀。

＊　＊　＊

　　不知經過了多少躊躇、猶豫、徘徊，才將這堆稿紙從箱中取出。寫什麼呢？這個問題是我為懶惰辯護的有力武器。要說沒寫的，那實在不是真話，生活沸騰著，喧囂著或者平靜地流著，像潛流。但你有詩要寫，詩可以代替一切，你要以它代替一切，但實在力不從心，有許多瑣碎的東西，其中似乎含有精深的意義，無法用詩的語言表達出來。但——啊，我用了多少「但」呀，這是寫作水平降低的一個明顯標誌。我無力正確細致地表達自己的情感了。我不敢再看以前所寫的東西，它們醜陋的面孔太嚇人了。我知道過錯全在沒有持之以恆的我身上，但是，難道不在無

聊身上？一切都無聊，無論是大自然、小說，甚至詩歌──啊，我從室外回來，癡呆呆地坐在桌前，像一個殘廢者對著白紙，一籌莫展，很久很久擠不出一個字。怎麼了，你？你的詩思已經枯竭了。我又開始陷入自暴自棄的地步。我想睡覺，想玩──唉，所有這些都無法驅散那像夏日臭汗一樣粘在身體上的無聊。我心中有這麼多東西想寫，以致一個字還沒寫好，下一個字就搶上前來，使得每一個字都顯得匆匆忙忙。哎，我心急如焚，急不可耐。我趕什麼呢？這樣不成文法的句子，這樣毫無修飾的詞，粗糙得如同一堆毫無形狀毫無顏色的頑石。

發生了很多事情，事情發生後，我不想即刻記下，將剛剛發生的事又用筆轉述一遍，還有什麼比這更枯燥的呢？我對自己說，晚上再寫吧，到了晚上，我要寫詩，要讀雪萊、普希金，要讀茨威格，一直到深夜兩點，忙得透不過氣，不知怎麼我這麼急，彷彿要在一秒鐘內結束這篇文章，趕到什麼地方去似的，其實，我知道我想看詩，但一當我讀了幾行，我的思緒又會轉到別的地方，覺得應該把詩本放下，看看小說，或寫寫詩，或者乾脆再把那記得不好的日記修改一遍。晚上吃了兩個乾饅饃，什麼菜也沒有，現在當然已經沒有了當時那種悲慘感。我掇著碗，碗裏有個饅頭，手裏拿著饅頭，一邊啃一邊走，路過的姑娘把目光投進我的碗，輕蔑地從饅頭皮上滑過，那兒曾經停留過蒼蠅。我看見人們手裏掇著的水餃，我口水直流。對面的懷柔和辛穆在下象棋，中間一張凳子，兩人都睡在床上，將頭各放在一張凳上，側身下棋。野盡剛和皮塔打了一架，為了什麼？

「他把我的東西當道具！他還用書頂著我的下巴，這像什麼

話嘛，還有一點文明嗎？我可不是好惹的！」

「算了，馬上就要畢業了。」

「我才不算了，他一而再，再而三地這樣對待我，我可不會對他客氣了，哼，他不是我的對手，來兩個都搞不贏我。」

我想起「a worm will turn」的話，又看看野盡起伏的胸脯和突然間顯得魁梧的身材。他的眸子閃著怒火，帶著譏諷的神情。四個人將他拉住，一個是班長，另二個是同班同學。

「反正你要跟他搞，你也不會占便宜，」班長說，我想起了，班長和皮塔是好朋友。

「算了吧，野盡，還剩下最後半個月了，好說好散，別到分手了卻來這一場，再說，你打了他一拳，他也打了你，兩清，就算了吧，」我說。「值不得老去計較。」

失敗者，我對自己說，我是個失敗者。吃過飯，在9號房間，大家一起排節目。唯有她，顯得特別高傲，坐在窗前，拿著歌單哼歌，根本不看進來的我。我不知怎麼生氣了，隨手抓來一張報紙，看起來。你冷漠，我要更冷漠，再說，你與我有什麼關係呢？我扮演的角色是酒館喝酒的顧客，沒有臺詞，我開始扮演，就坐在那兒，他們來來去去，念著臺詞，我一句也沒聽清，只想著她的高傲，這時抬頭，裝作漫不經心地向窗邊望了一眼，碰上了她的目光。我覺得她的眸子又大又黑。這很特別，因為她以前給我的印象是眼睛不大。現在，臉色略顯蒼白，這增添了嫵媚，也使燙了的捲髮更黑，這捲髮只在額際泛著波浪，但在後面卻結成兩條長辮，每一條又打一個折，形成一個橢圓的圓環，辮子又細又長，編得密密實實，像精工製作的彩帶，烏漆墨黑的。

我覺得心裏舒坦多了，但我發覺自己在看報，我意識到了自己的每一個動作，我的眼睛在看報上的字，在看手，在看燈光，在把報翻來翻去，並沒什麼看的，好的已看完，但又展開報，看起來，我覺得她那雙眼睛不時投向我來。我又抬頭看她一眼，她低著頭，好像也在看著什麼，但神情非常不自然，那樣子，彷彿也感到我在注視她。我覺得她比室中所有的女同學都好，細高挑，（最近豐滿了，有了婦人的曲線，不知怎麼，我有個感覺，她的身上姑娘氣息已和少婦氣息糅合在一起了。）胸脯高高挺起，舉止間活潑灑脫，很可愛，而其他幾個雖然也穿著漂亮的高跟和白襯衣，都與她相去甚遠。人的美果然還在氣質和天性，她其實並不比別人美，她下頜尖尖，臉部輪廓並不十分圓潤，牙齒雖整齊潔白，但有些突，當她大笑時，它形成一個圓環形。

　　不行，從明天起，無論如何每天至少得寫一個小時！這一點無論如何必須做到！

＊　＊　＊

　　我想寫幾首詩，寫了幾行便寫不下去。一天當中，除了深夜，中午就是最安靜的了。我獨坐在桌邊。走廊沒有人走動。窗外，傳來鳥的啼喚。雨停了，雲壓得很低。沒有風，樹葉上儲積的水珠滾落下來，打在地上，呼然有聲。一種朦朧的意識壓迫著我，籠罩著我，使我什麼也不願意幹，想把鋼筆往旁一扔，稿紙一推，倒頭便睡。但我實在不能什麼也不做就去睡覺。我的良心會不安的。昨夜上床時，我有一個感覺，不僅我的寫作水平下降

了，而且，我跟自己也生疏了。我把心的大門關上，那把鎖已經生銹。我機械地重複著daily routine，既無熱情，也無活力，這的確很可怕。大腦木然了。意識遲鈍了。我發現，我需要休息，需要到一個幽靜的地方，避開塵世的擾攘，拋開一切壓在心頭的任務，以及自己給自己的負載，到山中睡覺，徜徉或思考。詩的語言變得相當粗糙生硬，形象也乾癟蒼白，更談不上有靈感了。內心煩躁不安，又回到從前那種心態，急匆匆地幹完一件事，馬上又幹另一件事，一件接一件地幹，從清晨right plunged into midnight，沒有絲毫喘息的時間，我的詩魂恐怕就是這樣被扼殺的。我的詩一般在黃昏散步之後來，又多又自然，像大雨傾盆。我體會得出有些詩人文學家所談的早晨創作好的經驗。我的清晨實際上等於黃昏。我很久很久沒看清晨的景色了。大約自從去年夏季的一個早晨，閃爍在水面的朝陽，以它強烈的光線刺傷了我的眼睛後，我就不喜歡早晨了。它來得太快，也去得太快，給人一種急匆匆的感覺。從前，我會像一個十八、九歲，涉世不深的毛頭小夥子那樣，憑著滿腔熱情，天真地想：不能荒廢時間呀，要努力，要向上，要抓緊這寶貴的每一秒晨光呀，然而現在，我不這樣了。早晨喧囂著，向哪兒去？其結果不過是到達它的頂點：黃昏，然後歸於寂滅，沉入黑暗。我不想自欺欺人，用那種向上的虛偽精神蒙蔽自己的眼睛。如今，我渴求的是平靜、安寧、靈肉的和諧和統一，而沒有什麼能比黃昏更能使人達到這種境界的。在黃昏中，那漸漸濃郁的暮色彷彿將你一點點地同大自然融合在一起，直到天光消失，你整個兒被黑暗連同大自然的一切吞沒。你沉默，你周圍的樹呀、草呀、石頭呀、小徑呀，也都

種雜亂的形象，糅合到一起，不加區別。我當時就有點羞愧得無地自容，按照這條標準，我所有的詩中只有很少很少的詩可以算作imagination的詩，絕大部分完全是雜亂形象的混合體。從這以後，我越發小心了，一邊寫還一邊想著怎樣選擇形象和詞語，我的天，這樣寫，詩還能暢快嗎？我便詛咒著「讓Coleridge見鬼去吧！我走自己的路。」稍微好一些，詩句出來暢快多了，但是，一旦接受了某個思想，哪怕你在意識中用咒罵的辦法將它驅除，它還是要在潛意識裏作怪的，因此，現在我一提起筆，總是自然而然地就考慮起構制形象和詞語來了，真是可怕，在這樣的思想指導下，寫出的詩不是詰屈聱牙，就是索然寡味。一方面我不得不承認Coleridge說得對，好的詩增一字少一字都可能破壞詩味，另一方面我又把他恨得要死，我完全不可能寫出自然流暢的東西來了。歌德曾說過，他的詩純粹是即興之作。這句話是那樣合我的口味，以致我當時就把它抄錄下來並記住了。因為我的大部分詩也都是這樣。不，我不能用那種精美的藝術鎖鏈把我窒息，我要解放自己。解放自己！

＊＊＊

　　散步回來，疲倦得很，連打了三個大呵欠，聲音震徹了房間，彷彿火車的汽笛，直把五臟六腑的廢氣全部放了出來。大家都在忙著準備畢業晚會節日，懷柔在用紙折駁殼槍，張海迪事跡的書已經撕了幾頁。「你怎麼把張海迪的書折槍呀？」我問。「那本來就是槍嘛。」

　　我將腦袋枕著（我的字怎麼寫得這麼差呀！）臂彎，白天發生的事，散步談的話，見到的景色，以及周圍的閒聊說笑，亂糟糟地湧過大腦，混成一團。它們旋轉著，飛馳著，上下振動著，或者突然急停下來，或者倏然不見，留下一個空白。我想努力把握住一個形象，然而我不能。這時的我猶如置身在波濤洶湧的形象大海，形象的浪頭一個接一個朝我撲來，劈頭蓋腦，使我防不勝防，無法招架。空中白沫橫飛，支離破碎。啪，啪！兩下清脆的耳光，嘩，人流黑壓壓地圍攏過去，皮塔像一支利箭，刷地朝野盡扎去，眨眼間，野盡摔在地上，但立刻爬起來。「據說，他要拘留了，兩三天內不能回。」我聽見誰的聲音在我耳邊這樣說。我睜開眼睛。ZZZ又開口說道：「不是按學校紀律而是按治安條律。」「那為什麼呢？」ZH問。「因為他毆打了人。」「那皮塔也還了手嘛。」「可野盡是先動手的呀！這造成了惡果吵。」「法律總是這樣只看後果，從來不注意原因。」

　　「媽的，老子要是在場非幫忙不可。」我又將頭低下，閉上眼睛，看見ZZZ的激動的面孔。「哪個打老子的朋友，那就等於打我！」我感到有點羞愧。事情發生時，我在場，一動不動，冷靜地，或者不如說呆呆地看著這一切的發生。拳頭打在腰際和脊梁的沉悶的聲響。女人的尖叫，群眾的嘩然。

　　野盡奮力推開攔阻他的人。

　　「讓我們不要談打架的事了吧。」我和他走過梧桐蔭下的小道，這樣說。他剛剛講述了從前打架的經歷，如何一拳打得某個同學慘叫，如何跟誰打架，首先應該打下巴，而不打眼睛，這樣打，初次就可以把人打得暈頭轉向。「我看這沒什麼。」他滿不

信到現在還沒回，她說對於我這樣的人，最好的方法就是沉默。她算摸準了我的脾氣。家裏那位也是這樣對待我，有時我快急得發瘋了，恨不得狠狠揍她兩下，但是（這時，C指導員進來，向我們詢問事情發生的始末，我剛剛講了兩句。辛穆插話，他說得十分清楚，『要散會了。』野盡說：『請大家不要走，我還要講兩句話。』他說皮塔如何對待他，不斷重複地提到八次侮辱他，而且還提到那個上海姑娘，說她罵他，說出了一個文明的大學生不應該說的話。梔子花聽這話後一笑，拿起凳子就要走，這時野盡就上去攔住，我當時坐在角落，沒看仔細，只聽見「啪，啪」兩聲清脆的巴掌聲，皮塔就沖了過去。這以後你知道的。他轉頭看我，指導員也看著我。「皮塔這時是不是動手打的呢？」他問。「這一切發生得太快，巴掌聲一響，我見皮塔一個箭步沖上去，眨眼之間，野盡就倒在地上，但他很快爬了起來，已經遲了，人們把他倆分開。」這時，門口有一個高大的黑衣人和一個面孔嚴肅的矮個子，探頭探腦。指導員跟他們打個招呼，起身走了。「我覺得這太不公平了，」辛穆用一種激動得發顫的聲音說。「處理這種事，應該不偏不倚，不能只聽一面之詞，可是供詞寫的什麼？」他激動得半個身子俯了過來，用指頭擊著我這疊稿紙：「S（他是班長）寫的供詞太不公正了。好像罪過完全在野盡那一邊。唉，」他重重地嘆一口氣，往身後的床欄上一靠，撞得床欄吱咯作響。「人倒霉夏天喝水也會涼牙齒。」看來，他十分同情野盡。「最可憐的是，」他繼續說，「野太不會講話了。他根本說不清楚。」我正想開口講什麼，Z在門口露面。「就是那麼回事。」辛穆嘆口氣，這場談話就這樣了結了。）她

卻無動於衷。其實，這也說明了黃冰的不自信，她沒有把握我，不知道我是否真心愛她。」

「但是你有把握，所以那一次她那樣誘使你表露心跡，你冷冰冰地不表態，因為，不管你口頭上或意識中如何不承認，在你的內心深處和潛意識中，你知道你已經掌握住了她。」我看著夕陽在波面上的光逐漸減弱，呈現出金黃的泥色。

「不過，也是這樣，」他承認道，這是少有的，自從我們第一次有爭論後，他很少同意我的觀點，遇事總要和我爭論一番。「有一件事想起來真好笑。你一定還記得他第一次對我說過的話，她說你應該讀這書，讀那書，儼然一個學識淵博的教授，第二次我見到她時，提起這事，說：『其實，你要我看的那些書我早就看過了。』」

會場。女生和男生涇渭分明地各占一半房間。J老師和C主任坐在野盡的床邊，野盡靠桌子坐著，兩腳叉開，膝頭向外，微微顫抖，我從中體會出他內心的激動。其實，根本勿須體會，他的臉上像望遠鏡，使人一眼就可以看透他內心在想什麼。「這次答辯，不提問題，也不用回答，只作報告，一人講十五──二十分鐘，但是對外還是叫答辯。要求人人參加。」「可是，論文答辯條例上沒有這一條呀，」一個學生質疑。「也沒有說不行呀，」主任說。哄堂大笑。現在散會，我站起來。「我有兩句話，」野盡說。他聲音顫抖，眼睛望著地上。C主任和S班長交換了一個眼色，我聽見她的低語：「這樣太不好了，」野盡繼續說著。「散會吧，」C主任對S班長說。「散會呀！」S班長應聲道，但聲音並不大到所有的人聽見，有的站起來，有的仍然坐

著，想把他的話聽下去。S一馬當先，站了起來，提起凳子，跨出了第一步，但在第二步上停住，猶豫了兩秒鐘，好像回想什麼失落的東西似的，便跨出第三步，一步一步邁出門去。男生一個也沒起來。女生中起來了幾個，靠門邊的早就想回去。趁此機會便溜了。事情發生後，我記得野盡怎樣轉過身，朝往牆邊退去的皮塔還擊，梔子花怎樣拾起小板凳舉過頭頂，越過許多人，做出向野盡砸的動作，還有C主任對我說：「還站著幹什麼？還不去攔！」我跑上去，但戲已演完了。昨天夜晚，對辛穆說：「走，跟我過去，我要演場戲。」S班長攔住他。「他罵我的東西是道具！」野盡憤怒地說。「那怎麼行呢？他還把書頂在我下巴底下，對我晃拳頭。我怕他？他不是我的對手。這回非要讓他知道我的厲害！」我知道野盡真正激怒了。這是沉默了多年的火山爆發，這是忍無可忍的worm。所以人們叫我勸他，我沒勸。我知道有些事情的發生是不可避免的，野盡只有採取這唯一的手段才能報仇，（可以這樣說。）領導不會相信他，指導員曾經說他是傻瓜，因為他寫信給梔子花女郎，而這女郎竟然把信拆開，放在桌上讓別的女生看。許多女生都沸沸揚揚地議論野盡，說他是個大傻瓜。同班同學也不會幫助他。今天的事情我看出，許多人反對野盡的做法，在出事過程中，都去攔野盡，致使他身上挨了好多下打。「我挨了兩下，」野盡說。「當時我弄糊塗了，不知誰把我的眼鏡打掉了。」野盡一取下眼鏡，便基本上看不見什麼東西。

　　「皮塔的人緣好，」辛穆說。「所以，這回野盡準吃虧，當然，我也不是說皮塔的什麼壞話，我只覺得人應該公正，雙方都

我看他一眼。突露的顴骨消失了，面部線條竟有些渾圓，這令我略略吃驚。我一邊吃飯，一邊不時朝他背影打量一下。人還這麼年輕，腰肢就粗了，背微駝，從後面看去像個上了年紀的中年人。有一次他對我說，他的同房都說我樣子比他年輕得多。

　　落日時分，附近的人都來湖邊游泳了。我的眼光很快從那堆穿三角褲的男性肉體中，捕捉到一個女性。她讓自己裹在浴巾中，但又將身前半敞，露出紅游泳衣的腹部和雪白的大腿。夕陽的金光照著她。她放肆地移開雙腿。我從沒見過這樣完美的形體。簡直不能把眼睛離開。她將浴巾取下，露出圓圓的肩頭。艷紅的游泳衣像皮一樣，緊緊繃在她的身上，使她看去像一個全身一絲不掛，發著紅光的人。我放慢腳步，落在弟弟的後面，一味將視線固定在她身上。我奇怪，自己的心竟如此平靜。如果在從前，又不知怎樣地打擺子了。我覺得好像成了一個陽萎的人，即便全世界的女人在我面前脫得一絲不掛，我也不會動心。我看著她隆起的小腹，怎樣在大腿交叉的地方，像充滿了青春的漿汁。我看著她那高聳的雙乳形成的一道乳溝。她的臉在我眼中消失。她即使穿著衣，也是一個赤裸裸的肉體。我的下部有一種電樣的感覺，全身微微顫慄了。我不再看她，畢竟，我還沒到陽萎者那種毫無感情的地步。我和他保持沉默，走了很長一段路，時時停下，往小本子上面記幾個斷片思想，跟他在一起，很少有話講。這是怎麼回事？後來談到了繪畫。他說他想構思一幅畫，畫一株正在脫皮的梧桐，從傷痕累累，烏漆墨黑的舊皮中，綻露出光滑潔淨的新皮，以此來表現生命的強大。我卻也在構思，這梧桐脫淨皮的軀幹像一個少女，一個赤身裸體的少女，展露著優美的姿

東西稍稍清一下就來了。這可能嗎？她不是說過晚上再不想來的
話嗎？要是有個女人，也像我這樣忠誠該多好呀！我明知她不
來，卻在這兒等她，苦苦地等她。手臂上火辣辣地癢起來。我低
頭看一眼。兩道指甲抓過的白跡。周圍都紅了。這可惡的黑麻花
蚊，我走到道路對面停車處。姑娘們來來去去，都是捲髮高跟裙
子，並不特別吸引人，當人們的打扮都差不多，哪怕再時髦再穿
好，也不吸引人了，為什麼再不出現上次見到的那個黑衣女郎
呢？為了她，我甚至願意下跪，吻她的腳。她手上拿著一本《化
學基礎知識》，使我產生一種憐憫之情。這姑娘教育程度並不
高。假若我能將她占有，我會教她詩、小說、音樂，啊，姑娘，
我會煥發你的藝術天性的。夕陽沉落到高聳的梧桐樹牆後面，將
樹冠染得通紅，而樹的表面更加黝黑了。黑夜就是從這兒升起，
占領整個天空的。我不再往小本上記詩句了，我的腕上，臂上被
蚊子咬了幾個大包，奇癢難受，天光一分分消失。兩個少女從我
面前過去。穿紅裙子的似乎注意到我。看我一眼。但我扭過頭
去，腦子裏卻在替她想：「這個男學生是誰呢？別人都去看電影
了，他還孤零零地站在這兒，等誰呢？」接著，她明白了，我是
在等一個情人，心裏生起氣來，便不再看我。瞧她那揚起脖子和
挽住同伴的樣子。過一會兒，她們轉回，一人手裏拿支冰棒，
我驀然想起愛人講的一件事。她在吃冰棒，一個和她相熟的工程
師，用濃重的四川口音開玩笑說：「你們吃涼的，我吃熱的。」
他正抽著一支煙。她們走遠了，紅裙子漸漸消失。我扭過頭，看
見樹冠上的光在消失，現在是一片灰暗。第三輛車來了。門呼地
打開。我的心沒有怦怦跳，乘客們蜂擁而下辨不出面影，夜色使

星期天，六點鐘廚房差不多沒人了，幾個遲到者在裏面買飯菜。買了一個番茄炒蛋。吃在嘴裏雖然酸，但還算下飯。湖邊很熱鬧。散步的人，游泳的人，情侶雙雙騎車而過，我都沒注意。前邊不遠處走著兩個姑娘，是同班同學。她們走得很慢，我不得不走慢。靠外邊的她穿天藍襯衣和長裙，辮子沒結，從中系住，像兩把刷子。她側過臉來，朝路邊幾個小夥子看了一眼，大約是看那個個子很高的。她太醜了，即便跪在我面前求愛，我也不會答應的。我加快步伐，從路的另一邊過去。我感到盯在破洞上的眼睛。那又怎麼樣呢？我並不想博得誰的青睞。游泳池滿眼是人。我用湯匙舀起一個啃去肉的番茄頭，使勁朝牆上扔去。又照此辦理，扔了幾個。目光落在一個在水邊游泳的姑娘身上。她身體半露水面，兩根深藍的游泳衣的帶子，扣進肥胖的肉中。她的情人就伴在身邊，手在看不見的水下。也許此時正在摸她。岸邊停著一溜自行車。一個高跟鞋油擦得黑亮的女人，正用深黑而微微浮腫的眼睛，打量著兩個身強力壯，只穿游泳褲的青年小夥子，她心不在焉地扭頭和她的丈夫答話。馬路前方，兩個身穿游泳衣的女人，打著赤腳，同一個穿游泳褲的男子並排走著，互相打著趣。我走到湖邊石岸上，彎腰將碗伸進水裏，用勁擺了幾擺，讓激起的水花把碗邊上沾著的油蕩去。我走上大路，停下來，從書包中摸出半包游泳煙，劃著火柴，兩個穿游泳衣的女子從我身旁走過。一個的游泳衣顯小了，屁股有一半露在外面，一走動便顫動起來，煞是難看；另一個稍微好些，因為她屁股上的肉比較豐滿，富有彈性，不像剛才那個那麼鬆弛，像兩個袋子。我接近路邊那個廁所。不用看，我也能想像出那些女人在裏面更

衣。我飛快地掠了一眼。透過稀疏的夾竹桃黑洞洞的小門，門中牆上的窗洞，晃動的白皮膚，紅色的游泳衣。一個女人半倚在自行車龍頭上，向男廁所門口方向張望。我伸手去拿《愛默森選集》，半路上又停下。等煙抽完再說吧。

　　我並不知道要去哪兒。模模糊糊有個感覺，要找一個比較乾淨僻靜的地方游泳。今天的水面比較清潔，沒有飄浮的綠斑，水色是深綠的。兩個閒人站在通水的臺階上，注視著水面。波濤翻滾，一個大浪打來，在階石上濺起白色的泡沫。又沒有風，哪兒來的浪？湖面上不見那種震耳欲聾的汽艇。怪。我的手不知不覺把《愛默生選集》打開。它給了我很多inspiration，使我不得不時時停下，將一個個斷片思想記錄下來，並寫成詩。今天我要嘗試一氣呵成，我對自己說，不管韻是否合轍，不管字用得是否恰當。陽光已從大道上撤走，但熱氣未散，蒸得人難受，它從發燙的柏油路面，熱烘烘的草叢中散發出來，使我的腦門油油地有了汗意。我低頭，看見胸前麻麻點點，像下的雨，被汗水打濕了。

　　一路上走走停停，讀幾句，想一會，又寫兩句。不一會來到橋頭。這是個丁字路口。橋面不過兩輛車寬，架在一座小港灣上，將通過湖心，兩邊長著夾竹桃的大道，同一邊穿過村莊，一邊沿湖而去的大道連結起來。一個工人蹲在大塊鐵板跟前，正在焊接什麼，強烈的電弧光使我轉開視線，看見路這邊的一大堆垃圾。我厭惡地調開目光，踩在使人惡心的軟軟的東西到了橋頭。橋沒有欄桿，弧形的水泥邊上，零星地坐著幾個閒人，橋下有幾個人在垂釣。裝水的尼龍袋裏，魚的白光閃了一下。一個女人敞懷坐在路邊石上，把奶頭塞在嬰孩的嘴中。那邊橋頭下面有座獨

立的小屋。不久前一個黃昏，有一個姑娘在窗櫺後面梳頭，剛沐浴後的長髮披散下來，又黑又濕。屋後，一個中年婦人渾身淋得透濕，坐在水邊，背對道路，撩起皺巴巴地貼肉的衣襟，一只手用手巾擦拭體側。一種不快的感覺掠過我的周身。

　　這時，我讀到一句話，不覺啞然失笑。有人問蘇格拉底，他應不應該娶人，他說，不管娶還是不娶，他總是要懊悔的。愛默森說，這句話至今也無疑是正確的。我將它記了下來，覺得的確很雋永，而且幽默。我把目光從黑體字上移開，越過右邊的湖面，向那片青蔥的草地看去。草地後面高高地豎立著一帶樹林，郁郁蒼蒼，與草地的鮮綠形成對比。我記起那個星期六的晚上，我曾獨自一人在熱鬧的蛙聲中，在那兒徘徊了許久。那片草地真綠呀。那時，我總覺得前邊的草灘比腳下的更綠，等到了近前，才發現實在是一樣，回望時，反倒覺得剛剛站過的地方的草，更加碧綠青翠。我把這個寫進詩裏。但表現得太差。不如一句美國俗語，寥寥幾字，就概括了同樣深刻的道理：The grass is always greener on the next hill。這是我的美國老師在回信中寫的。我很感慚愧，因為我寄給他的那首英文詩寫了那麼多話，而他用的這句諺語，僅用幾個字就把我所說的意思淋漓盡致地表達出來了。

　　兩個學生從身邊走過。一個正起勁地談著什麼。我聽到「二十世紀」、「現代化」等名詞，當他和我平齊時，他談起亞裏斯多德，而且把這個音發得很響亮，使我看了他一眼：短褲，一半被長汗衫蓋住，背上因汗而發黑。他的同伴衣冠楚楚，他的神態和路像表明他是個不善言談，但佩服他朋友的人，那微垂的頭和微駝的背。談亞裏斯多德的那個口齒清楚，講得頭頭是道，儼然

在作演講。還不是一張空嘴，我想。

　　一會兒，我來到一座臺階前。後面是樹木密密麻麻的山，大道上時而掠過自行車和緩緩散步的人，但這個臺階上沒有一個人。不遠處，一座宛如堡壘的房前，有些人在游泳，發出快活的喊叫。我將書包從肩頭摘下，放在階石上，調羹撞著飯碗，發出一聲叮當。我不急於坐下，因為這時愛默森開始敘述蒙泰恩（有的譯作蒙田），他說他家有一本蒙田，但無人讀它，完全被遺忘了。他是從大學逃出來時，偶爾翻了翻這本書，立刻被吸引了。他說這本書好像是他自己寫的，前世寫的。接著又提到許多名人如何喜愛蒙田，其中有拜倫的名字。什麼時候有功夫，一定去借本蒙田看看，我想。

　　我把書塞進書包。抬頭看看西天。在夕陽落下的地方，烏雲被它的余熱熔化，豁開寬大的縫，發出金紅的光彩，這橫亙的光彩倒映在湖中，便被拉長，像一排整齊的廊柱，渾圓而頎長，閃耀著金光的小波浪，迅速地竄來竄去，將廊柱彼此連接，刻出一道又密又細的紋路。我解開皮帶，脫下長褲，蓋住書包，又脫下汗衫，已經半濕了，鋪在褲子上，像一堆包袱。游泳褲在大腿處擠了一下，壓進肉裏。我長胖了，我想。稍稍使勁，我把它塞進短褲中，解開一個鈕扣，從右邊將游泳褲的帶子系上，然後摸索著用手把兩顆扣子扣上。我無意識地做著這些時，看見半露在外面的小腹。叮呤呤，自行車響著鈴，從我後面的路上駛過。我眼前出現一個女人，躲在暗處欣賞我。但這周圍沒有暗處。山上林子太密，她蹲不住。再說，像你這樣發胖的身體，有哪一個女的會喜歡呢？除非有《健康》雜誌上那健美比賽者的體型和肌肉

還差不多。

　　我沒有活動肢體，便下到水中。我覺得好像沒有做什麼，但又想不起來，水與路面的熱度相比，略顯得涼快。我伸開臂膀，向外面遊去。眼前出現一根粗鐵桿，半露出水面。但這鐵桿不在這兒，而在學院附近某個臺階跟前，漲水時便全部淹沒。這兒會不會也有這樣一根被淹沒的鐵桿呢？我不敢向前遊了。遠處又傳來嘻笑和歡呼聲，那是游泳者玩得快活的喊叫。他們都不來這兒遊，莫非這兒真有什麼隱藏危險的？我想起上午閃過的一個怪念頭，有人說湖邊有個地方不能游泳，水中有人提腳。我不相信，便去看，親眼看見一個人下去後就沒起來，連掙扎都沒掙扎，水面翻了一個花，什麼也沒有了。我還是不信，便自己下去了。遊了一會，沒有什麼動靜，便得意起來，一面浮著水，一面歡呼，誰知第二聲歡呼還沒喊出口，腳好像踏空了，整個人象一塊石頭便往下沈，最初一剎那的感覺是，下面有個無底的黑洞，水冰冷刺骨，一下子就冷得人失去了知覺。這是個不祥的預兆，我想。我的預兆一般都很應驗的。我渾身顫栗起來，覺得好像前面就豎著那根尖利的鋼筋，而我不知道，遊了過去，鋼筋銳利的尖頭，劃開了我的肚皮，從脖頸一直劃到小腹，血流如注，剎時染紅了湖水，像伍老拔一樣。我咬咬牙，覺得這種想法太荒唐。不過一死吧，死就死。頓時好像增添了力量，雖然還有些遊移，但動作已有了某種堅定的性質，我向前遊去，沒有遇到那劃開肚皮的尖頭。我停下來，踩著水，回頭看了一眼，離岸大約有二十米遠。我將身一側，仰在水面上，雙腿輕輕上下擺動，保持身體不沉。整個覆著灰雲的天空，就罩在我的頭頂四周。我找不出詞來描繪

我見到的景象，我當時只覺得，天空像一只巨大的眼睛，正俯視著我，有一大片雲層顏色較深，就是眼珠吧，而通過倒仰的余光所見的約隱約現的浮動的湖岸，就是它的眼眶。這種感覺持續了很久，一直到第二次遊時才消失。這一次我的頭是向著下水的臺階方向，因此只看到一半天空，另一半是樹梢的山，那些樹梢很像覆在額際的捲髮，而蒼天這時是一副灰白色的臉龐。我向前遊去，看見自己的手臂在清亮的水中劃動。水在手的觸摸下特別柔軟，而又不可把握。前面的水上浮著斑斑綠跡，我折回頭上岸。因為仰遊，頭髮全順到後面，一站起身，水便流下來，不斷滴到眼睛周圍和臉上。我用食指將水珠刮去，在階石上坐下。夜漸漸來臨，山中野鴿不再咕咕，被蟬聲代替。對岸的磨山腳繞著一帶薄薄的乳霧，半山腰冒出一股濃煙，一動不動，像一株大樹。我吸著煙，噴吐了幾口，這才發現煙一吐出口，很快就消散了。然而，臉上身上沒有感到絲毫的風，也許是空間的廣大吧，我想，如果在一間小房，不要幾口，就會煙霧騰騰的。我瞧瞧身上，胸窩聚著幾粒水珠，腿上手臂上都掛滿大大小小的水珠。該帶毛巾來的，我想。我用手把水珠抹去，摔掉，再捏煙卷，煙卷中間出現一道濕痕。全身這麼白，使我好像在摸另一個的身體，彷彿女人的身體。這很討厭，一個男人的身體一旦像女人了，這應該是他的恥辱。

我穿好衣服，朝西天的豁口再次望去。看見一道黑雲伸進金光閃爍的裂縫中，宛如一條鯊魚，皮質光滑堅硬，胴體渾圓，它張著巨大的口，尖長的鼻子觸到雲端，吐出火紅的舌頭。

剛才談論亞裏斯德的那人又回來了，這次他們談的還是「二

十世紀」、「工業化」，我覺得他們很庸俗。看不清書了，我遺憾地想。一輛吉普駛來，亮著桔紅的小燈，快到跟前，打開刺眼的大燈，又關上，駛過去，又打開，我覺得司機有意打燈，想看清坐在自行車後的那個姑娘。一對情侶走來。老遠就聽見穿藍連衫裙的女子的聲音：「你沒用！人家那樣開你的玩笑，你就該動手。」「你這是什麼意思？」是那男子低低的卑順的聲音。「我說你冒得用！」那女子的聲音悅耳動聽，我覺得聽了很舒服，這種教訓的口吻似乎帶著疼愛。我嘴邊也浮出一絲微笑。「打死它個壞東西！」一輛自行車從我身邊掠過，我回頭，剛好看見飛掠過去的小女孩那對閃閃發亮的可愛的眼睛。是爸爸在跟自己女兒開玩笑。

橋邊已坐滿了人，一堆一堆，他們並不怕落進水中，有的乾脆把兩條腿放在臺上。一個小夥子懷抱吉它，彈著什麼曲子；汽車呼嘯而過，蓋住了一切聲音，使我沒聽見他談的是什麼。

又來了一輛吉普，將前邊扶自行車行走的一對情侶照得雪亮。高個子的男子，裸露的手臂橫過脊梁，摟住女的肩頭，女的裸露的纖細膀子，摟住男的腰，兩個身體緊緊相偎，像兩個結合得緊密的零件樣。轉瞬，燈光消失，一切沉入昏暗之中。太美了，我不覺說。但同時也覺得奇怪，竟沒有產生其他任何感覺，甚至連和她一起親熱的感覺也未能喚起。感情的時代真的結束了？也就是說，青春的時代真的結束了？這個問題一閃而過，我沒有理會，繼續前行。天空不時劃過閃電，烏雲密布，醞釀著一場大雨。

走進宿舍大門看見地上全部潮濕。真的要下大雨了，我想。

＊＊＊

　　今天早上在外語教研室參加答辯時，偶然想起昨天那篇日記中漏掉了一件重要的事情。吉普車過去後，我看見一對情侶，那高個子青年一副神氣十足的樣子，對他的女友說：「反正我已通過了考試，這就行了，這證明了我的能力，敢不敢又算得了什麼呢？」他的聲調裏有一種輕狂，一種藐視一切的意味，但我清楚地知道，他不過是在一個各方面都比他差，或者由於崇拜他而甘願低聲下氣，俯首貼耳的女人面前表現自己罷了。我回頭又看了一眼，那男的手舞足蹈，唾沫橫飛地談著，一面還不屑地聳肩，他的愛人，那個可憐的女子，不得不瑟縮著身子，躲到一邊，免得被他揮動的手打中。我對那男子立時產生一種深深的憎惡，這憎惡瞬間又指向我自己，因為我也曾在自己的愛人面前這樣輕狂過，雖然時間不長，次數也不多，但哪怕流露一秒鐘，也是很可厭的。我唱歌（我自己作的曲）給她聽，她激動了，連聲說好，並不斷要求我再唱一遍，她那種天真、可愛和小孩子一樣高興的神態感染了我，毋寧說刺激了我的虛榮心，於是我硬誇起海口來，她也相信，這我自己都沒有把握，竟為了滿足那虛榮而自吹自擂起來。為這事我很看不起自己，男人實在是沒有什麼可以驕矜於一個女人的，假若這個女人並不愛他的話。後來，我聽見那個教訓丈夫的妻子，想道，剛剛是男的在女的面前逞能，現在則是女的數落男的了，二者必居其一，我想，不覺啞然失笑，接著又聽到父親教姑娘的親昵的罵人話，更是覺得好玩，這時，我猛

然意識到笑將我的嘴唇裂開一道縫，露出牙齒，繼而像風吹波浪一樣傳遍了整個面部。這是怎麼了？我問自己，覺得身心特別舒暢，平常那種像鉛一樣壓在心底的憂鬱和難言的煩悶一掃而光，整個世界彷彿換了一副模樣，不再是從前的悲慘、無聊、痛苦的世界了。生活特別美，with its渣滓堆，半裸著身體在水中洗澡的鄉下人，彈吉它的青年和一對對情侶。孤獨感消失了，黑暗把我和大自然的一切，和人類緊緊熔鑄在一起了。小賣部點著昏黃的油燈，門前一個人半躺半坐在一張靠椅中，我看不見他陰影中的臉，但我覺得他可愛。啊，那的確是一個美好的晚上，當我今天回想起來時，我仍然這樣覺得。

剛剛去洗澡，無意中想到朦朧詩。一小時前看了兩首《青年詩壇》上的詩，都是沒有讀完就放下了，實在沒有多大意思。愛情詩也寫得那樣朦朧，令人看後生厭乃至反感。這種朦朧只能叫做晦澀。我想起一些人盛贊朦朧詩的話，想起我也曾對它迷戀過一陣子。朦朧只能是一種手法，它不能作為一種藝術形式存在，如魯迅的雜文或者羅伯特·勃朗寧的dramatic monologue，不是一種新體，實在是手法，用撲朔迷離的形象反映一些潛意識的狀態或某些朦朧的自然景色，如果自以為這是什麼偉大的創見，從而為朦朧而朦朧，去創造一個隔了幾年後連自己都讀不懂的神祕世界，那又有什麼意義呢？我們掌握知識是為了認識世界，而不是為了創造一個無法捉摸無法把握的世界，就連西方的象徵派詩人，他們也不是有意創造神祕的世界，而是通過逃避現實生活的地獄，而在精神王國中去尋求一個可以把握的實體。因此，我總覺得顧城等詩人非常淺薄，無非是在一些小形象上下大功夫，

而忘記了一個最根本的東西：思想。詩應該有情，這是眾所周知的。然而使一個詩人雄踞於世界文學之林的高峰的，不光是情，而是籠罩在感情之上，溶匯於情感之中的思想。歌德和葉賽寧相比，雖然在抒情方面稍遜一籌，然而葉賽寧永遠無法在思想上勝過歌德。若論感情，誰有薩福寫得熱烈？誰有勃朗寧夫人寫得細膩真摯（我不喜歡她的詩）？誰又有Emily Dickinson那樣跟大自然同呼吸共命運的？沒有！論感情的詩，古今中外的男詩人（哪怕是名詩人），也不見得比女詩人強多少，但就是沒有一個女詩人能夠寫出男詩人那種氣勢磅礴，驚天動地，其中既有感情的江河，也有思想的高峰——沒有一個女詩人能寫出這種詩來。這就是差別。T. S. Eliot有一句話說得的確好：「小詩人的詩讀兩三首就行了，而大詩人的詩必須讀全集。」到目前為止，中國詩人的詩（除沫若之外），沒有一個人是值得讀全集的，一般兩三首就可以看出他的全部創作觀和藝術手法來。要以思想取勝，這是我得到的啟示。當然，藝術也相當重要。這兩點的溶匯，是我一生奮鬥的目標。我不想遵從一切教條和本本，甚至寫克思主義的理論，如果它束縛了我的思想，妨礙了我的天性和自由，我也是要摒棄的。我所談的天性（哎呀，我寫的口氣好像是在訓人，或者在給朋友寫信，這很討厭，但也沒辦法！）和自由，一般來說，指的是精神上的。人們只要稍微思考一下，就會發現現實中的自由是不可能完全得到的，假若我們擺脫了一切束縛，猶如一個遨遊在太空中（小時候看科幻書，曾經想象自己從宇宙飛船掉下去，上不沾天，下不著地，我嚇得要死）的星球，那情形會怎麼樣呢？也許後果會更壞，我們會相撞而粉碎。一定的秩序總是需

要的。在不自由中反而能得到自由，假若我現在是個囚徒，剝奪了一切權利，但同時，我也就不害怕失去人們害怕失去的名利地位，而肆無忌憚地發表言論並作各種各樣的思考了。無論何時何地，心靈上的自由不能失去，失去了心靈的自由，再加上行動的不自由，人簡直就等於上了雙重的鐵枷，死了二次。

對面辛穆的床上擺著兩排空汽水瓶，上面貼著檸檬汽水的商標。這些檸檬汽水是前天我和他從商店擡回的，準備後天畢業晚會飲用。幾個饞鬼見了直流涎，就你一瓶我一瓶喝起來，兩天不到，三十五瓶汽水去了一半，今天辛穆將空瓶退掉，換回十瓶桔子汽水（他這是第二次換了），他一直在嚷嚷著買桔子汽水，說檸檬的還沒有白開水好喝。中午，他起了一個念頭，站到門口喊：「要喝汽水的快來呀，一角五分錢一瓶！晚了就沒了。」剎時，好像從地裏冒出來似的，湧來一大堆人，有的是我們班的，更多的是數理班的。有的掏錢，有的拿空瓶子換，把辛穆忙得不亦樂乎，其實他也並不忙，甚至連伸手收錢的動作也沒做，只是往抽屜指一指，呶嘴示意人們往裏面塞，一副煞有介事的樣子，站在一邊，轉動著眼珠，在算已經賣了多少瓶，大約什麼可以賣完，儼然小店老闆的模樣，挺著肥大的肚子。不到晚上，剩下的檸檬汽水全部喝光，連三令五申決不許動的十瓶桔子汽水也喝得只剩下六瓶，我口渴得要死，一定要喝，喝了兩瓶。

今天論文答辯，去了大半個班，明天上午估計可以全部結束，再沒有事了。大部分人在玩，走象棋、散步、看閒書，等著分配。沒人提到分配的事。

事，他想，我沒日沒夜地學習，想掌握更多的知識，作個合格的老師，或者譯員，勝任一項維持生命的工作，什麼樣的苦我都能吃，為什麼我──，他想不下去了。一閃而過的念頭，一句不慎說出的話，就會使你背一輩子黑鍋，永遠也擡不起頭來，難道這是自由？他幾乎透不過氣來，覺得胸口彷彿塞滿破布。他想到自殺。不，我決不自殺。那個年輕人印著血跡的臘黃面孔，出現在他眼前。他的死證明了什麼呢？起到了何種效果呢？如某個人開玩笑的，不過證明了他的存在，使千萬不知道他的學生現在知道有他這麼個人了。真可憐！這樣的死毫無價值，他想，同一個聽憑命運或權勢擺布的活人一樣。還不如反抗、坐牢。「你坐牢，我就，我就去，去探監，」她說。「不，你本來是想說就離婚的，」他說。她笑起來，目光變得更溫和了。「不，我要去看你，帶著孩子。」他把她摟得更緊了一些。《克萊多克夫人》說，她如果愛上了誰，不管那人是乞丐，罪犯或囚徒，她都會愛到底的。「有什麼用？要死就要值得。寫血書。控訴不自由。將針管接到動脈上，接縫處不露出血，用針頭寫，一直寫到差不多精疲力竭，然後氣喘吁吁，拼著全力爬到十八層的高樓頂把傳單向街道人群拋去，然後把全身澆滿汽油，點燃，向下跳。警笛，封鎖消息，啊，可怕，然而仇恨的種子已種下了，人們渴望自由。他瞧著眼前來來往往的行人，由於激動，眼前罩上了一層紅霧，彷彿這些人全身上下都是血淋淋地放著紅光。他們吃喝、睡、開會、生兒育女，一代一代，在前輩的平庸和枯骨上構築天堂的花園。生活多麼無聊！等車的人像淋了雨的雞，收斂了翅膀，棲在汽車站天棚下的鐵欄桿上。那為生活折磨得灰白，布滿

皺紋的臉，低著頭沉思，這思緒決非為了拯救人類於水深火熱之中，而是縈繞在自己的小家，這個月的獎金多拿了幾多？小孩成績不好，今天一定得打他並且要他看書。這兒的生活簡直無法使人忍受。他只要能夠自由自在地思想，哪怕吃糠咽菜他都在所不惜。他不能容忍在思想上受人支配，被人牽著鼻子走，他願意在同等地位上對一切思想進行選擇取捨，按照自己的理解和興趣。但在這兒，人不可能自由地思想。

事情過後（大約只花了三到五分鐘），她從他懷裏起來（他要她起來的），把門打開，繫好褲帶，將紙頭丟進廁所，洗了手，回來，靠在他懷裏。兩人相偎，默默無語。

「我要走了，」他說。

「晚上不在這兒睡了？」

「不了，太麻煩。」

「我可以給你找位置。」

「算了。」

「那明天我值班，有時間多──」

「你就抓緊時間把那本小說看完。」

「也好。」

停停她說：「你才自私。」

「怎麼了？」

她不響，用洞察幽微的目光瞧著他。

「你才自私，」這是他的武器，以其人之道還治其人之身。

「你來過了，就想走。」

「我不來還不是要走的嗎？」

「你就是為這。」

「可我來之前就打算好不過夜的。」

他想起剛見到她的情景。她柔情綿綿。

「你想不想我？」他問。

「想，可想呢！」

他把她拉進懷裏，她溫馴得像頭小羊羔。

「不，」她馬上清醒過來掙扎道。「你瞧那邊平臺上，有人在瞧。」

「你呢，想不想我？」她把一個洗得乾乾淨淨的大紅番茄遞到他手裏。

「你吃大的，我吃小的，」他推回去。

「你吃大的。」

「你吃。」

「你吃。」

「好吧。」

「你想我嗎？」

「你瞧，我已經在你身邊了，而你昨天說要我明天去的，這還看不出來嗎，小傻瓜？」停停他問：「爸爸媽媽好嗎？」

「好。我跟媽媽在一起睡覺，一直和她在一起的。每天晚上有說不完的話。那天晚上，她把番茄用糖腌了，問我吃不吃，我穿著背心，怕出來被你爸爸看見不好，就說算了，你媽一定要我吃，我腳剛伸到床邊，她又說算了，就在床上吃，可是注意別把床弄髒了。他們都忙壞了，準備布置新房，就是你爸爸媽媽住的那個房間，他們就在隔壁小房間住，我很過意不去。你爸爸性

格很好，成天伏在桌上寫呀寫的，譯一本什麼書，我看了他寫的字，真好，又整齊，哪像你的字，髒得要命。」

「你的錯字很多，在這封信裏。」

她吐吐舌頭，做個鬼臉。

「唉，」他說。「我們這代人都被從前坑了。」

＊＊＊

辛穆在對面清東西，把廢紙堆成一堆，準備燒掉，一面喃喃地抱怨：「Bored! Bored! Fee jum win（我們房裏獨創的語言，等於說：I feel as if I wanted to jump out the window。）中午，野盡、醉中真和我在一起喝酒。Z驚訝道：「野盡，你東西都清好了？」我這才看見野盡的床上放著一口箱子和一個被包。晚上，我向Z借《雪萊傳》，他很抱歉，因為已經清理好，放在箱底了。

晚上開了畢業晚會，關於它，我一個字也不想提。本來就提不起人的興趣，還要再復述一遍，那不叫人雙倍地難受嗎？下午，將畢業志願條子給了C指導員，聽他口氣，有分出去的可能。夜間洗澡，更證實了這一點。S告訴我，已有人找他談話，問他是否願意留校。許多平常被忽視的小事都清晰地映現在腦際。C主任開會時射過來的審慎目光，彷彿在察看我的表情，想知道我對她的失言的看法。她答應了。可是，一個口頭上的表示，有什麼益呢？那不是一句空口無憑的老話嗎？我後悔了。我覺得自己受了騙，我當即想找到她，冷冷地對她說如果我沒相信她，我很可能會考上研究生的，並且帶著嘲弄的神情欣賞她的道

歉。她會道歉的，她騙了我。「不要考研究生，真的，不要考研究生！」我仔細檢查我的靈魂深處，看有沒有深仇大恨，或懊悔，不，沒有。哪兒都一樣，我這樣想。哪兒都一樣。Y書記那粗笨的樣子看了令人難受，她講起話來有點語無倫次，難道你肯被這樣的人統治？那天拿匯款蓋章，小F態度冷冰冰的。毫不友好，分明在說：「你完了，被分出去了。」如果事實相反，她肯定會換一副面孔，心想：「不能怠慢這個人，因為他將來還要和我共事的。」

　　W老師有一天碰見我也很冷淡，似乎還躲躲閃閃，不願和我搭腔。而L老師問「你會不會留校」的話，簡直就像有意諷刺。另外有個主任一講話便嗬嗬直笑，可無論她怎麼笑，也不能使人忘記她那對學生的大發淫威。今天她上臺作致詞，我看著她，她無意中看了我一眼，我不敢再看她了。我的眼中流露著太多的憎恨，我怕她看見了，但是，她已經看見了，有幾次越過人頭，從那邊第三個桌子向我投來探詢的目光。C主任照樣板著臉。

　　T已完全失去了魅力，儘管她穿著齊大腿根的長統尼龍襪，白色高跟鞋，凸出兩個乳房的長裙，但魅力已消失了，我覺得這些東西看起來不僅可笑，而且令人反感。辛穆不斷唆她，甚至還說過這樣的話：「假若我愛上她倆之中的任何一個，我會不會因她跳舞而討厭她呢？」他用眼示意在大禮堂另一邊練習舞蹈的她和另一個同學。我低下頭，沒做聲，我太清楚這句話的意思了。

　　我們有什麼價值呢？發汽水，攢空汽水瓶，還要用這樣的話安慰自己：「我這是為人民服務呀。」

　　照像時，把領導都請到最前面，已經有人在小聲嘀咕了：

好星期天見的，（這時Z的哥哥又開始跟我說話，他是幾分鐘前進來的。「今天上午進城去了。我來這兒四個月，共去過三次。都是辦事，平常就待在家裏，看書，聽音樂，或者沉思。像那種閒聊，無所事事，與我無關，就像《紅樓夢》中林黛玉說的，沒有不散的宴席，與其虛偽地大家在一起熱鬧，還不如獨自一人呆著好。」）打了幾個呵欠，怎麼這麼困呀？愁時瞌睡多，好像有這樣一句話。昨夜是二點鐘才睡的。拉燈線開關時，什麼東西掉在地上，「喀啦」一響。我躺在黑暗中。是什麼東西呢？帳夾子？我用手摸了摸，硬梆梆地，夾在帳子上。手錶？有點像。怎麼可能呢？手錶在抽屜裏，怎麼會摔下來的呢？看一下吧。我不情願地爬起來，摸到燈線開關，「叭噠」，拉了一下，燈沒亮。看不見一絲亮光，甚至連窗口的方框框都看不見。好黑呀！好像是最黑的一個夜晚。燈為什麼突然不亮了呢？還有手錶。算了吧，摔就摔了，反正已經摔了好多次也沒壞，經摔。沒地方可去。沒有人。卻並不孤獨。「我跟你說，這一生有一點是絕對的：我決不入黨！決不！哪怕將我就地處決，我也不入！」「我和你的想法也一樣。」「我只在下放時寫過一次申請，以後再沒寫過。其實，在大學機會很多。」「你這四年當中一次申請書也沒有遞交？」「沒有。其實，我可以投機，在領導一找我談過話後我就趁機遞上去，保住我自己的地位。自從寫詩出事後，一個同學要我找領導匯報，承認錯誤，說這樣也許可以挽回損失。」「你去了沒有？」「沒有」「你呀，不能太倔犟耿直，要──」「要虛偽一點，是嗎？」「不是，要圓滑一點，也就是說世故一點，或者不如說，成熟一點。何必鬥呢，鬥不過的。」我

　　W現在的舉動非常奇特。頭天晚上，看見他拿把雨傘，背著塞得滿滿的書包走出大門。「哪去？」「上教室去。」「去看書呀？」「唉。」這是新鮮事。平常這個時候，他早已躺在床上了，四年如一日，現在論文結束，學習生活告一段落時，他反而勤快了，真令人百思不得其解。也許是去寫小說吧？我想起他的孤獨的散步和散步後回來往小本子上記東西，同時用一只手掩著字跡。他不是一個搞文學的人。我的直覺很快告訴我，這奇怪舉動與分配有關。他已經分到學校了，所以現在抓緊時間複習複習過去的功課，好為新學期的教學打下基礎。「你會不會留校？」「不知道，」他說。「沒人跟我談話，」擰起頭來，盯著我。你在明明白白地撒謊！我在心裏對他說，儘管你在這句話前用了「跟你說句實話」的強勢語。你在明明白白地撒謊！我感到絕望，永遠也不要再希求同他談心了。永遠也不可能和他溝通的。「白頭如新」這句話像一朵火花，放射出它的全部意義的光彩，令人毛焦火辣，疼痛難當。永遠不再可能和他以及許多人傾心相與了。這真可怕，心彷彿要炸裂。一股狂暴的殺人欲望在我胸中沸騰。一切都會過去。忘掉他吧，永遠永遠地忘掉他吧。也忘掉她吧。請你轉告她，說我很抱歉，沒有幫到這個忙。不要緊，我會告訴她說你已盡了最大的努力了。我看看他，他避開我的目光，臉上表情極不自然。不用這樣，我在心裏對他說，我知道你已經愛上了她。我不會從中作梗，更不會認為有什麼不道德。我早就知道了，從那次你談到她時的神色，我已看出。我痛苦了一陣子，很短暫的一陣，那震撼人心的暴風雨平息了，我會像一個熟人，一個白頭如新的熟人一樣對待她的。你何必要騙我說你從

沒去過她那兒，連她的房間是什麼樣子都不知道呢？你已經忘了有一次你告訴我你到她那兒的路徑，大門進去，第XX座樓。但是，我並不怨怪你，人為了愛情是什麼事都可以幹出來的，也可以被原諒的。我現在對誰都不恨也不愛。

* * *

有些我本來願望做而沒做成的事，很久以後，我在不同時間或地點內，仍然在思想中反覆做著。昨天他們忘了將我的口琴獨奏排上節目單，因此我失去了最後一次表演的機會，為此，羅博向我道歉。剛才洗完澡，我的思緒不知怎麼回到昨天的晚會上，想起那個Nan的口琴演奏。她吹得很一般，眼睛望著地上，身子隨著節奏擺動，有幾分羞澀，又想在這種羞澀中裝得大膽，因此看了令人感到不和諧自然。「要是我上去吹，我會大大方方的，用兩只手，不，一只手，用右手捏著口琴，左手就隨便插在褲袋裏，我要說，同學們，我給大家演奏一首《山楂樹》好嗎？」「好！」四周響起喝彩聲和劈哩啪啦的鼓掌聲。我很受鼓舞，開始吹起來。我吹得得心應手，博得了熱烈的掌聲，而且一連吹了三首。這時，我的思緒突然中斷，回到現實中來。我發現自己跟別人不同的就在這點，永遠在心靈裏完成那在現實中沒完成的事。皮塔這次也沒有唱我作曲的那首歌，如果我是個疑心很重的人，我會自然而然地想，他嫉妒我，因此才不肯唱我作的曲，把他自己貶低。我不願意讓這種卑汙的思想，玷汙我的大腦，即便有那麼一閃念，我也立刻扼殺。內心深處，我感到不滿足，也稍

稍有些不舒服。他們當我面說這曲子譜得好，後來沒唱，又向我道歉，說沒功夫，但就我所知，根本就沒聽他們練唱這兩首歌。誰知是什麼原因呢？我不願把別人想得那麼壞。我乾脆什麼也不想。一切都聽其自然。貶也好，誇獎也好，我都無所謂，只要自己知道自己的能力就行了。

　　晚間散步歸來，感到很難受，孤寂感重重壓在心頭。我對周圍的人和事物產生了極度厭惡。我覺得在這個地方再呆一分鐘我就無法活下去了。他們笑容喧嘩，在打撲克，我到野盡的房間去學習，但門卻鎖了，野盡不在家。我站在昏黃的路燈下寫詩，只寫了兩句就什麼也寫不出來了。因為剛走了一段長路，身上發熱流汗，心中又煩躁不安。過了一會，野盡來了，我聽他談向挨他打的姑娘檢討的事。他說檢討書的內容基本是指導員授意的，全是那一套。他對這件事的評價是：「現在連院黨委都知道了，打姑娘這在我們學院是開天辟地的第一回，我現在全院聞名了，」他得意洋洋地說。真是個孩子，我在心中苦笑一下。

　　他告訴我，我可能留校。我的天，我雖然不承認，不相信，但我的心的的確確在那一剎那間平靜了，以致那首悲觀詩還沒完，我已無法再找到剛剛那種感情了。我得承認，這次不留我在校給了我一定的打擊。要不然，我幹嗎失去了笑容？幹嗎買煙抽？S注意到這一點了。我矢口否認。「很少抽煙，」我說。瞌睡來了，想睡。隨便他們把我分到哪裏吧！

＊　＊　＊

So bored！So bored！聽音樂驅趕boredom！聽什麼呢？加拿大歌曲！音符一跑出錄音機，我就感到更加無聊。關掉！再換一個。鄧麗君！不行，更無聊。中國二胡曲。現在感覺怎麼樣？我搖搖頭，臉上出現極度無聊的表情。完了，完了，什麼偏方都用過了，你已經不可救藥了！還聽什麼呢？中西藥都吃過了。沒有辦法。我拚命捶桌子，我把褲腿卷到膝頭，將雙腳放到桌上，墊著兩本大字典，拚命吸煙。我用手背使勁擦腋窩，然後聞它強烈的狐臭。我喊叫，我大聲打呵欠，從最高音一直到最低音，中間隔著至少兩個八度。我在心中醞釀著仇恨，將惡毒的目光投向每一個路人，尤其是女性。我要將這心靈深處的毒汁射到她們身上，使她們受傷，永遠難忘。我看見那個身個高高、大眼圓臉，面色紅潤的姑娘，真恨不得朝她啐上一口。我想像著班上最美的一個姑娘找我辦事，我對她怒斥：「滾開吧！去找別個去，不要找老子！老子跟你有什麼關係呢？」對面床上的辛穆呻吟一聲，「啪」地將書扔在桌上，說：「哎喲，以睡dri bor喲（以睡眠drive boredom）！」鄧麗君的歌聲太動聽了！她使我想起了那個黃昏，那蒙在柔軟暮色中少女的臉龐，那火熱而撩逗人的歌聲，我的心跳，不知不覺地停下，卻又惶恐不安。這時什麼也無法趕走我胸中的鬱悶和無聊，還是鄧麗君的歌曲。他們（懷柔和辛穆）也在如饑似渴地聽著。懷柔睡不著爬起來一面寫日記，一面聽音樂。而辛穆陶醉在音樂中，正沉沉睡去，尋求他的好夢。我的心哭著想起工廠那冷冰冰空蕩蕩的房。小陳給我講著他的夢。「我在夢中見到最美的景色，有時有大片鮮花，白天鵝成群成群地在湖上飛來飛去。有時我獨自一人徜徉在金碧輝煌的大廳。」

啊，那可憐的人！他永遠在做夢，帳子從來沒洗，黑得像抹布，破了幾個大洞。一床被子跟眼前的他，也是一蓋就是一年至兩年不定。為什麼我一生所接觸的都是這樣的人？孤兒、失去母親的人、失去父親的人、在愛情上永遠得不到滿足的人，為什麼，啊，為什麼？我的心顫抖著，痙攣著，我想大哭，我的眼睛睜得大大，等著泉水般上湧的淚水，我要把它們像自來水，不，像瀑布一樣傾瀉出去，洗乾淨他的被子，洗去這人世間的汙穢。他說，他要聽悲傷的音樂。快，快拿最傷悲的曲子，我這冷漠石頭一樣的心需要悲傷的大錘猛擊，將它擊得粉碎，讓它中心的鮮血再一次迸流，像年輕時，青春旺盛時那樣。我需要愁苦的大刀狠狠砍我，直到我遍體鱗傷。我多想出去，到那翠綠的山谷，在啼聲像鋼珠一樣亮脆的鳥叫聲和繽紛得像晚霞一樣的湖岸旁，脫得光光，跳進清澈見底的湖水中，痛痛快快，像一條魚一樣游泳起來，我憎惡世界的一切，這窒息得人透不過氣來的人世，這純潔得像蒸餾水一樣的人間地獄。可惡！虛偽！正人君子的大笑！法律殘酷的刑具！我憎惡，我憎惡。把我捆起來，關進黑屋子，照我沒頭沒腦地用粗棒子打吧。我不怕，打死我吧！這人世是一個殘酷的屠宰場，可怕至極！

詩，還寫什麼詩？對那些假正經來說，詩不啻是垃圾。我後悔中午加餐時沒有喝酒，為什麼不喝酒呢？不然，現在就可以大醉不醒，忘掉人間的一切。這些熟悉的臉，它們比地球那邊，比火星人還陌生，是的，我馬上要走的，會忘掉你們的，很快，很快，一秒鐘就可以忘掉你們這些道德家，正人君子，偽君子。小時候，黃局長就說我是個偽君子，我當時不知道是什麼意思，

只知道這句話不好，現在我知道了，就是說我心裏想著邪惡，嘴上卻百般粉飾自己。那麼好的人，書記、班長、領導得寵的人，背地裏卻幹著最卑鄙的勾當，說人家壞話，坑害人。但願我永遠也不見到他們。我只想你，姑娘，只想你一個人。從我倆目光相遇的那一剎那，我就知道，你是我的知心人，你是我的女性的自我。啊，姑娘，我在這兒呼喚你，你聽見了嗎？我在小路、樹林、房檐、雨中，在電視機前，電影場，我在這宇宙的每一個地方，遙遠的星星，冷清孤寂的月亮，甚至深深的湖水中，我尋找著你，尋找你那對深沉得像地獄一樣的眼睛，為了你我真能拋棄一切。任人家罵我傻瓜、流氓、罪犯，可這有什麼關係呢，只要我愛你，你愛我！你沒有矯揉造作，你回頭看我，用你火熱的擁抱一切的目光，你將腳步放慢，等我上來。可我，啊，我，這個懦弱的我，我竟什麼表示也沒有，只用一雙渴求得到一切又不敢獲取一切的膽小鬼的眼睛望著你。啊，姑娘，姑娘，我會找到你的。只要在這世上活一天，我就會尋找你一天。我憎惡雪萊的崇高，虛偽的崇高，我只要地獄一樣真實的情感，要拜倫那樣的情感。啊，姑娘，你不要走，不要自欺欺人地用那些假道德的繩索束縛你自己了。來吧，我們將在一起度過火山口一樣灼熱的夜晚，赤裸如野獸一樣的擁抱，快樂超過世間一切的性交，是它使得人類得以生存，為什麼人要虛偽地講什麼理智呢？人類是靠本能生存的，不是靠理智。凡是理智的人都自殺了，或者像屍體一樣地活著。乾脆讓我死去吧，或者就像野獸一樣地活著，我只需要兩種情感維持我的生活，一種是愛，一種是恨。讓那些當面一套背後一套的兩面派，殺人不見血的劊子手，喬裝打扮的蕩婦見

去。」過一會兒，在W和辛穆商量一陣後，辛穆又問：「你不去嗎？」「不去了！」我憤懣地說。「不想去，其實，無所謂。」這句話一定對他倆起了作用，他們不做聲了。怒火在我胸中沸騰，想到這時W會對我產生什麼看法。他一定會在心裏說：「這個人怎麼這樣冷酷無情呀？」就算我冷酷無情吧，那又怎麼樣呢？你並不比我更熱情！「你不想去？」裏普又問我，吃過飯後。「這可不大好。」「什麼不大好！沒去不一定更壞，去了也不一定更好。我不想去，就不去；如果我心裏想送，哪怕這個人沒有一個人送我也要去，如果相反，哪怕全城的人都去送我也不去。」沒有什麼意思，我繼續想著。握手、道別，更可怕的是眼淚，還要裝出笑臉，擠出告別的話，不，絞盡腦汁地想，有什麼意思呢？她是誰？不過是一個老師罷了。她有什麼留在我的記憶中？表示歉意時常將整個舌頭吐出來；上課死搬硬套，而且無頭無緒。當然，人不錯，溫文爾雅，我沒跟她私下交談過一句話。想過這樣做，但始終沒有辦到。「我一生中，除了一個加拿大老師，其余的全部，」我用手一揮。「Forgotten！」她們坐在我對面。白今天穿件藍色的連衣裙，黃則仍穿著那件洗得微微發白的水紅襯衫，臉色不大好，眼睛老避開我的，神情有些憂鬱。我知道個中原因。醉中真不在，他回長沙去了。白一雙烏溜溜的眼珠，出神地看著我，使我覺得，她對我很有好感，而這好感一大部分來自我那首讚美她舞姿的詩。我又看了黃一眼，這時，碰巧瞥見白的視線移在黃身上，一絲不快掠過她的面龐。我明白了。然而，我不能老看著白，不知為什麼，我竟產生了一種不知所措的感覺，不知道該將眼睛固定在誰的身上。如果我盯著黃，我就

想著白會妒嫉生氣；如果我盯著白，我就想著黃會以為我對白有
情，因為我寫的詩白給黃看過了。黃是個很精靈的姑娘，醉中真
曾這樣評價過她：「我們兩個說話，從來只說半句，下半句就會
了然於心。」她從詩中一定不會看不出我對白含有的某種曖昧情
愫。我只好將目光盯在地上或望著窗外，一面說話，偶爾看她倆
一眼，都是平均分配，看了這個，必看那個，但到最後，回想起
來，還是看黃的時候比白多。這真是一種藝術呀！野盡的到來使
我暫時得到解脫。我把視線轉向他，問他送別的情況。「熱鬧，
打了旗子，大家都唱歌，後來還差點哭了。你為什麼不去呢？」
「不想去！」我瞥他一眼，同時意識到黃會意的眼神。然而，辛
穆對送別的描述是不同的。「後來唱送別歌引得在場的許多外國
人回頭看。沒人哭，後來A就逗Gabby小姐：「怎麼還不哭呢？
哭呀！哭呀！」

　　談話一來一去，中間中斷了幾次，但很快便接上了，不致
使人特別難堪。我又止不住大發議論了，人生觀，對女人的觀
察，等。當我描繪女人怎樣喜歡斤斤計較小事並耿耿於懷的
特點時，黃笑了。「我說得不對？」我問她。「No, you're quite
right！」她說話聲音很柔很小，我每次都不得不再問一遍。她一
定疑心我聽覺不好。白很直爽，她說她心裏存不住話，有什麼就
說什麼，因此常常吃虧，還說她有時做了好事得不到好報。我想
起她的經歷：不及格，父親有外遇，母親神經失常，頓時感到心
裏極不舒服。這心情很快消失，我們的談話繼續進行下去。有一
回，她似乎坐不住了，站起來走到窗前，打開窗子說：「我要能
一個人住這樣一間房就好了，我決不會像他這樣布置房子。」她

站起身來，臉部肌肉鬆弛，看上去很憔悴，惟有眸子靈活而明亮。我和黃說話的當兒，她就在房中走來走去，經過我面前，我感到（的確如此）她經過時身體裏有一股無形的力向我靠攏、接近。我無動於衷。她站在我對面，隔著乒乓臺，我隨便掃了她一眼，這一眼掃得如此之快，她的整個穿裙子的身體，只是模糊的一團從眼前晃過。我微微低頭，從余光中看見她（或者不如說是憑感官）垂下視線看她的胸前，用手掌撫平胸前的花邊，整整腰帶。這個動作使我對她有了新的看法。我離開她們，趁著初降的夜色，朝省委禮堂走去，心裏對自己說：「白並不是那種一本正經，純潔無暇的姑娘，她在儘量使用自己的吸引人的本能。倒是黃這人很知道持身，沒有流露出任何輕佻來。」我像一個陌生人觀察動物一樣，這使我自己也吃了一驚。怎麼，幾個月前對她倆懷有那樣幻想的人，現在你竟如此冷漠了，這是怎麼一回事？我可以高興地對自己講，無論她倆作出多麼迷人的動作，我也不會產生任何邪念和想入非非的念頭了。這顆心已經絕對冷了。這樣實在是好，我可以像對男朋友似地對她們講話，而不用臉紅氣短心跳。這樣太好了，我想起野盡告訴我她倆來的事情。我氣得要命。「有沒有碗？」「我怎麼知道呢？」我非常不耐煩地說。「這是誰的東西？」「我怎麼知道呢？」我又說。他幹嗎不要我過去一下子呢？他幹嗎不說：「喂，她們來了，我要出去，一會兒就回，最多一個小時，你就幫我陪陪她們吧」？他幹嗎不說呢？但他立即意識到了這一點。「你來一下好嗎？」他說。「我才不去呢！」我咬牙切齒地說，但我知道，我內心非常想去。不知道是什麼原因，我想見見她們。我試圖給自己解釋，這是最後

一次了。然而與你有何關係呢？她們來是看他們的朋友，不是你，你早已不屬於他們四個的圈子之內了。不要去了！不會的，我決不會去的！

　　然而，我卻去了。我起身對數理班的同學說：「我得去辦點事，」然後就去了。這真是見鬼！連我自己也不知道是怎麼回事。我沿湖走著，感到自己的步子走得太快，便減慢速度，一邊還抱怨自己：「看你，好像趕船似的，離開映時間還早呢。」總算有頭有尾了。萍水相逢，也萍水相別了。當我起身告辭時，看見她們並不熱情，甚至都有點懶得同我打招呼，連站都沒站起來。她們並不喜歡我，我這樣作結論道。沒有誰喜歡我，這是沒辦法的，我穿過麇集在大門口看電視的人群，想道。回到房中，覺得特別無聊，什麼事都不想做。便到野盡的房間。他不在。我看見桌上多了兩個新盒子，打開一看，一個裝著溫度計，一個裝著鑲玻璃鏡的貝雕。這是她們送他和醉中真的禮物。有我嗎？你怎麼會產生這種卑汙的念頭呢？她們對你毫無感情，很快就會把你給忘掉。我回到房中，心情更壞了，我想起幾次送東西的情景。第一次是離廠時送劉隊長的茶葉，紙袋上標著茶葉價，我並沒指望他會送東西，但他卻送了一個臉盆和幾條毛巾幾塊香皂。第二次是送SG的一本筆記本，大約一至兩元左右吧，他竟然送了我一本字典，我有這個預感，怪不怪。第三次是送薩克雷的東西，這一次是永遠使我痛心的，我將後悔一輩子。

　　你這個人永遠不會有朋友，因為你不真心。是這樣嗎？不，不是這樣。但人們肯對我說真心話，啊，這就夠了，這勝過價值連城的禮物。可你何必用這樣的話來安慰自己呢？

＊　＊　＊

　　早上醒來的第一個念頭就是：必須去找C主任，向她打聽清楚分配的去向。

　　我往書包裏塞了兩本書，《茨威格短篇小說集》和《愛默森文選》，一邊啃著乾發糕，一邊往教學大樓走去。時間尚早，還未到八點，樹蔭下，石凳上到處可見晨讀的學生。我忽然想起，這是複習考試階段，他們一定在複習。路上有兩個姑娘親熱地打招呼。她朋友的手在半擁抱她時，無意中撩起了她的一角衣襟，我看見掩在灰色褲子下扭擺的臀部，一下子想起我自己愛人的身體，聯帶想起了昨天的白。無論如何，我不能說是喜歡白這個人。我坐在緊靠路邊的石杌上，繼續著這種思想。黃比白好多了。黃，與以前所得的印象相反，不矯揉造作，而大方自然。她學著黃城腔發「團」這個音，天真可愛，遠比白的那種過於純潔同時又富於調情的眼光來得叫人喜歡。野盡一進屋，白便把這種眼光全部傾瀉到他身上，完全將我忘掉了。我想起了拉裏，他在某個國家認識了一個姑娘，和她同居了很長一段時間，但姑娘一聽說她的舊情人從戰場歸返，便喜出望外，告別了拉裏，搭火車去見他了。拉裏不動感情地說，她保準火車一開，便將他全忘了。我想象著我和白同床共枕的情景，不覺有點不寒而慄，起了一種深深的厭惡。沒有心靈的溝通，我決不願同任何一個女人睡覺，那還不如來一次手淫愉快。我坐在杌上，一邊看《一對酷似而又迥異的孿生姐妹》這篇小說，一邊不斷朝馬路上溜幾眼，唯

恐被書迷住而漏掉了主任走過去的身影。課部的書記挺著肥大的
肚子走過去，洗乾淨的襯衣上有皺折，肥厚的唇下是雖齊卻突的
牙包。我就要在這樣的人領導下工作了？我想起她的講話，語無
倫次，東拉西扯，而且又臭又長。這樣的人竟讓她當書記！我的
心跳了一下，因為透過冬青樹葉，我看見主任的面影，但很快就
看清並不是她的。這一下心跳使人很不舒服，像用燒紅的烙鐵迅
速地在心上面劃了一下，剎那間我頭暈目眩。又不知過了多久，
抬頭看了多少次，正當我最沒意識到她來的時候，我習慣地抬
頭，正好碰上她走過的身影。我忙低下頭去，本來我應該立即站
起來迎上前去，背出那套已準備好的話。「主任，我想找您談點
小事。是這樣的，您能告訴我關於分配的事嗎？」然而我的心跳
得如此厲害，渾身沒有一點氣力了。突然間，我意識到找她問這
樣的問題多麼愚蠢。她並不管分配，從前她雖對你講過留校的
事，但那可說是非正式的，並不負有任何責任。找她要在別人看
來是完全找錯了人。我又抬頭，看見她移動著慢吞吞的步履的灰
色背影。現在上去還來得及，要儘量裝著是順便路過看見她的。
隨便打個招呼，寒暄幾句，然後假裝忽然想起這件事。這時她已
經上坡了，我挎著書包，站在那裏，怔怔地望著她的背影。她從
這邊上樓，我從下邊跑過去，由大門上樓，在二樓走廊中間還可
以攔住她。各種各樣的思想飛快地掠過腦際。又飛快地消失，我
什麼也不能做，只是呆呆地等著，忽然，我聽見一個聲音在說：
「完了，勇氣全部喪失殆盡！」我的嘴唇囁嚅著，不知不覺地重
複了這句話。

　　我沿路慢慢走去。怎麼，就這樣完了嗎？來這兒等一個多

小時，就為的現在這樣心慌意亂，一無所獲地走掉嗎？不行，得去找她，這又不是什麼壞事，何況她從前還許下過諾言，她是有一定責任的，我呼吸平勻了些，步子也穩多了。在接近大門的臺階上，我住下腳步，遲疑不決。她會有什麼責任呢？她只不過告訴你不要考研究生，至於留校，那僅僅是suggesting而已。我突然想起啃發糕時的一些思緒，我和她會面，沒談兩句就崩了，我罵她是騙子，她勃然大怒；我繼續指責她，說如果不是受了她的騙，我今天就不在這兒，而在某個大學當研究生了。我極力克制自己，對自己說，算了，跟她說這些幹什麼？只要打聽清楚一個問題就行：留不留校。留也罷，不留也罷，都無所謂，只要問清楚就行。我不知不覺，移腳進了大門。走廊黑洞洞的，對面走來一個胖女人，用她那深深嵌在肥肉裏的小眼珠溜了我一眼，正好被我看見。黑走廊裏一個女人！我爬上第一段樓梯，在landing上停下，感到心兒狂跳，氣喘吁吁，全身疲軟無力，兩個膝蓋簡直支撐不住全身重量。我看著眼前這段樓梯和上面的走廊。它頂多只有十一、二級，然而顯得如此之長，簡直比磨山的路還長。幸好沒人從那兒走過，看不見我當時的為難處境。我鼓足了勇氣，開始一步步數著梯級往上走，同時手扶著欄桿，體會到膝頭那種軟軟的感覺是怎樣在消耗著我的體力。教研室的門敞開著，投下一個長方框的亮光，橫過走廊，印在對面牆上。從敞開的門中傳來嘻笑和嗡嗡的說話聲。勇氣頓然消失。我轉身，看見女廁所門邊有兩個男人在竊竊私語，揮動著手臂，映著不遠處走廊盡頭的亮窗，顯得漆黑一團，輪廓分明。我逃也似地順原路跑到一樓，但緊接著從另外一邊上了二樓。我必須找她，我斬釘截鐵地對自

己說。我邁著堅硬的腳步，走到敞開的門那兒，看見她坐在靠椅裏，旁邊一個矮個子在看報。這時她起身走到另一邊，沒回頭，而那個小個子回頭看我一眼，我認出一個熟面孔，但無意和他打招呼，他見我沒首先打招呼，便低下頭去仍舊看報。C主任和教研室一個管錄音等雜事的工人談了幾句話便回身，看見了我。

「C主任，你有事嗎？」我聲音太小，她沒聽見，目光移開，朝自己座位走去。

「C主任，你能不能來一下，我找你有點事，」這回她聽見了，臉上露出微笑，很冷淡的微笑。

「是這樣的，」我和她站在門口的光線裏。「我想問問分配的事，其實對這事我自己無所謂，家裏三番五次來信問我，我沒辦法，再說，從別人那兒打聽不到。」

她開始說起來，眼睛避開我。我看見她額上的皺紋，以及被皺紋包圍著的唯一一小塊光滑的區域，像雕落的葉子上的一點平滑部分。她說她不知道，她明明在撒謊。她轉過眼來望著我，我盯著她，發覺她的眼光相當冷酷，全然不認識我似的。從前找我談話時的那股子熱情已經完全消失了。我起了一種瘋狂的欲念，恨不得高舉雙拳，狠狠照那閃著難看的光的眼鏡片打去，再把那光滑的區域打個稀爛。這張臉太醜了！她還在撒謊！我說，那好，算了吧！轉身就走，也沒打一個招呼，心裏異常清晰，一切都完了。避開的目光，冷漠的態度，那「這與我有什麼關係，我也沒錯」的將一切推得乾乾淨淨的神情，都清楚明白地告訴我，一切希望都沒有了。

回到宿舍，我在筆記本上記了這樣一句話：讓別人掌握自己

能，要哄孩子，要餵飯，要將自己的一切欲求都放棄，為了孩子。但結果如何呢？不過是培養出另一個會生兒育女的人罷了。人類就是這樣無聊，我將來的生活也將如此無聊。聽著大喇叭裏直著喉嚨喊誰立扎根邊疆，我毛髮直豎，這班傢伙，只知道對別人講大道理，用虛偽的信仰騙別人，我已經對現存的道德觀和所有那些高尚得可疑的東西產生了極度的厭惡。那自殺的年輕人至今還活在我心間，在我軟弱時召喚我去。不，我目前不想走他的道，唯一使我能活下去的是藝術和不斷探索藝術的信仰。我對其他的一切都憎惡透了。到圖書館去，這是最後一次，也是第一次沒有對手中的雜誌產生一點興趣。我把目錄翻翻，覺得乏味透頂，便隨手扔下。一連這樣翻了十幾本，根本不知道看的什麼東西，可是從前，圖書館常常是我靈感的來源，只要看一回雜誌，我就會寫出很多詩，獲得各方面的知識。而今，我在桌子中間穿來穿去，像只忙忙碌碌而不知目的的螞蟻。詩的靈感枯萎了。心悶得要死，像這密不可分的陰雲，非要下一場透雨不行。電扇吹著，對著他哥哥。我更熱了。人生也是這樣，幸福的的電扇的範圍，只能容納幾個人，其他的必在這圈圈之外，像我。然而，我不像一般人，我是為受苦而生，不是為幸福而生的。幸福沒有人的份，驀然，一陣冰涼的恐懼攫住我。我看見一些人撬開我的箱子，把所有的稿件浩劫一空。他們審了稿後，認為太惡毒，就把我送交法庭，法官判我五年的罪，並要我低頭認罪。我說：「我沒有罪，真正的罪人在社會比比皆是，尤其在掌權的人中，更是如此。如果說我有什麼罪的話，那就是我說了直話。我不想只坐五年的牢，要坐就坐一輩子，我並不害怕，也不後悔，我是無罪

的，在牢中我可以學到許多東西。我可以寫作，讓全世界的人都知道你們是多麼不公正，多麼殘酷。」他們割了我的舌頭，砍去我的雙手，剜去了我的雙眼，但我的心用血在寫著這本生活的書，總有一天，當心變得像巖石一樣硬，這些字就會永遠鐫刻在上面。當人們把我發掘出來，除了一顆骷髏，兩段枯骨以外，還有一顆桃形的石頭，考古學家將從上面推斷我所住的社會，知道這時候的社會並不比以往的社會好多少。

＊　＊　＊

　　從昨天下午出門到今夜動筆，這不到三十個小時的時間內，發生了多少事情啊！如果從頭敘來，纖毫不漏，恐怕要用三十個小時才講得清吧。那麼，該講些什麼，怎樣講，就成了一個至關重要的問題了。

　　昨夜她給我講了一個故事，有趣的故事。「我在車上，來了一個流裏流氣的青年，買的是站票，看見我旁邊有個空位，就坐了下來，一雙眼睛賊溜溜地老盯著我的胸脯，我心裏煩得要命，但面上裝得若無其事，這時，那個位子的乘客來了，我才鬆口氣。這個人年紀約摸二十三、四，戴副墨鏡，一副神氣活現的樣子，人倒還算規矩，坐時不敢挨我太近，而且眼睛也不亂看人。我的前排位上那個剃光頭的小青年伸懶腰打了個大呵欠，聲音可怕極了。我頓時對他十分反感。他拿了一副牌，獨自一人到車門口的坡上打起來，有個人便湊過去看他打。兩個人一會兒像混熟了一樣，打了起來，接著，車尾坐的兩個人也參加進去，我先不

知道這四個人是同夥，以為他們是湊熱鬧。我身邊那個戴墨鏡的自言自語說莫跟這些人來，只會吃虧的。哪曉得他也憋不住了，便跑上去加入了，一會兒就輸了四十塊錢。他們在賭博！先是一塊兩塊地來，後來就五塊十塊地來。手裏只有三張牌，兩張九一張Q，反放著把錢押在其中一張上，然後猜這張是什麼，如果說中了是Q，錢就歸他得。」光頭負責看牌，他說：『你們眼快我手更快！』果然如此，趁人低頭掏錢的當兒，他就把牌換了。我就在旁邊，他的一舉一動全被我看在眼裏。另外有兩個乘客沒賭一會，就輸了一塊表外加四十塊錢。其中一個小夥子長得挺漂亮的，他上車時為一件小事跟旁邊一個老頭吵起來，後來賭的時候，那老頭子關照他不要賭，說：『你肯定吃虧！』他不聽。看打牌的一個小夥子一言不發，這人很精，早就看穿了他們四個人玩的鬼把戲，所以他一有開口的樣子，那個光頭便警告說：『你不打就少管閒事啊！』輸了錢的幾個人後來只好自認倒霉，一聲不做。我旁邊那個趾高氣揚的小夥子，這時像泄了氣的皮球坐在那兒發呆。另外那兩個人本來是同一個姑娘上武漢來玩的，輸的錢是膳宿費，結果不得不下車就去找人借錢。」

　　昨天晚上和今天早上，我都和她幹了些什麼呢？這些都羞於說出口，說出來也沒有多大意思。她月經帶還沒取，我們就。血紅紅的。我在遠離她的時候，想起這些事來，不寒而栗，厭惡之感油然而生。荒唐、墮落、放縱、淫亂。然而，不可避免。我在和她來的時候，把她的身體想像成碰見的那個人。她不能說長得很美，但她的眼光具有色情的魅力，我第一次相信了肉性人物這個名詞。她的目光同我相遇時，我顫栗了，竟不由自主地把視線

調開，感到一股熱流傳遍周身，熱烘烘、懶洋洋、癢癢的，使人想起了與性交有關的一切。這種念頭一閃而過，我便努力克制自己，想些別的事情，借以將此事忘掉。然而，從上船到下船直到上車和下車，我像被無形的繩索牽在她的手上，一直跟著她，偷偷注意她，我承認這很卑鄙，就是這個念頭最終使我加快腳步，把她和她的同伴甩掉了。然而，她的形象不斷回到我心間。白軟的手，火紅的手帕，勻稱而小巧的臀部，挑逗的目光。

上午到鄒媽家去，她和曹叔叔坐在椅子裏，一副精疲力盡的樣子。房間裏到處留下了大水淹過的痕跡。地面潮濕，桌上蒙著一層灰綠的霉，就像我宿舍的桌子。櫃子下層的物件，全部搬出來放在櫃子頭或桌上。藥瓶、碗、報紙等等。我對她講了分配的事以及聯帶想起的一些其他的事。她和曹叔叔照樣輪番駁斥我，說我狂妄自大，瞧不起一切。鄒媽這回採用的手法是諷刺，大刀闊斧的諷刺，我覺得很逗。我喜歡在她和叔叔面前暴露弱點，讓他們攻擊，從中覺到一種稀有的樂趣。其實，他們反來覆去講的中心內容不過是一個「忍」字。「要好好處理各方面的關係，處理好了，心情就舒暢，不然，就難受，」叔叔說。「你叔叔同事有一句話，我至今還記得，」鄒媽說。「叔叔不肯求人，那個同事便對我說：『大姐姐也，我說句話你莫見怪，在人前低頭就是為自己方便呀！』我的女朋友則在一邊敲邊鼓，應和著他們埋怨我。我在他們三人的猛烈炮火攻擊下，鎮定自若，時不時亮出殺手鐧，發表我的可怕言論。「那可不行的呢，」叔叔聽我說一出國再不回返的話後說。「你要曉得，在國外也不可能完全自由，要不是祖國強大，華僑在國外還不是受欺負。你這種作法完全是

為個人打算。」談著談著，鄒媽說她餓死了，曹叔叔也喊餓。糯米稀飯已經熟了，又蒸了幾個鴨蛋，我去買來半斤小包。四個人吃了一頓。我和盈盈吃得少一點，因為十一點左右我們吃了面，算是個brunch（早、中合餐）。

又談起結婚的事。要送糖，媽的單位人人要送到，因為她工作了那麼長的時間，兒子又是人們看著長大的，領導對她照顧也不錯，派她去廣州、上海等地去出差。盈盈的單位呢，自己科室的人多把點，再就給熟人，一般的人就算了。反正這是個形式，總要做的。盈盈最好回去同家裏商量，看家裏要些什麼糖、酒、煙等，或辦酒的錢。我漫不經心，鄒媽罵我：你對這都不關心，一心想你的詩，想在《飛天》上發表，成名成家！這下好了，你又成名。又成家了。她家子女三人結婚，女方要求都不苛刻，只說沒這回事就完了。

下午累得要死。和盈盈到她新近調到水利局研究所的舅舅家去。結果人沒找到，因他根本不住在那兒，把我倆腿都走疲軟了。

她說她哥結婚時辦得很簡單，我產生了這樣的感覺，她哥哥沒有一個朋友，她家吝嗇。這種感覺！她聽了一定會很氣憤的。當然，這也許不是事實。

晚上找王老師，不在，卻不期碰見住他對門的李老師。他教日語，是個熱心快腸的人。很對我味口。我和他談話從來都是互相盯著對方眼睛談話的，這很少有。凡是能這樣談話而不感到喉頭發緊的人，我就覺得是可取的，可互通感情的。

＊＊＊

　　我呆呆地坐在桌邊，手裏玩著一塊橡皮擦。我把它豎起來，屈起食指，猛地一彈。皮擦骨碌碌蹦到前面的大字典上，被反彈回來。我又把它豎起。這樣毫無意義地像練足球似地玩了半天。對面的房門大敞，牌又打起來了。姑娘說話的聲音。今天有兩個姑娘參加了打牌。「要不是我的牌出得好，你們肯定摳底！」是一個男同學的粗聲。辛穆感到百無聊賴，便搬兩個凳子到門口，躺在上面呼哧呼哧地練起啞鈴來，直練得兩塊胸肌突出，圓鼓鼓的臂肌上，暴著兩根電線般的青筋。其實，我有很多事要作，很多話要說。昨天開始寫的長篇小說今天得花幾個小時繼續下去；今晚散步同ZZZ的談話也要寫。然而，一種無可奈何的感覺像濃煙彌漫了我的心房，我四肢綿軟無力，大腦麻木不仁，我問自己，你相信基督嗎？

　　昨天下午畢業分配學習討論，我的發言是這樣的：「哪兒都一樣，高的低的都行，我在農村混過，工廠也混過，什麼苦都吃過。反正不管分到哪裏，我都是學習學習再學習，只要學到了本領，不管在哪裏都可以好好服務。」我是閉著眼睛說這些話的。我不願看見人們的臉，更不願看見C主任的臉。從昨天到今天，我沒正眼看她一下，雖然我知道，她是無罪的，她並沒有騙我。然而，我就是討厭她。今天我只說了兩句話：「該說的大家都說了，我只講兩句，對比先進人物，我差得很遠，應該向他們學習。第二，假若國家分配與自己的要求有衝突，我服從國家分配。」C主任後來不指名地說：「有的人只講兩句，這怎麼行

呢？」她的語氣不激烈，但我知道是針對我的。我想了想，決定再不講了。你以為靠權勢可以壓服我？何況也講不出什麼名堂，一切都是聽從命運安排。

　　我已經預感到不會留校了，當我把這話告訴Z時，他有些不相信，我們沿湖散步。我不得不找話講，因為他一言不發，心不在焉。這四年來，我們兩人像這樣單獨地散步，還是第一回。走了很久，大約到划船隊的游泳池前邊的山口，他才開口，問我：「我有件事你知不知道？」聽說我不知道，他很驚訝。「這事班上大部分同學都知道了。」囁嚅了半天，他才說出：「我的父母信基督。我呢，也信。」不顧我的震驚，他繼續說：「為這事學校找我談了多次，據他們的意思，想將我留校，但條件是我必須不信基督教，這我肯定不會。我寧可不留校，也不放棄這個信仰。四年即將結束了，我這個信仰也基本堅定了。剛開始接觸這個東西時，我實在是討厭，後來我勸自己，還是看一看，總會有些好處的，反正從中吸取智慧嘛。我就開始看起來，越看越放不下手，最後完全迷上了它。四年當中，當然也左右搖擺，動搖過好多次，現在堅定了信念。我的確覺得《聖經》裏講的是真的。其實，把各教及共產主義的根本理論對照看一看，大致差不多，講的都是善及仁愛。它裏面講人由靈魂體組成，靈即intuition，魂則是三個部分：心思、心情、心智；體就是肉體。人有old self和new self，new self一旦建立，就不會消滅，只會不斷增長，old self則可以像脫衣服一樣地脫去，這樣的感覺我有過。Ten Commandments嗎？是這樣，它原是猶太教中最根本的原則，猶太教是全世界最早的教，後來猶太人根據這十誡，又發展了許

許多多的小教條，結果成了束縛人的鎖鏈。本來十誡的基本原則就是讓人知罪然後悔罪，皈依神聖就行。全宇宙只有兩個東西，聖靈和邪靈。邪靈就是鄉下人常說的鬼，我們下放的那兒有一個婦女，有一天被魔鬼纏身，整個人身體不能動彈，將孩子一邊一個挾得緊緊，整整兩天不吃不喝躺在床上幾個正勞力都不能將孩子拉開，三個人都快餓死了，最後到處求神告佛。有人說基督徒行。果不其然，請來的那個基督徒一來，就跪下來說：『神呀！』話音剛落，那女子手臂鬆開，兩個孩子掉在床上，她睜開眼睛，眾人忙端上茶飯。看《聖經》還有這種體會，看著看著好像什麼都看進了，又什麼印象都沒有，這時突然有一句話像火一樣，猛地燙著你的心。這句話對你的生活往往至關重要。文革時我父親的一位同事有一天坐在家看《聖經》，忽然碰到這樣一句話：『你的家將在明日下午四點被抄！』他放下書，便找到自己寫的一本學術論著，當即付之一炬，第二天下午，果不其然有人來抄家了。還有這樣的情況，你本來分到甲樓，結果《聖經》提示你可能會分二樓，事情果然如此。基督教和佛教不同的在於，前者不搞偶像崇拜，後者搞；前者不為行善而行善，不禁欲，而後者則相反。學到一定的時候，你感到你所做所思考的一切都是由一個無形的力量支配的，即便是善事，有的即便你想作，那個力量也不讓你作；但有些你自己不願幹的事，它也逼著你幹了。現在我的確感到它的真了。」

　　我看著腳下的路，聽見細石子在腳底發出的嚓嚓聲。湖水如此之髒，綠油油的，像濃湯，散發出石灰水的氣味。我一生從沒見過上帝，也沒有過他所描述的那種上帝顯靈的事情，在那一

刻，他忘記了身邊的一切，只看見上帝向他走來，親自和他交談。也許到我四十歲的時候，願意信教，然而，我現在只有憎惡和反感。我對他說。

＊ ＊ ＊

　　他坐在擁擠的車後，車中悶熱難當。這悶熱使你出不來汗，透不過氣。他心中有如火燒一般。一邊隨手翻看一本香港出的書，名曰《生死之間》，書中講到人死後有靈魂，舉出了一些例子。他想像著自己有一天也死在床上，靈魂脫離了軀殼，看著一群親友圍著他的軀殼在呼天搶地的哭。心像一顆結了冰的炸彈，他覺得難受極了。車靠站，下去了一些人，上來更多的人，一個穿黃尼龍衫的姑娘站在他面前。他不看書了，卻把纏綿的眼光在黃襯衣上踱來踱去，想象它下面該有怎樣一副灼熱的肉體。欲望開始火燒火燎著他了。一個年輕婦女抱著小孩，緊挨在他身邊，冰涼的手臂不時擦著他，使他獲得一種肉欲的快感。他並不做出任何粗魯的舉動，只是保持原來的姿勢，讓車子的每一次震動使他們的手臂接觸一次吧，只要這樣就夠了。

　　離終點還剩下最後一站時，乘客下得差不多了，整個長長的通道頓時顯得空蕩蕩的。他移到角落上靠窗的位置，這時上來一位姑娘，全身上下是今年流行灰色的西服裙，豐滿的體型，雪白的大腿，緊裹在長尼龍絲襪中，那擦得錚亮的全高跟黑皮鞋，相形之下，分外刺眼。她瞥他一眼，但他已先一步把目光調開了。她臉蛋白胖，眼睛不大，但眼神柔和。他翻開手中的書，無意中

瞅見對面一個男青年，正將偷偷欣賞的目光投向姑娘坐的那個角落。那男青年彷彿怕人看見似的，偷瞧她一眼後，又偷看他一下，他忙低下頭去。何必讓自己妨礙他的觀賞呢？他低頭看書，但一個字也沒看進。他始終感到姑娘在注意她，直到車到終點站，他終於憋不住向她溜去一眼，正巧和她的目光相遇，但馬上移開了，彷彿幹著什麼不可告人的勾當，不敢正眼同她交流，怕她看出他心中的祕密。隨著剎車「吱」地一叫，車子前後晃動一下，他伸手去抓扶手，碰到她雪白的指頭。她的手害羞地立刻縮了回去。他起了一種無比快意的感覺。

下車後，他故意走得很慢。他一邊過馬路，一邊裝著看來往車輛似地看看後面有沒有那姑娘。但只看見灰色的一團。他放心了，便慢吞吞地走著，聽到皮鞋的聲音越來越近，到了身邊。只要扭個頭，就可以看見她那張圓圓的白臉蛋了。他不敢。回頭看一下！他不敢。人群向輪船入口湧去。到了漢陽門碼頭。他要在中華路碼頭搭船，離這兒還有兩三分鐘的路程。腳步聲消失了。他回頭一看，那灰色的姑娘正準備進站。她沒向這邊看一眼，顯然把他忘了。他加快腳步，朝下一個碼頭走去，同時心裏想，完了，永遠沒有希望了，只有這一次，只有這一次！怪誰呢？他憤憤地質問起自己來。還不是要怪你自己嗎？為什麼不能大膽一回？又不是幹壞事，只不過交個朋友嘛。他聽見廣播喊：「請關上柵欄門，輪船馬上要開了！」他看見前邊有人奔跑起來。輪船拉響了最後一聲汽笛，啟碇緩緩航行了。他站在堤岸牆上，往後望了望，輪船被屋角擋住了。

他突然決定，搭漢陽門的船，便三步並作兩步趕到售票處

買了票，擠過跳板上的人堆，進到了滿眼是人的躉船上。然而，哪兒也找不到那個姑娘了。他伸長脖頸四面打量著。甚至想爬上通二層樓的鐵梯，在那兒可以清楚地看清人堆中每一個面孔，但自己的面孔也暴露無遺了。這時船來了，人群開始蠕動，像許多小小的面團，越來越緊地粘在一起了。他絕望地想，聽天由命吧！這兒碰不到，說不定會在船上碰到。但如果自己在船上找來找去，那過於引人注意，被姑娘看出，那可太丟人了。鐵門咣噹一響，鐵柵門打開，人流忽地一下子朝船艙湧去。剎那間，他被巨大的力量席卷到人群的中心，周圍發出低沉、惱怒、氣憤的呻吟、抱怨。一件灰色的東西在他身邊閃了一下，他稍稍扭頭，呀！她就在身邊，臂膀毫無知覺地貼著他的臂膀，他驚喜若狂，然而卻不敢看她。心平靜了，她就在身邊。還有什麼事實比這更令人寬慰的呢？他尾隨著她來到船另一邊的大門旁，稍隔開一些地注視著她。很快，一個目光沈郁，線條分明的姑娘吸引了他的注意力。再次看灰姑娘時，他覺得傾刻間她長醜了，面皮那樣蒼老、灰白。

　　然而，使他一直不明白的是，什麼力量恰巧使他和她在那一刻竟緊緊挨在一起，在人堆的中心？他心中發出這個祈願時，非常沒有把握，甚至還嘲弄自己，這怎麼可能呢？這不是自作多情，一廂情願嗎？然而，他不明白。正是由於這種不明白，使他第一次有點相信命運這個東西了。的確是命運給了她、他一個機會，讓他們能夠歡會。但他太懦弱，機會到手他也抓不住，還要以道德的東西進行自我安慰。

　　有什麼辦法呢，失落就永遠失落了。

＊ ＊ ＊

從昨天到今天，沒寫一個字，並不是沒什麼可寫，也不是沒時間寫，也不是不想寫，主要是把所有精力都投入到那個長篇小說的創作中去，無暇顧及到它，等到每天任務完成，便感到精疲力竭。

剛剛又masturbation了。沒有過去那種令人銷魂的意味了。下午碰見的那個姑娘，雖然打扮很入時，並不給人特別的美感，更不能在心靈上喚起某種親密感，像咖啡色的女大學生有一次在車上達到的那樣，昨天的畢業宴會吃得十分不自在。分小組坐，每小組共十人，但一桌只坐幾人，因此，剩下的人就全部歸到一桌，這時領導來了，一個主任，一個書記，都是女的。我發現自己在考慮如何跟她們說話，如何客氣地請她們吃菜，整整四年，我和她們見面的次數屈指可數，講話更是微乎其微，能有什麼可說呢？任何接近她們的企圖都會被內心深處一個隱秘的聲音所斥責：「不要討好領導了！」我始終保持眼瞼低垂，或四面漫無目標地環顧，只是偶爾抬頭對主任笑笑，請她喝酒吃菜。她滿臉堆笑，面目和藹，使我不能相信某些學生對她的描繪，說她是只母老虎，吼起人來可兇。有一回，一個同學向我敬煙，我拒絕了，其實我很想抽一枝。我那喜歡自審的心理馬上執行它的職責，檢查起我的動機來，發現我是害怕作為一個學生，在領導面前抽煙不大雅觀，這可能導致分配上的不良後果。我不喜歡對面那個書記。整個臉部像一只塞得鼓鼓囊囊的口袋。她大約也不喜歡我。

心靈是的確有感應的。誰不喜歡誰，誰喜歡誰，這各人只須交換一個眼光就會明白。她很少和我目光相遇，即便相遇，也顯得隨便而匆匆，很快便掉開。

今天中午在路上碰到門房老頭，他和我站著說了幾句話。他問我，昨天吃夜飯時有個同學喝酒喝得流眼淚了，這是為什麼？我說也許是想到要離別了，心裏難過吧。「那可能還不是這，」他說。「一定是他分配的位置不大好，心裏不舒服。」他說這話時，我見他眼圈都紅了，奇怪的是，我的心彷彿也抖動起來。這個鄉下老頭，平常我總覺得他土頭土腦，說話甕聲甕氣，只知道看門打掃衛生吃飯睡覺這幾件事，想不到還富有同情心呢。

晚上，她看電視去了，一直看到十一點多鐘才回，發現我還在床上睡著。我也睡了這麼久。她怕我生氣，本不打算看的。我向她保證說不會生氣。唉，過去的專橫一定使她記憶猶新。後來，她告訴我四月份去磨山遊玩她是咬牙走那麼遠的路的。

＊　＊　＊

室內黑洞洞的。沒有動靜，對面、隔壁的兩間房，沒有聲音沒有亮光。人呢？哪兒去了？手惶恐不安地去拉開關，開關線驚訝地悶叫了一聲，展現在眼前的竟是如此可怕的圖景：桌上一個緊挨一個，擠滿了紙箱，箱中各種書籍塞得滿滿當當；我的那堆書被粗暴地移到一邊，在騰出的空地上難看地擺放了一對笨重的啞鈴。它們說不出話來，只用兩只突暴的瞎眼瞪著我。悲衰和失望猛烈襲擊了我，使我幾欲站立不穩，剛剛在回來的路上，我想

著可能有熟人來找過我，給我留下了一張令人鼓舞的便條；或者某同學迎上前來，喜氣洋洋，向我報告一個前途光明的消息。我的心歡跳著，雖然潛意識中，我知道也許這一切皆是假的，是一廂情願，然而那個膚淺的、表面的我，是願意自欺欺人的，從中可以獲得短暫然而巨大的樂趣。

　　不久，他們陸續回來了，他們去J老師家道別。裹普沒去，說：「為什麼我應該去他那兒，他不該來我這兒呢？」他這幾天陷入了一種憤世嫉俗到冷酷無情，欲與人類為敵的地步。對面房仍在打橋牌，電停了也不中斷，一邊點起一根蠟燭繼續幹。我和懷柔、辛穆、野盡三人各各交換了照片。我心中蕩漾著一種溫暖的、友好的、親切而依依不捨的離別情緒。這不太常見，我主動提出來要交換照片，他們也很樂意。他們談到互贈禮品。懷柔送了辛穆一座少女石雕，畫面是一個穿緊身衣、喇叭褲、高跟鞋的姑娘，半倚著石花壇；少女的胸脯高高地突出，像兩個粽子，又尖又胖。全身的姿勢無一不帶著挑逗的色彩，的確是一個provoking one。話題轉到同姑娘們的交往。辛穆說他同一個女生從進學校到現在，整整四年沒說一句話，而同另一個則說了一句話。她問：「你書什麼時候看完？「晚上，我給您送去，」他說。而我呢？沒有跟哪個女生談話超過十句以上的。甚至現在碰面連招呼都不打。前天在路上碰見一個，我心裏很想同她打個招呼，便擡眼友好地向她望去，誰知她卻早已低下頭去，臉上現出一種厭惡和冷冰冰的神情。擦肩而過好久，我還不能平靜，這算什麼呢？你不理我，我也可以不理你呀！然而，總得有個原因。我第一次體會到熟悉的陌生人多麼可怕。我恨她，以及一切像她

這樣的姑娘。因為我清楚地認識到，我在對她們的態度和舉止上是嚴肅認真的，（我太疲倦了，枕著手臂打了幾分鐘的盹。）想起昨夜寫那個長篇一直寫到凌晨四點，而今早是七點半起來的。）絕不會得罪她們，使她們對我妒恨，她們的這種冷漠要不是出於一種假羞澀，就是出於故作鎮靜，自命清高。然而，在這人世我渴求的是什麼？難道是白頭如新者的笑臉？

　　今天一天是在盈盈的舅舅那兒過的。他幾乎像不認識我似的隨便點著個頭，便領著她走進屋。舅媽，一個個兒矮小，唇上有個潰爛處的四十左右的女人，對我笑笑，讓我（主要是讓她）進屋。這是一個農家的房子，從前門一眼可望穿後門。我懷疑我和盈盈的爭吵（我開她的玩笑，說她沒用，找不到人，她氣急敗壞。我將她的傘和錢包全扔在地上，轉身便走，卻聽見她追上來的腳步。我不覺暗暗地笑個不停，扯皮拉筋了好久，還讓她在我身上亂打了一陣，打得不疼，倒很舒服似的），被她舅舅看到了。因為當時在綠樹掩映的村道上，有兩個老農靠在糞車旁觀察我們。遠處還未竣工的半截紅磚房上，兩個小工停下手中的活，投來好奇的目光。他一定聽到了，我不安極了，而她舅舅的臉色和行動也彷彿表明他知道一切，包括我說她愛臭面子（我又忍不住罵人了！）和丟傘的舉動。我羞愧至極，真恨不得趕快跑出去，找個什麼地方躲起來。她舅舅眼睛根本不看我，一個勁地向她問這問那。他也長著一對突出的眼睛，眼皮很雙，臉上，不幸得很，布滿了皺紋，完全不像我幾年前見到的那樣，那時他顯得多年輕！他那樣健談，談他和一個莫斯科留學生寫信，還夾雜著幾句嘰裏咕嚕的俄語。我在酒席上提起這點，意在活躍氣氛，提

醒他回憶往事，然而他一筆帶過，輕描淡寫，那次事情顯然給他
的印象非常淡薄。我想起盈盈曾說他是個姑娘們愛與之交往的
人，能言會道，才貌出眾。他還是不看我。我頗不自在。便走出
後門，下了臺階，肩上還挎著包，手裏拿著她的折疊傘。前面
是一片窪地，綠油油的水稻田，遠處，房屋和牆壁。矮而長的屋
宇，高而細的煙囪，顯然是磚瓦廠。「來坐呀，進來坐呀。」這
聲音好像是對她說的，又像是正沖我來的。進不進去呢？我遲疑
了一下，隨即便邁進門，見舅舅和舅媽在熱情地勸她坐下，我的
頭一定低垂著，我看見她舅舅的皮鞋，沾有泥點，網眼的鞋面，
飄飄然的絲綢褲。好容易我們才都分別坐了下來。我坐在六角形
竹桌邊，竹桌上放著一盆有青有紅的甜李子。舅舅（那時為止，
我還沒喊舅舅、舅媽一聲，莫非他們為此生氣？）的手將剛開了
蓋的汽水遞過來，我欲謝絕，但通過瓶身感到他手的力量不可抗
拒，想到推辭不了，便接下了。

　　汽水喝完後，又端來西瓜。舅舅仍不大看我。（我始終不知
其原因，只敏感地覺得，他可能不大喜歡我。）不過，他請人吃
東西時的姿態總是熱情而又固執，使你無法謝絕。

　　我的不安稍稍減了一些，因為這時舅媽拿過一疊筆記本、
課本、稿紙，把我拉到桌邊，要我這個「老師」給她上英文課，
她在讀英語速成班。四個月結束，但她十分著急，她從前到後只
學過一個月的英文，人家都有一到兩千單詞的基礎，而她，一百
還說不定。我一面對她講解主謂賓，定狀補，她一面激動地對正
在廚房忙著的丈夫大喊：「喂，梅瑛，快來聽春陽講英語。哦，
算了，算了，你忙你的，我先聽他講，學會了以後再來教你。」

她那樣興奮、熱誠，幾乎把我當成了一個從天而降的救星。不過，我很快疲倦了，這些過去我一直視為無聊的語法又一次鑽進腦中，迫使我不得不作出反應，用清晰易懂的語言將它們描述講解。我忍著。我意識到我是在幫助人。幫助人就要盡心盡意，不該冷漠，這該死的習慣性冷淡徵！我把椅子給她，她一直弓著身子，俯在桌上熱切地像小學生那樣注視著我，傾聽我的每一個字。有一次，我大約忘乎所以，對她表示的畏難情緒說：「沒什麼難的，我學法文和德文還不是白手起家，沒人教的。」盈盈對我使了個眼色，我立刻意識到這句話的輕狂和它可能在一個敏感的心中引起的後果，後來我很注意，儘量不談自己。好在舅媽被我的講解吸引，也為她強烈的求知欲所驅使（她恨不得馬上把英文全部掌握，第二天考一百分！）並沒有注意到這一些細微末節的事。我每回擡起頭來，眼睛就會碰到她唇上的小疔，紅腫潰爛。我強迫自己把視線轉移，然而下一次擡起時，我忘了先前的強迫令，又看見那塊紅斑了。她自己也有所察覺，抱歉地說她的唇爛了，給學英文也帶來一定困難。

　　舅舅一直在廚房忙著，洗肉、刮魚，煮米、炒菜。他會炊事？舅媽除幫他一次小忙外，一直坐在桌邊聽我「講課」，直到飯熟，菜肴端上桌子。

　　菜全是舅舅親手做的。油炸花生米，榨菜炒乾子肉絲，黑木耳炒肉片，紅燒魚，土豆燒肉，紅葡萄酒。「這是你舅舅專為她，專為你們準備的，」舅媽對我解釋說。她說她和舅舅如何盼她來玩，說她的大兒子聽說盈盈要來，如何喜得直跳。她要那兩個兒子喊我哥哥，小的一個，白嫩白嫩的，羞得像個姑娘一聲不

人，她只講給我倆聽。她說她一直心直口快出了名，現在也改了，在外面一聲不吭，有話只在屋裏講。「要是再來一次反右，你舅媽就要劃成大右派。」她告訴我們，將來去北京，一定要去看中南海M的舊居，66年前的舊居，她說看了後真令人寒心。那奢侈豪華是無論如何也想象不到的。自從這次後，她就對老頭子的印象不好了。可那些軍區的司令、軍級幹部，還對老頭子敬佩得不得了，說老頭子艱苦樸素，穿草鞋，其實那完全是假象。這時，小辰辰拿來茶，要他爸爸先喝了，他才喝。「你像老頭子一樣呢，吃東西還要別人先嘗。」想到一個所謂的偉人這樣看重自己的生命，我頓時起了一種反感，真想嘔吐。現在怎麼樣了呢？舅舅說他保存在水晶棺中的屍體已經變質，雖然采用了各種辦法，抽真空，換福爾馬林溶液，但臉型已完全改變，整個身體都萎縮了。又談到總理。敬佩之情溢於言表。總理住在牆根下，外面臨街，整日整夜都聽得到街上的喧聲。宋慶齡的舊居也樸素得很。沙發特多，沒鋪地毯，有一架大鋼琴，她沒事便彈。江青大鬧中南海。為什麼？這都不知道？M認識了一位列車小姐，長得十分漂亮，便想她，老是在紙上寫她的名字，Wang Dong Xing心領神會，便派人把她請來，搖身一變，成了M的私人秘書，便同居了，未經結婚手續，便生了一個私生子。關於遺產。江大鬧。M給了她五千塊錢才算了事，《紅都女皇》。前面附有M的遺囑，意思是講他眼看不行了，在世界上不能充當主宰了，剩下的事業得靠她。江青，去打了。舅媽的親戚親眼看了，氣得要死。為什麼審判江，江那樣厲害？她有後臺吵。有M的遺言吵。報道完全是篩選又篩選過的。審訊可說並不成功。某帥據說是「花

帥」，都快九十的人了（我不得不從新的角度來看馮大興事件了。）

飯後，我們看照片。

「這是我二姐一家的照片。四個兒子，都在部隊當兵，轉業了一個，這是四個兒媳婦，都長得漂亮，你別看她長得惡，其實她人最好，長得也最漂亮，」舅媽說。

「這是你大姐？」我問。

「是呀，她就是北京兒童藝術劇院的著名演員，全國有名的。這是才上演的《十二個月》的劇照，這是《賣火柴的小姑娘》，你看她深深的眼窩和高鼻子，活像外國人，她專門演外國小孩，也演中國小孩，如《報童》等。這是我的父親，大右派，為了什麼呢？一句話，有一天他說，海參崴不是中國的嗎？怎麼成了蘇聯的呢？轟，一棒子打來，他成了大右派，現在當然平反了囉。就為這一句話。我大姐夫是寫作劇本的，也有名得很，叫Wang Zheng，二十二、三歲就在文壇上嶄露頭角，因為一篇文章轟動文壇，打響了右派活動的第一炮，被劃為右派，他寫的一本有名的劇作，名字反而變成三個人的，前面兩人是監管他的，根本一個字也沒寫。以後，他好長的時間都是幹這種替別人賺錢的窮苦書生活，書寫出來了，換上別人的名字。他下放後，人變得多厲害？孤僻得要命，沉默寡言。可從前，他根本不是這樣的。看看這個女的是誰？看不出？是你舅媽哟！現在老囉，辰辰的媽媽醜了囉！瞧，這是你的大姨媽，我最恨她了！她臉上這些破洞都是我用指甲挖的，我恨透了她。

（Z睡不著覺，我只好住筆了）。回家路上，我問盈盈為什

麼舅媽這麼恨大姨媽？「因為她那時極力反對舅媽和舅舅的婚事，而且僅僅因為撫養了舅舅上大學四年，就要他從此以後每月寄她十塊錢一直到死，而她自己的丈夫每月給她五十元，另一個侄兒給她十元，她一月60元完全過得很好。」

※　※　※

歌聲又消失了，歌聲什麼時候停息過？你回到房間，歡快的旋律在喉管振蕩。然而，有什麼在你心間？每一扇敞開的門連同它裏面離別的凌亂，都是一個顫悸，一個疼痛，一個腿部發軟。每一張臉，都聚集著皺紋，陰沉著，啞然無語或者講著冷漠而嘲諷的語言。你將怕熱的身體倚著桌邊，你的心不怕熱，但熱已不來臨。這是為什麼？這說不出的痛苦，這濃厚的嘆氣，這沒有心緒的思緒，這一切都是為了什麼？

禮品。人們在互贈禮品。贈給，贈給，贈給。你看了看那堆放得整整齊齊的書，剛勁、標準、冷漠的切線。這兒是知識，是海洋，你奮不顧身地投進去，沒人管你。隨你的便。感情和友誼在字典的精裝殼外流動，默默然而溫暖地流動。你的床上已不復往日的整潔。往日的整潔？你的襁褓又何時整潔過？那曾裹過你幼小身體的棉絮，如今大洞小洞，在潮濕的夏雨中發霉腐爛，不，它早已化為雲煙和腳底的泥土。「我不管到哪兒，都不能很好地與人相處。」他憤激地大聲說。一個精裝的小本，摸上去光滑、緞面。不是送給你的。沒人送你。這不足為奇，因為你也沒送人。友誼只是一種交換。他冷漠的臉。那些夜晚的談心，也隨

著那些夜晚忘卻。「不要交知心朋友！別人跟你談心，可以，但永遠也不要把自己的心交給別人！」她說。床上凌亂，被單揉成一團，不能打開，那上面有斑斑黃跡，是masturbation的痕跡，孤獨人所幹的孤獨的蠢事。風，輕輕地，搖動開關線，撫摸我裸露的上肢。呼之欲出的熱淚，頃刻間，又凍成冰。啊，理智！「你要加強思想上的鍛鍊。」無所謂，一切，你已經無所謂了。幹嗎幻想天堂的生活呢？在天堂你難道就不會住厭，不會不習慣？過一輩子地球上的實在生活吧，死了就死了，並沒有遺憾。我寧願生活在幻想之中。用主動的贈與，去挽回被動的贈饋。不，我沒有，你不願。汗衫破了許多洞，壓著褲子，床頭，書堆呢？在櫃裏，書很多。書，書，書，到處是書，然而沒人。人都走了，吃那非散不可的盛筵去了。活該，你沒有貢獻。沒有，無法給出心，無法。一個笑，一個問候，甚至門口的一個探頭，這些都能使你的心滾燙起來，熱淚滾滾，一個皺眉，一個譏刺，甚至一個不屬於你的友好行為，這些，都能使你死亡，默默地坐下在這無望的桌邊，用筆和紙打交道。

無法逃避了，你這既不信上帝又不信克思的人。婚姻、家庭、子女、死，都安排好了。深遠無邊的夜。床頭，傳來他人甜蜜的鼾聲。你想著文學，這並不愛你的心上人。你也不愛她？不，你知道得很清楚，即使你愛她到死，她也不愛你。多少人懷著如火如荼的熾烈情感，踏上了尋覓你的長征。幻想著有一天見到你的芳容，同時給自己戴上桂冠。你沒有。多少人死了，多少人還在走。你沒有，像他們那樣，你不能。只有那一條路了，拼盡全力掙扎一番，就可夠到邊緣了。然而，她，不可能。也

許真有上帝？也許是他的意志，不讓卡夫卡默默無聞？也不讓你？啊，不，即使你死了，你也不可能。一切都是命定，然而你不服氣，不服從！人，只好告別了，然而，你不會追隨跳樓者的腳步。不會，也不會去吸海洛因。連最後的統治者都吸，肉欲的海洛因。啊，小民，賤民，只有賤民最乾淨。他自己說的話應用到他自己身上去了。不能相信，連最高的權力也不能相信。也曾鑽進過你的心中，上層社會，宴會、賓朋，二十四寸彩電，不要錢，紅旗出進，留洋，一切，嬪妃如雲，心奔馳著，開足了馬力，帶著鋌而走險的幹勁，沖！哪怕前面擋著的紅牆，隔著的鴻溝，沖過去。讓人給你擦皮鞋，讓女人一天換一個。為什麼不？這是上層社會，應該承認，事實就是事實，勝於雄辯。不要渴望。不要等待，決沒有人來。決沒有！知道那是個無望的深淵，跳進去吧，也許一萬年的努力以後，會達到底。會的，會到底的。走吧，堅定地走吧，不要屈服內心自然的力量，不要寬恕那個惡魔。原諒一切人，好人，壞人。哦，這無法排遣的 loneliness！女人，我需要你！所有女人！

* * *

夜漸漸深了，幾個小時前，我就想動筆寫點什麼，然而，心如此不平靜，連煙都不想抽了。我坐下，無聊地翻著《伊斯蘭的起義》。雪萊的美與愛已經達到了登峰造極的地步。作為後人的我，只能欣賞，不能模仿。這是描寫惡的時代。我差不多不想動筆寫任何東西了。藏在靈魂深處的惰性開始發揮它的魅力了。

要是可以完全不動腦筋，任由本能的直覺駕馭，馳騁想象的筆，啊，假如！雖有清風透過敞開的窗，但空氣仍然沉悶，每個人都在默默的不安中等待那決定命運的時刻的到來：明天早晨。辛穆坐在桌邊，佝僂著腰，陰沉著臉，隨手翻著那本英文語法，什麼也沒看進，半天沒翻一頁，只是怔怔地發呆。突然，「砰」地把書扔下，轉身不看任何人，把陰郁的目光死死釘在面前的桌上，那兒有根斷粉筆，他把它捏在指間，轉動著，搓得粉子直往下掉，又猛地攥緊拳頭，粉筆在強大的憤怒的握力下，變為齏粉。裏普直挺挺躺在床上，不理任何人，只管抽他的煙，煙抽完了，連那只為了吸煙而忽上忽下的手，也停止擺動，吊在床沿，兩眼瞪著窗外的黑暗出神。對門的撲克沒停，菲利雙手叉腰，站在寢室門口，唇上的笑很勉強。「睡不著，」他說。他又在床沿坐下，若有所思地瞧著抽屜，抽屜裏的東西已經全部打了包，空了。明天究竟會是何種樣子，除了少數幾個也已知道去向的人以外，其他的人都有些惴惴不安，茫無所知。我的心也沉重了，但你難道真害怕把你分到學院以外的地方？不，你早已將這些置之度外。難道到處不都一樣嗎？W已分到昆明。他笑笑：「沒什麼，對於我都一樣。」二十九歲的人了，仍然孑然一身，又開始「流浪」了，就像他在四年前開學時對我們說的那樣。他還是嚴格遵守作息時間，十點半鐘上床，帳門關得緊緊。什麼也改變不了他。五十年後，他還會這樣，過著他安閒自在，不慌不忙的樂善好施的生活。他是個好人。我嘆息著。然而，因為信了基督。野盡連夜為他們沖洗照片。「叫你洗你就洗嘛，問什麼呢！」這是一個同學對他的呵斥。「咱們要打牌，你去幹你的事，別吵

了！」另一個同學冷冰冰的聲音，我詫異，跟著憤怒了。他們就是以這樣的態度對待他這個心地善良、熱心快腸的好人。簡直令人不能容忍。「我就是要搬過去，一個人住起來，我早就想這樣了，早就想了。我不是恨他們，我只是想一個人呆著，孤獨地過活，寫詩。」他很久以前說過的這番激烈話語，剎那間回到我的腦海。他是個好人。Z替我剃頭，我告訴他結婚的事，他驚奇，表示遺憾，不能去參加我的婚禮。「我剃得不好，就算給你半個月後結婚時剃的頭打個底子吧，」他詼諧地說。他是個好人。昨天，辛穆告訴我，桑麻邀請我到他家去，點名要我去。我很感激他。上午，我們去了，客廳裏，可以看見四扇門，一扇通廚房，一扇通廁所，一扇通臥室。一扇是他父母的臥室兼辦公室，朝南，陽光晃眼，風掀窗簾。陽臺上擺滿花，一盆金桔。一棵葡萄零零星星有幾串，因為缺水，還未熟就老了，皺了，我想摘一顆嘗嘗，但沒有。

　　明天，會是什麼樣子呢？我實在無力寫下去了。沒有心思，本來決定今天將長篇小說《夢遺者的夢》結束的，看來不行了，我在焦慮不安中等待明天。

收場白

過了一個月，小塗這位80後的編輯，又給老闆發了一封微信說：

> 我不知道是否能用《紐約書評》的評語，來評論這本書，即它是一本「十分奇妙，但參差不齊的怪書，」但我覺得，作為一個80後，我能清楚地從中看到我尚未出生的那個年代青年人的思想和感情的軌跡，男男女女之間的關係，除了用具不同、生活地點不同、人名不同之外，好像並無人性上的根本差別。

> 上次所說的讓我想起的三個人中的最後一位，是那個名叫Elena Ferrante的義大利長篇小說家，其人最大特點之一就是，只寫書，只出書，拒絕接受任何媒體，包括電視、電臺、自媒體等的採訪和報道。沒有任何人知道她本人身世的來龍去脈，聽不到她本人的聲音，看不到她本人的活動圖像，包括相片。寫這部長篇的「孤鶩」先生，也是這樣一位人士。我們不知道他跟Richard先生是不是同一個人。關於這，Richard先生的遺孀不置可否。我們也不知道如果「孤鶩」先生還在，他現在身在何處，也從任何媒體上查不到有關該位寫手的任何資料。據Richard先生的遺孀說，該人痛恨成名到了永遠不願露頭的地步，只想求得古人一般的安寧，內心安寧和外在的安寧。

　　我有一個疑問，求告於Richard老師遺孀也不得而知。我覺得這部作品好像是日記，但因為沒有交代時間，又看不到原稿，所以無法得出相關結論。

　　有一兩件事需要說明。這部小說充滿英文，這主要是因為主人公「綠」或「春陽」是個學英美文學的大學生，我沒有採用被西方一向詬病的中國編輯暴力，強行刪去或建議刪去這些很有意思的英文字，而是認為，對於我們這個英漢雙語時代的人來說，即使不是學英文出身，拿本字典或從手機上百度一下，也多少可以看得懂。希望你不會感到有問題，因為我記得你的英語功底很好。

　　關於這部小說的標題，我還是十分糾結，拿不准用《奮鬥記》，還是《綠色》。只能留待老闆您來定奪了。謝謝！

　　又及。

　　對了，關於是否刪節一事，我徵求了孤鶩遺孀的意見。據她說，我這裡引用她的原話：「無論誰刪，怎麼刪，都沒有關係。只有一點最重要，那就是讓編輯人員看到原貌，知道真相。他們想讓讀者看得舒服，而對他們認為不妥、不雅、不合適的文字進行刪節或刪除，這不僅我完全能夠接受，而且孤鶩在世也會接受的。他生前說過一句話：『我該說的都說了，無所謂了，要刪要砍要削全由他們去。』畢竟原稿還在，還可供以後的研究者進行對比研究嘛。你說呢？」

　　個人覺得，這可作為出版時的一個重要考量。

　　又又及。

　　本來《綠色》是一本書，因為太長，砍成兩卷，第二卷題為《動搖》，後來Richard先生的遺孀又發來一本，題為《瀑布大道》。我的建議是，乾脆算作一本長篇三部曲，題為《綠色》，一卷、二卷、三卷。至於《動搖》和《瀑布大道》的副標題，就不用加了。

國家圖書館出版品預行編目

綠色. 第二卷 / 歐陽昱作. -- 臺北市：獵海人，
　　2018.12
　　　面；　公分
　　ISBN 978-986-96985-4-2(平裝)

857.7　　　　　　　　　　　　107020978

綠色
——第二卷

作　　　者／歐陽昱
出版策劃／獵海人
　　　　　Otherland Publishing
　　　　　www.otherlandpublishing.com
製作銷售／秀威資訊科技股份有限公司
　　　　　114 台北市內湖區瑞光路76巷69號2樓
　　　　　電話：+886-2-2796-3638
　　　　　傳真：+886-2-2796-1377
網路訂購／秀威書店：https://store.showwe.tw
　　　　　博客來網路書店：http://www.books.com.tw
　　　　　三民網路書店：http://www.m.sanmin.com.tw
　　　　　金石堂網路書店：http://www.kingstone.com.tw
　　　　　讀冊生活：http://www.taaze.tw

出版日期／2018年12月
定　　　價／600元
【限量100冊】